盘

鲁力 著

中国文联出版社

图书在版编目（CIP）数据

盘 / 鲁力著. -- 北京 : 中国文联出版社, 2024.2
ISBN 978-7-5190-5413-7

Ⅰ.①盘… Ⅱ.①鲁… Ⅲ.①长篇小说—中国—当代 Ⅳ.① I247.5

中国国家版本馆 CIP 数据核字 (2024) 第 039480 号

著　　者　鲁　力
责任编辑　胡　笋
责任校对　秀点校对
装帧设计　吉　辰

出版发行　中国文联出版社有限公司
社　　址　北京市朝阳区农展馆南里 10 号　邮编 100125
电　　话　010-85923025（发行部）010-85923091（总编室）
经　　销　全国新华书店等
印　　刷　北京顶佳世纪印刷有限公司

开　　本　880 毫米 ×1230 毫米　1/32
印　　张　13.75
字　　数　323 千字
版　　次　2024 年 2 月第 1 版第 1 次印刷
定　　价　86.00 元

版权所有．侵权必究
如有印装质量问题，请与本社发行部联系调换

自序

这是我完成的第一部小说,大约20多万字。

长久以来,我始终认为自己40岁以后应该编个故事,把梦想、性情、好恶,以及对这个世界和社会的理解统统放到里面,作为开蒙算起30多年、踏上社会算起20多年的一个交代,但一直没有如愿,最少5000字,最多两万字时纷纷夭折——终于知道,创作一部像样的小说,比起写出一篇通过盲审的博士论文,是件丝毫不容易的事情。

如此徘徊了将近5年,直到今年夏秋再次发下大愿……或许这回撞对了天时,居然在百日当中一气呵成。

开局同先前一样,非常艰难。写小说首先要有足够的背景人物,才能串联出情节故事,再以人物和情节作为载体,表达自己的心意。

杜撰情节是作者本分,但杜撰人物以及环境,对我这个写作的"新兵蛋子"来说,却不太容易,于是不得不玩弄"借尸还魂"的诡计,在熟悉的工作、生活中撷取大量的人、事、背景来点缀作品。

这让自己的精神非常"分裂":撷取的人物几乎都是自己尊敬的、交好的,所以打交道比较多的朋友和长辈,故事里却被打扮得面目全非，甚至光怪陆离，其中亦包括了家人和自己。刚起手的时候心里充满障碍，时间长了，所谓"白马非马"，不仅逐渐坦然，更有肆无忌惮的趋势……不过决心一定要在"自序"里着重申明，否则着实过意不去。

中国语言常常一字多义，以"盘"为例：

可作量词，譬如一盘棋局；

可作动词，表示缠绕或者系统地思考，譬如盘算、盘点、传统戏剧《盘肠战》；

可作名词，譬如磨盘、棋盘、地盘……

以上，基本可以表达这部小说的梗概和意义。具体内容，作者怀揣忐忑，等候您阅读后的评判。

鲁力
2015年12月

目录

- 01　引子
- 13　开局
- 25　《盘肠战》
- 37　偈子
- 47　屠戮
- 59　老陶
- 71　逃亡
- 81　新人
- 93　受伤
- 105　女神
- 117　圆圆曲
- 129　秋收
- 139　醉烟
- 149　宇翔
- 161　斗争
- 173　祸福
- 185　二科
- 197　馨兰

209	嫁给我，好吗
221	伴郎
235	晚安，妹妹
247	全聚德
257	赵严夏事件
267	张强
279	沧陵江边
291	我们要飞喽
301	"藏珍阁"
313	梦时代
323	一根致命的稻草
335	领教
347	第三会议室
359	沙骆洲
371	翻盘
383	李国胜
395	意外
405	桃源路 37 号
417	尾声
425	后记

引子

中国人对于智商这桩事，总能找到自豪的理由。

譬如当人工智能"深蓝"在国际象棋领域骄傲践踏人类尊严的时候，人类智慧却可以长久地站在我们老祖宗搭建的"黑白世界"城墙上谈笑风生。

不过任何新生事物的成长都摆脱不了嗜血征服的过程，就像古代及中世纪游牧民族觊觎农耕文明的一贯坚持。2016年，人类智慧的衍生品——人工智能机器对围棋这座堡垒再一次发起了攻击。

人类对人工智能这个自己孕育出来的孩子始终秉持矛盾心态，虽然不甘心自身落幕，但依然大度地指望孩子能够"青出于蓝"。因为繁衍需要，生物总在基因内部埋伏着对子嗣的希冀，并且这种情感经常占据上风。

大致如此，这次对阵的程序被命名为AlphaGo，其中的Alpha（α）是排位第一的希腊字母，与Go连在一起可谓一语双关，既可以理解为"最初一步"，也可看作"第一围棋"，因为围棋的英语单词，也是Go。

著名的《韦氏新大学辞典》对"Go"这个词作了如下关于围棋的定义："go（JP）（1890）: an oriental game played between 2 players who alternately place black and white stones on a board checkered by 19 vertical lines and 19 horizontal lines in an attempt to enclose the larger area on the board."（"围棋（日本语）（1890）：一种东方两人之间的游戏，双方互为放置黑棋和白棋在一块画着19条经线和19条纬线的棋盘上，在棋盘上围空多者，判胜。"）

日语对围棋的称呼是"囲碁"或者"碁"（碁是棋的异体写法），读作"いご"（igo）及"ご"（go），"go"到底成为了西方语言对围棋最常见的称呼。

围棋遗憾地在那个时代被德国人科歇尔特介绍到西方，所以没被冠名"WEI-QI"，不过那个时代，的确只有日本才有资格说围棋是属于他们的国技。

1909年，日本棋手高部道平五段访华，这位被当时日本第一围棋门派掌门本因坊秀哉让二子的二流棋士竟然战胜了所有中国名手，并将对手纷纷降至让子。国人闻讯瞠目结舌，中华棋界潸然无语。

一支新贵民族的崛起需要大众爆棚的信心，反过来征服一个民族，往往先要践踏她的意志，这是讨巧的招数，更具杀伤力。大和民族需要让他们眼中的"支那"人明白，东瀛智士的大脑结构远比中华大陆上的一干人众精妙！

当高部横扫神州的消息传回日本，东瀛弈坛欢喜雀跃，更在第二年日本围棋史书《坐隐漫谈》中做了这样的记载："从中国输入的文物中，影响至深者，首推围棋。且，日本围棋凌驾于中国已经一千两百年……"

为什么是"一千两百年"？因为领先应该从公元710年开始。

710年，日本天皇迁都平城京（奈良），开启了"奈良时代"，同时引入大唐文化，其中包括围棋——天才的超越应该就是这样的吧！

诚然，东瀛围棋四大门派（本因坊、安井、井上、林）经历千年，推动日本围棋水平不断进步，更在《坐隐漫谈》著成前二百年的康熙朝，本因坊掌门道雪又将日本棋艺提升了一层境界，然而当时中华围棋依然霸道地占据着强势地位——所谓凌驾"一千两百年"，只是掩盖了某些故事之后，倭国自淫出的神话！

……

黄昏最后一缕光辉已然散尽，街道渐渐清冷，远远三盏灯火"品"

字排列，从紫禁城一路拐到了南三所，在一处院落停滞下来。

大院庄严气派，门头高挂一块大匾：太医院。

"品"字的上"口"是康熙皇帝乾清宫总管顾问行擎着的宫灯。顾总管转身让身后两名小太监候在门外，自己向守值军士点了点头，抬脚迈入院门。

院落深处的一间厢房内烛光摇曳，一名中年男子背对门，双腿盘着坐于床榻。他微微发福，着一袭青灰长褂便装，左手一本棋书，右手飞快将一枚枚黑白子拍入棋盘，时而又不住摇头，重新摆弄棋局，显得甘之如饴，兴味盎然。

以至"吱嘎"推门声响过了片刻，中年人才将眼光转向门扉，随即脱口而出："呀，顾公公，您老怎么这会儿过来啦？"

"徐大人赶紧的，皇上宣召南书房！"顾问行一开口便传递出康熙的急迫心情。

康熙好棋，内廷长设"伺棋待诏"，顾公公所称的"徐大人"正是大清国第一待诏，徐星友。

徐星友接了口谕不敢怠慢，匆忙更换官服，穿戴整齐后由顾公公前头领路，赶往乾清宫。

进入南书房，徐星友行毕大礼，一旁垂首站定。顾公公指挥小太监，仔细地将一只四方锦盒置于桌榻。

康熙没有多余寒暄，手指锦盒说道："今儿早朝，各藩属国朝贺东宫仪，朕于太和殿接见诸等。或许知道朕喜好对弈，东瀛国使奉上的贺礼系棋枰一副，并谓之宝物。朕今晚诏徐卿到此，就是想要辨识其中稀罕之处，朕自当权衡找些玩意儿赏还，免得拂了岛国盛情，同时被外邦看轻我泱泱天朝目不识珍。"

徐星友轻轻舒了口气,他虽不擅古玩品鉴,但由于位列大清棋界翘楚,凡有外蕃围棋高士到京盘桓,总会想方设法与之接触,所以徐星友关于围棋的见闻,无论古今中外,极尽广博。

他上前两步,对龙榻上三尺见方、一尺余厚的木墩仔细察鉴,又从棋碗中分别抓起几颗黑白棋子抚玩了半晌,深施一礼后朗声回奏:"奴才恭贺圣驾得宝!"

"哦?那就烦劳徐卿说得明白一些。"康熙眉毛一挑,随即追问。

"此物唤作棋墩,日本国专有生产,不过哪怕产地日本也只富贵人家方可见到,何况这件居然是绫营榧木制成!"徐星友声调微扬,娓娓道来,"东瀛盛产榧木,产地中'日向'为尊,'九州'次之。传闻日向地区寒暖不均,降雨充沛,光照时长,加上岩石地质,所以此地的榧木年轮细密、鲜明,质地软硬适中,而在日向地区的林地当中,'绫营'成材的榧木最少,却是最好。奴才在京多年,与东瀛棋士往来不少,用绫营榧木做成的饰品偶有遇见,对方姑且当作宝贝出示,这么大块做成棋墩,奴才虽有耳闻,却是头回见到。

"在日本棋盘制作世家有个传统,老子木取,儿子精作,只因木取耗时太过久远。将原木做成棋盘人小并在阴暗处自然干燥称为'木取',一般十多载方可完成,且厚度增一寸,干燥多一年。新木色白,然后逐步泛出油黄,此物色泽暗至黄褐,似油不油,用手抚摸无一沾尘,应该历经了不止百年吧。"

康熙听得津津有味,徐星友翻转棋墩,指着一方深寸余、四方斗形孔口继续介绍:

"此乃'音受',亦称'血溜',如此方便散发水分,促进干燥,同时落棋时更会产生悦耳的回音,以增弈者情趣。榧木棋墩妙处还在于棋子敲上去后,棋盘会微微下凹,如此一来棋子不易移动,收盘后用巾帛蘸温水擦拭,只需一盏茶的工夫,可复原状。"

"甚为奇特!"康熙弯下腰,细细拂拭棋墩,一股原木香气丝丝缕缕地钻入鼻孔,康熙精神一振,"以朕视之,这东瀛的手工活儿真挺精细,别看只是一块方方正正的木头,着实不逊我朝造办处的工艺。"

"圣上英明!"徐星友接上话头,"此物定是出自鬼头世家。据悉鬼头家有三百多年的工艺传承,除去木取,另有玉切、粗刨、细刨、独木刻线,每道工艺不是费时,就是苛求卓绝。圣上请看,这个盘面初看平整,实以天元为中心延四周缓缓向下,据说这样棋子打在上面音质更佳,依奴才拙眼,此物实属百年难遇的极品!"

康熙微微颔首,徐星友接着进言:"圣上,这些棋子同样珍贵!"

"哦?"康熙不由得将目光移向两只棋碗,伸手掏出几枚棋子玩赏片刻,转身言道,"这些初看似乎与普通棋子毫无二致,唯朕细观之后方才发现,每一枚的外观尺寸近乎相同,这就不是件容易的事儿了。透过光亮,黑子白子呈现出不同的花色纹路,但两者同样质地坚硬又不失温润,到底何物所制?"

"这些棋子确实大有掌故。奴才只在若干年前听人盛传,当下看来这两只棋碗里的就是东瀛棋士传说中的圣物,化石子。"

"化石子?"康熙沉吟后反问。

"据说动物、树木尸骸深埋地下千万年后,少数会结化成岩,即为'化石'。"徐星友接着禀告,"五百年前东瀛镰仓时代的开创者源赖朝大将军酷爱对弈，身居大位之后，遂命当时制棋第一巧匠羽田觉遴选岛内珍稀物料制造一副棋子。

羽田花费数年精挑细选，最后采用乌木化石制黑子，蛤贝化石制白子，另外穷尽了三年心血方才得以完成。皇上洞若观火，奴才也认为所有的棋子规制严整，棋面、棋腹、棋耳几无二致，羽田精工之手段，不苟之毅力真是叹为观止！"

"东瀛棋士目前水准若何？"康熙突然转移话题。

徐星友须臾停顿，然后脸红回禀："东瀛围棋自一千年前奈良时代开始兴盛，历经平安、镰仓、战国时代，逐渐形成了四大门派，其中本因坊一贯最强。如今的本因坊四世掌门道雪手中握有四大门派至尊的'名人'称号。东瀛棋士传言，道雪行棋飘逸莫测，开局取势，绵绵发力，在日本国内所向披靡了十多年，被公推为几百年一出的鬼手，并尊为棋圣！"

"与徐待诏相较呢？"康熙见徐星友扯远了，直接打断。

"奴才不敢欺瞒圣上，三年前臣与琉球国第一名手、王子亲云上滨对过一局，臣授其三子，不过侥幸取胜。听闻去年亲云上滨与道雪对过一局，道雪让先四子，却是完胜。据此相较，奴才不如道雪！"徐星友和盘托出。

康熙深吸口气，然后说道："不瞒徐卿，道雪此次的确随访中土，今天东瀛使团公然请求大清派出第一国手与道雪手谈一局。朕也听说，围棋在东瀛一脉已成强势，由此唯恐爱卿失手，损了天朝的威仪。"

康熙同徐星友谈话虽然坦率，但他的顾虑仍然难以言明——当时平定三藩不久，朝野上下正在筹备攻台，然而大清周边一直暗流涌动，北面的沙俄、噶尔丹，西面的新疆、西藏，南面的交趾、暹罗都不安稳，东边的日本，目前由德川幕府把持，对高丽和琉球一向垂涎，若不是畏惧大清地广人众，对台湾有无非分之心还真不好说。

70年前日本鹿儿岛萨摩藩入侵琉球，琉球被迫暗地向日本称臣，缴赋纳税。根据密奏，琉球民间流传着一种说法："唐乃伞，大和乃马蹄，琉球乃针头。"意思是，中华如伞，琉球受其庇护；日本如马蹄，琉球受其践踏；而琉球自己则如针头般弱小。

朝廷此番决心鞭指台澎，日本畏惧天朝武力，以献宝示好大清，避免中日在琉球横生枝节，应该是其意图之一，借围棋切磋试探大清国力，恐怕是尔等的另一层想法吧！

想到日本在不久的台海大战中可能上下其手，浑水摸鱼，康熙不禁脱口而出："这局棋，大清国还真是输不起，不过借故拒绝，亦欠妥当。"

徐星友一旁暗自揣量：黄师出山，胜算几有八成，怎奈黄师生性不羁，先前荐于圣上，触犯龙颜，若非自己舍身力保，恐怕已经折了性命。此番再荐，会否又生事端……

"徐卿怎么不吭气？"康熙忽然发问。

徐星友的圆脸渗出了一层汗油，慌忙应道："奴才不敢妄言……"

"你是不是想到那个黄待诏啦？"康熙居然一下点中徐星友的心念。

他们心思所及的黄师、黄待诏，本名黄霞，号"龙士"，是康熙朝乃至中国近代棋坛最神奇的一位人物，凭借超群的围棋技艺，与同时代顾炎武、黄宗羲等一干名士并列"十四圣人"，身后又同范西屏、施襄夏一起，被尊为"清朝三大棋圣"。

黄龙士每次同徐星友对弈，需授让三子，输赢方有悬念，并且胜率依然占优。徐星友是个棋痴，当时除黄霞之外海内已无敌手，是故不仅将其引为知己，更是敬为师尊。

康熙闲暇时候喜欢下几盘围棋，但皇帝的威严使得他与对弈者间保持着默契——最终皇帝必须赢。康熙心知肚明，自己越是险胜，待诏把控局势和计算能力也就越是脱俗，但如徐星友这般，能够给予自己险胜乐趣的大师着实凤毛麟角。

如此多年，只有黄龙士倨傲不羁，伺棋圣驾，开局未满五十手，康熙的两块棋形已经被他切割得支离破碎。皇帝一下兴味全无，借口要务，拂袖离去。

康熙身边总管太监梁九功，见黄龙士如此傲物，想必主上一定恼怒至极，却又不便发作，遂进言："主上圣明，黄待诏者，'龙士'实为别号，本名黄霞，其面圣时竟报此名讳，实乃欺君，其罪当诛啊！"康熙颔首，着令梁九功传旨大理寺将黄霞羁押待审。

数日后康熙又犯棋瘾，诏徐星友对弈。君臣弈毕，徐星友乘龙颜爽悦之机，俯首置地为黄龙士求情，陈言黄霞初次侍弈，故于各个方面不得要领，念其弈枰禀赋出类拔萃，恳请皇帝网开一面。康熙眼见徐星友尽显棋痴本色，释然而笑，黄龙士由此躲过一劫。

其实黄龙士并非不谙世事，只因当年黄家亲众几乎尽数毙于"扬州十日"，其父于年前迁居泰州，才侥幸得以逃脱，绵延香火。这场兵祸虽然过去了将近40载，但黄家老少对"鞑子"的仇恨都已深入骨髓。

"黄待诏棋路凶狠，不知相较徐卿如何？"康熙正色问道。

"黄待诏被吾尊为师长，棋艺长奴才不下三子！"徐星友依实上奏。

"三子？徐卿过谦了吧？"康熙惊愕。

"的确长奴才三子。此事涉及大清国威，奴才岂敢有半点不实之言。"徐星友一脸诚恳。

"好！"康熙沉吟片刻，下定决心，"朕明日口谕日本使团，大清国第一待诏徐星友身有小恙，三日后于乾清宫遣我朝第二待诏黄霞与日本'名人'道雪对弈一局，弘扬我中华古技于海外！"

……

黄龙士接下圣旨，暗自思忖：原本就是舍了性命，也不能让"鞑子"皇帝遂心如意——奈何这盘棋是中华同外邦对决，自己唯有全力争胜；另一头道雪也信誓旦旦，务必把握这次将日本棋道扬名于世的机会！

这天黄龙士、道雪在乾清宫坐定，按照常例，此番是日本国提出挑战，黄龙士抓出了几枚白子握在手中，道雪缓缓取出一枚黑子，表明自己猜选了单数，清点白子单双之后，黄龙士执白，道雪执黑，在棋枰上厮杀起来。

当日，乾清宫殿前的汉白玉高台甬道总共设置了百余席，各桌均摆放一副棋子，王公大臣、外国使节几百人列坐其间。

康熙则由徐星友陪着，端坐南书房，榻上放着棋墩和化石子，随着敬事房公公将棋谱传出，行棋进程即时呈现于各桌。

黄龙士棋力刚猛，道雪行棋飘逸，棋局渐渐引入黄龙士取地、道雪取势的局面。

黄龙士四处大体定型之后攻入黑腹，四下腾挪，尽力破空；道雪稳扎稳打，借助厚势在攻击的同时围猎实地。

随着道雪摆下第一百三十七手，康熙脸色涨红，徐星友脸色煞白——黄龙士遭遇道雪"双征"，看似再无妙手挽回这一大损局面！

巅峰对决，一招半式的失误足以致命，何况大损？康熙心中顾着江山，徐星友心中念着中华棋界的荣誉，以及好友的安危。

"嗒、嗒、嗒……"黄龙士神色如故，落子依旧利落，眼睛却一直半开半闭，好像落下了帘子的窗棂。

满场狐疑：黄待诏难道真的不晓得这盘棋局的分量，不怕人头落地吗？

道雪眼见局势大优，依然小心翼翼，他深深运了口气，继续集中算力，仔细计较。一来一往之间又过去了十多手，道雪开始确信，凭借自己手段，这盘棋局的结果再难转圜——距离日本围棋的伟大时刻越来越近！道雪甚至感觉，自己正在拥抱整个世界——那种类似金榜题名的幸福越来越实在地充盈于道雪的每个毛孔当中。

一百七十六手！黄龙士遮在眼眸跟前的帘子"呼"的一下卷起。

"啊，"道雪顿时被一道光芒刺到，一股冷气从他体内深处钻了出来，"里头是什么？"道雪这时看清，那是一把锋利的匕首！

"镇神头"，一子落下，两头征势顿解。

道雪投子的消息很快传到南书房，康熙终于长长地舒了口气，来回踱了数步之后欣然提笔写下"镇神头"，并且加盖"康熙御笔之宝"，之后交由造办处的木雕巧匠镌刻棋墩一侧，同时下旨，赏黄龙士黄金百两。

黄龙士领受厚赏，却不愿继续为清廷用命，从此匿迹江湖……

化石子和"镇神头"棋墩从此成为中华棋界和古玩圈的一对神物。康熙驾崩，这两件先帝的心爱之物跟随葬入景陵。

民国十四年（1925），北京琉璃厂隐约传出流言：化石子和神头墩流出了宫外。

"这两件宝贝不是跟着康熙爷入了景陵,怎么咱家会有,真的假的?"夜深,北京一家古玩铺子,小伙计指着桌上的锦盒问师傅。

"就凭你师傅的眼力,咱'古意斋'啥时入过赝品?"老板心情大好,晃了晃脑袋,把这阵子下的功夫一股脑儿地抖落出来,"当初年大将军替雍正爷办差,伙同主事太监做了'狸猫太子'的手脚,直到年府抄家,才被发现。雍正爷担心八爷党污蔑自己用人不淑,最终在孝道上理短,干脆将这桩丑事遮掩起来。"

小伙计想到两年前"建福宫"大火,不由得吐了吐舌头:这些年,宫里的确有不少宝贝流落民间——主人势弱,恶仆自然欺主,这些狗奴才胆子越来越大,最后居然放了把火,清了宫内的一大笔烂账。

以后又有传闻,两件神物被某个江南富商以十万大洋买走,不过据说还没护送到家,就遭强盗劫掠。

再往后,化石子、神头墩好像黄龙士在江湖中隐没,没再泛起丝毫涟漪……

开局

参加完戴晓桦的百日宴，小骏因为多贪了两杯，回到家倒头便睡。直至深夜醒来感到口干舌燥，伴随粗气带出了一股茅台的酱香，小骏忽然想起古驰包里那本70年前的《中华风云》——那是自己收藏至今，所获当中最具价值的一件珍品。

一般20世纪五六十年代的八品旧刊已经达到收藏级别，这本30年代的十品刊物自然愈加珍贵，要知道旧刊每出现一处破损就要降一品，何况这本旧刊的里里外外一块大面积的潮垢都没有。

小骏翻身下床到洗衣房取了一盆凉水加入适量的消毒液和洗涤灵，取出一条崭新的白毛巾放到里面浸泡了一会儿，再用洗衣机甩干，拿到客厅轻轻擦拭书脊和前后书衣，反复几遍之后，小骏伸直手臂，整体检验了一下自己的劳动成果：少量的污垢原本颜色不深，现在又淡下去不少。接着小骏又轻轻擦拭书头、书口、书根，预报明天艳阳高照，只需曝晒半小时，就可以放心地将它插入书架了。

旧书刊需要长时间的耐心呵护，定期除尘、通风、曝晒都是必修的功课，小骏精于此道，并且乐此不疲。这本珍藏的旧主将它交到小骏手中，就是希望里面的故事能够长久地保存下去。

等到忙完一切，小骏的觉头已被打碎，反正横竖睡不着，干脆泡了杯热茶坐到书房打开电脑，进入"奕客围棋"，配了一位相同等级的对手。

（电脑那头"山北老余"执白三连星，小骏执黑，稳稳地一头无忧角，一头点了星位。双方开局没有任何新意，不保守也不激进，都讲究四平八稳。棋局布下，小骏仿佛回到大学毕业的时候。）

小骏，大名陈骏，确切来说，他所指的大学是三年制大专，即便如此，小骏在拿到录取通知的时候，依然春风得意——那是"公费"的呢。

自小到大，小骏的理想一直切换。

最早想当解放军，金戈铁马，枪林弹雨……最终要么马革裹尸，要么成为横刀立马的将军。虽然才是小学生，但小骏已深受《三国》《水浒》的荼毒，抑或懵懂中参透了"枪杆子底下出政权"的道理。

等到高中又想当明星，被万千粉丝宠爱，与心仪的女神拍吻戏，同时大把挣钱……这些场景几乎满足了荷尔蒙旺盛分泌所催生的所有冲动，夫复何求？

进入大学，小骏的追求渐渐从无形的精神具化成为有形的物质。即便小骏已将理想不断往下调控得更加务实，结果非但不尽如人意，更直接造成了物质匮乏——炒邮票套牢了他从表哥小勇那里借来的一万元钱。小勇在沱州做生意，倒腾工艺品和古玩，几年下来成为大款，他把一万元唤作"一粒米"，风轻云淡中透露出不经意的态度，小骏却依然"压力山大"，应了一句老话："无债方能一身轻"。

眼下总算摆脱恼人的课业，目标也很清晰，第一试试有没有官运，第二看看有没有机会当老板，不过发大财的资本一概没有，理工类科目的成绩也统统不灵光，也许人生就是这样，理想丰满，现实骨感！

还好小骏相信自己仍有长处——不怕吃苦，更不乏雄心壮志。能吃苦起源于雄心壮志，雄心壮志却因为另一样好处的加持：从小到大，小骏历经几次卜算，结论大同小异，他是有福之人，且后福无穷！

带着打了折扣的意气风发和对未来的美好憧憬，小骏作别学生时代，却没离开武陵城建学院，鬼使神差留在学校谋了份差事，想到自己多门挂科却能最终落脚在象牙塔，小骏越发迷信于命运的神奇。

沧陵是武陵的省会城市，沧陵江是条历史久远的长河，仓促流淌过一段南北征途，便自西向东贯穿了武陵平原。

大河不仅为人类的生活、生产提供要素，更使流经的集镇坐享到水运红利，从唐宋开始"沧陵邑"逐步演化，到了元、明已经成为连接东西商贸的枢纽重镇。

中国自古讲究"耕读"，"耕"是为生存，"读"是为希望。农家子弟想依靠读书跳跃龙门常常力不从心，一方面缺少物质资本，另一方面没有书卷氛围，而商贾总是不满足家中的财物充盈，更希冀后辈通过读书谋取政治地位的翻本。经过几百年，这座市镇先后出现了"三多"的景象：先是商贾多，然后秀才多，最终官宦多。

下野、隐退的达官，经营各类买卖的显贵陆续在城中的江北地区营宅建邸，延续到清代、民国，五进以上的深宅居然累积下不少，里面奇石水塘、花草树木将院落打扮得优雅别致，连廊小径、假山石桥将亭台楼阁串联得曲径通幽。

19世纪中叶，洋人和官僚资本开始沿沧陵江北岸大兴土木，仅仅持续了十多个寒来暑往，沧陵这座原本不大的城市，就像吹了气的肥皂泡，不仅五光十色，更是朝向四周急速膨胀，洋行、工厂、商铺鳞次栉比，百货、戏院、舞厅争奇斗艳。

每每周围的乡村归于沉寂，城市中心绚烂的霓虹缠绵着靡靡糯糯的爵士乐翩翩起舞，各种情调糅合一起，各行各业的精英纷至沓来。又经过二三十年，沧陵再一次华丽转身，成为中国屈指可数的经济文化中心。

小骏毕业的时候，沧陵江北岸正在铺设高架路，南岸开始兴建开发区，江面上第一座斜拉桥接近完工，第二座紧锣密鼓地着手启动。小骏的专业是"土木",幸运赶上了一个伟大的时代。

也许天下父母大多难以免俗,爸爸老陈和妈妈范老师同样喜欢在家里要么顾影自怜,要么相互吹捧,这类夫妻店模式的双簧不仅能够像酵母片,消化工作中的积郁,同时还能收获崇拜。在年幼的小骏心中,父母像神一般伟大,并夹杂着脱俗的"清高"。

随着年岁渐长,小骏的直观感受却是生活无奈、家门寒酸。他逐渐有了新的认识:父母的清高,只是"清贫",并不"高明"。

小骏进而质疑父母为自己指引的人生道路,变得厌学和叛逆,初中懒散,高中不羁,眼见大学梦想即将沦为落榜梦魇,小骏的人生航程却上演了船到桥头的戏码,高三下半年他忽然开窍,找到了发愤的门路。就眼下自己不堪的境况,要想高考有所斩获,必须战术精准:一抓,二找,三弃——抓基本分,找突破点,舍弃难题。几个月后他居然同先前甩开自己很多名次的年兄们一样,踏入了大学校门。

小骏的奶奶做出总结:全凭菩萨保佑,阿弥陀佛!

老陈毕业于南方一所理工见长的高校。他高中那会儿业余时间练习赛艇,成绩达标三级运动员,恰逢贺老总抓体育,运动员的伙食特别好,老陈正值长身体,胃口撑得老大。等到上大学,却遭遇到三年困难时期,反差巨大的饥饿对老陈更加致命,他患上了梅尼埃病,一周发作几次,每次天旋地转,老陈咬紧牙关坚持到毕业,之后分配到离家几千里外的沧陵市,在钢厂做技术员。

老陈大学读工科,其特质却更加适合管理型事务:文字功底扎实,办事认真干练,性格一丝不苟,外加厂领导对老陈"政治敏感性强"的评语——青年老陈内外兼修,会写、会干、会思考,自然容易受到党组织眷顾。

省里、市里经常有领导想找这样的年轻人当秘书,厂部推荐了两回,都因为老陈不是党员作罢。支书动员老陈打申请,老陈总以条件不够打哈哈。周围人群奇怪,没见老陈思想有啥问题,又是工人阶级出身,为何对加入工人阶级先锋队这么不积极?其实老陈的出身埋伏着隐痛:生父系国民党军官,在游击队的一次伏击中丢掉了性命,当时老陈刚满周岁。

母亲是个见识不多的主妇,刚失去丈夫,家里的一干产业就被族人瓜分殆尽,她只好到纱厂做女工,成为了劳动人民,并在两年后给老陈带回了同样是劳动人民的继父。继父虽然早逝,但老陈履历的父亲栏得以遮掩住这段实情,他因此有了考大学的机会。

高中时因为优秀,老陈光荣地被推送去报考飞行员,国家对这个可以轻松飞越海峡的职业政审尤其严格,最后形成了厚厚的卷宗以及不合格的结论。老陈对政治从此敏感起来,就像风湿病人可以预报下雨,浑身每个毛孔都能感应政治运动风雨欲来的讯息,同时心凉大截,放弃了政治追求,担心再有什么政审把自己的老黄历挖出来。

老陈安慰自己,政审也就查三代,陈家再过两代,就可以摆脱这个桎梏,所以经常提醒自己谨慎,同时点拨小骏:吃技术饭最安稳,学好数理化,走遍天下都不怕。

范老师从小被大她一轮的姐姐带在身边,直到姐姐出嫁,姊妹俩才分开。1949年,姐姐带着15岁的弟弟跟着姐夫去到台湾,留下范老师在大陆陪伴父母。

范老师的父母出身资产阶级,只是经过战乱,已被洗白成为无产阶级，甚至比无产阶级更无产，无产阶级有力气，在幼年范老师家中只有母亲的女红可以赚些零钱贴补家用，而范老爷子这根顶梁柱根本顶不了事。

家中早就没有值钱的物件可以变卖，失去女婿的周济，饥饿的阴影就像庙里的香火始终缭绕在那间破旧的草棚，却不见香火的丝毫热度，而是一团冰冷的死气。

范老师刚上小学母亲就在贫病中去世，家里唯一带有热度的争吵也不见了，草棚中只剩下范老师对父亲冰冷的怨恨，以及范老爷子那颗没有了温度、等死的心。

临到小学毕业，家里又遭大祸，范老爷子被解送到甘肃的劳改农场，因为他莫须有地包庇了反革命——某天草棚收留了一个女婿家的远亲住了一晚。当贵族沦落到草根，尤其生逢乱世，肉体的存在往往只有遭罪，到达甘肃立足未稳，铺盖卷就被偷走，熬了两宿严寒，范老爷子的生命走到尽头，死亡对他是一种解脱，不过人生的最后一程太过煎熬，此外他在奈何桥头还牵挂着女儿，保佑小姑娘能够活下去！

范老师从此没有了至亲，舅母的家是这个15岁的女孩唯一能够投奔的庇护所。

舅父离世多年，舅母却保存着对小姑子的温情，天性善良的她略加踌躇，便决定在不多的口粮里舍出一口饭，在不大的阁楼中腾出一张床，收留下来这个孤儿。

或许范老爷子显灵，护佑女儿平安长大，师范毕业后范老师到小学做了一名教书匠，这个结果已远超范老爷子对女儿的祈福，不过范老师仍然充满遗憾，她固执地认定，如果不是出身问题，凭借自己优异的成绩，铁定能够得到那个保送大学的名额。

　　老陈夫妇虽然历经坎坷，但能落户在大都市，还都属于干部编制，更不能忘记当年人民助学金的恩情，因此真心实意地感谢共产党，感谢毛主席！

　　小骏长大后，却对现实产生疑问："读书优秀有啥用？就说小勇，姑妈一直嫌他不是好学生，如今却能赚钱，日子过得风光自在。"都说拿手术刀不如拿剃刀，卖茶叶蛋胜过搞导弹，所以小骏想换一种与父母不同的活法，打拼出一片属于自己的天地。

　　小骏上高中和大学那几年，小勇常来沧陵，前几次住舅舅家，后来每次都住宾馆。住舅舅家，小骏跟他挤一块儿，后来住宾馆，小骏常常跟去，又是挤一块儿。一方面宾馆洗澡舒服，另一方面小骏对收藏有了兴趣，他特别喜欢小勇给他讲各种掌故。

　　比如职业盗墓者按行事手段不同，分成四个派系，发丘、摸金、搬山、卸岭……卸岭手段粗暴，摸金注重技巧……当今盗墓者，都说自己是倒斗的手艺人，为什么叫"倒斗"呢……很多业内的唇典套口、江湖逸事都让小骏听得兴味盎然。

　　大学三年，小骏专业科目虽说只混了及格，却涉猎不少收藏的杂书，譬如金石、书画、紫砂、邮票、老的期刊杂志……虽没一样能够研究到达境界，场面却铺得很开。

　　小骏那时常去工人文化宫的邮币市场，适逢小型张邮票被炒得如火如荼，小骏旁观了将近一年，起初还能保持淡定，最后终于向小勇借了一万元的本钱。最初几周，居然赚到好几千元的账面富贵，兴奋没多久，就被打回原型，半年后居然亏损六成！小骏舍不得割肉，只能把短期投机调整为长期投资，十多封小型张邮票——小熊猫、杜鹃、铜车马、水浒……统统被他装进一只大号的塑料袋，里面放上干燥剂，连同五味杂陈的痛，像一口钉死的棺材被他掩埋到了自己床下。

小骏原本属于一家日化厂的委培生，没有找工作压力，目标只是"六十分万岁"，然而发乎其下的结果，却是好多次都没能"万岁"。幸好所有挂科经由补考逐一通过，一路闯关到临近毕业，大约三年前签下的《委培协议》家里却怎么都找不着，而且去了学校档案室，又跑了这家日化厂的人事科，都是"生不见人，死不见尸"。

日化厂正在大搞改扩建，基建处缺人手，所以爽快答应，只要愿意就给办入职，然而小骏一向不喜欢与化学品相关的工作，认为职业病发生概率高。

大学毕业已不再由国家统包分配，能够有家单位保底虽属难得，但小骏不甘心吊死在这棵树上，同时认定，父母照例指望不上，机会只有自己去找。

小骏开始留意周围老师、同学的闲话，凡同找工作相关的信息，他都会加倍上心，认真揣摩。小骏从中理出不少线索，跑了许多单位，却一直没有遇到比日化厂更理想，同时愿意接纳自己的去处。

允许小骏腾挪的时间本不充裕，兜兜转转十几家单位，日历又被撕去了不少。小骏内心着急，同时暗下决心，如果再没撞见更好的归宿，无论自己是否愿意，都去日化厂报到。一个大小伙子，家里辛苦地供养到大学毕业，即使化学品再毒，也好过待在家，让爸妈养活。

眼看又到周五，小骏走进了老赵的办公室——其实武陵城建学院监理公司总经理赵颜复并没有单独的办公室，公司的办公场所笼统集中在一间教室里头。

里面的木质桌椅一律破旧，小骏一推门，屋里原本端坐的人有的侧过脸，有的转过身，从而牵动屁股下面那些椅凳的神经，一齐"吱吱嘎嘎"做出了龇牙咧嘴的反应，小骏担心某把椅子会忽然马失前蹄，将身上的主人掀翻在地。

小骏将头探入门缝，直面整个屋子发问："老师，这里是监理公司吗？"

"是的，你有什么事？"答应的是一位年龄比范老师更长一点的女先生。

"听说监理公司在招人，所以我来咨询情况。"小骏顺势进屋，迅速扫视四周。

一排绿铁皮的文件柜摞了五层，上面有几顶安全帽，其中一顶老藤条的帽子让小骏望着碍眼，门背后靠了一副三脚架和一杆塔尺，还有一件橘红色箱子躺在地上，依据尺寸，小骏判定是台水准仪。

办公室一共坐着四位老师，问他话的应该是会计，因为桌上显眼地放着账簿，此外还有三位老先生，其中一位相对年轻一些。

"哦，那你问我们领导吧。"女会计朝那个年轻的指了指——他就是老赵。

"你怎么知道我们在招人？"小骏觉得对方音质浑厚，虽然音量不高，但每个字都能特别清晰地传入耳朵。

老赵50多岁，两道浓密的眉毛下面一对牛眼，尽管眼白不够明澈，眼光却很锐利，似乎可以穿透表象到达本质，然而他的穿着如藤条帽一般不考究，坐的位置背对门，并没有彰显他的领导地位。

"听系里老师说的，我一得到消息就过来了。"小骏回答。

老赵端详小骏：小伙中等身材，看上去很敦实，鼻梁上架一副黑色方框眼镜，态度诚恳，同时透着一股机灵。

"哦，是这样。"老赵顿了顿，"做监理工作可不是整天待在办公室，要户外作业，甚至野外作业，很艰苦哦。"

"我不怕苦！"小骏脱口而出。

"你叫什么名字，哪个专业的？"老赵追问。

"我叫陈骏，耳东陈，骏马的骏，工民建的。"小骏响亮、简短地回答，同时闻到好运的气味。

小骏后来了解，老赵60年代毕业于清华大学，一张"地卧铺"的车票把他送到了共和国西部的两弹基地，从此投身国之重器的伟大事业——搞完两弹搞核潜艇，然后转战中国的第一座核电站。

一晃已过五旬，老赵因为孩子放弃了晋升局级的机会，没去第二座核电站担任副总指挥，选择调到武陵城建学院创办监理公司。

80年代末，随着一大批世行贷款项目在国内兴建，建设部引入了监理机制，监理作为独立第三方，代表甲方对乙方的施工质量进行控制和验收。

老赵办事认真，第二天就去系里调查，结果小骏是个成绩中等偏下的专科生——虽然系里已经帮自己学生加注了水分，但老赵依然感到失望。不过公司初创，正缺人手，另外老赵觉得，如果小骏就自己介绍的"能吃苦"，那么也算孺子可教。

按老赵理解，"能吃苦"的内涵是丰富的，它不仅代表了一种精神，同时包含坚定的信念以及由此带来的良好心态。只有抱定吃苦决心，内心才容易满足,才会平心静气,才会执着,才能克服常人难以克服的困难。

另外,系里介绍这孩子原本是委培生,万一委培单位找来,监理公司需要赔偿,就不上算了。"委培的事,公司可不能负责……"老赵自言自语。

小骏心情格外好,他盘算去监理公司有不少好处:一、进入高校编制不仅光荣,更有保障;二、依据工作性质,监理可是"朝南坐"的美差;三、据他了解,除固定工资,项目另有各种津贴,加在一块每月大概600元,一想到能同30多年工龄的父母收入相当,小骏就非常知足;四、深入一线,可以很快、很直接地学到安身立命的技术。

小骏感到眼前是一条崭新的跑道,发令枪已经举起,这次必须拼命向前。踏入社会,意味着他不再是男孩,而是一个男人,抑或一名战士,身后就是将近年迈的父母和未来的妻儿,自己退无可退!

当老赵问及委培事宜,小骏回答得很干脆:"我保证自己承担一切责任,不给公司添麻烦,这点可以补充写入协议。"

老陈和范老师同样欣喜,小骏居然自个儿落实了工作,否则要他们硬着头皮去托人情、找关系,真不晓得从哪里入手。

《盘肠战》

荣二的案头上放了15页纸——化石子、神头墩的整部档案。

开头12页都是关于两件神物的历史、相片等背景资料，从镰仓时代羽田造子，到它们被埋入景陵的一段段"正史"；剩下3页，皆是传闻，即称谓"野史"。

关于正史，荣二每瞧上一眼，内心都会哆嗦一下。

明治维新之前，绝大多数日本人都没姓氏。当时在日本拥有姓氏就代表着拥有贵族身份，一些重要官职必须由特定家族的人来担任，比如征夷大将军必须出自平、源两姓，关白（类似丞相的官职）必须在"藤原氏"的五姓当中遴选，又称"五摄家"——近卫、九条、一条、二条、鹰司……

故此日本平民对姓氏有一种特殊的向往，因为那是地位的象征。1875年《姓氏法令》颁布，"造姓运动"顿时在日本轰轰烈烈开展起来。

当时荣二爷爷房前屋后的山坡上开满野花，《姓氏法令》一度让这个老粗颇为头疼，一次借酒浇愁之后，这个日本农民面对门外的山坡竟然迸发出诗人的灵感——他将自己的血脉用"花田"做了类似商标的注册。

老花田经常对儿子说同样的一席话，这席话儿子又对孙子反复强调："我们花田家，虽比不上平、源，以及藤原五姓，但也十分尊荣，因为我们的祖先是一位圣人。"——根据一代代口口相传，老花田是"棋圣"道雪的第七代子嗣。

荣二是花田家男丁中比较出息的，身材魁梧、体格健壮，中学毕业后当了警察，他所供职的这支机构后来划归到内务省特别高等警察课，简称"特高课"。

随着日本军队侵占中国城市越来越多,这些当年的小警察若干年后多被派往中国,担任各个城市的机关长。当下花田少佐的职位就是"特高课驻水城机关长",那是花田荣二主动请调的结果,他原本在辽城当机关长,辽城比水城大,战略地位也更加重要,不过去水城任职对花田荣二来说,是一项必然的选择。

三年前他还在特一课当小警察,某天上司武内少佐将他叫到办公室,递给他一份材料,这是一本中国西南某城发行的刊物《中华风云》,里面一篇文章《两百多年前的一场胜利,戳穿"坐隐漫谈"的牛皮》(以下简称《胜利》)被特别打了红圈。

……甚至很多国人认为,目前我们中华民族各种衰败,想要避免"亡国灭种",必须"大东亚共荣",即某些人的"救国"理论……不知什么时候,我们东边隔海相望的邻邦开始编撰神话,这些神话妄图将中国变得更渺小,将自己变得更伟大……今天举的这个例子就是其中之一……

特高课本部下属五个特课,从"特一课"到"特五课",特一课的主要任务就是"掌握和引导占领区的思想动态",荣二接过材料,照例一边浏览,一边等待上司布置任务,然而他的脸色逐渐难看起来,如若不是竭力克制,他一定会把手中的材料撕碎!

武内似乎没有察觉荣二的愤怒,开始慢条斯理地分析案情。区外发行的刊物在占领区内被人传阅并不鲜见,不过这次意义非同寻常。当时围棋在日本蔚然成风,对很多日本上层人士来说,用围棋来印证人与人之间的智力高下，既科学又实用。科学是因为围棋的算度和棋理复杂深奥，实用是由于当时日本围棋打遍天下无敌手。

围棋可以证明的东西不只是智力，进一步就是人种优劣，再进一步就是大和民族在大东亚天命所归的核心地位。一环扣一环的逻辑推论，在舆论和精神层面，足以将日本塑造成东方世界的领袖！

《胜利》一文堪比核弹，在"大和民族优越论"的中心腾起了一朵蘑菇云，让日本军部高层歇斯底里、暴跳如雷——甚至有大员建议：哪怕炸开景陵，也要迎回天皇的神物！

"花田君，这个案子拜托了！"武内的语气温和礼貌，眼中却掠过了一丝戏谑，虽然一闪，却实实在在灼伤了荣二的自尊。

荣二从小受到熏陶，每次填写履历，总在"备注栏"中带上一笔花田家族的神圣血脉：本人是道雪棋圣第九代玄孙。

"武内这个混蛋一定瞧过我的档案。"荣二咽了口唾沫，对自己说道。

花田干脆利落地根据线索，顺藤摸瓜并彻底捣毁了这条非法刊物的各个流通环节，受此案牵连的几个中国人，全被定为"抗日组织骨干"，受尽酷刑之后全部枪决！

花田荣二完成了结案报告，不过在他的内心深处，此案还未了结。

……

快到"小雪"，随着一阵凉过一阵的冬雨，气温陡然下降，加上中日战事吃紧，沱州城的街道格外萧瑟，不过今天城内的戏院"茗香园"却特别热闹。

茗香园坐落在老街东北角，门脸不大，进门左手边搭了个棚子，下面一张长条桌案，桌案后头坐着一名戴圆框眼镜的茶房管事，旁边一个钱箱，面前一本账簿。

每进去一位客人，账簿上的"正"字就多加一笔，然后钱箱"啪啦"几声，又会吞下几角茶资——当时没有戏票的讲法，品茗听戏，茶资中包含了戏价。

戏院早些时候叫"戏园"，再往前称作"茶园"。清中叶之后，中国北方地区的茶园逐步形成规模，后来随着京戏的形成与发展，人们进入茶园不再以品茗为主，而以听戏为主，茶园也逐渐改称为"戏园子"。

"给黄爷问安，好久没见您啦。"管事抬眼望见，连忙招呼。

"托您的福，听讲今天有戴老板的《盘肠战》，我是一定要来的。"黄爷微笑作答。

"快往里请。"管事的身子微微站起，"伙计，快给黄爷在头前的中间找个座儿，然后泡壶碧螺春。"等到黄爷向他抱了拳，一撩大褂走进园内，管事这才重新落座。

黄爷刚才坐稳，茗香园的老板就挨近身边："黄爷，这是戴老板今年的最后一场啰，您跟他交情深，又一直好着皮黄，是不是劝他回心转意，至于园子跟他的利头分成，我这里都好商量。实不相瞒，如今兵荒马乱，园子的年景越来越差，没他戴老板的戏，茗香园更是雪上加霜。"

"戴老板"是锦园班班主，武生名角，大号"万麟"，去年开始在这个戏园登台，红透沧州。

沧州城有家老字号"茂春"商行，专营北方皮革，南方猪鬃、丝绸、茶叶等大宗贸易，黄家通过几代人对茂春的悉心打理，成为了城内数得着的商贾大户。

黄爷，黄贵权，26岁，是茂春的大老爷，他弟弟黄贵禄是二老爷。

茗香园在跨入民国之后进行了一番改造，观众席改为半圆排椅，在第一排设了雅座，雅座跟前的几案专门用来摆放茶水和干果，正方形三面敞开的戏台已被扩大，正前方安装幕布，顶头更是加设了灯光，两侧一对寸余厚的木板上刻着一副对联，悬于柱头：

曲是曲也，曲尽人情，愈曲愈妙；
戏其戏乎，戏推物理，越戏越真。

《盘肠战》是一出"长靠武生"的戏。武生分为长靠和短打，长靠武生就是穿着靠，戴着盔，踏着厚底靴，手拿长柄兵器的武将，比如岳飞、杨六郎；短打武生则是衣着短装，身段敏捷的武林人物，比如武松、白玉堂。

长靠武生在舞台上有三层表演境界，一要准，二要美，三要有韵味，这三层境界一层难过一层，戴万麟不但达到第三层，更是登临化境。沱州的票友不少，而且水准不低，自锣鼓声起，全场的叫好声一阵高过一阵。

临到第二天晌午，黄贵权赶到锦园班驻地，见到戴万麟拱手作揖："大哥，今天中午咱哥俩到'观山楼'喝一杯？"

时局不稳，俩人有些日子没在一块喝酒聊天，坐定之后，黄贵权远远望着窗外的"鹅头岭"，将茗香园老板让他转述的意思做了开场白，同时问了缘由。

戴万麟叹了口气："你没听到风声？国军还要撤退。看样子，膏药旗不久也会插到沱州城，所以……"

"所以，大哥想要往南方躲避兵祸？"黄贵权插嘴。

"一时还没个妥当主意，不过一旦沱州被日本人占了，我哪怕一介戏子，也不愿吟唱那出后庭花！"戴万麟说完一扬脖，把杯中酒灌进了肚子。

"大哥，吃口菜。"黄贵权心里跟着叹气，"如果生计断了，今后作何打算？"

"还没打算，且过且看吧。前几年攒下些积蓄，算算够熬一年半载，谁知道国军撤到哪里算个头。"戴万麟的愤懑化作了酒气。

"大哥最后一场怎么不演《挑滑车》，高宠那三下起霸还真是经看，您台上演着爽快，我们台下不也看得过瘾吗？"黄贵权转移了话题。

"我专门挑了这折戏，日本人如果打进来，沱州准会有不少为虎作伥的家伙，我先敲敲这班人的木鱼，老天的眼睛睁着哪，一切报应不爽，做人要留余地。"这是今天戴万麟第一次露出笑脸，同时隐着一丝得意。

黄贵权恍然大悟，暗暗竖起大拇指。

《盘肠战》又称《界牌关》，是《薛丁山征西》中的一折武戏。罗成之子罗通在扫北途中，遇一北国公主，进军受阻后便以成亲作为权宜之计，并在洞房之夜顺口起誓，日后若有负公主，愿死在80岁老头枪下——罗通其实是在使诈，壮年武将，练就罗家枪绝技，怎会为八旬老人所杀？罗通最终始乱终弃，不料在界牌关，罗通遇到劲敌，被老将王伯超枪刺腹部，肚破肠出。虽然罗通将肠子盘在腰间，拼尽全力刺死王伯超，唐兵拿下了界牌关，但罗通最终气绝身亡。

"茂春怎么打算？"戴万麟转头问黄贵权。

"胞弟已经带领家中产业迁往江南，不过正如大哥所言，国军不知撤到哪里才算到头。"黄贵权同样忧心忡忡。

"那你怎么不一起去江南,这里还有买卖需要打理?"戴万麟问。

"祖母大病,我是长房,自然得留下照料。"黄贵权的眼神顿时暗淡下来。戴万麟心想,怪不得许久没见这位小老弟了。

哥俩这次推杯换盏之后,仅仅过去两周,日本大兵就在沱州城内巡逻了。

"戴老板,您倒是为什么呀?"没等到黄贵权的回音,茗香园封老板终于按捺不住,亲自登门央求戴万麟登台。

"前些日子浑身不舒坦,那出《盘肠战》算给衣食父母一个交代,若再登台,只怕身子骨撑不住,实在对不起。"戴万麟小心推脱,沱州眼下气氛紧张,他也不想招惹是非。

"那您估摸需要调养多久?"封老板事关自己的园子,话锋紧逼。

"没个准时候,看调养情形了。"戴万麟皱了皱眉。

"戴老板,恐怕您就是个心病吧。咱老百姓不就图个温饱开心,无论谁得天下,不都得吃饭听戏?您就别跟自己过不去啦,糟蹋了身上的功夫,多不值。"封老板对今天的拜访有所准备,不会轻易偃旗息鼓。

"我可开心不起来!"戴万麟的音调不知不觉抬高了几分,只一会儿,他轻轻叹了口气,"对不住您,我还是更多将养将养,只怕台上一不小心伤到脊梁骨,人不得成癞皮狗吗?"

"啊……这话说的……得嘞,您自个儿掂量着办!"封老板听戴万麟这么讲,脸一下被激得通红。

老百姓对"爱国"这档子事,总是各有各的看法,首先什么是国:某个领袖是国?某个党派是国?某个民族是国?城中的同胞是国?自己的小家是国?还是根据日本人所讲,"大东亚"是国?抑或亲日派认为,国就是地盘，对普通百姓啥都不是，不用自作多情？

爱国更有境界的区别，"爱"和"忠诚"：爱可以不包括付出，忠诚却需要付诸行动，做出牺牲，甚至丢失性命。无论百姓们对国如何定义，大多仅仅达到爱的程度，戴万麟、黄贵权亦不例外，不过二人都埋伏了一些忠诚的种子，黄家把产业迁到国统区，戴万麟敲碎自己的饭碗，都多少带着为国殉难的意味。

然而没过俩月锦园班就散了，两条原因：第一，原本估算可以熬过一年的积蓄，可日本人进城后，柴米油盐的价格就不断上涨，眼看不用半年，戏班的十几张嘴吃饭都会成为问题，真到了山穷水尽的地步，大家连散伙的盘缠都分不到；第二，日本人一进城，那个封老板就贴了上去，听说正在谋什么维持会委员的头衔，在此期间又来了几趟锦园班，逐次变得嚣张可恶。

戴万麟盘算，眼下自己遇上了一条癞皮狗，仅仅置之不理恐怕不成，说不准哪天就被咬上一嘴，甚至不止两排齿印的伤势，遭遇狂犬更会送命。

戴万麟有傲骨，亦有软肋。五年前师傅将闺女托付自己，然后咽下了最后一口气，四年前孩子出生，老婆因此撒手人寰。眼下就是父子二人相依为命，如果自己有个好歹，这孩子哪里还有活路？原本想得妥当，一年半载之后，等到国军稳住阵脚，自己就带领戏班赶过去，现在看来，只有从长计议了。

遣散戏班，戴万麟雇了辆大车，装上一干家什细软，带着儿子，叩开了黄府的大门。

黄贵权早年毕业于南洋公学，然后回家协助父亲黄敬久打理生意，即便如此，黄贵权的脑子里头已经装满了新派思想，不乐意父亲替自己包办婚姻，然而一直没有恋爱对象，所以至今未娶。

好在弟弟黄贵禄依了"父母之命，媒妁之言"，先于兄长婚配，如今妻子贤顺，膝下一双垂髫儿女，其乐融融。黄家兄弟情深和睦，弟弟已经有后，黄贵权对自己的婚事更是秉持了随遇而安的态度。

几年前黄敬久未知天命就驾鹤西去，府上老太君不久之后患下瘫病，一切需要家人照料护理。

戴万麟的到来，令黄贵权既意外又高兴，忙吩咐管家赖德顺将父子俩的食宿安排妥当。黄府里外张罗，戴万麟看在眼里，却没过多不安——武林同门落难，相互救急原本常事，何况他此次登门并非仅仅造访避难，更有意指点一下黄贵权的武功。

形意是中华三大内家拳之一，其余两样是太极和八卦。形意拳又称"五行拳"，打法简洁凶狠，包含了"五行"和"十二形"基本拳法，五行对应金、木、水、火、土，分别是劈、崩、钻、炮、横五种拳架，另有十二形，分别模仿了龙、虎、猴、马、鸡、熊等十二种动物的起落身姿、攻守形态。

戴万麟第一次和黄贵权在后台照面，就对黄贵权说："看你的身步，像是练了形意呀。"黄贵权意外遇到同门，一时兴起，当即比画了一套"五行连环"。戴万麟却提出黄贵权"练拐了"，一招一式要轻、要慢。

黄贵权欣赏戴万麟的梨园技艺，同时明白这句行话的意思，就是说自己练得不对，然而黄贵权自信对形意拳下过苦功，对于戴万麟的评点不以为然。戴万麟虽然瞧出端倪，但简单几句又不能让黄贵权明白其中的奥妙。二人对此没有进一步探讨。

如今他们住到了一个屋檐下,戴万麟心想,学武讲究机缘凑巧,看来黄贵权同形意还真是有些缘分。

(小骏瞄着对手一个星位上的白棋往一边挂了角,对手却在四线压了一手。小骏在角上点下三三……搏杀几手之后,眼看自己角上尴尬的四子,小骏索性与对手做了交换,借着外势另外抢了"大场"。有的棋不能硬救,救得越狠,完蛋越快,索性弃之不顾,反倒能够获得重生。)

偈子

戴万麟父子转眼入住黄宅已近一周。

那天赖管家四更起夜,回屋时迷迷糊糊瞥见一团黑影从房檐落下,随即又蹿身上了院里的老槐树。他嘀咕撞见了鬼,只见眼前的影子飘忽无常,又不带半点声响。

他想跑,可双腿不听使唤,想喊"抓贼",喉咙又像被什么堵住,"鬼压床"一般,任凭黑影在眼前上下来去了一盏茶的工夫,终于倏忽不见。

赖德顺定下神,料定宅子潜入夜盗,好在主人一家练习拳脚多年,瞧着虎虎生风、有模有样,因此吓散了的魂魄又重新聚拢,匆忙敲开黄贵权的房门。

早晌饭毕,戴万麟笑着对黄贵权说,自己今晨活动了一下筋骨,可能让管家受到惊吓。黄贵权心头一松,同时大骇,从来不晓得形意拳有轻功这门绝技。

戴万麟说道:"五行拳的练家多如牛毛,但能练到身怀绝技,少之又少,禀赋、天性和机缘缺一不可。俗话讲,十年寒窗出一个读书人,三代官宦出一个贵族,而我在梨园摸爬滚打了二十年更有体会,出一个大戏子,需要百年,所以行里称大戏子为'妖精'。形意拳更邪门,习有大成者,天资一定堪比'妖精',磨砺十年,方有小成,再花十年苦功,才能练就轻功和点穴。"

"如今世界,火器决定了武力强弱,所以愿意沉下心二十年的练武之人越来越少啦。"戴万麟轻轻叹了口气。

黄贵权着急开眼,同时好奇戴万麟的武学路数:"大哥的师傅是?"

戴万麟却反问:"你的五行拳是谁教的?"

"家父开的蒙。"黄贵权回答,同时做了补充,"家父跟一位常年替茂春走镖的大师傅练了三年，把劈、崩、钻、炮、横，以及十二形都学了。"

"听说贵府老爷子去世时未满五旬，这个或许同他常年练习形意有关系。"戴万麟想着尽快说破，不然黄贵权迟早伤了身体。

"啊……这话怎么讲？"黄贵权又是大惊。

"形意拳就是有股子邪性。"戴万麟捋了捋话头，径直说下去，"很多练形意的拳师上了年纪后腿脚都不好，也很少长寿。形意拳如果练得不对路，身体非但不能强壮，反而亏空得厉害，睡觉不踏实，更会肾虚。一般说来练拳是件对身体有益无害的事儿，可偏偏形意练得越卖力，身体垮得越厉害，所以一些练家甚至认为自己中了邪。"

"哦？"黄贵权心想父亲当年一步步病入膏肓，的确始于尿血。

"我估摸令尊主要是伤了肾元。肾主骨、生髓，元气是一个人先天的身体底子，医道所说的固本，多指固肾。形意是内家拳，练习的时候，讲究气息随意念在体内游走，如果没有达到一定程度，迅猛发力，气息就难以调和，精气会大量流失。"戴万麟说得非常肯定，"那些当拳师的，大多凭借打斗争胜立足江湖，所以根基未稳就开始练习发力，肌肉力量当然会提升，不过气息散乱，元气不免大量损耗，长此以往练者当然吃不消，首当其冲的症状就是肾亏。"

黄贵权有所感悟，但随即发问："拳脚软绵绵、慢吞吞的又如何制敌？"他当初对戴万麟的指教不以为然，主要源于这点：拳脚攻击致胜，第一是劲道，第二是速度，两样都没有，还有什么武力呢？

"每个人初学形意，都会琢磨不透这点，这也是形意难以入门的原因。"戴万麟继续深入讲解，"形意其实分心法和打法，两者迥然不同，

39

次序不能颠倒。心法练习时动作一定要慢，专练呼吸运气，慢慢练到气息浑厚，同时五脏六腑习惯成自然配合你身体运动吐纳呼吸，用拳时才可逐次发力，这时元气非但不会耗损，还会增加。"

"看来打拳时能让五脏六腑跟着吐纳呼吸是关键，也是最难的。这个好比生意人要赚到钱，找对投资门路最难，却最重要，盲目投资终将血本无归，只有找对门路，钱才会越滚越多。"溯理同源，黄贵权作为茂春的大东家，自然有他理解问题的角度。

戴万麟欣喜点头，接着说："这就是内家拳与外家拳的不同。外家拳锤炼筋骨力气容易理解，只要肯下苦功，就不难有所成就。而要练成内家拳的心法，就很不寻常，不但需要用功，还需要一定的悟性……再跟你讲讲打法吧。"

见黄贵权若有所思地点头，戴万麟感到他对于内家拳理已经有所开悟，又说，"太极如摸鱼，八卦如推磨，形意如捉虾，三句话总结了三大内家拳的发力要津。单说形意，如同捉虾一般，出手轻快，收手的时候，却要带着劲道回来，这叫'重收轻出'，是形意拳的发力要诀，千金不易。"

"重收轻出？却应该如何轻法？"黄贵权第一次听闻，难以参透其中奥妙。

戴万麟想了想，打了个比方："有种讲法，只有不用力才能使出劲。此话怎讲？比如身子各个部位发出的力就像一堆石头，普通人同样打出一拳、击出一掌，这些力道是合不到一块儿的。形意拳讲究先用网兜把这些石头聚到一块儿，再拎起来砸出去，想想看，那股力量有多霸道，而这个网兜就是'劲'！因为劲关系到周身上下，一用力容易限于局部，反而捡了芝麻丢了西瓜。所以越用力,反而离劲越远。这和重收轻出一个道理:重收在于用劲兜住全身力量,然后借着重收的势,将全身力量送向目标,这时只需轻出,击打效果就可达到惊人的程度!"

黄贵权终于信服,形意拳中还有许多境界自己未曾体会,需要用功揣摩,慢慢练习,接着又问:"那轻功和点穴呢?"

"你打我一拳。"戴万麟站起身。黄贵权先是一愣,看到戴万麟朝他点头,便横下心,运了口气,一个崩拳,砸了过去。他没看见戴万麟闪躲,拳势却扑了空,同时感到右臂腋下一阵刺痛。他呆呆地用左手托住右臂——右臂不动还好,一动更觉得被点击到的部位如同锥刺一般。

戴万麟见状反向一击,黄贵权顿时感觉适才刺痛部位爽利了不少。

迎着黄贵权惊愕的目光,戴万麟解释:"点穴实际属于打法的一种,形意有'三顶'法门,其中就有一样'指顶',形意二十四法全部练到,方能成就指顶,也就有了点穴功夫。轻功属于另一类门道,但和点穴一样,全有方能一有!"

"老弟,你对形意拳的渊源了解多少?"戴万麟忽然换了话题。

"形意拳发源于山西太谷,出现于明末清初,传说是姬际可所创,后传曹继武,曹继武又传了山西戴龙邦、河南马学礼,形意拳由此分化为南北两大派系。如今鼎盛的是山西的北派,戴龙邦传了李老农,李老农更有八大弟子。后进当中,像李存义、孙禄堂这样的武术大家都出自李老农一门,特别是孙禄堂,更被尊为武圣。"黄贵权推崇之至。

"大哥怎会问及形意拳的渊源?"黄贵权隐约感到一丝兴奋,难以名状,却很真实。

"我是戴龙邦祖爷爷的第六代传人。"戴万麟揭开了谜底。

"北派的师祖戴龙邦——李老农的师傅？"黄贵权无法想象自己的造化，一代武林宗师的家传，居然站在自己面前！

"老弟愿否让我指点一下？"戴万麟笑眯眯地送出厚礼。

"愿意，师傅请受弟子一拜！"黄贵权赶忙答应，向戴万麟叩头。

"你我有缘呐，今后咱俩不论师徒，依然是老哥、老弟。"戴万麟赶忙扶起黄贵权，当天就从"三体式"开始，调教起这位小老弟。

真正入门以后，黄贵权才知道形意拳难练！

初始阶段，看似简单的拳法，却要掌握许多要领，从外部拳架到内部五脏六腑的气息协同缺一不可，特别是有的要领不能言传只可意会，而且顾了这头顾不了那头。武者只有慢慢体悟、逐步提高，哪怕有良师在一旁指点，一个简单的三体式，能在一炷香不走样，也少不得需要一个月的时间勤学苦练。好在形意拳先难后易，等跨过劈拳、崩拳等几道坎，武者就基本掌握了内三合、外三合的心法和身法，其余的拳路倒是相对容易。

一年后，黄贵权渐入佳境，甚至觉得功夫每天都在长进。他练得更加刻苦，每日早晚两个时辰，从不懈怠。戴万麟琢磨，怪不得孙禄堂当初想招一批大学生做徒弟，只是后来北洋军阀混战，这个想法才被搁置，读书人比起普通人的悟性果然高出一截。

黄贵权进步神速，戴万麟暗自高兴，或许自己这一脉武功将在黄贵权身上发扬光大呢。于是在大院的老槐树下，一个教得更欢，一个习练更勤。戴万麟的儿子戴兴盛虚龄6岁，整天由管家赖德顺领着，满宅子乱跑。

戴万麟暂时有了目标，日子过得踏实，黄贵权却一天天心神不宁起来。

武汉失守后，国军终于止住溃退的步伐，抗日战争进入相持阶段。黄老太太身体既没更好，也没更坏，她的生命宛若中日战事，成为一场漫长的拉锯。

家业虽已迁去江南，但那里同样是"膏药旗"的地盘，加上祖母需要自己看护，所以黄贵权对留在沱州并无纠结，不过有件事却让他越来越担心：弟弟黄贵禄那头已经几个月没了音讯。

病在床头的祖母不知为何近期常做噩梦，然后就会问起江南的情形，黄贵权每次回话"平安"进行搪塞，内心却不断凝重：按理江南也早由日本人控制，沱州、江南之间的邮路早已恢复，自己往那儿去了两封书信，怎么如同石沉大海？一个月前，黄贵权派赖德顺去了一趟江南水城，终于带回弟弟黄贵禄全家安泰的口信，黄贵权顿时放心大半，只存下第六感的疑问："怎么没有捎封家书回来？这可不是弟弟的一贯做派。"

黄贵权终究没将这点异常放在心上，也许任何人换了一个生活环境，久而久之终会引发一些行事风格的变化，譬如这段时间自己的身上就发生了一些异样，各个器官甚至毛孔都变得敏感，尤其感觉周围人的一举一动与之前相比，放缓了不少。戴万麟说，这是他功夫上身的正常反应。

某日戴万麟让黄贵权在老槐树下挂了沙袋，他终于开始传授形意拳的打法。又练几天，戴万麟忽然说："我发现赖德顺好像在找什么东西。"

黄贵权问："此话怎讲？"

戴万麟告诉黄贵权，他无意中发现，赖德顺从水城回来后，老是领着戴兴盛房前屋后抓蟋蟀,却好像在找什么东西——蟋蟀哪有上房梁去抓的,戴万麟的话一下触动了黄贵权不断敏锐的神经。

"是不是直接逼问管家底细?如果他不能把前因后果说利落,就赶紧将他打发走,免得家中财物遭受损失。"看到黄贵权低头不语,戴万麟提出了建议。

"德顺跟随老爷子多年,倒是一向本分。"黄贵权摇摇头,脸色瞬间冷峻起来,"如果他有隐情,或许黄家遇上的就不会是小麻烦。真不知江南水城那边的情况怎样,难道真应了寂空法师的偈子?"

"什么偈子?"戴万麟听得糊涂。

"此事说来话长……"黄贵权一五一十对戴万麟交代了底细。

当初黄龙士漂泊多年之后,最终落户沱州,并用康熙赏下的一百两黄金作本,经营起南北商贸的买卖。往后百年,黄家再没出世围棋高手,但黄龙士的传奇经历却一辈一辈地镌刻在后世子孙们心上。

经过几代人,家业传到黄敬久手中。他南来北往奔波了20多年,偶然获悉化石子、神头墩流出了宫外,便决心找机会购买下来,镇宅传家。

为此黄敬久数次专程赶赴北平,多则半月,少则数日打探消息,不过各条线索断断续续,甚至扑朔迷离……

有一回黄敬久在北平郊外的泉清寺小住了几日,寺里大和尚寂空法师是个远近闻名的老神仙,偈子神奇地应验。黄敬久笃信佛法,这回不例外往泉清寺捐了一笔功德,寂空法师"阿弥陀佛"致谢之后,随即高颂了几句偈诗:

得来不易守护难,龙气升腾育凶潭。

宝物招引血光祸，遁隐无痕求平安。

黄敬久惊诧不已，自己只在泉清寺待了几宿，其间没对周围人说起来京目的，寂空法师又同自己素昧平生，他却似乎对自己的一切了然于胸，所以更将这首偈诗视作天机。十万大洋购得化石子、神头墩后，黄敬久想方设法保守秘密，希望既能将两件神物世代相传，又不至于家族子弟遭遇无妄之灾。

几年前黄敬久感到自己时日无多，便将两件神物交到黄贵权手中，同时提及自己在泉清寺的奇遇，再三嘱咐：可能这两件宝物康熙御用时间久了，龙气太盛，所以一定要依照寂空法师的提醒，守口如瓶，包括对家人都不要吐露一星半点，避免被宝物伤克。黄贵权虽然认为那是黄敬久迷信，但还是依从父亲，一直对此讳莫如深。

半年后黄贵权偶然读到《中华风云》中《胜利》一文，对祖上的丰功愈加敬仰，对自家宝物的呵护也越发仔细。

那天管家禀告有夜贼光顾，黄贵权当即心头一紧，唯恐藏匿的传家宝被人觊觎，所幸戴万麟当日一早解开了误会。

眼下赖德顺如果真的在找什么东西，那会是什么呢，并且一切异样发生在赖德顺从水城回来之后。

经过一年相处，黄贵权不仅将戴万麟视为传授自己形意拳的师傅、梨园名角，更看作值得信赖的兄长。眼下情形诡谲，他一时也不晓得应该咋办，俗话说旁观者清，便将家中秘密和盘托出。

戴万麟忽然感到从未有过的恐惧。看来暂时不惊动赖德顺，更便于摸清事情原委："这样吧，我悄悄去趟水城，如果一切平安最好，要是发现什么不对头，等我回来，咱们一起商量应对的法子。"

　　第二天戴万麟领着戴兴盛，说是要回老家处理一桩要紧的家务，出了西门之后，却拐了个弯，一路赶往江南。

屠戮

瞥了一眼古意斋伙计连同掌柜五具尸首周围流淌的血浆,花田朝枪管中冒出的青烟吹了口气。

"这些家伙应该把知道的都说了,对帝国已经没有意义。"花田暗自思忖,眼中流露出满意的神色。如果可能,同化石子、神头墩沽边的支那人都得死——他要凭借自己的力量将这段历史抹拭干净!

花田荣二钻入停在门外的汽车,脑子过了一遍重要细节:江南富商姓"贾",购得宝物两周后返回古意斋,声称宝物在山东境内遭到土匪劫掠,让古意斋在市面上帮忙留意,为此还留下了一个地址。

花田回到特高课辽城驻地,立刻依据那个地址发电报给当地同僚,几天后收到回复:"本地没有这处住址,也没有姓贾的富商。"

花田的长脸扭曲得难看,看来古意斋的掌柜和伙计都没讲真话。花田顿时后悔下手太快,唯一的线索竟被自己掐断了。

随即眼前浮现出这几个中国人恐惧的眼神,以及掌柜临死前冒出的话:"当时贾老板的伙计还提到了'德兴商行'……"

"贾老板"虽然不真,但"德兴商行"应该不假。花田荣二急切地发出核查电报,得到的回复非常具体:"德兴商行,老字号经销商,专门批发皮革……"又过去一周,一份近些年与德兴商行有业务往来的商号名册被送到了辽城特高课。

花田眼中闪着森冷的光芒,就像一条猎犬,将名单从头至尾、从尾至头来回嗅着,追寻猎物的踪迹。

目标很快缩小到三个:一个姓张、一个姓黄、一个姓姚,他们都是德兴商行的大主顾。按照花田判断,能拿出十万大洋收购古玩的买卖人,经营规模肯定不一般,依据这个思路,以上三个老板最可疑,但他们的商号都不在江南——不过很有可能"身处江南"的说法也不真实。

花田眼光愈加阴鸷，他拿出地图，上上下下仔细查看，从北平往南，按照每天三十公里的脚程，来回两周也就四百公里，单程对折，大致两百公里，中途根本没有可供山贼生存做大的崇山峻岭，甚至到达不了古意斋所提及的案发地——山东境内！

花田心中逐渐形成了一种假设，这个富商折回来说自己遭劫的真正目的，或许就是为了混淆视听，掩盖自己"藏宝"的实情，或者另有其他隐情。否则为什么那个贾老板留在古意斋的身份和地址都是假的？说明他根本就没打算让古意斋的人今后寻找自己——所有的一切是烟幕，狡猾！

花田想到这里，伸手抓了抓青光的头皮，嘴角挂上了一丝得意的狞笑。

又过数天，关于三个老板以及他们商号的情报陆续汇集到了花田手中，花田几乎立即断定，就是那个沱州茂春的老掌柜黄敬久，因为他的祖先就是黄龙士！

怪不得，刚拿到名单，一见上面有个老板姓黄，自己就感到了一股莫名其妙的兴奋，天意，一切都是天意！

再有情报传来，茂春在皇军进驻沱州前，已经迁往江南水城。花田立即向总部提出申请，将自己调去水城。

到达水城当天，花田就带了一队大兵，由当地保长领着，直扑黄宅。

黄贵禄的儿子华华左手执一柄弹弓，右手从兜里掏出一枚晒干的泥丸，借着月光瞄准家里一只下蛋的母鸡，随着右手一松，母鸡"咯咯"地拍了几下翅膀蹿到一边，同时"啪嚓"一声，瓦罐发出了沙哑的破裂声。

"妈妈，弟弟又闯祸啦！"花花尖着声音向母亲史二丫告状。

"华华，快把弹弓给我。"史二丫训斥着儿子，同时伸出右手。

"我不！"华华急忙将弹弓揣进怀里，随即一溜烟往后院跑。

"弟弟不听妈妈的话，爸爸打弟弟屁股……"花花一边喊着，一边去追，史二丫笑着摇了摇头。

黄贵禄对屋外的喧闹充耳不闻，他正给哥哥写信。

这段时间生意、生活诸事不顺。虽然茂春主营的牛羊生皮、猪鬃、丝绸、茶叶还未被当作战略物资，被日本军方垄断，但垄断从矿业和重工业开始，已经逐步向轻工业扩展，加上日本人对生产、运输、销售环节设定了种种限制，大部分华商经营的生意已经倒闭，或者濒临破产。

至于居家度日，全家虽说暂时没有陷入困顿，但生存环境日益恶劣，战前的市场已被日本人推行的计划经济逐步取代，柴米油盐等生活必需品一律根据指定价格实行配给，导致黑市盛行、物价飞涨。如果不是二丫又有身孕，黄贵禄恐怕已带领茂春继续内迁了。

这时一阵急促的叩门声响起，"噼噼啪啪"好像有人在门前点了一串爆竹，黄贵禄不由得皱了皱眉，心想是谁这么无礼？

家仆抬起门闩，探头看见外面站着十几号人，前头的几个日本兵手上赫然端着上了刺刀的步枪！

门一开，这群人也不答话，蜂拥而入，家仆一下被挤到了一边。这时黄贵禄迎着声音走到院子，进门的一干人呈半圆展开，将他围在中央。

黄贵禄认得，低着头的是保长，再看其他人，除了日本大兵，中间站着一名身着便装、头戴礼帽的男人。

"便装礼帽"操着一口浓烈日本味的中国话，他不需要翻译："我是大日本特高课驻水城机关长花田荣二,经过侦查,大日本国天皇的心爱之物藏在贵府,今天我们来将它们护送回日本。"

"我家有天皇心爱的东西,机关长到底指的是什么呢?"黄贵禄镇定回应,同时感到不可思议。

"黄先生是一家之主,怎么会不知道?"荣二随即抛出了一点提示,"黄先生即使喜欢下棋,也不必使用这么高贵的用具吧?"然后脸孔一板递上威胁,"尊贵的东西会给平凡人带来灾难的!"

"实在对不起,我还是不明白花田先生的意思!"黄贵禄断然回复,心中却翻腾起来,看来日本人知道黄家祖先是一位棋圣,不过对方所说"尊贵的东西"到底是什么呢?

"啪!"花田忽然掏出手枪,子弹从一名仆从的面门射入,尸体就像门板,直直扑倒在地。随着一阵惊呼,黄贵禄身体徒然一颤,瞬间明白,自己一家子亡国奴的性命与一窝蝼蚁同样轻贱。

"黄先生,你想起来了吗?"花田斜眼看着黄贵禄,吹了吹枪管中冒出的青烟。

黄贵禄确实听不明白花田的意思,枪响人亡一刻,他的胡思乱想骤然停顿,脸色煞白地瘫软在地,硬生生地保持沉默。花田见状,牙缝中挤出了一个字:"搜!"

在接下去的一小时,黄宅像一只口袋,被翻倒过来抖了个遍,连房梁、灶头等旮旯无一遗漏,院子里堆满了各种细软,却始终不见化石子、神头墩的踪影。

花田目光转向黄贵禄的一对儿女,花花和华华。黄贵禄的老婆史二丫一边一个,似乎想把孩子搂进身体。黄贵禄看在眼里,心中涌起阵阵不祥，却又无能为力。

时间的奇妙在于可以冲淡一切，包括恐惧和懦弱，黄贵禄终于开口："花田先生，不知这院里堆着的，有没有你想要的东西？"

花田没有直接回答，他手里拿着黄贵禄写到半拉子的信，向对方扬了扬："黄先生，看来你对大日本帝国很不友好。"他的嘴角得意地向上牵动了一下，"就凭这个，先生就是皇军的敌人，除非你把化石子、神头墩交出来，我们或许能够成为朋友。不要说'不知道'，特高课调查得很清楚，这两样东西迟早会被我们拿到，但如果你主动交出来，对于你和你们全家都有很不一般的意义，明白？你的孩子很可爱，你的女人也很漂亮……"

花田最后两句，其间的每个字都像针，刺在黄贵禄的心头。

"花田先生，在中国随意翻看别人的信件是不礼貌的。"黄贵禄骨子头里的倔强慢慢渗透出来。

花田的眼中迸发出一团怒火，旋即因为忌惮，化作一缕温情，面前的男人虽然体格消瘦，但花田感到，这人的体内蕴藏着不可轻视的力量。

"难道黄先生真的决定一意孤行？"这是花田刚学会的一个成语。

"他爹，大哥那里……"史二丫哆哆嗦嗦提醒丈夫。

"你闭嘴！"黄贵禄赶忙阻止，这股祸水怎能引到祖母和大哥那里？

"谁是大哥？"黄贵禄的阻止显然迟了，"是不是这封信里面的大哥？"花田晃了晃手中的信。他知道，汉语中"大哥"的称谓意义宽泛，不只亲兄弟，还可以是年长的男性朋友。

花田掌握的档案只是提到茂春和黄敬久——茂春迁到水城，黄敬久已去世多年，如今由其儿子掌管……难道说眼前不是黄府的当家人？

"你说。"见黄贵禄不吭气,花田的马脸转向二丫,同时拉得更长,"谁是大哥?"

史二丫抿紧双唇,眼睛央求地望向黄贵禄,同时双手将孩子揽得更紧。黄贵禄内心一阵抽搐。

"我来告诉你吧。"黄贵禄稍作权衡,本能地高喊一声。

花田听到了喊声背后的绝望和屈服,满意地扭过头:"好,你说!"

"大哥住在沱州,我现在就写信向他打听这件事。如果你说的东西真的在他手里,他即使为了我们一家老小的安危,也不会见死不救,不过请不要再伤害任何人了。"黄贵禄被花田拿住了心中最软弱的部分,丢失了原先的那股子硬气,眼里满是哀求——这就是亡国奴必须面对的现实,人为刀俎,我为鱼肉,黄贵禄只能默默祈祷一家老小平安渡劫。

花田看到黄贵禄眼中那抹哀求的神色,自信已经控制了对方,但依旧不甘心:难道自己今天又扑空了?

他忽然左手抓住花花的前襟,想把她拖到身前,继续逼迫一下黄贵禄,看看另有什么快捷的途径能够达到目的,想不到一下没有拽动。

眼见花田射杀一个无辜的伙计,没有丝毫犹豫,史二丫认为揽在自己跟前的不是孩子的身体,而是生命!

她死死抱住花花和华华,同时一屁股坐到地上,两只脚后跟蹬住了地面。花田脸一红,紧接着伸出右手。他的拖拽彻底压垮了一个母亲,史二丫迎向花田伸来的右手,张嘴咬住,死死地不松口!

"啊!"花田脸色大变,身旁一个日本兵举起刺刀就向史二丫侧身捅了下去。史二丫尽管依然咬着花田的右手,嘴里却涌出了一股股红的热血,这时花田感觉手上承受的咬力骤然减小,急忙将手抽回,转身查看伤口。

"二丫!"黄贵禄扑了上去,一把推开日本兵,蹲下身扶住老婆。那个日本兵噔噔后退几步,随后挺身向前又是一刺刀。黄贵禄被身后的剧痛激得一哆嗦,随即头昏目眩。

这时华华摸出了弹弓和泥丸,黄贵禄受了伤,没来得及阻止,华华朝着日本兵就是一下,日本兵侧身躲过,顺势伸出刺刀将华华挑起。

"华华!"黄贵禄一声号叫,转身操起一柄烛台,扑向那个日本兵。日本兵的刺刀正顶着华华,还没来得及抽出,烛台的尖刺已从他的眼睛扎了进去。

日本兵惨叫一声,两手撒开了三八大盖以及刺刀上华华的尸体,捂住眼睛……其他正在看热闹的日本兵愣神之后,纷纷挺着刺刀朝黄贵禄合围上去。

"住手!"花田转身,忽然发现事态变得不可收拾——黄贵禄现在不能死。

黄贵禄乘这空隙,从士兵眼中拔出烛台,同时抢起右臂,将烛台再次扎入那个大兵的太阳穴。

"快抓住他。"花田赶忙命令。

黄贵禄双手被擒,烛台"啪"的一声落到地上,他却哈哈大笑,然后泪流满面:"华华、二丫,我给你们报仇啦。"

花田一声不吭,直到黄贵禄安静下来,才凑近他的耳根低声说道:"黄先生,你现在可以写信了吗?"黄贵禄低垂眼睑算作回答。

"你如果死了,就没人能够保护你的女儿了。"花田暗自掂量,对于眼前这个男人,除去这点,自己恐怕已经没有更多筹码。

黄贵禄的眼皮果然一跳，然后依然沉默。花田朝另一名日本兵使个眼色，那个大兵把步枪放到地上，蹲下身，就像一只野猫面对一只受伤的小鸟，朝花花伸出了爪子。

"啊！"花花顿时从木讷中惊醒，忽地往后一蹦，脚踝却被鬼子兵一把捉住。

"爸爸！"花花虽然只有6岁，但从鬼子兵邪恶的眼神中已经预感到什么，拼命而徒劳地挣扎起来。

黄贵禄似乎没有了意识，就像一具坐化的僵尸，十多秒就这样过去。这十多秒，对花田是漫长的，对鬼子兵来说，已经足够将花花的棉裤褪到膝盖。

花花一边死命提着裤子，双腿乱蹬，一边持续尖利呼叫……

黄贵禄举起右手，花田悬着的心终于落下，随即做了个手势，边上的保长赶忙向地上的鬼子叫喊了一声，花花被放开，尖叫声戛然而止，却仍然被一群大兵围住，靠近不到父亲身旁，只能蹲在原地不停啜泣。

"花田，是不是我今天必死无疑？"黄贵禄依旧低垂眼睑。

"为什么这么说，黄先生？"花田紧跟着又问，"你，后悔吗？"

黄贵禄却自顾自往下说："我有两个条件，答应我就配合你们，不答应，我和花花就随你们好啦。"平静的口吻让花田升起了一阵凉意。

"说说看。"花田警惕地试探。

"第一条，把这孩子交给我大哥，她很快就是孤儿啦，书信里我会交代，替我将花花养大成人。"黄贵禄缓缓回答。

"这个没问题，还有一条呢？"花田松了口气，急忙答应。

"我想最后抱一抱我的女儿，嘱咐几句话。"黄贵禄的语速仍旧缓缓的。

"然后黄先生就根据我的意思写信，好吗？如果令兄真能将两样东西交给我，一切都好商量。"花田小心回应，他没有勇气进一步刺激这个中国人。

黄贵禄微微点头，花田手一招，花花一下扑进父亲怀里。

黄贵禄已经感受不到后背的伤痛，紧紧抱着花花，喃喃自语："花花，爸爸不能保护你……爸爸对不住你……原谅爸爸……"花花的心情也平复了许多，似懂非懂地点头，小手抚摸父亲的脸颊。

过了一会儿，花田问道："黄先生，就这样吧？"

黄贵禄依然没有接话，重重亲了花花一口，说："孩子，我们全家一起走吧！"忽然站起身，抓住花花的双腿，将花花砸向身旁的柱子！

黄贵禄毫不迟疑地抛下花花，伸长胳膊去够地上的烛台。这时枪响了，花田紧接又扣响了两次扳机，一直蜷缩在角落的两名仆从接连倒下。

又一场屠戮拉上帷幕，花田吹吹从枪管冒出的青烟，这回却没有胜利的愉悦，脑海一片凌乱。花田想，近期一定要努力忘却黄贵禄倒下瞬间的那抹眼神，那抹该死的眼神中居然含着胜利的微笑，可怕的微笑啊，那是解脱、嘲弄，抑或信念？

黄家毕竟也是圣人的后代，的确同一般的支那人不一样！想到这，花田内心才电击般地闪过一丝慰藉。

这个世界充满偶然，每个偶然都有可能不经意地改变事件的发展轨迹和最终落点。花田想，如果自己当时没有伸手去抓小女孩，那个中国女人就不会咬自己，手下的大兵就不会动手，黄贵禄也就不会奋起相搏，那么这个中国男人的生命还能最终定格在那抹眼神吗？

可惜啊，世上没有如果，只有结果，结果既成事实——花田将一副好牌打得七零八落，同时成全了黄贵禄！

"黄贵禄唯一的亲哥哥叫黄贵权，目前在黄家沱州老宅，照顾瘫痪在床的祖母……"花田又一次获得情报。

他提醒自己，这回一定要克制急躁，悄悄接近猎物，直到把化石子、神头墩拿到手，才能将猎物吞噬干净！

老 · 陶

趁着还没报到上班，小骏去了一趟沱州，因为姑妈老早之前远嫁到了那座城市。

小骏的奶奶先后生下五个孩子，唯有老大姐姐和老幺弟弟存活下来，姐弟二人相差6岁，感情笃深。

1949年，强大的中国人民解放军在中华大地上由北向南、自东往西不断向前，向前，向前，其中一支从大别山走出来的队伍，沿着祖国东海岸将红旗插到了老陈的家乡。

在这座南方小城，一位姓陶的军代表邂逅了一名俊俏的护士，他果断发动攻势，最终成为了小骏的姑父。

半年后，姑妈离开了生活20多年的家乡，嫁鸡随鸡，跟随丈夫回到沱州。小骏的姑父之后解甲归田，转业到机械厂担任厂长。

又过去10余年，姑父亡故，留下姑妈守着两个儿子一起生活。

20世纪70年代中期的某个暑天，姑妈带着儿子小勇、小宁在沧陵住了两周。当时小骏家里四口人，小骏的奶奶、老陈、范老师和小骏挤在一间三米的屋子，一下到来三位远客，老陈忙乎了好一阵才安排妥当。

小骏的奶奶和姑妈住在家里，老陈吃完饭就折回工厂，晚上在办公室支了一张竹榻，同时在厂招待所给两个外甥定了张铺。学校放假，范老师带着小骏找了间教室，晚上几张课桌拼在一起，铺上凉席，头顶还有吊扇，可比家里惬意多了。

姑妈来沧陵探亲仅此一回，她对这座城市的印象被浓缩成一个字——挤，之后每回写信给弟弟，总会提出让老陈带小骏去沱州住上几天，每次老陈应承得痛快，却总有横生出来的枝节。这些没有成行的许诺好像尚未支付的账单，让小骏觉得欠了姑妈一笔久远的账，所以刚签下工作协议，他就揣着仅有的几百元钱，坐了一天一夜火车，来到这座位于大别山南麓的县城。

姑妈在沱州的家很宽敞，除了烧煤炉和上茅厕，小骏觉得住在沱州其他方面都要强过沧陵——这种感觉主要源于比较。

从小骏出生算起，历经20多个春夏秋冬，老陈和范老师作为单位业务骨干，各自获得过一次改善住房的机会，可搬了两回家，目前不过一室半，20多平方米。老陈和范老师住在一室，另外半室没有窗户，架了两张小床供小骏和他奶奶睡觉，两张床中间横着家里有史以来的第一张书桌，不过一室半虽然狭窄，好歹独门独户，一家人终于摆脱了同邻居共用厨房和厕所的生活。有时小骏的理想天马行空，有时却相当实在——只要全家能入住一套三居室，自己哪怕为此当牛做马一辈子都心甘情愿。

姑妈打小能干，不到10岁就帮着母亲持家，洒扫庭除、洗衣做饭、缝缝补补都是一把好手，16岁进纱厂做工，半年不到，被医院挑选去当了一名护士。医务人员常年同各式各样病人，甚至尸体打交道，姑妈虽说没有受过学堂教育，但是胆大心细，聪明好学，更不怕苦，因此业务水平迅速提升。最后在丈夫工厂的医务室，当了一辈子厂医。

姑妈做女儿时乖顺，成为母亲后严厉。小宁一向被母亲管束得服服帖帖，当兵四年，复原后进入一家小厂做电工。然而，姑妈管教小勇却显得力不从心——小勇天性顽皮，还喜欢同当地一群无业游民混迹一处。

改革开放后小勇发了财，小宁本想跟着哥哥做生意，姑妈愣是不同意，说小勇干的属于投机倒把，早晚出事。于是小宁收敛了活泛的心思，安心在厂子里头上班。

几年前，兄弟俩先后成家。小勇买了套商品房，婚后自立门户，终于摆脱老娘的监管，只在周末回去接受几句训诫。小宁的老婆是独生女，家境优渥，当初看中小宁是复原军人，眉目清秀，人品厚重，于是对父母挑明，自己非小宁不嫁。

小宁一直缺少主意，征得母亲同意，才欢欢喜喜地把媳妇迎进家门。没想仅过一周，姑妈就同千挑万选的儿媳生出嫌隙，一个月后更是势同水火，相互熬了半年，焦头烂额的小宁提出跟随媳妇住到女方家里。岳父、岳母早有准备，为姑娘腾出的房间里面崭新的锅碗瓢盆、家私被褥一应俱全。虽然儿子疑似"倒插门"，但姑妈舍不得小宁犯难，更不愿这对小夫妻因为自己闹离婚，一句"你们幸福就好"，便开始了孤寡老人的生活。

这次小骏远道而来，赶巧小勇去南方进货，兄弟俩只有小宁在沱州，他向老婆告了假，回家陪了几天小骏，陪了几天老娘。

小宁长期受姑妈影响，一直把"大学生舅舅"当作榜样，并对小骏能够上大学羡慕不已，哥俩一见面，小宁透过几句寒暄便流露出对象牙塔的向往。

其实对读书这档子事，小骏一直感觉羞愧，老陈毕业于教育部直属重点大学，同父亲一比，自己的学历存在着不少距离，更别说一代胜过一代。况且能踏入大专门槛，自己无非享受了大都市的教育资源红利，否则按沱州的录取率，"考入大学"对当时的自己来讲，真就是一场黄粱美梦。

第二天姑妈帮小骏洗衣服，摸到兜里的一盒火柴，"你抽烟？"姑妈警惕地试探。

"嗯……不常……"小骏一下子尴尬起来，原本是在火车上抽几根解闷的，一下车就把剩下的烟都扔了，不想忘了将火柴一齐处理掉。

"你爸抽烟不？"她记得弟弟不抽烟的，所以作为训诫的引言。

"也抽。"小骏识破了姑妈的诡计，老陈抽烟只是偶尔应酬，小骏却借势彰显了自己的叛逆。

"你小宁哥就不抽，在部队待了这么多年，也没碰过。"小骏听出姑妈在尽力说教，姑妈长年从事医务工作，认定香烟等同毒品，她虽然管不了老陶，但一直不准两个儿子沾染。小勇即便在外头抽，当着母亲面，从来不敢吞云吐雾。

"我今后在工地上班，免不了抽烟，而且我还想练练喝酒。"小骏自小就认定姑妈打心眼里宠溺自己，所以短暂的窘迫之后，居然得寸进尺。

"你平时还喝酒？"姑妈条件反射地问。

"之前和同学喝的是啤酒，我更想练练白的。"

姑妈顿时噎住："这倒也是。"心里却想着，这小家伙的性格有点像小勇，今后如果路走歪了，真不好收拾，但话又说回来，这个社会越来越超出自己的盘算，小勇所走的还真不一定就是歧途。

第二天姑妈整了一桌好菜，自己只吃几口便说去老姐妹家串门，让小宁单独陪小骏喝了一顿白酒。

母亲不在，小宁也放开了。小骏隐约记得自己倒下前小宁也喝高了，絮叨了一些醉话，有的一听就明白，有的却让他摸不着头脑：

"舅舅不容易啊，从小没爹，还读到大学毕业。哎，我很小也没了爸爸。没爹的孩子啊，若不是我哥朋友多，打架敢搏命，咱兄弟不知会遭受多少欺负。干！男子汉大丈夫，喝酒不能扭扭捏捏……喝酒哪会喝

63

死人呢……老头子打了这么多年仗，枪林弹雨都没拿他咋样，怎么会喝酒喝死呢……"

小骏回沧陵的前一天晚上，姑妈交给小骏一只瘪瘪的旅行包和一只鼓鼓的口袋，并且告诉小骏，这些是自己的一个旧同事专程送来的，这个同事的儿子同小骏一届，当年以沱州第二名的成绩考上了武陵省最好的高校——武陵大学，今年暑期去电脑市场勤工俭学，所以没回家，请小骏将几件衣物捎去沧陵交给他。姑妈一再嘱咐小骏，同人家多聊聊，多学学人家的优点。旅行包里有封家书，信封上端正地写着四个正楷，纲儿亲启。姑妈另外告诉小骏，"纲儿"大名"戴振纲"——后来小骏一直唤他"振纲"。

令小骏意外的是，那个鼓鼓的口袋是捎给老陈的，姑妈继续交代："戴伯伯同你爸是老朋友了。"

1969年，一连几场秋雨过后，天气凉得比较早，远远的高音喇叭，传出一阵尖利的女声，激昂地大声宣读："毛主席说，在人类历史上，将要灭亡的反动势力，总是要进行最后的挣扎……打倒×××，×××必须向群众低头认罪……"

沧陵江北岸的大楼层层叠叠贴满了大字报，江堤旁有一排水泥板搭设的条凳，其中一条周围聚拢着一圈人，条凳上坐了个30多岁的方脸汉子，他的跟前铺了一块蓝色塑料布质地的棋盘，四角用石块压住，上面摆着由十四枚棋子组成的残局，红、黑各七枚，此局由此称作"七星棋"。

方脸汉子在那儿已经坐了一上午，晒了一上午的太阳，同时赚了一上午的盘缠，其实他早就想收摊，只是被几个混混缠住，脱不了身。

七星棋由《蕉竹斋象棋谱》中第十七局"雷震三山口"演变形成，

总共十三种变化，大多数变化包含了十回合以上的拆解，最复杂的一种可以达到十八回合，且招招连环，吃棋夺帅，又要兼顾防守，前后次序不能有半点差错，否则功亏一篑。如果双方皆走正招，一定和棋，但只要走错一步，遭遇正招拆解，无论执红、执黑，必输无疑。更有意思的是七星棋步步陷阱，一打眼不会错的杀招，只有撞到南墙，才晓得其中利害。

方脸汉子任凭对方选红选黑，对手赢一局自己付 10 元，自己赢一局对方要么给 5 角，要么拿半斤粮票。

那群混子游手好闲，打牌下棋正是他们平日打发时间的功课，当中领头的棋艺最高，长着一对"小眯眼"，头回见识七星棋，第一个陷阱就让他不能自拔。他下场之后毫无悬念地连续踩雷，几番屡败屡战，这群混混开始耍赖，又是悔棋，又要赊欠。

方脸汉子见势懒得计较，便要收摊，小眯眼却勃然变色，右手捻起塑料布的一角往上一掀，上面的棋子一股脑地朝着方脸汉子的面门飞去。

方脸汉子拨开两枚飞来的棋子，一声不吭地迅速起身，背靠一棵行道树，眸子一闪，一股隐藏在倦容底下的英气瞬间透了出来。

小眯眼一愕，眼睛更小了，却放大了嗓门："娘×的，赢了就走，哪有那么便宜，掏些钱出来给弟兄们喝酒，否则今天放你血。"然而小眯眼的恐吓被汉子的冷眼打断，他本想再撂几句狠话，见对方不买账，索性一拳冲了过去。

这群痞子总共五人，平时惹是生非惯了，眼见"五对一"的阵势，都预备捡现成便宜，所以领头的登高一呼，喽啰们便一哄而上。

方脸汉子一把擒住小眯眼甩过来的手腕，顺势下压往后一带，那家伙便一头向前扑倒；第二个人弯腰去搂汉子的双脚，意图将汉子掀翻，汉子侧身躲过，顺势抬起右膝一顶，那人顿时折了一颗门牙，捂住嘴，蹲到地上；第三个人还在寻找下手的机会，方脸汉子却在右脚即将落地刹那，左脚发力一顿，身形一矮，一个滑步欺身到他的左侧，右手锁住对方前胸，右脚内侧反向抵住其左脚踝一挑，那家伙一下腾起半人多高，四脚朝天地摔到地上。这几下一气呵成，干脆利落。眼见同伴接连被撂倒，剩下两人往后退了数步。

方脸汉子操起身旁两只旅行袋，抛下棋子不要，疾步离开了是非之地。他拐了两条街才停住，找家饮食店吃了碗面，之后照着陈大姐给的地址，找到老陈，将陈大姐的信递了过去。

小骏的姑妈当上护士后，坚持学习文化，几年工夫，读报、写信已不成问题，老陈觉得如今姐姐的字越来越工整隽秀。

弟：

带信给你的是我们厂保卫科戴兴盛同志，小戴是个好人，你一定要尽力帮助他。看完信，按约定的方式处理。

姐

1969年××月××日

老陈按姐姐说的约定方式，随手掏出火柴，拿出一根划燃，对准了信的一角，火苗很快向上飞蹿，老陈捏着另外一端，当火苗差不多接近手指时，飞快地松手。信纸一边来回滑行着落到地上，一边随着火焰黑黑、皱皱地卷起，然后从头开始，逐次发白，成为灰烬。

十多年前，姐姐来信，先说姐夫被定成"右倾嫌疑"，全家日子不大好过，后来成了"走资派"，日子更加艰难。两年前的一封信，竟然说姐夫喝酒时一下子"过去了"，具体情节却含含糊糊，直到接连通了几封长信，老陈才凑齐事情的来龙去脉。

中国士大夫自古盛行"清流"做派，褒贬时弊中涵盖了他们的政治抱负和人生价值，之所谓"文死谏，武死战"。这类人物在中国的历朝历代层出不穷，譬如清末就有清流党，只是既能指点江山又能建功立业的干吏凤毛麟角，大多不过沾着张佩纶、宝廷的才具罢了。

于是1957年中共中央发动群众向党提意见的运动，最终形成了一股类似鲁迅所讲"洗澡水连同孩子一起倒掉"的舆论倾向，全国大规模反击右派的斗争开始了。

沱州机械厂的会议室座无虚席，全厂中层干部以上全部就位，马书记坐在中间位置主持大会，厂长老陶坐在他边上闷头抽烟，一旁的烟缸满是烟蒂，经过一番形势介绍等内容铺垫，会议进程渐渐引向核心。

"再过十天，沱州就要举行'反右运动集会游行'，而我们厂的右派分子却一直定不下来。全厂干部136人，按百分之二吧，大致得找出3个右派，否则说明我们厂在反右斗争中落后了，现在还差一个，大家看看，谁有'右倾'的行为和言论。"

马书记双手捂着茶杯，顿了顿又说，"凡是有'左'，那就有右，这也符合马克思主义辩证法嘛，就算划为'右派'，也可以通过改造再变回来嘛，就算戴了帽子也可以摘掉嘛，大家不要顾虑太重。"他说着眼睛瞟向厂里的副总工王欣书。

王欣书脸色煞白，解放前他在国民党的兵工厂干过，心里对此一直犯嘀咕，好在厂长老陶不断宽慰他，甚至说在国民党兵工厂干过算啥，就是毛主席也干过国民党的宣传部长呢，我们共产党人看重的是表现，不是历史。这样，王欣书的心才稳定下来，全心全意投身到全厂的技术改造当中。

老陶暗自思忖：人才难得，王欣书在技术上真是一把好手，要不是王欣书忘我工作，厂里的技改项目绝不会进展如此顺利，不过这人胆子小，对自己的历史一直抱有沉重的思想负担，如果再给他扣上一顶"右派"帽子，说不好精神都得崩溃。

"王副总工的言论有问题。"党办主任终于打破沉默，"我听他说过'毛主席都当过国民党'，他这是给毛主席抹黑，给国民党涂脂抹粉！"

会议室掀起一阵骚动，王欣书的脸几乎成了一张白纸，眼睛在镜片后面闪动了几下："这可不是我说的，是陶厂长说的！"

会议室顿时掀起了一阵更大的骚动，目光转而聚集到老陶身上。

"你敢污蔑厂领导！"厂办主任忽地站起，提高音量，"现在不是问你听谁说的，问的是你传播过这话没有，陶厂长为了革命出生入死，有什么动机说这些？你是国民党，传播这些言论就有充分理由。王欣书，你要老实，不要耍滑头！"

"是啊，凡事有了动机才会有所行动。王欣书同志，可不许乱说哟，对自己的错误持有什么样的态度是很重要的，如果不老实，那你的问题就更严重了！"马书记也害怕将帽子扣到厂领导头上——此风不可长。

王欣书带着哭腔："我没污蔑领导，您倒是说句话啊，陶厂长！"

"王欣书！"几个愤怒的声音叠加着一吼，王欣书顿时矮了下去。

"好了，大家听我说几句。"沉默片刻，老陶向周围摆摆手，清了清嗓子,"王欣书说的不假,这话是我说给他听的,这个'右派'我来当吧。希望王欣书同志不要有什么顾虑,也别再传播这样的流毒,一定要保证我们厂的技改任务夺取最后胜利!"

机械厂右派名单逐级上报,最后放到一位老首长的案头。他吃了一惊,因为他对老陶非常了解,当年冲锋号一响就冲在最前面的"小老虎"怎么会是"党和人民的敌人呢",何况这些年来,机械厂的各项指标都完成得非常出色,老陶作为一厂之长功不可没。

对于党内运动,这位领导的经验比老陶丰富得多:年轻人啊,到底太年轻,牺牲自己就能完成革命任务?就怕少了老陶这个一厂之长,机械厂的工作反倒会陷入困顿。他出面保下了这个部下:暂不戴帽,继续留在机械厂的领导岗位,但不排除"右倾"嫌疑。

六六年,具有"嫌疑"的老陶终于明确地戴上"走资派"帽子。

一个冬天的晚上,经历白天批斗之后,老陶拖着满身的伤,一路流泪,骑车来到半山腰自家的老宅。

老陶划了一根火柴找到墙上挂的马灯,又划一根,点亮了它。

木屋好久没人住,桌子、椅子积满灰尘。自己就是在这里出生,又从这里起步参加革命队伍,打了几年小鬼子,后来又同国民党干了三年,闯过多少鬼门关,那时只要党有需要,自己可以毫不犹豫赴汤蹈火。

新中国成立,自己娶了媳妇,回到老家又有了两个大胖小子,转业到机械厂,整天不是顾着生产建设,就是老婆孩子热炕头,老陶感到自己越来越谨小慎微,当年猛打猛冲的"小老虎"哪里去了?

一想到打冲锋,老陶眼前就浮现出那些战友,一个个仍然那么鲜活,他们坟头有的已被蒿草埋没了吧,一想到他们,自己还有啥不知足的。

只不过很多话卡在喉咙口，喊不出来，憋屈呢！很多事裹在脑袋里像糨糊，怎么都掏不干净，头疼得难受呢！

不过把王欣书划为"右派"，那不是糟蹋人才、破坏社会主义建设吗？还别说，近几年当中自己最痛快的一件事，就是替王欣书挡了"右派"帽子，当干部的，不得凭良心吗，不得为了革命护着自家的犊子吗？

五九年以后的三个寒暑，周围和全家人都饿得脱了形，好不容易大伙能够填饱肚子，现在又发生了什么，自己一心一意带领群众搞社会主义建设，啥时变成资产阶级的人啦？

老陶感到树立在心中几十年的精神大厦被残忍推倒，他一边胡思乱想，一边将积攒许久的一大把安眠药就着一瓶大曲吞进了肚子⋯⋯

等老陈的姐姐找到他，老陶的身体已经凉透，送到医院，急诊室哪里还有正经八百的医生，医院草草按"酒精中毒"定了死因。

老陈姐姐当时除了悲伤更多的是恐惧，她知道自己的出身不过硬，加上丈夫临死顶着"走资派"帽子，前面的道路危机四伏，但她必须硬着头皮活下去，哪怕仅仅为了两个未成年的孩子！

逃亡

"戴同志，你好！"老陈热情地伸出双手，目光迎向戴兴盛那张饱经风霜的脸，揣测这个同自己年龄相仿的汉子一定吃过不少苦。

"陈大姐经常说起的大学生弟弟，今天终于见到了。"戴兴盛客套寒暄。

"我们现在是'臭老九'，要多多改造才行。"老陈苦笑自嘲，然后招呼这个初次照面的朋友坐下，为他沏了杯茶，转而问，"既然姐姐信上有交代，那就别见外，讲讲你的具体情况吧。"

"当然不见外，就凭你是陈大姐的亲弟弟，我还有啥信不过的，再说你姐夫老陶在咱机械厂威信可是高得很。啥是'走资派'，咱小百姓闹不明白，但群众的眼睛是雪亮的，谁在为大家，谁在为自己，谁好谁坏，时间长了心里哪能没个数，只是你说这年月好人咋就活得那么难呢？"戴兴盛性子直，满肚子话已经憋了太久，没等双方进一步攀谈，他就自顾自地说了下去。

"我高中毕业进入机械厂，后来因为会拳脚，被调到保卫科当干事，当年你姐夫虽说是领导，但有'右倾'嫌疑，我也一直对他保持距离，按我当时理解，'右倾'不就等于反动吗？哪怕听说老陶是替别人顶雷，还是不理解，哪有好人不当，把屎盆扣自己头上的？还有更奇怪的，后来那个被顶雷的副总工居然整天嚷嚷要斗争老陶。

"吃晚饭的时候我常把白天厂子发生的大事小情拿回家同老爷子唠嗑，老爷子只是听，从不搭腔。

"六零年家里招贼，钱被偷去百来元，虽然家中差不多就这点积蓄，但更要命的，是和钱放一起的70多斤粮票也不见了！"

"呦！"老陈不由得发出惊呼，"六零年丢了那些个粮票，不是丢了一家人的命吗？"

"可不是，我没成家，同老爷子一块生活，一个老人一个月25斤，我30斤，当时大家肚里都没油水，一个月总共55斤口粮，原本就不够，算算还有大半个月哪。那时田间地头哪都找不见半点儿可以塞牙缝的东西，我们爷俩到处借，各家都困难，总共才筹到十来斤。眼看老爷子就不大肯进食了，说他不饿，其实在为我留活路呢，我磕头求他吃一口，他说：'儿啊，你再这么不安分，爸只有去投河啦。'"

"那几年，我上大学，也饿得昏天黑地，我家老姨当年过世也是因为少口吃的。"老陈不禁红了眼眶。

"那天老陶摇摇晃晃到了我家，他也和大伙儿一样，饿得迈不开步子，不知从哪听说我家出事了，进门就把10斤粮票和几斤粳米放到桌上，说是借给我周转。"

戴兴盛说到这里，声音哽咽变调，"我那时真不应该啊，看见粮食，明明肚子叫唤得厉害，却想这是'反动派的糖衣炮弹'，让他拿走！我至今记得老陶当时好像丢了魂，那双眼睛呆呆的，没有半分神采。

"这时老爷子从里屋出来，抬手就是一掌，说我势利小人！

"我当然不服气，说不能为口吃的就丧失立场。

"老爷子说我蠢，问我啥时见过这样的反动派，为了搭救不相干的人，一次次心甘情愿地赌上自己的命？这口吃的眼下是命啊，'右派'帽子也是要人命的，陶厂长分明是《赵氏孤儿》的程婴，是活菩萨。

"老陶平日总是黑着脸，不苟言笑，就算戴上了'嫌疑'的帽子，依旧透着一股军人的威严。不过那天，当着俺爷俩的面，他呜咽得像个孩子。我家老爷子忽然跪了下去，说'这些粮食救命呀，老夫这里谢谢啦'。"

老陈在旁眼泪终于滚落下来,想到姐姐、姐夫那些年实在太难了。

"我家祖上是武术世家,早年开设镖局,后来兼开武馆。我父亲虽然练武,但既没有走镖,也没收徒,而是进入戏班做武行,最终成了角儿,解放后在文化馆当职员。后面好多天,老爷子总跟我讲老陶,这回我没搭腔,一直在听,一直在想。

"是啊,莫非只有倒霉事轮到了自个儿头上,才会去想对和错、真和假。但凡事不关己,就可以在一旁瞧热闹,甚至跟风糟践别人——所以老爷子说我势利呢。

"一周后,我去找老陶,老陶开了门,我却杵在门口张不开嘴。老陶大致猜出了我的来意,摆摆手说自己是厂长,总不能看着厂里的同志饿死吧,还说他干了20多年革命,有些道理也没弄明白,愿意接受群众帮助,不过肚子吃饱前,大伙儿还是少折腾,最好啥都别想,先活下去再说。

"从此我改口称他'老陶',而且时间越久越觉着老爷子说得对,老陶是好人,是党的好干部——不过我小戴认准他是好人没用啊,没过几年老陶被进一步打成'走资派',你说这世道咋就好坏不分呢?"

老陈暗自寻思,或许势利的定义就是顺势而为地趋利避害,这是人的本性,能够克服这种本性的往往不是睿智,而是质朴和善良。

老陈接着问:"那这次……"

戴兴盛喝了一大口茶:"是这样,有个叫李国胜的,原本是沱州造反派'瑞金红旗'的小头目,他要我帮着他们占领机械厂。

"为了保卫机械厂,我同厂里的一群年轻人也成立了一个组织,'延安红塔'。我们平时就经常聚在一块练石锁,打沙袋,耍些拳脚套路。

因为我自小练就了一身武艺,被他们拥戴为头头。

"机械厂男职工多,我这么一挑头,一下凑了200来人,延安红塔迅速成为沱州市最大的一支造反派,就连李国胜也拉了30多人加入进来。

"在我掌权那会儿,保护了不少人,一些批斗会虽然依旧要开,不过次数能减少就减少,时间能短些就短些,挂在对象脖上的都是硬纸板,对象站久了就在马扎上坐一会儿,歇口气。

"时间一长,就有风言风语,说我们队伍出了内奸!"说着说着戴兴盛眼中冒出了一团怒火。

老陈为戴兴盛续了开水,戴兴盛没喝,只是把手扣住杯口,静静地看着热气透过指缝袅袅升腾……直到心情平复才缓缓地将化石子、神头墩的来龙去脉,以及他小时候同父亲在黄家暂住的经历对老陈扼要做了叙述,接着说:

"后来权叔的弟弟,二爷一家在江南失去音讯,虽然权叔派管家到江南寻访,也带回了二爷的口信,但权叔总觉得哪里不对劲,加上管家回到老宅后,行为举止变得鬼鬼祟祟,老爷子和权叔商量后,借口处理家务,带着我离开黄家,却悄悄折向了水城。

"找到权叔交代的地址,父亲见宅子里头没有人家,而是一座物资仓库。父亲谨慎,就近找了一家客栈安顿下来,悄悄打探了两天,最后找到当地保长,保长还挺仗义,说他那天就在现场,'真惨,一家主仆七人,那位当家的真有种'。

"父亲将我稍作安顿,只身返回沱州。老太太在我们爷俩去水城期间寿终正寝,权叔正在操办丧事,惊闻弟弟一家噩耗,如同晴天霹雳。二人当天夜里偷偷将管家绑到野地,管家立刻说了实情:当时他一走进

75

水城那所宅院，就被日本人抓进牢里，有个高大的日本军官让管家在刑讯室观看了各式刑具，然后告诉他，限期两月，只要找到黄家私藏的宝贝，就赏他一大笔钱，否则一定会让管家求生不得，求死不能。管家说他也没办法，当时沱州也是日本人的天下，他又能逃到哪儿去？"

"最后如何处置管家的？"老陈禁不住插嘴。

"当然放了，他也是迫不得已嘛。"戴兴盛继续往下说，"权叔还给了管家一笔盘缠，嘱咐他远离是非之地，千万不可助纣为虐。

"权叔知道黄家大祸临头，但他宁愿拼了性命，也不肯就范。"

"后来呢？"老陈急切又问。

"二人当夜回到黄宅，权叔在庭院的老槐树下，挖出一只油布包裹的木箱，里面藏着化石子、神头墩。权叔说如今家破人亡，他已了无牵挂，准备投军抗日，念及此去前程未卜，自己目标又大，两样东西带在身边，一旦落到日本人手里，不免愧对祖宗，死不瞑目，所以托付家父保管，并拿出一对家传的翡翠镯子，将其中一只交到父亲手中，言明日后这对镯子即为信物。

"父亲点头应诺，二人互道珍重，父亲写下山西老家的地址后携带宝物，一大早就潜出了沱州城。

"过了一年父亲返回沱州，街坊告诉他，就在我们离开不久黄宅发生爆炸，当时整条街的房子都在晃动，一团火球腾空而起，黄宅顿时一片火海。等到大火扑灭，老槐树已经横躺在院内，树干几乎成为焦炭，同老槐树一起倒下的据说有好几个日本兵，一名身材魁梧的军官，还有个姓封的汉奸。

"父亲说权叔是好样的，戴家一定要看护好宝贝。为了方便打探权叔消息，日本人投降后，父亲干脆带着我从老家迁到沱州落户。"

"翡翠镯子大同小异，怎能当作信物？"老陈逻辑缜密，想到了一个问题。

"这副镯子好认，金包玉，上面镂饰着黄家产业的字号，天底下就这么一对。"戴兴盛的语气转而变作后悔和悲伤，"这原本是一桩秘密，父亲再三关照我要守口如瓶。有一次我同李国胜闲聊，说到各自的家乡。我说山西富庶，晋商特别有钱，李国胜说晋商再有钱也只是老百姓，哪能比得了沱州，坐落龙脉之上，地下的皇家宝藏可是不少。两个年轻人话赶话，结果我经不住激，就把化石子、神头墩的事给搬了出来。"

天色忽然变得阴沉，戴兴盛一个激灵，心说这鬼天气怎么说变就变。

那是延安红塔的骨干会。如今的"延安"兵强马壮，整整五百多人。李国胜善于管理，他把十人编成一组，五组编成一个小队，四个小队合成一个中队，另设司令部，司令部下辖一个警卫队、一个后勤队，由司令戴兴盛和副司令李国胜直接指挥。这次骨干会正副司令、中队长、警卫队长、后勤队长、小队长悉数到场。

李国胜是戴兴盛念初中时一个不同班、不同级、不同校却又过往甚密的玩伴，因为他们有一样共同的爱好——武术。论年龄李国胜长一岁，论武术根基戴兴盛高出一截，不过戴兴盛常说，李国胜更具灵气，自己参悟许久的心法，李国胜一点就透——戴兴盛同时觉得可惜，认为李国胜缺少定力，否则自己没练成的点穴，李国胜兴许就可以。

这次会议事关重大，根据情报，瑞金红旗正同省里当权派首长接触，揭发延安红塔压制革命力量，长期在革命斗争中走形式，保护反动分子。

"一旦瑞金的告状得到大首长首肯，我们不都成为反动分子了？所以,我们必须同'走资派'切割干净!"李国胜口气坚决。

"哪个'走资派'?"戴兴盛身子一震。

"陶!"李国胜的回答简短到一个字,其实一个都多余。

戴兴盛冷着脸说:"怎么切割?"

"开大会,树典型,往死里斗!"李国胜从牙缝挤出了自己考虑许久的方案,接着说道,"一号同志,你可不能再有妇人之仁,眼下生死攸关,我们必须向上面首长展示我们的立场,只有消灭了敌人,我们才能不被消灭。"

"老陶是敌人?"戴兴盛瞪大了眼睛,"二号同志,你这是机会主义,老陶这人是好是坏群众的眼睛可是雪亮的,我们能这么狠心下去手?"

戴兴盛同李国胜一直相处和睦,一个落得清闲,一个喜欢张罗,一个把持不作恶的底线,另一个也未曾逾越,但今天李国胜明摆着要逼迫戴兴盛就范。戴兴盛感到自己的一号地位正在遭受挑战,他只能反击,同时动之以情。

"这里都是出生入死的战友,自己战友重要,还是敌人重要?我们可不想跟着'走资派'一条道走到黑!"李国胜也不让步,因为此事攸关生死,"一号同志,你为什么长期包庇反动分子,同那个'走资派'走这么近,你到底要将我们这支革命队伍带到哪里去?"

之前,戴兴盛从不担心大权旁落,这是他一手营造的地盘:"二号"李国胜蒙自己收留提拔;两个中队长,"三号"和"四号"都是延安红塔的元老;"五号"警卫队长阿毛是他家老爷子"锦园班"的徒弟,同自己称兄道弟多年;"六号"后勤队长倒是一直对李国胜唯命是从,但那对自己并不构成威胁。

两人相互斥责，戴兴盛依仗资历，强调道义，李国胜依仗原则，强调后果，其余骨干掂量"后果"后，天平很快倒向了"原则"。论原则，延安红塔跟着"走资派"，终归死路一条；论后果，对敌人心慈手软而自己被打倒，更是不能接受。

戴兴盛眼看自己的讲法越来越得不到拥护，第一次动用司令的特权，说了句"再商量"，然后匆匆逃离会场。讲到这，戴兴盛流露出悲怆却又无奈的神情：

"晚上阿毛带来一坛老酒，说是要陪老爷子和我喝几杯。我估摸，或许他想借此给我赔个不是，因为白天会上他没向着我说话，不料他居然在酒里面下药！

"等我们爷俩醒来，化石子、神头墩已经被李国胜带人抄家搜走，他同时检举我是打入革命队伍的反动分子，长期同情、袒护'走资派'和反革命组织，家里藏匿封建遗物，妄图复辟封建王朝。

"我就这样被打倒了，从那以后李国胜成为延安红塔的一号勤务员。

"再后来那个阿毛还指认我家老爷子在旧社会是戏霸。我们爷俩都由此尝到了被批斗的滋味，我曾经被逼着跪在李国胜面前，他还将我的脑袋踩在地上好久，至于老陶就更加一言难尽。我后来被送去劳动改造，老爷子的身体也很快垮了，直到孤零零去世，我都没能陪在老人家身边伺候一口热的，真是不孝啊！"戴兴盛放声大哭。

老陈起身到戴兴盛背后，轻轻拍他的肩膀以示安抚，戴兴盛慢慢止住悲恸，继续说道：

"一年前听说父亲已经去世，我瞅准一个机会跑了出来，反正无牵无挂，我决心宁可死在外头，也不愿被他们抓回去！"

"你是逃犯!"老陈浑身一颤,之后二人缄默无语。

老陈沉思许久,终于缓过神,平静问道:"你需要我怎样帮你?"

"我在全国各地流窜,整日提心吊胆,现在筋疲力尽,只想找个安稳的地方歇歇脚,之后根据形势再做打算。"戴兴盛一边作答一边偷眼观察老陈神色,这条汉子虽然向对方交代了底细,但好像惊弓之鸟,时刻处于警戒状态。

"说自己不怕牵连,你也不信,但我会想办法。"老陈想到自己横竖光棍一条,又想到姐姐信中的托付,欣然说,"我这里人多眼杂,不安全。你如果愿意,我南方老家有座小庙,我儿时的朋友在那里出家,你可以暂时去避一避。"

戴兴盛在小庙休整了半年,第二年开春就像候鸟一样辗转去到北方,并在科尔沁草原成了家,生了子,安顿下来。

李国胜后来获得了某位首长的赏识,在动荡的岁月里逐步成为"呼风唤雨"的人物,他所领导的延安红塔由此无虞。

1976年,"四人帮"倒台,又过数载戴兴盛获得平反,携带妻小回到沱州,而李国胜已在半年前"下海",到南方经商去了。

对戴兴盛来说,李国胜失去了踪迹,化石子、神头墩也失去了踪迹。

(双方几经交换,小骏慢慢将边上抢得的大场围成了实空,之后就在对方三连星的一边投下一手,看到对方在另一边补了一子,小骏对这片棋大致作了定型,然后一跳,把黑子指向中腹。棋盘的中腹对行棋者来说,就像现实所身处的大环境,不一定需要立刻面对,但最终会导致人生成败。)

新人

回到沧陵的第二天恰逢周末,礼拜天下午小骏依照地址找到了武陵大学的西区宿舍,将旅行包捎给振纲。

振纲铺位的床头靠着一把吉他,床下的足球露出了半张脸,靠近床的桌子上面摞着一沓书,桌下还有一个纸板箱,即使合上了盖子,小骏凭借同旧刊多年打交道的经验大致判断,这尺寸正好用来收纳杂志。

"你是小骏吧,陈姨经常提到你,总夸你。"沱州民风淳朴,礼数周全。

小骏有些脸红,客套之后忙转话题:"姑妈每次说到我,总是言过其实。你这会儿准备去踢球吗?"

振纲身着蓝色球衣球裤,白色长筒球袜下面蹬了一双灰色耐克软钉球鞋,回答道:"是啊,我们踢的是野球,没一点规矩,随到随玩,就是出出汗,你爱踢吗?"

"也爱踢,不过水平一般。"小骏看到振纲的装备,不禁感觉自己业余。

"如果没什么事,你也去玩会儿,换上我的球衣、球鞋,完事冲个澡,然后我们去食堂吃饭。"振纲提议。

"好!"小骏许久没碰足球,还真有些技痒。

一如振纲所讲,他们踢的纯属娱乐足球,走到球场,振纲举了下手,"一边加一个吧,我这边,红衣服另一边。"就和小骏上了场,不一会儿,小骏一组有两人离开,振纲趁势转到了小骏这边。

小骏柔韧性好,脚下活细,振纲身体素质好,奔跑速度快,两人配合默契,接连灌了对方几球。同边的队友看着眼馋,也不愿安分地守在后头,随之压了上去。

这种球赛双方都在进攻,同时疏于防守,还不追究越位,所以进球不少,充分满足了参与者出出汗,外加娱乐的初衷。眼看快到3点半,振纲招呼小骏下场："我们去洗澡吧，待会儿人多。"小骏晓得，大学里边4点出头就有学生三三两两排队打饭，等到6点各种菜式陆续售罄，之后人流又会涌向图书馆和公用教室。

洗完澡，两人前往西区食堂，一路同振纲打招呼的熟人挺多，振纲时不时介绍小骏："这是我老家来的朋友。"小骏心说自己老家离沱州远着呢，转念一想，这样介绍确有"合并同类项"的妙处，不但简洁，还挑不出大毛病。

到了食堂，振纲带小骏走进三楼的风味餐厅，两人一到窗口便抢着付账，根据小骏的理由，自己怎么说也是"上班族"，和一个学生吃饭，还能让对方破费？

振纲却神秘宣称，如果怕他这个学生囊中羞涩，则大可不必，何况小骏今天是自己的客人。对年轻人来说，球场和食堂都是融洽感情的好地方，浴室更为双方增添了一层"赤诚"的经历。

两人边吃边聊，话题逐渐深入，哥俩的喜好蛮杂，碰巧交集不少，其中一样是诗，另一样是歌。小骏刚从沱州回来，一首七律《游澜湾水库》取材当地景点，勾起了振纲的乡恋与诗性：

青山绿水黄土间，飞舟掠波鹭穿天。
略扫澜湾六十里，方知吴门画缠绵。
平白艄公急转舵，偶得几文浮鱼钱。
船头高歌虽无酒，已是醉仙飘在天。

于是，振纲吟诵了他的新作《初游西湖春晓》，更把这一餐烹调得

83

回味无穷：

白堤弯弯，锁不住江南春色。
苏堤长长，串不尽两岸风光。
雷峰巍巍塔无恙，一扫当年颓丧。
何苦岁岁守夕阳？原来只是效吴刚。
君不见，弱水一方坐一旁，
婀娜风姿，何逊仙子媚娇娘？
三潭缺月浪虚名，断桥无雪少风情，愧不如垂柳着春装。
料峭轻风欠温润，染不红桃花浪漫，却催醒叶尖嫩绿黄。
最要穿梭小瀛洲，恰似翠玉点红妆。
随兴百步九曲桥，唾手将美色收藏。
流连千里长廊，贪婪不肯就去，欲将远近揽周详，到底却迷茫。
再借神仙万尺布，难描尽，西湖楚楚模样！

从此，小骏时不时会去武陵大学同振纲喝顿小酒，酒酣之际，他们谈诗、谈歌、谈人生，两人很快成为非常要好的朋友。

走动多了小骏才知道，振纲是个富翁，老早买了一些深圳股，1992年又买了 50 张"认购证"，如今算来，资产不会少过 70 万——每年大概六七千的收入已让小骏心满意足，然而振纲提前赚到了自己一百年的工资。

建军节一过，小骏赶去单位报到，公司开张已经三年，员工不是老的，就是小的。

老的一批除总经理赵颜复和办公室茅主任,另外12位都是临近退休、学院冗余的教职员工。这拨人只剩三年左右的职业生涯,已经没有职称晋升、级别提拔的念想,这样的人资格老,又无欲无求,领导驾驭有难度,赶上监理公司新成立,正缺人手,学院干脆放他们出去挣点津贴,捞些外快,好过闲在系里,惹事生非。

所谓"小的",就是公司近三年招收的毕业生,总共18人,专业来自三个方向:建筑工程、市政工程、工程管理,毕业院校清一色武陵城建学院,大部分本科,专科的数目不满一只手。

小骏入职后,没被分配到项目,而是安排他一个人在公司值班,办公室主任茅金富将记录本交到小骏手里,简单交代几条无关痛痒的事项,就匆匆走了。

公司是企业,里边员工却属于学校编制,学校有暑假,所以公司没法强制员工上班,但值班必不可少,公司的电话白天总得有人守值。这样产生一个问题,除去会计,其余的都在项目上有任务,没人愿意窝在办公室。

会计一打算盘,就感觉不平衡。她知道,去项目,每天根据考勤可以领津贴,而在公司值班就是白干,所以早早订好车票,宣布自己暑假的回乡计划。

老赵作为公司总经理对这事很头疼,公司每花一分钱都需要身兼公司董事长的院长签字,院长不大方,认为公司的人在公司上班天经地义,还斤斤计较什么?

于是老赵懒得沾手这事,转手甩给了茅金富,茅金富本想安排十几个小的每人轮值半周,可刺头不少,马上就有几位提出脱不开身,这天晚上浇筑混凝土，那天晚上摊铺路面……幸好总有几个比较听话，加上自己每人一周，总算填满了值班表。

往年毕业生都在9月报到，所以公司对新人值班没报指望，今年小骏却来得早，正好被茅金富抓了壮丁，替换下自己。

小骏打开记录本，第一页贴了一张通讯录，列着公司所有人员的姓名、家庭住址、宅电等等，其中几行的备注中还写了BB机号码。

记录本已经用了一年，里面记录大多简单，且字迹潦草。在××年××月××日之后，写着今天收到几封信，接到几通电话，然后就是值班签名，有的简洁好像比基尼，通篇四个字"今日无事"，更或泳裤，两个字"无事"。只有两人的记录比较像样，小骏记住了姓名，一个叫杨隽，一个叫周宇翔。

新人的心情基本一致，好像学生，学期的第一天作业总是写得考究，刚踏上工作岗位的小骏也决心把手头上的每件事做到最好，把记录翻阅一遍之后，他归纳了值班记录应该包含的内容：

一、日期（年、月、日）；

二、天气（包括晴、阴、雨和气温）；

三、值班人；

四、在岗、离岗时间；

五、接入、处理电话情况（包括接入时间，对方单位和姓名，具体事由，回电号码，传达到相关人的时间等）；

六、报刊和杂志（报刊、杂志的名称）；

七、信件收到及通知（包括通知相关人的时间）；

八、其他及备注。

小骏按照自己建立起来的框架，每天一样不漏地填写，没有就标注"无"——未提及和"无"是两个不同的概念。

小骏值班第四天，老赵来办公室取东西，有意无意地瞅了一眼值班记录，随后写了一行字，拍了拍小骏的肩膀就离开了。小骏翻开本子，血液一下沸腾起来："小陈值班认真，大家要向他学习！"

一周很快过去，老赵把小骏安排在自己担任总监的项目——当年沧陵的头号工程，内环线一期1.3标段。

20世纪80年代，沧陵一直没有置身改革开放前沿，甚至说发展步伐比南方的一些城市晚了不少，直到20世纪90年代才开始建设高架道路，根据规划先内环，再外环，然后郊环，最后中环。外环内，南北以中山路高架为纵轴，东西以红星路高架为横轴做十字贯通。

与此同时，沧陵江南岸的"陵南国家经济园区"轰轰烈烈地全面启动。

整座城市变身成为工地，白天拥堵得像个不能自理的病人，晚上各类土方车、混凝土橄榄车、运送沥青的"东风"扬起了阵阵尘土，又像一个靠在油灯旁的烟鬼。

老赵虽然担任总监，但公司另外有些缠身的事务，加上"内环线"监理团队的各项工作有条不紊，他目前不大在现场蹲点，只设了一个副总监全面主持工作。

副总监叫尹观丛，老尹原本在市政系当老师，再过三年也将退休。

这个监理项目组是武陵城建学院监理公司和中铁监理公司组成的联合体，双方说是联合，其实两家单位的人员一点儿没有交集，整个标段按照里程一切为二。

听说两家人员原先混在一处，但双方人马互不买账，后来调整为各管一段,好像铁路警察,日常工作方才慢慢理顺。

中铁,清一色是退休的老人,城建学院除了老赵、老尹,清一色是毕业不久的年轻人,小骏进入之前总共五人,四男一女,男的是周军、钱建华、王谢东,还有去接替小骏值班的李超,女的小骏已有神交,就是杨隽。

周军和王谢东去年毕业,李超比他们两个早一届,钱建华和杨隽则比李超更早一年,是第一批入职的毕业生。学历上周军和王谢东是专科,其余三个本科。专业上周军和杨隽是市政工程,李超是工程管理,钱建华和王谢东是建筑工程。可能周军有专业优势,更可能同老尹有份师生情——他是这批小年轻的头。

小骏是新人,当然得有新人的态度,一通"阿哥""阿姐"走了一圈拜门仪式,之后成为其中一员。

小骏虽然怀揣抱负,铆足干劲,却感觉自己好像啥都不会,出现场,因为没底气,只能躲在边上不吭声,心里却在嘀咕,大学课程怎么同实际脱得如此离谱?

怪不得常有高学历者,被定义成"会考试的","会考试"之前应该冠以的"仅仅"二字虽然被隐,但更被重点成为无须注解的废话。

好在工地上所能学到的知识既丰富,又直观,小骏像块海绵,如饥似渴地吸吮来自实践的养分。半年不到,小骏对测量验线、看图纸、查规范、做监理资料已经得心应手。

小骏觉得这些技能不单是饭碗,更是颜面,今年还可以在尴尬时为自己开脱:刚毕业,缺乏经验,明年、后年,自己怎么好意思一直这样"缺乏"下去?

项目组的小年轻总共六人,却似有似无地分成三撮:周军、钱建华和后来回到项目上的李超好像关系近些,常常一起出去检查,留下了其余三个。

王谢东落单后,就会疑心他们在外面吃独食,被施工单位拖去喝小酒,或者另有什么外快——每人两包烟,或者其他啥的,愤懑之余,同小骏越走越近。

"阿姐"杨隽一向独来独往,对谁都和蔼,同谁都不亲密。监理工作大致分为内业资料和外业巡查两大部分,杨隽作为女孩子,一不愿意到现场摸爬滚打,二不方便值班守夜,周军就把内业的活儿全部交给她,杨隽也不计较,照单全收。

时间一久,小骏慢慢对每个人的性格特点有了结论,同时耳朵也顺到一些项目组背后的故事。

老尹通常一周来两回,一回是周一早上陪老赵去指挥部参加例会,另一回是每周五为周一例会收集素材。老尹周五大概10点多到工地,接着去现场转悠一堂课时间,等回到办公室就差不多到了饭点,吃完午饭,王谢东照例陪他杀几盘象棋,直到过完棋瘾老尹才会走进最里间的办公室,另外花一节课时间听取周军汇报工作。之后便是新的一周。即便如此,他和老赵在项目上的考勤总是满满的"钩"。

周军有点愣头青的劲儿,只认老尹,老赵的话对他未必好使。周军干活利索,性格有些嚣张,不怎么喜欢看书,但动手能力强,有空就是嘴上叼一支烟,用各种专用工具拼装他的宝贝船模。

钱建华烟瘾也不小,爱好却比周军雅致——篆刻印章。他有两块特制的小木板,中间贯通两根长脚螺栓用以夹紧玉石,先用铅笔打稿,然后动刀。

李超不抽烟，性格在几个小的当中最老成，没有旁的爱好，只是喜欢打牌，牌打得不错，不过比不上王谢东。

王谢东是最会算的，所以牌打得最好，麻将搓得最好，棋也下得最好，但常常精明过头到昏头的地步。他去年刚上班，分在汽车城项目，没到半年，就开始精打细算，提出自己同时管着两个标段，津贴不应该同管一个标段的一样，得翻倍。总监耿龙根一边说再考虑考虑，一边在老赵耳旁吹风，说王谢东不行，把其他几个小的都带坏了，正巧内环线缺人，老赵便将他换防到这里。

小骏看杨隽最顺眼，她总是躲在刚能摆下一套桌椅的小办公室，有事做事，没事随意翻阅小说，或者打个盹。杨隽顶着优秀毕业生光环，但似乎早已失去对事业的伟大追求，仅限于今后做个贤妻良母。看得出，她对工地现场的一切没有好感，尤其讨厌隔壁那间大办公室——男人们在里头抽烟，烟味大得好像着火。

小骏叫她"阿姐"纯属真心实意，并嚷着要学电脑，有人愿意分摊手中的活儿，杨隽也挺乐意，经过她的指点，小骏学会了用金山系统打字排版，但只会编辑简单的表格。

王谢东常向小骏抱怨周军三个避开他俩捞好处，小骏却不以为然，自己毕竟是新人，王谢东的资格也不老，少拿多干都是应该的。

王谢东却不服气，时不时带着小骏敲打那些小老板。小鬼难缠，老板们也会破费一些，置备了香烟和土产打发。事后王谢东总不忘分些给小骏，小骏一开始觉得烫手，但次数一多，居然或多或少滋养出了内心的贪婪和膨胀。

几个大男孩共同的活动就是"八十分"和麻将，八十分在午休时打，麻将在值晚班时搓，这时王谢东通常又能捞到几个，而小骏却只会输。打了几次，小骏提出抗议，这样玩下去他每月工资输光都不够。

如果小骏不参与，晚班"三缺一"将成为常态，为了晚上给这个时间的第一杀手续命，哥几个憋出了好办法：其余三个同时给小骏充值，输完了再充，没输完就平均退还，但小骏的牌技实在臭，只会死守下家，所以规则的版本再一次升级，四圈过后其余三个重新轮换座位，否则坐在小骏下家，太吃亏了。

时间一天天过去，小骏的资格也老了，他有一张油嘴，对同事们的称呼俏皮起来，管周军叫"老周"，管钱建华叫"大师兄"，管李超叫"超哥"，管王谢东叫"王兄"，只有对杨隽还保持原来的称呼——"阿姐"。

哥几个不知什么时候开始管他叫"千里马"，他心里对这个诨名是喜欢的，这应该也是老陈和范老师给他取名的初衷，但人脑构造复杂，反话常是正着说的，正话有时却反着说，况且还有一句老话"千里马常有，伯乐不常有"。

受伤

一天到桥面检查钢筋，王兄对小骏说："千里马，他们几个好像嘀咕你，说你人小鬼大，油嘴滑舌，对你要多加防备。"

小骏虽然意外，但心里稍稍还算有数。

李超刚从公司值班回来，就意味深长地提及老赵在值班记录上对小骏的表扬，之后每当小骏认真工作，或在哪里表现出才干，立刻会感到四周射来的箭，箭的矢锋上分明含着可以让人察觉却又说不明白的寒意。

老赵每周一参加例会，之后间或到办公室转一转，见到小骏一般只是点下头，那天却让小骏陪自己到现场走了一圈。

路上老赵说了些话，让小骏感到茫然，同时不知所措："你还年轻，交朋友要谨慎，有人反映你们有敲施工单位竹杠的行为，虽然只是一些不值钱的东西，却可以毁掉一个人，你明白吗？"

小骏脸憋得通红。他从来没有主动伸手，只是顺应周围环境而已，自己一个小角色除了适应还能做什么呢，他一方面不知如何争辩，另一方面又觉得不能争辩，争辩意味着要出卖周围同事。

"心里不要有负担，以后注意就好！"这是老赵第二次拍小骏的肩膀。

小骏能够体味老赵的善意，但领导讲话就是不痛快，他说的"你们"是谁，"朋友"又是谁，今后怎么办……怀揣一大堆疑问，小骏那天下班后特意绕了个圈，将自行车停到王谢东家的小区门口，一见王兄就如竹筒一般，把老赵的话当作豆子给倒了出来。

小骏只想告诉王谢东，今后他们再也不能向老板们伸手了，为什么不能，因为领导已经在关注——这得让王兄知道，否则自己不仗义。

王谢东也很意外，为什么老赵没跟他提及此事，但他脑子一转就很明白，自己就是小骏交的那个"坏朋友"，所以"你们"一定包括了自己。

想到同周军三人比起来，自己和小骏拿的那点东西纯粹"小儿科"。

到底谁告的状，王谢东真想上前扇那家伙一个嘴巴，不过他还不知道此人是谁，所以巴掌只能落在身旁的树上，胸径20多厘米树干上的叶子由此"簌"地一抖。

"咱俩以后得小心。"王谢东愤愤地说，"如果知道谁告的状，看我怎么收拾他！"看来王谢东是怀疑那个最抠门的刘老板，"看他那样，拿他几包红双喜，那脸笑起来都不自然，拿他几包红塔山，简直就像哭一样难看——他妈的，今后公事公办，咱们走着瞧！"

小骏本想多聊几句，看王兄一副火冒三丈的样子，就把剩下的话咽了回去："赵总说得有道理，你先冷静下，咱们明天见。"说完不等王谢东回应，骑上车一溜烟地走了。

又过一周，王谢东好像忘记了所有事情，晚上还主动要了值班。周军家里正在装修，他要去买些五金件，钱建华谈了个女朋友，晚上要陪着去逛商店，李超和他的高中同学已经约了场麻将，杨隽从来准时上班、准时下班。

小骏也有计划，晚上要去庙街给奶奶选购生日礼物。既然有人站出来看守门户，其他几人5点一到便一哄而散。

庙街是沧陵最著名的小商品和服装鞋帽批发市场，也是小骏定期光顾的地方，因为庙街深处有间不大的门脸儿，藏着一家经营旧刊的书店，小骏每次去，都要淘上几本，这天运气好，在角落一堆泛黄的二手书刊当中，遇见了一本《开展》。

《开展》是月刊，三十二开本，1930年创刊，1931年停刊，前后只有十二期，因此比较珍贵。刊内文章以民族利益为主，以此抗衡"普罗文学",开展文艺社是当时颇有影响的文艺团体,成员基本属于当时的御用文人,不仅和"左联"刊物针锋相对,还同《中央日报》副刊《青天》等一个战壕的杂志争论、对骂……

小骏意外得到宝贝,又为奶奶挑了根藤杖和一件混纺套衫,然后心满意足地在一旁的饮食店吃了碗馄饨。

骑车到家将近9点,奶奶已经熟睡,老陈和范老师却坐着等他,老陈担心地对小骏说:"你们公司有位姓尹的老师打电话过来,说你的同事小王出事了,正在沧雅医院抢救,让你赶快过去!"

小骏脑袋"嗡"了一下,不及多想,匆匆骑车赶到了医院的急诊大楼。

锁上车刚上台阶,就见尹观丛黑着脸站在门口,见到小骏,劈头盖脑责问:"你对小王说过些什么,赵总同你谈话以后?"小骏脑子顿时空白,自己好像怎么回答都不对。

"我告诉小王,赵总让我们注意自己的行为。"稍作权衡,小骏就此敷衍。

"都是你惹的祸!"老尹一口断言,然后又想不出应该指摘小骏什么。

"……"小骏同样找不到继续谈话的方向。

"现在小王的妈妈情绪激动,你先回家,我和赵总明天再找你了解情况。"看来老尹觉得小骏非但帮不上忙,而且可能节外生枝。

小骏"哦"了一声,木讷地朝楼外的夜色走去,到了外面,被初冬的寒气一激,小骏忽然意识到,自己忐忑尴尬了半天,居然对发生了什么一无所知!

于是小骏赶到工地,这时泵车正"噔嚓、噔嚓"有节奏地将商品混凝土输送到编号117号的盖梁当中。小骏将调度小张拽到一旁,终于问清了事情的来龙去脉。

王谢东两天前可能就已经看到117号盖梁底部有几处钢筋没焊接到位——焊接长度不达标,但他没吱声。今天晚上7点多,他突然要刘老板把已经立好的模板拆了,根据他的要求重焊,否则就不让浇灌混凝土。

这下钢筋班包工头刘老板犯了难,焊接长度不够只要及时提出,补焊一下难度不大,但要现在整改,拆模板、补焊,然后再安装起这么个大家伙,工作量就不是一点点,一时半会儿根本完成不了。另外损失也不小,人工、机械加在一起,少不得好几千。还有更要命的,当时沧陵到处都在施工,商品混凝土属于紧俏物资,供应计划排得满满当当,错过一班,调整计划也是件头疼的事。

"内环线年底竣工"是市领导对上对下的庄严承诺,在节骨眼上搞这么一出,工期可能由此耽搁数日。如果指挥部把这件事当作典型,那么自己堂弟——市建一公司工程部刘经理也未必顶得住压力,自己在"二期"继续干下去的盘算就会落空。

能进来做钢筋分包,一方面堂弟出了不少力,另一方面自己上下打点。好不容易拿到一个赚钱的机会,却眼看着要被王谢东这王八蛋搞砸。

王谢东象棋水平高,这招就是要把刘老板将死,最起码也要抽掉他一个"车",如果这样,刘老板的棋就陷入了死局,很难盘活。

刘老板压住火气,递上一支烟,赔着笑:"王工,你看能不能这次就算了,实在是整改有难度,焊接长度差点也不是什么大问题,我们下回一定注意。"

"我说话不算数吗?"王谢东没有接他的烟,自己掏出一根,点燃后冷冷说道。

"兄弟，我哪里得罪你了，你这样整我，我可受不了。"刘老板显然有点搂不住火气，自己整天低头哈腰，赚点钱容易吗？虽然平日没把王谢东这小子当回事，但隔三岔五地打点到位，彼此之间也一直相安无事——今天这小子怎么突然就翻脸了？

"兄弟归兄弟，我可没整你的意思，质量可是百年大计，今天这个问题不解决，明天再有其他隐患也留在里头，我做监理的不是失职吗？"王谢东这话干巴巴的说服不了任何人，但像一堵混凝土墙，谁都难以推倒。

"要么去我办公室坐坐，兄弟给你备了两条'红塔山'。"刘老板压低声音打出一颗重磅的糖衣炮弹，平时他才不会轻易就范，否则利润不都跑没了？眼看今天的阵势太不利，如果不下点本解决问题，一旦局势恶化导致前功尽弃，就太不值了。

"我可再也不敢拿你的东西了。"王谢东阴阴说道，"好了，闲话不说，快改吧，越晚越被动。"

"你前天为什么不说，哪怕今天早上我也可以改，现在提出来，混凝土都快到了，叫我怎么改？"刘老板看软的不行，语气渐渐硬了起来。

"前天谁知道你们干没干好，昨天你又没通知我验收，我凭什么做你的质量员？"王谢东的小机灵向来胜人一筹。

"如果我们硬要往下干呢？"刘老板的眼睛闪出了星点的寒光。

"你想强行施工？那你试试！"王谢东也不是吃素的。

"兄弟们，我们该怎么干还怎么干，明天我找他们周组长去。"刘老板大声招呼手下的工人，他也不是没有牌。

这话对王谢东来说最刺耳，这下刘老板真的把所有大门都关死了。

"我今天就堵这，有种你们的混凝土车从我身上压过去！"王谢东横在工地大门，脑子快速盘算：如果今天让他们既成了事实，这事只有不了了之，从今往后自己在这工地上将变得一文不值。这就是"穷寇莫追"的道理，给对手一条生路，往往也是留给自己一条退路，刘老板反过来让王谢东势成骑虎。

刘老板在老家是个地痞，平日招东惹西，嚣张跋扈，当年堂弟家里同邻居因为宅基地闹纠纷，是他带了两个狐朋狗友，帮着压住阵脚，最后还多少讨到了些便宜，所以这回堂弟也豁出去帮他，将他引到内环的项目上做了小包头。

所谓"和气生财"，看在这桩买卖还算赚钱的分上，他把本性收敛起来，对外一副好脾气的样子。

不过刘老板心里的算盘打得一清二楚，周军三人自然不能得罪，对于王谢东，原本他都懒得应付，不过慢慢看出这姓王的不好惹，如果王谢东凡事较真，周军也不好老是帮自己圆场，所以就想通过小恩小惠把王谢东摆平，没想到这姓王的蹬鼻子上脸，胃口不断变大，总觉得自己比起周军三人，还是吃了亏，于是刘老板偶尔会拉下一张臭脸，好让王谢东不要得寸进尺，王谢东因此认定，他就是暗算自己的人。

眼下刘老板打定主意用老办法解决问题，耍赖道："怎么，你还想打我？"同时把身体欺到了王谢东近处，王谢东虽然人高马大，骄横刁钻，但是文斗在行，武斗同刘老板比就不在一个档次了。

刘老板这么做就是引王谢东出手。看到有人攻击性极强地靠近自己，王谢东本能伸手一推，想把他挡开，这下刘老板得到了口实，一声"你敢动手"，随后一巴掌朝王谢东脸上呼了过去，王谢东自然举手护头，没想到刘老板同时伸出一腿,结实地蹬在王谢东腹部,王谢东倒退几步,一下坐到地上。

刘老板手下的几个工人马上出来拉架,实质是架着王谢东离场。王谢东仍在盘算,既然自己被打,刘老板这事就没这么容易解决了。如果周军他们还敢帮着刘老板说话,他就闹到老尹甚至老赵那里去。突然他脸色惨白,冷汗一下冒了出来,捂着被踹到的部位,缓缓瘫软下去。

还是调度小张发现得早,马上给项目经理打电话。项目经理一听,赶紧让小张安排人叫了辆出租送王谢东去沧雅医院,同时关照,如果医生问起,就说意外,接着呼了老尹的BB机。医院检查结果,王谢东的脾脏破裂,大出血,必须摘除。

第二天小骏一直等着,老赵和老尹却没有找他询问什么,因为他们对事件的来龙去脉比小骏更清楚。

王谢东和小骏敲老板竹杠的事情是周军传给老尹,老尹再传给老赵的。就像老板们会顺几句实情给王谢东,他们有时也会顺几句给周军三人。周军听过算数,钱建华的态度也同周军大同小异,单是李超认为不能让王谢东和小骏太得意,否则长此以往老板们今后都不晓得听谁好了。

周军被李超一扇,觉得是这个道理,就在周五把情况搬给了老尹:听到工地有反映,王谢东带着小陈敲小老板们竹杠。老尹追问数目大小,周军含混不清地顾左右言他,自己只是耳闻,虽然不是什么大事,但既然有风声,就应该让您心中有数,防患于未然。

风声转到老赵耳中,他觉得现在小年轻的思想境界同老一辈相比,简直云泥之别,不过话又说回来,当前的社会风气从托关系、走后门开始,每况愈下。在污浊的环境中,年轻人能够保持定力,不被邪气袭扰,还真不容易。别看周军告别人的状,老赵不信老板们会绕开周军,单走王谢东的后门。

不过"打秋风"和"敲竹杠"不一样,一个是巧取,另一个是豪夺,巧取可以让人吃哑巴亏,豪夺却会成为别人的话柄,并激起反弹与冲突。老赵同时认定,王谢东如果没有小骏做伴,孤掌难鸣之后自然便会收手。老赵同老尹交换意见,老尹也赞同先找小骏谈话,看看效果再说。

老赵亲自同小骏谈话,而没有推给老尹,主要源于两重因素。第一,希望小骏能够理解自己的良苦用心,与王谢东疏远,从而达到孤立王谢东、无为而治的目的;第二,老赵通过值班记录对小骏留下了不错的印象,这次自己作为公司领导直接对小骏进行诫勉,其本身就带有一层宽宏,甚至看重的善意。

不过小骏对类似"正话反说,反话正说"的理解能力有限,小骏甚至意识不到,老赵同自己的谈话,自己对王谢东应该守口如瓶。另外,小骏太年轻,常把事情看得简单,处理问题总希望面面俱到,从而拖泥带水,只有具备了一定修为,才会懂得权衡轻重,懂得在必要时拉下脸,快刀斩乱麻地处置事件。换位思考不是一服包治百病的药——简言之,老赵高估了小骏。

老赵想,既然这样,就没必要同小骏多费口舌,让小伙子慢慢去悟吧,眼下最棘手的是如何解决这件事。王谢东作为受害者,哪怕有诸多不是,此刻也不宜深究,况且表面来看,他还是因公负伤。如果这样定性,监理公司反倒没有压力,但事情的走向不会如此简单。

总包项目经理向老赵道歉的同时,已经意味深长地透露了两点信息。一、王谢东即使年轻气盛,也不该先动手,以致惹出了后续诸多麻烦;二、自己非常理解老赵手下弟兄们的清苦,但有困难可以跟他讲,不要同那些小老板一般见识。

老赵知道,王谢东先动手虽然未必靠谱,但监理组年轻人向小老板们伸手却能基本坐实,不过都属于陈年烂账。

烂账虽然难以核对,却可以成为炸弹——私底下的流言往往比对簿公堂更有杀伤力,因为施工单位的话语权更大,他们在政府中的能量比监理大多了,建工局的几任领导都是从市建公司提拔,指挥部的不少领导也是,一旦此事发酵,被打板子的反倒是监理——老赵和老尹做出了同样判断。

第二天一早,内环线总指挥拨通了老赵电话,口气严厉地下达指令,在临近竣工的关键时刻,一切具有不良影响的事件都不宜扩大——具体怎么做,施工、监理协商解决。

王谢东的家人一开始坚决要求严惩肇事者,好在事件没有惊动警方,在各方协调下,最终达成了较为圆满的结果:20世纪90年代初期,切除脾脏的手术也就两千来块,刘老板一次性拿出3万元赔偿王谢东,让王家放弃让他"蹲三年牢"的诉求,监理公司额外拿出2000元,奖励王谢东,并对他记口头表扬一次。事件这么过去,事情仍在继续。

刘老板由于善后果断,外加额外打点,在内环二期继续承揽任务。

王谢东人躺在病床上,心却被奖励和表扬鼓舞得热血沸腾,病假两周就办了出院手续,想回工地上班,老赵却安排他在办公室打杂。

王谢东热乎的心逐渐冷却,他想了一周,然后找老尹,又找到老赵,却一直不得要领,闹了几次情绪也没什么结果,最后干脆托关系办了长病假待在家中炒股,公司睁一眼闭一眼成全了他。

小骏感觉老赵离自己远了，同时意识到自己缺少某些潜质，儿时听熟的老调又在耳旁响起："吃技术饭最安稳……"

（对方欺负这片棋没有根基，所以就着势想追着黑棋做起一面墙，看来这么下去，要么苦活，要么无疾而终。围棋讲究"舍得"，小骏觉得棋局照此发展下去不是太妙，于是苦苦开始了长考……）

女神

这是小骏上班后的第一个新年。

春节假期虽然漫长，但在所有人看来，总是一段飞逝的光阴，小骏也不例外，仿佛眼睛开开合合没几下，元宵节就近在咫尺。

那天振纲打来电话，说他已经回到沧陵，哥俩好久没聚，又恰逢新年，所以尽兴地搞了顿白酒。

小骏同振纲约定，两人餐聚，一人一次，轮流坐庄买单，酒菜档次，纯粹根据各自零钱多寡，朋友寒酸不嫌弃，自个儿宽裕也不要奢侈浪费。这次轮到小骏，他惦着早点还清小勇的"一粒米"，所以很有分寸地在武陵大学对面的小街，寻了家农家菜馆，挑了张靠窗的桌子，点了瓶"孔府家酒"，就着三个凉菜、三个热菜，同振纲一边推杯换盏，一边天马行空地聊开了。

两人各自喝了半斤，后来又加了四瓶啤酒，两碟花生，大概聊了三个多小时。

小骏花一半时间把王兄的事向振纲叙述了一遍，并让振纲帮着分析事情原委。振纲猜测是周军，因为老赵和小包头根本没什么接触，加上此事无关痛痒，所以施工方直接传话给老赵的可能性几乎没有，并且老尹一定事先知道，否则在医院不会没头没脑对小骏那样说话，所以告诉老赵的，多半是老尹。老尹同小包头接触的机会也不多，另外周军几个有着类似问题，却一直没被老赵和老尹提及，嫌疑自然最大。

对于振纲的分析，小骏听后非常认同——如果真是这样，王谢东对刘老板的发难更是莫名其妙，虽然获得一些经济补偿，但身体里边毕竟少了零件，而且前程毁伤殆尽。

接着小骏问振纲，振纲聪明，如果换作他，会不会处理起来更高明一些？振纲想了好久，最后认定自己的做法同小骏差不多，因为人的智力，常常受到善良掣肘。

"你工作找得怎样了？"小骏今天喝酒状态不错，半斤白酒已然下肚，居然还能切换话题。

"我本想考研，但不知为什么，现在对学习已经提不起以前那股劲了，对于去打工上班好像也没多大兴趣，感觉怪怪的，不知做什么好。"小骏却想，找工作的时候如果银行折子里拖着一大堆零，弄不好自己的心境也会同振纲类似。

"你自己当老板吧，又有资金，又有脑子。"小骏一直这么认为，所以怂恿振纲，"大丈夫非富即贵，要么把生意做大，要么拼一下仕途，做学问、摆弄技术搞得好也是种体面的活法。生而为人，这辈子想要出人头地，正儿八经也就这三条路了。"

"仕途，我绝不合适，你也一样，我们的性格决定了。我想创业当老板，又觉得时机不成熟，搞学问、学技术都没兴趣。"振纲望着窗外的路灯，重重吐出一口酒气。

"那炒股呢？"小骏提议道，"我还想向你学呢！"

"不工作，不上学，坐在家里炒股？"振纲边想边补充，"对家里老爷子来说，那绝对属于不务正业，他不得天天同我促膝谈心。"然后哑然失笑，小骏也笑了，觉得自己这主意确实挺馊。

哥俩最后约定，日后无论顺不顺利，每年一定要在年头喝顿酒，对过去一年得失做个盘点，同时给自己来年预设需要完成的两三个目标。人生不能没有目标，否则容易稀里糊涂混日子，当蹉跎岁月成为生活的主旋律时，这人就废了！

振纲那天只为自己定了一个目标，将之裂变为两种可能：找份工作，或者找到今后的事业方向；小骏却一口气定了三个目标：好好学一学建设工程概预算，把大学英语四级单词表从头至尾默写一到两遍，还有件重要事情，争取年内把欠小勇的钱还清。

振纲年后找了一家投资管理公司上班，不过只待了俩月就把工作辞了，开始自己做老板，租柜台卖PC电脑。

小骏第二天就去建筑书店买了两本书，《建筑工程九三预算定额》《九三定额一百问》，随后转到庙街的旧书店淘了本大学英语四级词汇，埋头用功起来。

等到第二年聚餐的时候，振纲已经包租了两个柜台，一个在市中心的紫光商场，另一个在市区西部的宏达电脑城，对进货、收银、财务、质保维修、店面管理等环节逐一驾轻就熟，目前正在市区东部的罗林电子商厦筹备再布一个点。小骏转战"内环线二期"，照样干得起劲，同时利用业余时间和朋友一起做了几单概预算的私活，其中一单高层项目，小骏一下子赚到6000元，所以9月就将一万元给小勇汇了过去，不过四级单词只将其中的三分之二过了第一遍，没有完成原有计划。二人照例定下开年计划：振纲准备再布几个销售点，同时注册成立一家电子贸易公司；小骏决心继续深入学习专业技术，并不断咀嚼那本英语词汇，权且将它当成填充闲暇生活的口香糖。

到了第三年聚餐，振纲有了五个销售点，"沧陵振丰电子贸易有限公司"也在半年前成立。小骏成为项目上的土建组长，腰上多了只BB机，买了辆"抽水马桶"助力车，四级英语单词慢慢滚完第二遍。至于新年目标，振纲转向了生活方面，他遇到了一位心仪的女孩，决心把那女孩追到手,而小骏的公司和家庭都发生了一些事情,导致他对自己的来年计划游移不定。

老赵近几年的景况一直不好,原因是他和学院院长兼公司董事长仲达仁的关系逐年恶化。老赵一手创建了监理公司,打算退休前把公司发展起来,为自己职业生涯画上完满的句号,但老仲对监理公司没有什么长远规划,办公司的基本方针就四个字——开源节流,老赵私下注释为"杀鸡取卵"。

公司要有后劲,必须多培养年轻人,院长却认为培养年轻人成本高,不如用一些退下来的老师和外聘人员,这样赚一个子儿就是一个子儿的纯利,如果业务不饱满,遣散起来便利,不会占用编制,存在人员重新安置的负担。

在类似"貔貅"思想的指导下,公司办公地点一直在老地方,陈设同小骏第一次走入办公室的时候没啥改变,除了藤帽上的灰更厚了些。项目上的电脑改装了 Windows 系统,机箱内却没更换零件,所以开个机往往要等上抽颗烟的工夫,被调皮的小骏起了个外号:"工夫电脑"。

这几年公司项目陆续多了起来,开源节流的成果却不断被学院抽走。老赵同老仲对工作上的看法总是"尿不到一个壶里"。

老赵见过大世面,35 岁就上正处,虽然级别一般,但常年同部级领导、各学科领域带头人朝夕相处,经手的也都是关乎国运的重点项目。这些世面催化成为老赵浑身的刺儿,一旦遭遇不顺心意的逆境,便会一根根地往外扎。

踏入职场后小骏渐渐体会,对弱势一方,血性的表现形式不尽相同,被动的防守可能是怯弱,而无畏进攻的实质更可能是发泄,是自暴自弃。

当你处于弱势的时候,只有坚韧地防守,不屈不挠地熬过最艰难的日子,甚至妥协退让,你才有成为英雄的希望。

老赵熬不过去,即使见过再大世面也不管用。那年小骏刚来公司,他是总经理,兼着总工程师。第二年学院从建工系调了副系主任仇明进入公司做总经理,他大概比老赵年轻10岁,老赵成了公司副总,继续兼着总工。再过一年,老赵头衔中的副总也被拿掉。

建筑行业具有生产环境复杂多变的特性,项目接洽、运营、催收账款、扫尾结项都难以固化操作,灵活机动中包含大量的沟通协调,成本、利润因此难以控制,所以项目负责制,进而项目承包制成为施工、监理,甚至勘察、设计企业最流行的运营管理模式。

武陵城建学院监理公司从小骏入职次年也开始搞项目承包,游戏规则很简单,项目经理对项目全权负责。如果任务由项目经理承接,项目经理按进款额的百分之六十进行包干,除去开票税金、事业编人员的社保金和基本工资,其他成本一概由项目承担;如果项目由公司承揽后甩给项目经理包干,项目组拿百分之四十,公司拿百分之六十,其余亦然。

"树倒猢狲散",老赵的手下,无论老的还是小的都陆续离开了他。尹观丛考了总监证,带着周军揽下几单活儿,独立了出去。钱建华和李超被总经理仇明收编,大约一年后,李超冒了出来,成为小的当中第一个部门经理,除了仇明,同其他人讲话,头扬得越来越高。"汽车城"总监耿龙根被提拔做了副总经理。另外根据老赵的描述,仇明刚到公司,茅金富就"贴"了上去,半年后做了总经理助理。目前老赵手上的活儿不多,仅内环二期正在收尾,底下只剩两人,杨隽和小骏。

公司生意兴隆,杨隽和小骏虽然都是懒人,有口饭吃就不会主动给自己找出路，但都有认真的口碑，所以很多项目组都来挖他们，最后杨隽转到耿龙根负责的"银河国际大厦"项目，依旧干她老本行——内业资料。

茅金富手上管着一个高层住宅，尹观丛接了一座大桥的监理，钱建华揽了一单博物馆修缮的活儿，都缺人，都来找过小骏，小骏每次都率先征询老赵意见，老赵说他正在接洽一个厂房项目，把握很大，很快会出结果，让小骏等等。

小骏觉得如果不是老赵走下坡路，怎么轮到自己同他走这么近，老赵技术功底扎实，实践经验丰富，在"内环二期"老赵多次指导他对一些工程计算书进行复核，让小骏觉得获益匪浅，并开始感到了那些公式的可爱。再说当初是老赵把自己招入公司的，只要老赵愿意，跟到他退休，多学学技术也挺好。

然而老赵的项目最终落空，小骏没太在意，老赵却按捺不住，主动约了小骏谈话，地点就在老赵家里。不知什么时候，小骏已经改口叫他"赵老师"，而非"赵总"。

老赵的家在学院教工宿舍的东楼十一层，两室一厅，厅很小，除了摆放一溜书架，就是一张饭桌。客厅门多，除了进户门，还有厨房、厕所和两间卧室的门。

师母郝老师外貌清瘦，给小骏沏了杯茶，就到南卧看电视去了。整套房子除了用木块拼了地板，没有任何装修痕迹，书架如同名词解释，就是一排"放书的架子"，外面拉着一块薄薄的提花布帘，小骏对书架底下垫脚的两块砖还有印象，那是一年前，老赵让他到工地帮忙捡的。唯一亮点是搁在地上的几盆兰花，好像刚刚浇过水，特别精神。

"上个月你说钱建华找过你,是什么样的项目?"老赵问道。

"市自然博物馆修缮工程。"小骏回答。

"哦。"老赵沉吟了一声,"那么你要好好看看结构加固方面的标准了,你回去找一些包钢、粘钢和碳纤维加固的资料,遇上不明白的再来问我。"

"赵老师,"小骏打断了老赵的话,"我还想跟着您!"

"可我暂时没有新项目,你也不能长时间只拿基本工资呀。你还是先过去吧,等以后我有活儿了再回来。"

老赵有点儿狼狈,想到自己两个月没给小骏发津贴了,津贴可是基本工资的两倍多呢,这种情况下小骏仍然愿意跟着自己,也算同自己有缘。老赵这段日子常常自责:自己几十年在"朝南坐"的岗位,换了角色,却适应不了"求爷爷、告奶奶"的生活,手头没项目,不说自己,手下人都连累受穷,小伙子吃饭、恋爱、买房、结婚,哪样不需要钱,拿了两个月的"赤膊"工资没提意见已经实属不易,这事一天不解决,自己就一天不能踏实,再说时间拖久了,终有矛盾爆发的一天,到时更加尴尬。

可小骏说出了老赵意料之外的打算:"我想过了,能否把我的岗位暂时固定在'内环二期',公司发我基本工资就行,您暂时没项目,我就趁机多读书——我想考研!"

"考研?你想考研?"老赵感觉自己听错了。他对小骏的印象,除了人厚道、干活勤快认真外,就是时而迟到几分钟,作风有些散漫——"一个成绩中等偏下的专科生"——这是他对小骏已经固化的印象,从未想过小伙儿对学历方面会有更高的追求,"你想考什么专业,导师联系好了吗?"

对于考研这件事情小骏已经摸清底细,只要事先经过导师默许的考生达了线，初试你哪怕高他很多分，复试也会大概率被超越，除了自己目前的报考方向："我想考 MBA，只需联考成绩过线，入学两年后再确定导师。"

"MBA，正规吗？"老赵从未听说。

"嗯，工商管理硕士，Master of Business and Administration，简称 MBA，毕业后的学历、学位国家都认。"

老赵暗自判断，小家伙功课做得挺充分，并且下了决心，随即又问："那你一旦考上，就要离开公司了？"

"不用离开，目前 MBA 都是委培形式，考上后我们公司和学校会签订一份委培协议，不过学费问题我可以自己解决。如果考上，我就边工作，边把这个硕士读出来。到时我去单位打公章，还请您帮我同公司打招呼！"

老赵内心踏实许多，没有了一开始的内疚："行，年轻人想多读书是好事，我一定支持你！"其实小骏还有一件事正在考虑：自己是否还要去美国？

临走的时候，小骏问老赵有没有结构加固资料，他还是想学一学。老赵想了想，撩开布帘，将书架最下一层的书搬出一摞，耐心翻找。

小骏的目光却被两张照片牢牢黏住：一张是一个姑娘荡在秋千上，另一张是这个姑娘站在老赵夫妇中间，背景是一座中生代花岗岩地貌的大山，后面缭绕着彩色的云雾。

小骏的心像被狠狠震了一下：这姑娘漂亮，真漂亮，一种没有雕饰的漂亮。

脸上的五官摆放得刚好，身材比例、穿着打扮都是刚好，她的笑对小骏来说是勾魂的神符、无可治愈的毒药。

小骏的魂儿四分五裂,一下收拢不了,只能硬生生把视线拽回到老赵手上正在整理的资料上,脸却烫得厉害,甚至想哪天偷偷带了相机,把相片翻拍顺走。

之前让小骏评价为漂亮的女人总会归结到性的冲动,抑或佩戴豪华饰品的炫耀,眼下却是一种虔诚,一种迎入家门,天天守着、望着、供着的虔诚——小骏瞬间顿悟,只有让一个男人萌生出这种感觉的女子才能算得上女神!

看到老赵选出了两本材料,小骏急忙道谢,拿在手上,匆匆离去,他知道,此刻多待一分钟都有被老赵窥破的危险。

小骏在新的一年里终于有了宏伟的目标:一定要努力,再努力,因为自己找到了努力的意义——攀援女神的前提是自己必须修炼成仙,起码也要能用俗物将自己装扮得非凡,否则对女神任何的奢念都是一种亵渎和笑话。

小骏从未有过爱情,但忽然有了爱情观,他品尝出的爱情在于供奉,既然是供奉,就一定要有供品,考研、出国、赚钱、写诗、作曲……统统属于供品,越多越好,目的却充满了原始的邪恶——占有,小骏虽然觉得哪里不对头,但这邪恶目的眼下却是自己的命!

小骏想做的事一下涌现出来很多,却什么都做不了——他病倒了。好在时间是一剂万能的解药,大约一周后,小骏恢复了健康,也找回了神志,他把那照片上的影子悄悄镂刻在心中最隐蔽的地方,开始直面现实,策划未来。

到美国去,若干年后衣锦还乡,一直是小骏人生的一张好牌,大约

15年前，小骏一家忽然获得了这张牌。

范老师书香世家，家族中她的同辈孕育出两位博士，一个是她表姐，另一个是她亲哥。表姐很早病逝，哥哥身体健康，目前生活在地球上最强盛的国度——美利坚合众国。

范老师的哥哥叫范德轩，也就是小骏的舅舅，跟随姐姐到台湾后，靠卖报攒学费，加上姐夫接济，完成了大学学业，因为表现优异，他被带教物理的加拿大教授推荐到多伦多大学攻读硕士，又转到美国威斯康星大学获得了博士学位。

范德轩继承了范家的基因，一方面会读书，另一方面同老爷子一样不会赚钱，人生最高光的瞬间居然定格在身穿博士袍的那刻。好在他有美国社会的福利加持，更有一位会挣钱又不嫌弃自己的老婆，范德轩可以一边同周围环境怄气，一边过着衣食无忧的日子。

范老师的姐姐在台湾始终挂念大陆的父母和妹妹，"文化大革命"前让范德轩寄过一封信辗转到了舅妈家中，但舅妈没把信交到范老师手上，认为这封信可能给小姑娘带来不确定的风险，小骏姨妈大海捞针的寻找由此中止。

20世纪80年代，大陆政治环境越来越宽松，又一封远隔重洋的家书飘到了范老师当时15平方米的蜗居……

因为有个"美国舅舅"，小骏断断续续对英语词汇进行反复翻炒——这种添油式的温故知新效果有限，小骏的英语能力一直没能打通任督二脉，只在维持的基础上龟速前行。

圆圆曲

在那个中国经济刚起步的年代,中美两国在物质方面存在巨大差距,家书成了福音书,全家把跨越太平洋作为改变家庭命运最远大的航程。

20世纪80年代中期,范德轩帮妹妹办妥了赴美探亲手续,范老师由此停薪留职到美国西雅图同姐姐、哥哥会面,并在那里住了大半年。现实就是一个巨大的磨盘,把生活添进去,榨出浓缩的原味,留下幻想的渣,美国并非一切美好,一个年逾不惑的移民去美国拥抱新生活,往往需要承受类似分娩的阵痛,这个"福分"或者说"洋罪",不是每个人、每个家庭都能消受的。

范德轩由姐姐拉扯长大,在姐姐面前不敢造次,但姐姐回台湾后,范德轩对景况的不满常常化作无名火喷向妹妹,让万里之外前来投奔的范老师无所适从。

范老师的思乡之情愈来愈烈,不到半年,就放弃了逗留美国熬绿卡的打算,怅然地回到沧陵。当老陈问及她在西雅图的境遇,范老师沉默许久之后失声痛哭,说没想到在自己亲哥家里,比起当年寄居舅母家,会多出几分无助的惶恐。

妹妹在身边,范德轩常常没有好脾气,如今妹妹离开,他倒会时常念及这个骨肉至亲,加上姐姐敦促,范德轩很快替范老师夫妇办妥了F4类移民申请,老陈和范老师从此进入大概需要十年的配额排队。白驹过隙,眼看十年过去,老陈、范老师,包括小骏不得不考虑今后到底何去何从。

正当老陈一家全面规划未来时,小骏的奶奶在食道部位查出癌变,老人年近九旬,根本经不住手术折腾,只能保守拖日子,却终究没能拖得太久。小骏由奶奶照管长大,奶奶离世,他一时悲痛到什么都不想做。

这年小骏全家没有等到美领馆的通知，小骏也没有进行MBA考前复习、参加考试，原因之一是奶奶去世搅乱了他的心境，原因之二是小骏另外撞上了好运。

5月下旬的某天，小骏正在背默英语单词，BB机响了，对了一下姓氏表，致电自己的人姓"江"，再看到回电号码来自海德大学，小骏立刻反应过来，一定是海德大学江博士打来的传呼。

海德大学起源于德国人鲍曼博士20世纪初创办的学堂，刚成立时，最有名的专业是德语和医科，解放前系国立大学，解放后系教育部直属高校。

小骏的母校起初就是从海德大学分离出来，设立初衷在于照顾海德大学的教工子弟，称为"海德分校"，校址仅同海德大学间隔一条马路。进入20世纪90年代，全省大兴土木，建设工程的相关人才严重缺乏，为了适应当时建设发展形势，"海德分校"被武陵省收编，改名"武陵城建学院"，成为武陵省建设厅下属的地方高等院校。

合久必分，分久必合，分有分的理由，合有合的考虑。近年来全国高校"合并"盛行，国家意图通过整合资源将品牌高校做大，以满足国家科技战略做强的需要，听说不久之后武陵城建学院将合并加入海德大学。

传言弥漫得既快速又浓烈，小骏对此却十分坦然。从念大二开始，甚至听说学院要并入比海德大学更知名的武陵大学，当时他激动过好一阵，期待毕业时能够拿到武陵大学的文凭，最终却没有了下文。如今文凭上早就盖了武陵城建学院的戳，合不合并，合并到海大或者武大，对小骏来说已然不重要，但无论如何，海德大学一直是小骏仰慕的高等学府，江博士也一直是小骏仰慕的青年学者。

两年多前，内环一期有一根立柱在混凝土浇捣过程中出现问题，拆模之后在柱的根部发现了一处不小的"狗洞"，也称"烂根"。结构自重从板体传到次梁，然后到主梁，最后自上而下通过柱子传到基础，狗洞处于柱体底层部位，老赵坚决反对潦草地采用细石混凝土充填的方法进行修补，他会同各方研究后达成一致意见：由指挥部出面请海德大学的罗教授负责对这根立柱进行检测、加固，监理配合实施，费用由市建一公司买单。

罗教授年近七旬，是工程院院士，海德大学结构专业的头牌专家，掌管结构抗灾研究所的工作。江博士是他的关门弟子，博士毕业后留校，除了教学、科研，还帮助导师主持研究所大大小小的事务。罗教授接下任务后，便转手交给江博士负责。

小骏清楚记得，当时江博士是同另外一个小青年一起来的，江博士看起来比小骏大六七岁，衣着朴素，身材略微发福，白白净净，鼻梁上架着一副金边眼镜，一下出租车，就和同来的小伙儿一起，从车上搬下一套看似心电图监测的仪器、一只装着各种杂件的工具包和一台手提电脑。

那天中午"秋老虎"非常霸道，旁边不远处一台路面破碎机跟着起哄，强烈的噪音顺着耳蜗不停冲击现场每个人的大脑，现场工人穿的衣服已经半干半湿，干湿交界的地方勾勒出一圈白白的盐渍。周军几人和王谢东只在现场站了一会儿就待不住了，先后躲回装了空调的办公室，王谢东临走不忘暗示小骏一起回去摸几把牌，小骏却想看看这些新玩意儿到底有啥名堂，就没响应王谢东发出的暗示，磨磨蹭蹭没动脚步。

虽然监理的责任是可有可无的"配合",但真要配合好却是份苦差,如果配合不好误了事,又会惹麻烦,小骏既然兴味盎然,监理配合工作就完全落到了他的身上。只要江博士一行来到现场,小骏就跟进跟出,一直忙到任务完成。

其余哥几个照例会反话正说地"表扬表扬"小骏,还故意逗趣着试探:江博士团队就这几天的工夫能赚不少呢,小骏爬上爬下,搞得一身汗、一身泥的,是不是也分到些啦?每回小骏都故作失望地回答:"分到个屁!"

小骏那几天很快活,虽然名堂没完全看懂,但搞明白了大概的意思:先用震动波对烂根部位进行检测,然后依据结果进行加固,将掺入一定配比树脂的混凝土灌入烂根部位,养护后再进行物理测试,最后将各阶段的报告提交指挥部备案。

那天他到江博士的实验室取报告,又看到了许多结构研究的方法,大多是模拟性测试,然后对测试的数据进行分析。各种手段眼花缭乱,比如用透明的环氧树脂浇筑出同比例缩小的建筑模型,模型比实物的变形模量大,利用光的折射,就可以很直观地分析出结构当中的应力集中状态。

小骏觉得自己跟着江博士长了不少见识,江博士也觉得同小骏挺投缘,一方面小骏对自己格外尊敬,整天"江老师"长、"江老师"短;另一方面小骏主动干了许多脏活儿累活儿,使任务完成得特别顺利。

趁小骏到研究所取报告的机会,江博士塞给小骏 800 块钱。小骏没有思想准备,觉得既然已经把江博士当成"大哥",帮着干点活儿就拿钱也太那个了,所以死活不肯要,双方推来推去好像打架,最终势均力敌,大致折中，小骏收下了其中 500 元。

接到江博士的传呼，虽然不知什么事，小骏却感到格外开心，立即回了过去：

"江老师，我是小陈。"

"小陈啊，好久不见，你现在忙不忙？"对面传来了久违的、熟悉的声音。

"还好，您找我有事啊？"小骏开门见山。

"嗯，有事找你帮忙啊，你找个方便的时候到我实验室来一下。"看来这事还有些复杂，一时半会儿在电话里说不清。

"好，我现在过来，半小时到。"小骏很喜欢那个实验室，想着或许能再看到些什么新鲜玩意儿。

"你不上班？"江博士有些诧异小骏的效率。

"项目刚结束，我正巧空着。"小骏回道。

"哦，太好了，我还担心你抽不出时间呢！"很明显，电话那头江博士听到这个回答如释重负。

当小骏赶到实验室，江博士已经早早放下手上的活儿，专门在等他。江博士不但比一年前富态，还显得阔绰，除了腰上换了汉显 BB 机，办公桌上还有一部诺基亚手机。

小骏进门后，他招呼小骏坐下，然后递给小骏一瓶矿泉水，不绕弯子地将事情的细节对小骏交了底。

江博士念硕士时研究钢结构，其中一个师弟阿斌目前正在替"沧陵通信公司"安装发射塔。江博士被阿斌拉进他成立不久的"沧海塔桅结构工程有限公司"担任技术负责人，并拿了公司百分之十五的干股。阿斌自己负责塔桅部分,土木的活儿全都交给江博士管理,江博士熟悉设计,对于施工却不在行。

基础工程包给了一个老蒋的浙江工头,但公司对他的活儿越来越不放心。特别是上周,钢结构厂家派技术人员到现场对预埋螺栓进行定位复测,结果发现安装尺寸偏了5厘米,幸好当时没有浇筑混凝土,还可以调节整改,否则麻烦就大了。另外,公司对老蒋报的预算也不是很放心,希望找个懂预算、熟悉钻孔桩工艺、精通测量放线的人对基础施工进行质量、成本控制。

"这几项我都熟。"小骏对江博士一向有一说一。

"这样吧,我和阿斌商量了一下,如果你愿意就过来,每月4000元工资,做得好,年底还有奖金,怎么样?"江博士也直来直去。

"我得回家同爸妈商量一下。"小骏还有顾虑。

"你是学校编制吗?"江博士很会抓关键点。

"是的,所以我只能过来兼职,现在立马辞职的可能性不大。"

"嗯,"江博士点头,"公司才起步,最终发展成什么局面还很难说,你暂时的确只能兼职,否则一旦这头垮了,你又回不去,我就对不起你这个小兄弟了。"江博士很爽快,同时补了一句,"尽量本周给我回音,你如果过不来,我们还得去物色其他人。"

晚上小骏把这事在饭桌上亮出来同老陈和范老师商量。小骏一提及辞职,二老顿时产生了条件反射的警觉,仿佛有人要拐带自己的儿子。

这种情况完全在小骏的意料之中,他接着说出自己的真实想法:自己只想争取一个兼职的机会,一方面想跟着江博士多长长见识,另一方面这个兼职的报酬可观,几乎是自己目前满额收入的两倍。

"那么你不读英语啦,出国的事怎么办?"范老师终于放下心,同时权衡哪头是"鱼",哪头是"熊掌"。

"英语可以抽空学嘛,再说出国这事到底怎样还不好说呢,老是不上班,在家啃书本也不是回事。"老陈更想将鱼和熊掌同时收入囊中。

范老师一贯遵从老陈意见,觉得丈夫的分析永远比自己深刻,于是附和表示同意。如此,全家一致决定小骏先到那家公司尝试一下,摸摸情况再说。

这时小骏的BB机又响了:"嘀嘀,嘀嘀……"。小骏低头一看,是振纲,他想约小骏出来喝茶。

"你怎么这么快又想到我啦?"赶到茶馆一落座,小骏就笑着问振纲。

两年间哥俩都挺忙,一般相隔半年才安排聚聚,这次距离上次过年喝酒还不足三个月,况且中间振纲还赶来参加小骏奶奶的追悼会。

"一定得找人聊聊,不然心里乱得很。"振纲一开口,小骏就感到对方似乎遇到了什么麻烦。

振纲点了壶普洱外加几碟零嘴,茶具和茶的冲泡方式是闽南"工夫茶"风格:先把沸水倒入茶壶,然后过滤到公杯,最后斟入各自小盏,哥俩就着零嘴边喝边聊。

"你说吧,我听着。"小骏等着振纲开篇。

"就是因为那个女孩。"振纲一股脑儿把苦水倒了出来。小骏一听"那个女孩",脑子同时浮现出老赵家里的照片,心脏跟着颤了一下。

这两年振纲的电脑生意顺风顺水,除此之外他想抓一抓风投的机会,经过反复调研分析,振纲的目光逐渐聚焦到"电子游戏"产业。频繁接触各色人物之后,振纲很快混熟了沧陵乃至武陵的电游圈,最终选择同张强和王小松组成了一支创业团队。

张强长振纲 10 岁，在这行起步早，资历深；王小松同振纲一般大，是张强的朋友，据说是高干子弟，有一定的官场人脉；振纲往里投了点钱，同时负责整体圈钱方案的策划与推进。三个人，以张强为中心，合伙成立了一家专营电游网站的公司，计划从小做起，吸引风投之后滚动发展，最终上市。

振纲口中"那个女孩"是张强新招入不久的行政助理，振纲至今不知那个女孩的中文名字，大伙儿平时都叫她 Shirley，振纲看到她第一眼，魂灵就向对方举起了双手。漂亮女人有时被称为"祸水"，因为对男人含有不小的毒性，而这个 Shirley 的毒性对振纲来说显然相当致命。

"我在今年春节许过心愿，就是把她追到手，你是知道的。"

看到小骏配合着点头，振纲接着说，"过年以后，我有空没空就跟她凑近乎，其实就是向她以及周围人宣布，我在追她，可是……"

"可是什么？"小骏跟着着急。

振纲喝尽了面前的一杯茶汤："我感觉她对我不来电，我怎么做都点不燃 Shirley 脸上幸福的光芒。"

小骏想，爱情果然容易催生出文学家或者诗人："点燃幸福的光芒——你的这个说法很妙啊。"

这时振纲又吟了一句："英雄无奈是多情！"

小骏识得这句诗出自清朝吴伟业的《圆圆曲》，便用其中的另外几句调侃振纲，同时意图安慰一下这个灵魂落难的朋友："看来现在如果出现情敌，你还会'冲冠一怒为红颜'吧？说不定'旧巢共是衔泥燕，飞上枝头变凤凰'，不要太执着，漂亮女孩多了去，你眼下鬼迷心窍、一叶障目，把这个Shirley捧得太高了吧。"

说到"漂亮女孩多了去"的时候，小骏脑中闪过了一个秋千上的影子。

"唉！"看来小骏宽松气氛、安慰振纲的目的没有达到，振纲叹了口气，跟着一仰脖，喝酒似的又灌下一杯茶，继续喃喃自语，"我现在根本静不下心来做其他事，认识她之前，我最怕自己碌碌无为，现在最怕把她从我的生命中弄丢。"

"不至于吧，时间一长一切自然就淡了，认定这一点，所有难过都只是暂时的，没什么大不了。"小骏对振纲说，同时悄悄对自己也讲了一遍。

"现在心里一团麻，觉得哪怕我今后获得成功，没有她的分享，就不算成功；如果失败，没有她的抚慰，才是真正的失败。"振纲咀嚼着自己的内心，吐出了虔诚的感受。

看来振纲病得着实不轻，而自己也才大病初愈，不过小骏觉得他心中的"爱情"比起振纲来，除了邪恶，更多了一层无聊——除去外貌和物质条件，一个男人能够点燃一个女人的激情，无非三把火，有情、有趣、有种，分别代表了道德、智慧和勇气。小骏感到自己脑子里充斥了权衡供品的俗气，至多怀揣了忠诚契约的道德，但缺乏智慧的爱情艺术和纯净的爱情信念，可以是个好丈夫，却很难算作好情侣。

小骏害怕恋爱，因为怕受伤害，好像赌客想要赢钱，却不肯下本，这种爱"没有种"，所以显得猥琐。

"那你准备继续下去吗，即便感到她不爱你？"小骏试探着问振纲，同时就着自己的心情也仰脖喝下去一杯茶。

"走一步看一步吧，除非她明确表示讨厌我，否则我会一直黏在她的身边,即使肝肠寸断,也好过失魂落魄。"振纲垂着头,一字一句很清晰。

（小骏决定在自己的星位一侧再抢一个大场,同时给予对手之前逼上的一子些许压力。对手下了一手"补强",小骏不予理睬,在自己的星位高挂了一手,用以巩固和扩大自己的地盘。你打你的,我打我的,这是一种战略,也是一种修行的境界,有时能够做到却不是太容易。）

秋收

第二天小骏给江博士打电话，说家里都商量妥了，自己可以全天过来做兼职。如果监理公司有项目要他回去，他一定做到提前一个月通知，让江博士有时间另做安排，同时会尽力做好交接，至于工资，愿意因此少 500 元，一月 3500 元就成。

江博士和阿斌商量了一下，觉得非常划算。第一，小骏技术全面，一人能顶两三个岗位；第二，公司没有交社保等负担；第三，将来如果没有项目，便于就地遣散。

江博士同时留了个心眼，没跟阿斌说小骏提出工资减 500 元的事，他觉着，只要小骏好好干，公司就不能亏待人家。

小骏兼职的"沧海塔桅结构工程有限公司"与"沧陵机施公司"大致平分了沧陵通信公司发射塔的活儿。总经理叫何斌，江博士叫他"阿斌"，其他人叫他"何总"，有两个年龄小的为了表示亲热，叫他"斌哥"；江博士叫江克，只有何斌叫他"阿克"，其余的人叫他"江老师"。

公司在海德大学的专家楼包了两个单元，两套两室一厅，总共一百六七十平方米，门口挂着"沧海塔桅结构工程有限公司"的铜牌。四间房，何斌一间，江博士一间，财务、出纳共用一间，还有一间当作仓库，公司的两个司机时常坐在里面待命。两间客厅，一间被何斌做了自己的接待室，另一间内放了一张八席长条大桌，作为会议室。

"阿斌，小陈来了。"江博士在接待室，把小骏引荐给师弟。

"坐吧，坐吧。"何斌既客气又热情，"听阿克说，你是土建施工的专家。"

"何总，那是江老师说得好，他之前跟我说你们公司要个管土建的工程师，工艺主要涉及钻孔灌注桩、承台基础和连梁，具体工作就是对测量放线、土建预算、钻孔桩质量等进行控制复核，是这样吗？"小骏思路清晰。

"不是你们公司，是我们公司。"何斌的思路更清晰，"基本情况就是这样，你准备如何展开工作？"

"关于预算，我准备自己算一遍后同施工方的进行比对，并逐步形成控制参数。"小骏一样样细化，因为活不少，如果摆布得没条理，他一个人根本管不过来，万一出现纰漏，不仅失去了工作机会，还对不起江博士的一番好意，让他因为自己丢了面子。

"关于测量，在浇筑混凝土前我会去现场复核，有问题还来得及整改，特别是预埋螺栓的位置，必须控制在偏差范围以内。至于钻孔桩，这种工艺白天黑夜施工，其中放钢筋笼、清孔和浇混凝土都很重要，我们工地又分散，一个人没法管控周全，增加人员，又不经济，所以我认为，只要小应变测试数据能够显示桩身完整，混凝土试压强度合格，这些桩的承载力就有保障，除非……"小骏顿了顿。

"除非什么？"何斌追问。

"如果施工队偷减钢筋，这些检测手段还真发现不了。"小骏双手一摊，强调无奈。

"你认为有什么后果？"何斌有点着急。

"很难说会有什么具体后果，但设计安全系数肯定打折扣，其中桩的抗拔能力一定会减弱。"小骏接着补充，"这样吧，我们在这方面采取突击检查的方法进行控制，如果查到偷工减料，您根据具体情况狠狠处罚一下，起码让施工队不敢肆无忌惮。"

"就这么干！"何斌看了一眼江博士，觉得师兄眼光不错。

131

随后走到门口叫来一名司机:"这两天,你就跟着陈工,他要到哪里,你就开那辆桑塔纳送他到哪里。"回过头对小骏说,"陈工,拜托你这两天辛苦一些,公司目前在建的三个钢塔一定不能够出问题,否则后头三个塔的项目就泡汤了。"

接下来几天,小骏忙得四脚朝天。首先加班加点,对三个塔的基础工程单独做了一版预算,然后同老蒋交上来的预算一一比对,发现两者之间的偏差有限,又提炼出了一些经验数据,终于对这块工作有了底。

小骏又抽出一天时间,白天对施工单位的测量放线成果进行复核,晚上有预谋地杀了个回马枪,果然发现施工队把钻孔桩全笼偷偷改成了半笼,这样做等于偷下了一半钢筋!

第二天小骏就把这件事向江博士做了汇报,江博士同何斌商量之后一个电话把老蒋叫到公司,何斌掩上房门,算是给老蒋留了点面子,但门缝间流出的分贝依然很大——何斌先对老蒋狗血喷头一顿痛骂,然后逼着老蒋当场签字确认,罚没了他 5 万元工程款。

30 多天过去,公司如愿拿到了新的发射塔项目,何斌却好像忘了给小骏发工资,只在酷夏期间随大伙发给小骏 500 元购物券,小骏没吭声,渐渐萌生了一个新的想法。某天小骏趁着和江博士单独坐在会议室的机会,同江博士聊了起来。

"江老师,何总对我的工作还满意吧?"

"当然,怎么啦?"江博士很聪明,一听就知道小骏后面还有话。

"那何总怎么到现在还没给我发工资?"小骏稍一犹豫,还是决定把话说透。

"啊,阿斌怎么回事?"江博士抬脚就要去隔壁找何斌,"我去问问他……"

"别急,江老师,听我把话说完。"小骏拦住了这位老大哥。

"何总可能觉得在咱公司土建的活延续性差,忙的时候忙,空的时候又特别清闲,每月花 4000 元不值当,没有又不行。"小骏分析着说下去,渐渐把自己的想法抛出来,"现在新的项目下来了,要么基础这部分就包给我做吧。"

"……"这是大事儿,见江博士许久没接话,小骏接着补充:

"我是这样想的,我们公司通过决算的基础工程已有好几个样本,数额基本八九不离十,大致的造价指标已经比较确定,只是需要可靠的人将编好的预算最后把道关,并把《预算书》做规范。测量方面,既然承包公司的活儿,我就不要工资了,工作我会继续做好,何总也没有不放心的道理。至于质量和安全方面,公司可以组织项目之间互查,我可以写承诺书,如果发生类似老蒋偷工减料的事儿,我无条件退场,所有损失自己承担!我并且承诺,由于我的原因工期每拖后一天,按照工程总价的千分之一赔偿公司损失,如果一切顺利,我上缴公司决算总价的百分之十五作为管理费和税金——比老蒋多交三个点。"

小骏其实冒了很大风险,第一,利润空间被压缩得太小;第二,工期一直是项目管理的难点,如果遇到意外状况,工期滞后的罚款就可以将利润抹干净,所以小骏前置了一个条件"由于我的原因";第三,小骏能够确保自己没有偷工减料的想法,但如何保证内部管理不出现问题,譬如工人偷拿铁件到外头换钱又该怎么防范;第四,安全生产有时关乎运气,运气背,你考虑再周到,也难免百密一疏,但小骏明白"富贵险中求"的道理，或许那个秋千上的身影使他坚定了赌一把的决心。

听完小骏叙述，江博士许久没有吱声，最后用很轻的声音对小骏说："你先悄悄地把承包协议按照你刚才说的意思写好，我去找阿斌商量。"

第二天早上，小骏就把协议草稿交到江博士手上，然后坐到会议室，眼睛对着会议桌上的一本《技术规范》，却一个字都看不进去。临到下班的时候，何斌和江博士终于招呼小骏进入接待室。

"阿克把你的承包协议给我看了，我们都想给你这个机会，不过你可要记得自己立下的军令状。"何斌严肃地对小骏说。

江博士倚在沙发上，嘴角微微上翘，俏皮地朝小骏眨了眨眼睛。

小骏感谢老天给予自己这次机会，一切来得如此突然，却一步步地没有漏掉一个环节，甚至严谨到奇妙的地步：如果小骏当时跟着王谢东回办公室打牌，如果小骏潦草地糊弄配合工作，如果小骏平时没有技术积累，如果老蒋认认真真把活干好了，如果何斌每月按时发工资使得江博士对小骏没有任何负疚，如果……太多的如果，有的是天时，有的是地利，有的是人和，有的是小骏自身努力和善良的福报——小骏感到，第一桶金的大门正在向自己开启。

不过对小骏来说，面前的道路依然崎岖艰难，许多事务小骏之前从未经历，最典型的就是他平生第一次要对几十号人的吃喝拉撒睡负责。通过现场勘察和一番周折，办公基地、宿舍、水电、厕所、食堂逐一落定，小骏带领他的施工队在现场驻扎下来。

对组建这支队伍，小骏费了不少心思。一方面班组不能太多，否则需要自己协调的环节同步增加，精力不够用；另一方面又不能太集中，如果只设一个班组，班组长一旦"造反"，项目将呈现崩溃状态。小骏最终决定设两个班组，一个桩基班负责成孔和钢筋笼制作，另一个杂工班负责模板、混凝土和土石方。

另外，对班组以及班组长的挑选很重要。事后证明，小骏对人的鉴察力还算敏锐，对班组长的品行、脾性判断基本准确。桩基班长老宋50来岁，是周边省份的一个村支书，在老家办印刷厂，却不怎么挣钱，最后干脆把工厂交给了儿子，自己领着一群村里人，买了台"十五型"钻机，在各大城市靠做清包讨生活。杂工班长老周40多岁，一个复员老兵，关键时候能带头吃苦，还有些拳脚功夫，由此镇得住手下一班工人。

除了避免"用错人"，还要通过"做对事"树立威信，威信从某种意义讲就是地盘，小骏觉得要让班组长死心塌地跟着干，必须让他们看到希望。希望来自两方面，其一是小骏自身的发展前景，目前最现实的就是后续揽活能力，其二是小骏自身的本质做派，人品要让人放心，却又不能让人太放心，以至被对方感觉软弱。

依据这个思路，小骏起手做了几件事。

第一，提出口号"做好工程，拓展市场"——除了明确目标，还向班组暗示，只要干好了后续就有活儿。

第二，"人无信不立"。在签订班组合同的时候，小骏提出预支给两个班组一笔生活费，并在进场时即刻兑现，换来了老宋、老周对小骏基本的信任和友善。

第三，"先小人后君子"，签订诚信协议。小骏把对何斌承诺的安全、质量风险毫不客气地转嫁给了老宋和老周，他们起初不愿意，但小骏坚持，安全和质量都不敢保证的班组自己是不会用的，两人想想道理没错，磨磨蹭蹭地在协议上签了字。

小骏承包的第一个项目在上清镇。

这天刚进场,办公室就来了一个寸头,卷着花衬衫的袖子,露出一条龙形文身,进门先给小骏递上一支烟,帮着点着后自己也点上一支,吐了口烟圈说道,镇上顾宅河桥头下的砂石码头和堆场都是他承包的,也是周边规模最大的,他想把小骏工地上的砂石料承揽下来,接着又说,镇上不太平,前些日子还因为打架出过人命,如果砂石由他负责供应,以后项目上有什么人来捣乱,他可以帮忙摆平。

小骏念高中时经常打架,知道市面上总不乏这种色厉内荏的货色,所以嘴上虽然客气,神情语气却没有半点怯意。

"您贵姓?"小骏并没正眼看"寸头"。

"免贵姓邓,邓世昌的邓,邓建国。"寸头报了姓,还附带报了名。

"老邓啊,你过来和我谈生意,就是瞧得起我,我心里有数,不过砂石价格好商量,方量却不好控制,我也不想今后为了这类屁点的小事老打扰你这位大老板。要么这样,你报个实在价,不要考虑抛方,如果价格合适,我和底下班组再进一步商量我们的合作模式。"

小骏很利落地把底牌对老邓亮了,接着转身介绍,"这是我的泥工队长老周,他自己就是特种兵复员,底下还有俩,所以我们不怕人欺负,但也不会欺负人。"

"那就好,那就好。"老邓在心里吐了吐舌头。

等他出门走远,老周说:"我可干没干过特种兵啊。"

小骏问他:"那你准不准备把砂石包下来?"

"……"老周的脑筋一下没转过弯。

"老周,我给你个赚点小钱的机会,我们按照混凝土的方量和配比先把砂石用量算好，然后签个砂石包干协议，我加你百分之十损耗，只要你和手下的工人用点心，把损耗压缩到百分之三不是问题，你们赚个百分之七的砂石钱不挺好？老邓的码头我之前考察过，的确是这一带最大的，离我们工地也近，价格上我不会亏待他，但方量你得好好把关——通常这些拖拉机运来的砂石，开头还好些，越往后短斤缺两百分之十五到二十都算客气的。"小骏三年来在工地上留的心眼儿好多派上了用场。

老周很感激也佩服，随口应了声："陈总，您放心。"小骏立马挡住："这样叫我就这一次，否则被公司其他人听到，你就是害我，我们公司就一个何总，可一定记住了。"

过了几天，小骏又以差不多的方式把钢筋包给了老宋。

建设工程管理绩效如何，其实就是对人管控的效果好坏，而人能不能管好，关键在于利益分配是否合理，责任与权力的摆布是否平衡。

几年来小骏一直在琢磨这些问题，所以小骏深思熟虑后的"三板斧"很管用，工程按照他的思路顺利向前推进。

不料某天由于一时侥幸，小骏差点把不错的局面碾个粉碎。

钻孔桩成孔过程中会产生泥浆，小骏算了算泥浆总量不多，如果组织外运，也是一笔不小的开销，于是他动起了歪心思。

塔的基础位于一条小河的盲端，早就失去了通航功能，长期以来底部积满淤泥，后来周围居民陆续在那里倾倒生活垃圾。假如泥浆就地排放应该没人注意，更不会有人管，小骏稍加考虑，决定就这么干。

几近中秋，田间的稻子仍旧一片绿色，正在拼命拔穗，临近现场有50多亩水田，种着需要使劲喝水的稻谷。靠近工地的河段在最南侧，地势最低，靠几台水泵将河水逆势送到北边广阔的田野。

仅仅一周，小骏工地上的泥浆就把最近的两个泵点给毁了，连锁导致其他的泵点无水可抽，一齐趴窝在原地，如果三天内不能续上水，地里的庄稼这一季都将没有收成，农民们一下就把工地围了起来。

小骏赶忙和当地支书碰了头，根据支书估算，如果要赔偿这一大片土地的青苗费，那小骏这个项目的利润抹干净都不一定够。小骏眼下没有其他选择，或者补救自己的过失，或者买单。

小骏带着老宋和老周一头扎到地里，这是他生平第一次体味田间劳作的艰辛。稻谷的芒刺把小骏的手臂划出了一道道血痕，遇到渗出的汗珠，小骏感到钻心的刺痛。

他们经过排摸，终于搞清了具体情况：田里的电缆布置，地势高低，泥浆位置。

第二天小骏就组织工人筑围堰，抽泥浆，重新布设泵点。看着稻子喝饱水，渐渐恢复了之前的神气，小骏涌出了劫后余生的轻松，和喜迎丰收的幸福。

那天他待在田边，清风拂过，稻田泛起层层波浪，小骏看得入神，直到夕阳最后一抹余晖散尽……

月亮即将圆满，秋收就在眼前。

醉

烟

自从同小骏喝茶之后，又经过半年坚持，振纲终于熬出头。Shirley开始接受他的邀请，两人一起吃了几顿饭，谈天气、谈新闻、谈公司的前景和很多不着边际的题目，之后两人又看了一场电影，影院散场，找了间昏暗的咖啡厅坐下，有了下面的对话。

振纲："我怎么没见到过你的名片？"

Shirley："我还没有印呀。要我名片做什么？"

振纲："想知道你的名字。"

Shirley："Shirley 呀。"

振纲："中国的。"

Shirley："为什么要知道？"

振纲："我想成为你的男朋友！"

Shirley："我再考虑考虑……"

振纲："你不爱我，或者从没想过让我爱你？"见 Shirley 紧紧抿着嘴唇，振纲迫不及待地补充，"给我一个机会吧，我会心疼你一辈子的！"

Shirley 没有直视振纲灼热的眼光，闪了闪长长的睫毛："我叫赵馨兰。"

振纲一下感觉和煦的春风在全身流淌，他的人生终于有了意义。送赵馨兰回家后，振纲晓得，他今夜注定失眠，也管不了深更半夜，给小骏的 BB 机发了条消息："Shirley 原来叫赵馨兰，她今天终于同意做我女朋友啦！"

小骏当时累了一天，倒在床上睡得正死，早上看到讯息，立即给振纲回电话，振纲却刚刚沉沉地睡着，小骏只好朝振纲 BB 机回了条信息："为你高兴，恭喜！"

……

小骏之后又干了两个发射塔的基础,老宋、老周很帮衬他,接活、进场、干活、结账,一切形成定式,显得有条不紊,再想干第四个,却没有了机会,具体情况小骏不太清楚,好像是沧陵通信公司工程处的处长退休了,换了一位新处长。沧海塔桅结构工程有限公司熬了一年后终于关门大吉。

小骏用了十个月时间,赚了将近 50 万元,虽然比起振纲还差好远,但也算在经济方面翻了身。这会儿,他再次想到那两张照片上的影子。

那天小骏想着去看老赵,说是还书,其实更想碰到好运遇上照片里的真人,他刻意把自己拾掇一番,手上提了水果。走到老赵楼下,却先看到大楼电梯厅围了一圈人,地上躺着一位——突然认出,竟是郝老师!

郝老师心脏一直有病根,好几个晚上没睡好,这天刚下楼想去菜市场,突然感到胸口一阵绞痛,就瘫软在地,失去了知觉。

小骏立即掏出手机,先拨通 120,随后呼叫老赵 BB 机,留言:"赵老师,我看见郝老师在您楼下晕倒了,我已叫了救护车,请速来!"

老赵刚从楼上跑下来不久,救护车也呼啸着开进大院,相关人员把郝老师抬上车,小骏跟着去了医院。

由于抢救及时,郝老师总算没发生更严重的后果,趁郝老师躺在留观室病床上输液的间隙,老赵仔细端详了小骏:小骏有不少变化,人黑了、瘦了,办事似乎干练不少,衣着比半年前讲究,连同腰上别着的手机发射出"发达"的讯号。

"小陈,买手机啦?"老赵不知道小骏做包工头的事儿。

"嗯,朋友的。"小骏脸被烫了一下——老赵毕竟是公司领导,让他知道自己在外面做包工头赚外快,并帮着一起隐瞒不合适。

"哦,你复习得怎样啦?"老赵一直看重这事,他真心希望看到小骏走上一条光明正道。

"……"小骏脸又一烫,搪塞道,"还在背英语单词。"接着赶紧把话题岔开,"公司现在怎样啦,听说学院要和海德大学合并?"

"是的,这是根据中央有关精神,省委、省政府直接部署的大事,目前合并已经启动,不过海德大学监理公司和武陵城建学院监理公司暂时保持原状。"老赵接着问了小骏一个奇怪的问题,"有人找过你吗?我指公司里的人。"

"没有啊!"小骏有些奇怪,老赵为什么问这个。

王谢东事件以后,小骏慢慢总结出一些阅历,知道一个奇怪的问话背后往往隐藏着一段故事或者背景,同时和领导谈话尽量不要问这问那,即使这个领导和你很熟络。领导愿意告诉你什么,你不用问,他自然会说,他如果不愿意告诉你的,你也不要老是逼着他对你编瞎话,领导对你瞎话讲多了,自然会同你疏远。

这回老赵确实想告诉小骏一些情况,有些细节老赵也只是扫到了些许风声,但根据已经公开的实情,结合自己的想象和推断,故事的来龙去脉在这位清华才子的头脑当中呈现出了完整的轮廓。

海德大学和武陵城建学院合并过程中,由于院长老仲快到退休年龄,海德大学没有安排他进党委班子,他对此很看不开,找到自己的大学同窗,武陵房地产开发(集团)公司的董事长卢鹏大倒苦水。

武陵房地产开发(集团)公司是全省富得流油的单位,集团掌握了大量的住宅用地和开发项目,是武陵省的明星企业。

卢鹏和仲达仁大学时代就是死党，几十年来哥俩运气又都不错，由此走得更近。如今兄弟行了背运，自己理应扶持一把，毕竟卢鹏没几年也要退了，到时几个聊得来的老友聚在一块喝茶总是一份难得的情趣，所以他很义气地主张老仲到他那里去。

老仲也很想过去，但仍对两桩事情感到纠结。

第一，自己的级别问题；第二，怕到那里自己成了光杆儿司令。反正这么多年的兄弟友情，老仲心一横，索性就将顾虑对卢鹏说开。

卢鹏仔细想了想，第一个问题好解决，武陵城建学院属于副局级单位，自己的集团公司属于省政府直属正局级国企，安排老仲做个总工，也是副局，老仲不会有意见，就是第二件事情有些难办。

他将难处对老仲挑明，老仲显然有所准备："武陵房开成立一家监理公司吧，我来干法人，我在学院的监理公司带点儿骨干过来，也算为武陵房开增添一项业务，另外我这个总工遇事也有倚仗。"

"那么多人的编制问题不好解决啊。"既然都说白了，卢鹏也不绕弯子。

老仲知道，这不是卢鹏不帮忙，实在有些难为他，仔细盘了盘，说："那么我尽量安排快退休的监理人员过来先干着，等到他们在学院一退休，就让他们把执业证书转过来，无非工资多发一些，却不需要缴纳社保，也没有编制问题需要解决。"稍加停顿，接着问道，"都是老的也不行，我少挑几个年轻的，你看除了我，还能解决几个？"

卢鹏没有接话，只是轻轻摇了摇头。

经过几周私底下的联络、动员，一份从武陵城建监理跳槽到武陵房开监理的名单出炉了，一共11人，其中小骏熟悉的有6人：

1. 仲达仁（董事长，兼武陵房开集团总工程师）；

2. 仇明（总经理，编制转到学院的建工系，根据新公司的发展情况再作进退）；

3. 尹观丛（副总经理，编制仍旧留在学院，直到退休）；

4. 李超（总经理助理，编制进入武陵房开监理公司，不属于武陵房开集团）；

5. 周军（市政部经理，编制进入武陵房开监理公司，不属于武陵房开集团）；

6. 钱建华（房建部经理，编制进入武陵房开监理公司，不属于武陵房开集团）。

耿龙根和杨隽也被动员过，耿龙根推说"银河国际大厦"项目上的业主一定要他负责工程收尾之后才能过去。杨隽素来谨慎，虽然仇明说武陵房开监理的人员编制几年后都会纳入武陵房开集团，但耿龙根悄悄点了她一下："这是件没有时间表的事"，所以阿姐也打定了主意按兵不动。

在这批人跳槽之前，仲达仁做了两件事：突击发钱、人事调整。

几年间，武陵城建学院监理公司因为沧陵、武陵乃至全国基础建设蓬勃兴起而"广开财源"，又由于仲达仁的"节流"方针积累下一笔不小的财富，三十多人的公司居然有一千来万存款。公司借着各种名义发钱，小骏也跟着发财，几个月下来居然有将近十万的进账。小骏很满意，老赵却很担心，一切尘埃落定之后，公司账面上的流动资金只剩三十多万，如果这时要装修一下门面，或者添置、更新一批检测、办公设备，马上会显得捉襟见肘。

关于人事调整，仲达仁也盘桓了很长时间，最后把老耿提到了总经理的位子，茅金富成为副总，老赵照旧当总工，老仲坚决站好最后一班岗——兼着董事长，直到离开武陵城建学院。

老仲离开没多久，两校正式合并，海德大学却没有对董事长重新任命，就让这个岗位一直空缺，好像国画中的留白，余味无穷。

老耿接管公司后赶紧做了一件事，把"武陵城建学院监理公司"更名为"沧陵海德监理有限公司"，从名正言顺的角度，与海德大学监理公司形成分庭抗礼的态势。

小骏没想到自己在外做包工头期间，除了分钱，公司居然发生了这么多故事，同时产生些许失落，感到自己竟然被公司边缘化，没被纳入跳槽名单——"武陵房开集团"可是当年毕业时多少同学打破头想要入职的单位啊！

正当小骏暗自嗟伤，一阵零碎高跟鞋敲击磨石子地面的声音由远及近，老赵的女儿走进了留观室。小骏眼前一亮，真人比照片上的更让自己动心，看得出她是匆忙赶来，由于赶得急，脸颊泛出微微红晕，额头沁出细汗稍稍粘着前额的一缕刘海儿。

"妈妈怎么了？"女神没有注意小骏。

"她的心脏……现在好了……让她安静睡会儿，不要吵她。"老赵赶忙伸出食指往唇上比画了一下，示意女儿小声。

女神轻盈地把自己嘴唇掩住，又眨眨眼睛点了点头，小骏的神志被震出了身体。

"你这几天又到哪里疯去了？"老赵压低声音，顺带瞟了一眼小骏。小骏没有完全失去意识，赶忙转过身。

"人家有事嘛。"女神也发现了有生人在场,于是堵住老赵的嘴。

老赵于是想打发小骏回去,然后同女儿仔细地聊天。这个女儿实在太不让他们老两口儿省心,郝老师就是因为她,几个晚上没睡好。

"嘀嘀,嘀嘀,……"女神的BB机在小包里发出了声响。

她拿出BB机看了看,又瞧了一眼老赵,随后将BB机塞回包里,一边转身一边说道:"爸,我去回个电话。"看到妈妈没事,她放心了,同时估计到老赵接下去会说些什么,想尽快滑脚。

"你别走——小陈,把手机给她,你就在这里回电话。"老赵恨不得将这个女儿锁在身边。

小骏不明就里,却十分激动,慌忙把手机摘下,伸手递向了女神。

她犹豫一下,也就伸手接了,同时微微向小骏点点头,小骏看到伸过来的小手,心跳如同擂鼓。

女神转身,"嘟、嘟、嘟、嘟、嘟、嘟、嘟、嘟",小骏听到她按下了八个数字,随后一个停顿,应该是按了拨号键,一只手抱在胸前,另一只手把手机贴近耳朵。小骏当时只是希望,自己就是那部"诺基亚",可以贴近女神的耳朵,凑近女神的香唇。

"喂,我爸朋友的。嗯,好吧,晚上见面再说。"简短几句后挂了电话。

刚要将手机拿还小骏,BB机又响了,她低头一看,眉头一蹙,向小骏说了他俩的第一句话:"不好意思,手机再借我用一下。"

"好,好!"小骏点头好像鸡啄米。

这回她按了七个数:"喂,不行,我妈病了。不要紧,再说,拜拜。"说完把手机还给了小骏。

小骏的耳朵一直张着,收录了她说的每个字。

小骏刚接过手机，老赵就说："小陈，你先回去吧。今天谢谢你，我们另外找个时间继续聊。回家认真复习，争取能够考上。"

小骏很不情愿，但又无可奈何，走出医院，敏感开始发酵，"电话那头好像不是女生，莫非她有男朋友了？"想到这里，小骏的胸口就是一紧。

人大多是警惕的动物，战争年代用于区分敌我，平安年代就是窥探隐私。

小骏翻开电话记录，第一通是一组模拟手机号码，91895647，第二通是一组固定电话号码，3845473。

3845473？这组号码有点眼熟，小骏向上翻看以往的通话记录。3845473，这是振纲的办公室电话，老赵的女儿是Shirley，居然就是赵馨兰！

怎么会？！

小骏浑身一颤，赶紧反过来安慰自己：天下不会有这种巧事，也许是某个环节造成了误会，但到底恢复了理智——姓赵、电话号码……如果老赵的女儿不是Shirley，那才是非常低的概率！

小骏不知自己是怎样回到家里的，之后一下就栽倒在床上，脑子一团乱麻。好不容易有了决定，目前首要确认Shirley到底是不是老赵的女儿——还有，另一个电话一定不是振纲的，那么又是谁的？

小骏不想让振纲知道自己和他爱着同一个女人，并且觉着自己远不如振纲，且不说"供品"多寡，最起码振纲对馨兰的爱就比自己有种得多。

怎么确认呢？小骏翻来覆去胡思乱想，直到晚上9点多，他的脑海中闪出了一个可怕的结论，他一定要去验证一下，走到楼下就近寻了一部公用电话，拨了91895647，电话那头接通后，小骏故意压低了声音：

"喂，张强张先生吗？"

"你哪里？"对方很谨慎。

"我是王小松的朋友，他喝醉了，让我打您电话。"小骏还好有预案。

"他喝醉与我有什么关系，我也在喝酒哪。"对方的回答坐实了小骏的猜测。

"啪"，小骏一声不吭，狠狠挂上电话！

小骏脑子过滤着赵馨兰在第一通电话时吐出的每个字——"喂，我爸朋友的。嗯，好吧，晚上见面再说。"陡然多了一层对振纲的担忧，同时内心深处的酸楚更是翻江倒海。

路灯摇曳着小骏的身影，就像一缕醉酒的灵魂！小骏很伤心，虽然没人知晓，但这团爱情之火一直在他身体当中默默地燃烧，并伴随着自己努力奋斗。

小骏抽烟不多，这天却在路旁一支接一支地干掉半包，不知什么时候有了濒临昏死的感觉——他知道那是"醉烟"了，赶忙逃回家中。

老陈和范老师手忙脚乱烧了一碗绿豆汤，温了半瓶牛奶让小骏先后喝下。

小骏虽然还存着些许恶心，但基本解了毒，冷汗很快收干，青白脸孔渐渐泛出来一抹血色，然后沉沉地睡了。

宇
翔

监理公司完成更名之后，终于进行了一次简单的装修。学校另外拨给公司一间教室，公司将两间教室统一铺上木地板，安装了空调。

一间用矿棉板吊了顶，同时硬生生地隔成三个空间。一间领导办公室，里面摆放了三张桌子，分别属于老耿、茅金富和老赵，另一间接待室，里面紧凑地挤着三件套沙发和茶几，角落放置一盆发财树，隔断外一张八人会议桌，靠窗的地方放着一台复印机和一套电脑桌椅，桌上一台崭新的"386"电脑连着惠普牌激光打印机。

另一间教室堆满了之前的老家什，会计和出纳待在里面办公。

老耿对公司管理不太上心，琢磨自己临近退休，他这个总经理无非过渡一段时间，所以除了多接几单业务，多捞一点实惠，其他并不在乎。

总经理的头衔让老耿沾了不少光，他让杨隽守在电脑桌旁，上面一部电话只拉一根线，杨隽负责所有外接来电，只要是业务信息，马上向他汇报。

杨隽不久获得好处，被任命为办公室主任，终于不用再到工地上班，并且她在学院和海德大学合并前，抓紧将自己嫁了出去，由此搭上突击分房的便车，在学院周边分配到一套一室户，虽然不大，却已十分知足，遇见熟人，也热络了许多。

茅金富近两年在仕途方面可谓发了一笔横财，这是他长期打熬的结果，如今老耿即将退休，自己比老赵更具年龄优势。所以他决心继续熬，直至修成公司权力巅峰的正果。

"参谋不带长，放屁都不响"，茅金富心里明白自己这个副总同不带长的参谋差不多，所以没有老耿发话，公司的事儿一概不沾边，以免授人"着急上位"的话柄。

不过茅金富并没闲着，效仿老耿整天打理他的自留地，不久前他顶着"副总"光环，拿下一单市政管网的大项目，并将小伙子周宇翔招至麾下。

于是公司的总经理和副总经理都处于兼职状态，只有老赵手头没项目，是个专职总工，老赵的心情却比老仲在位时舒畅不少，寻思自己必须做好两件事，一件是对各项目的《监理规划》认真审批，另一件是对工地进行巡查。

自从电脑普及，《监理规划》逐步演变成"剪刀加糨糊"的活儿，所谓"编写"往往不过改个项目名称了事，不仅没有针对性，甚至张冠李戴——比如没有深基坑开挖的项目，何来围护桩的质量检查要点？

老赵对技术一向较真，有的规划被他退回多次，交上来后依旧不能满意，一来二去多了，耿龙根就会出面圆场，说政府部门现场检查，如果见不到监理公司技术负责人对《监理规划》审核通过意见，公司就有遭受处罚的风险。这些话让老赵觉得，是自己欠了公司一大笔账，而且这样反复改下去也没个头，于是只能不断放低要求，甚至亲自操刀调整之后方才落笔签字。

更要命的是巡查工地，武陵省20万平方公里，项目分布范围广，老耿却根本不考虑老赵巡查项目的交通问题，那辆公车也一直跟着老耿东南西北跑业务，单凭老赵骑自行车、坐公交和长途，如何巡得过来？老赵只能偷偷懒，挑几个大型项目转一转，所见情况，按他话讲，不但"心惊肉跳"，更是"每况愈下"。

老赵愈来愈觉得自己当这个总工风险不小，有时甚至想把目前的职位辞掉——不干了！他对老耿吐过很多次苦水，每次老耿都抱着十分理解的态度，然后反过来对他倒苦水，说老仲离开前把公司多年的积蓄几乎用个底朝天，当下如果不全力多接些项目，那么公司只有关门大吉，里面的老老小小又该怎么办呢？

老赵恨自己嘴笨，话头转上一圈，自己拿着死工资认真做事，反倒成了公司的"累赘"，不过再一想，他既然不愿意低三下四地迎合市场，那么只有委曲求全地适应环境，自己干着"吃力不讨好"的事儿，也怨不得别人。由于老赵一直没承接到项目，小骏被茅金富借去打了一段时间短工。

小骏入职后公司没再招录过新人，而是大量引进外聘人员，这些外聘人员流动性大、缺乏责任心。相反，公司多年前招收的大学生，经过锻炼成长，多数已能独当一面，有的成为项目副总监——按照新版《中华人民共和国建筑法》，副总监有了崭新定义，称为"总监代表"。

周宇翔目前就是这个市政管网项目的总监代表，总监是茅金富自己。

小骏根据茅金富给的地址找到"沧陵市合流污水治理工程 3.10 标段"建设基地，推开监理办公室的门，看到一个小伙子站起身来向他伸出了右手。小伙个儿挺高，没戴眼镜，稍微有点驼背和"少白头"，脸孔白白净净，应该就是周宇翔——那个当年自己在办公室值班曾经注意到的同龄人。

"陈骏吧，我是周宇翔。"小骏入职这些年，公司没搞过团建或者年会，彼此虽属同事，却只限于神交。

小骏迎着周宇翔伸出的手和他使劲握了握，亲热说道："我早知道你！"

"你怎么会知道我的？"周宇翔笑笑问道。

踏入社会之后，小骏慢慢学会了谨慎，直话直说的结果未必是听者直来直去的理解，也许对方认为自己心机深，也许对方认为你正在防着他呢——职场当中的坦诚交往，小骏越来越不敢奢求。

"茅总说的呗。"小骏应急地回答，内心深处发出了一声叹息。

周宇翔似乎没有小骏世故，一上来就对小骏交了底："这个工程简直没法管！"

"怎么这样讲？"小骏好奇地问道。

"这工程经过层层转包，现在连总包都管不动，班组可能被扒得皮太多，正常成本根本做不下来，所以变着法儿地偷工减料，特别在安全方面，能省就省。在这个项目做监理，成天提心吊胆。"

周宇翔显得很疲惫，"工地上监理人员又配置得少，这么大一个标段，以前怎么着也得十二到十五个人吧，现在倒好，连着老茅就七个人，现在算上你，八个人——而且这些监理员不知哪里找来的，根本没有读图能力，也从没见他们查过什么规范标准，内业资料都做不像样，跟老茅提了好多次，他才把你借过来。陈骏，你可得多费心，我一个人在这里帮老茅挡项目，实在够呛。"

"老茅为什么不多花点儿成本，项目做好了，他自己也踏实呀。"小骏不自觉地跟着周宇翔对茅金富改了称呼。

"也不能全怪老茅，现在的监理费压得越来越低，比起监理刚开始推行的时候，价格有的都压低了一半，甚至只有三分之一。业主恨不得直接从监理公司买个橡皮章，根本不指望监理能起到什么作用——目前监理就是处于柠檬市场。"周宇翔的坦诚，小骏一览无遗。

"柠檬市场？"小骏见识了一个新名词。

"哦，是管理学术语，柠檬在美国俚语中表示次品，或者是不中用的东西，在柠檬市场里由于难以分清商品好坏，买方只愿意付出平均价格。这样提供优质商品的自然吃亏，只有提供劣质商品才能获益，于是优质商品逐步退出市场，在这种情况下消费者会认为市场上的商品都是劣质，恶性循环，这就是柠檬市场。"

"管理学，你知道 MBA 吗？"小骏不禁问道。

"工商管理硕士呗，今年来不及，我英语不行，准备明年考。"周宇翔说。

"明年我们一块儿考！"小骏禁不住伸出手和周宇翔又紧紧地握了一下。

没过几天，小骏开始称呼对方"宇翔"，同时让宇翔喊他"小骏"。

小骏在 3.10 标段忙碌起来，这是他喜欢的状态。宇翔感到小骏来了之后，自己终于可以喘口气，庆幸老茅给他配了一位好搭档。

宇翔同小骏商量后做了分工，周宇翔牵头负责外业检查，小骏负责内业资料和建材管理，抽空也帮着跑跑现场，抓一抓安全工作，两人分工不分家，相互弥补。

宇翔感激小骏给予自己工作有力的支持，小骏觉得宇翔支撑这摊子事不容易，同时很高兴遇见这位意气相投的兄弟，所以一心一意帮衬。将工作摆弄停当后两人开始安排时间复习功课，宇翔痛苦地背默大学英语四级词汇，小骏困难比宇翔大，尤其数学是弱项，当年在校时没学扎实。小骏到海德大学的二手书店淘了一套《高等数学》、一本《线性代数》啃了起来，他终于开始全身心地拥抱这些自己曾经嗤之以鼻的微积分算式。

小骏工作以后，随着遇到人和事不断增多，对读书这档子事有了新的认识，他曾听说一种讲法，细品还真有道理，世上有三种人不宜读书：

第一种是容易钻进书本里出不来的人，就是书呆子，这种人书读不透，却增加了"呆气"，还不如少碰书本；第二种是心术不正的人，读了书，变成有文化的流氓，对社会危害性更大，到头来害人害己；第三种是天分奇高的人，太专注于书本知识，反而束缚住手脚，比如刘邦、朱元璋……小骏评价自己三种人都算不上，加上受到振纲影响，渐渐觉得读书的确是一条让人开阔世面的理想途径。

一个月过去，宇翔刚刚背到首字母 B 的词汇，小骏也只有推进到高数的"微分"部分，两个难兄难弟都有过放弃的念头，却又不愿服输，各自咬牙坚持。

万事开头难，两人大概坚持了三个月，终于先后突破瓶颈，进入状态。宇翔一边加快背单词的速度，一边将形似的单词整理在小本子中，空时就翻出来背一背。小骏发现了一套电视大学的高数教程，一集集地跟着上课，至于线性代数，小骏遇上不懂的就问宇翔。

宇翔数学基础好，虽然毕业已快六年，内容基本没忘，即便一时卡壳，翻一下教材，很快就能搞懂，在同小骏的一问一答之间，宇翔居然感到自己对某些知识点的理解更加透彻起来，所谓"温故而知新"也。

在 3.10 标段干了五个多月，一天晚上小骏在家背六级单词，BB 机响了，低头一瞄，立刻给老赵回了过去：

"赵老师，好久没联系，您还好吗？"小骏对老赵总是感到很亲切，这种亲切不是源于利益，一切油然而生。

"我还好。"老赵也感到了小骏声音里带着的温度。

"郝老师呢？"小骏随口问到，其实小骏私底下更关心赵馨兰好不好。

"也还好，谢谢你，小陈。你现在能从那个合流污水项目上抽出身吗？"老赵显然接到了活儿。

"茅总这个项目人手很紧，主要就是我和周宇翔顶着，我一下离开，周宇翔一个人可能够呛。"小骏实话实说。

"哦……"老赵不知怎么说下去。

"赵老师，您是不是接到新项目了呀？"小骏赶忙续上话头。

"是，朋友介绍的，过两周甲方就要求我们进场。"老赵立刻顺着话头把情况说了。

或许老赵在公司不得势，反倒促使小骏决心尽可能多地帮一下自己的师傅："行，赵老师，我这边安排一下，过两周就可以进场！"小骏一口应了下来。

撂下电话，那头老赵如释重负，这头小骏开始犯难，他不知怎么对周宇翔开口——好人不是这么好做的。

与此同时，小骏还牵连着想到了振纲和赵馨兰。心念乱了，脑子暂时塞不进英文字母，小骏拨通了振纲的手机。

"喂，振纲，在干吗？"小骏听到话筒那边一片聒噪。

"在迪厅。"振纲大声叫喊着答应。

"本想今天……要么明晚有没有空，我们碰头。"小骏心想振纲怎么在那种地方鬼混。

"要么晚点儿，我到你家楼下，我们一起去喝顿小酒。"振纲提议。

"多晚？"小骏记得振纲生活一向比较规律，就算有几次酒喝得尽兴，俩人没超过10点半也就散了。

"10点，准时。"振纲很肯定地回答，看来他俩今天不到深更半夜散不了。

"行。"小骏倒是习惯"夜猫子"的生活。

9点半才过一会儿，小骏就到楼下，大约10分钟振纲也到了，开了一辆灰色的"蓝鸟"。

哥儿俩碰面后找了个吃夜宵的地儿，随意点了几个小炒，叫了两瓶黄酒，一人一瓶，用三两左右的杯子，三五口一杯干了起来。

"什么时候买的车？还是进口的！"小骏一直想买辆"春兰/虎"摩托车，钱倒足够，但是学车、考驾照实在没时间，加上老陈一个劲儿地阻挠，觉得摩托车"肉包铁"不安全，所以小骏这个梦想一直没能实现。当然，如果有条件，他更想拥有一辆轿车。

"两个月前搞定的，接送馨兰方便些，女人啊……"振纲欲言又止。

"怎么啦？你不是已经追到她了吗？"小骏心底隐隐痛着。

"嗯……她到我这儿上班有一阵了。"振纲说。

"怎么看你不开心呢？看你一年前，丢了魂似的，现在也算修得了正果。"小骏刻意同振纲开玩笑，却在舔舐自己的伤口。

"我心里不得劲。"振纲说道。

"哦，为什么？"小骏真的不解。

"我感觉她和我之间少了些什么。具体什么，却说不上来。"振纲漠然地开了头。

"你不会是不爱她了吧？"小骏追问。

"爱！"振纲很肯定。

对于婚姻、爱情，每个人崇尚的侧重不同，经营的次序也不同。对振纲来说，爱情是婚姻的基础，小骏相反，认为婚姻是爱情的基础。小骏在这方面比振纲更务实，不愿过分难为自己，觉得女人一旦漂亮，在双方相互选择过程中就有很大主动，这种主动往往让男人不自信，恰恰家庭很重要的一项功能就是身处其中，能有彻底的自信和放松，这些小骏在馨兰身上似乎永远都不能得到——恋爱所需要的对象是神，婚姻所需要的对象是人。

"你各方面条件都不错，只要一直待她好，就是石头的心，也会被你焐热的。"小骏忽然感觉失口，连忙补上一句安慰振纲，"也许你神经过敏吧，人家不是已经答应做你女朋友了吗？"

"那倒不假，今天下午她还约我找个节假日上门同她父母见面。"振纲说道。

"那她是在与你谈婚论嫁了——你还瞎猜什么？"小骏问。

"今天她说心烦，提出来让我陪她到迪厅出出汗，发泄一下，问她什么事不开心，她推说没有，但脸上明明写着呢，我怎么会看不出来。馨兰一边同我谈婚论嫁，一边却不开心，让我心里很不是滋味。"

"不管怎样，先恭喜你。"小骏这话说得干巴巴，因为心里偷偷地也很不是滋味。振纲苦笑，端起酒杯狠狠喝了一口，小骏狠狠陪了一口。

"为什么赵馨兰从张强那里到你这边工作，是你要她过来的？"小骏忽然冒出一个问题。振纲摇头，既表示自己没有提出，又表示不知道原因。

"一定是张强同她有什么——矛盾吧？你对张强小心点。你觉得这人怎样？"小骏满肚子的提醒却不知如何对振纲说，只能牵强地点一下。

令小骏扼腕并且惊奇的是振纲对张强多有溢美之词：张强这人虽然

嚣张，但比较敬贤重才，另外张强将自己的各种短处，包括贪财好色，都搁在明面，从不刻意回避。

用振纲的话说，敢于裸露本性，也是一种魅力，这个社会的伪善太多了！

"你说赵馨兰长得仙女似的，与张强这类好色之徒还是多多保持距离为好！"小骏抓住振纲评价张强当中的"色"字，借题发挥给予忠告。

"没事，张强有老婆的。再说馨兰这么漂亮，对她流口水的人多了，并不在乎增加一个张强，不瞒你说，一想到这点我的虚荣心还挺膨胀。"

小骏脸一红，心说："照你所讲，你倒比那个张强更有种。不过他同赵馨兰偷偷摸摸交往，你知不知道，找个仙女做老婆，神经还这么大条，有你的亏吃！"

（来来回回，棋局进入中盘，小骏纵观全局，粗粗判断了形势，感到自己围猎的目数仍然落后不少，所以不能一味防守，他必须找到突破口。）

斗争

第二天小骏早早赶到 3.10 标段，一见周宇翔就开门见山："宇翔，我只能在这儿待两周时间，老赵开了一个新项目，他是我师傅，他有难处，我必须过去帮他！"

通过近半年相处，周宇翔了解小骏的脾气，他既然这么讲，就已经下了决心："你还得和老茅打个招呼，另外找个理由吧，他毕竟是领导，等老耿退了，说不定他会顶上去，得罪他不合适。"

小骏明白宇翔的好意，其实他也已经想好，反正奶奶去世的事老茅根本不知情，索性再含糊一下："嗯，我就说这里离家太远，家里有老人生病，需要我就近上班，方便照料。"

"老赵的项目在哪里？"宇翔问道。

"还没问。"小骏一时哑了火。

"如果更偏远，老茅会不会觉着你在骗他？"宇翔倒是替小骏想得周全。

"我也考虑了很久，暂时没有更好的理由。我想老茅不会关心别人的工地在哪里，万一因为这事得罪他，我也认了。"小骏暗自咬了咬牙。

"唉，看来我又得忙得喘不过气了，今年还不知道能不能有时间复习。如果老赵的工地事多，那你今年考研也够呛。"这是哥儿俩一致的担忧。

"不管怎么说，今年我一定去考，就算没考上，明年继续，今年就当练兵啦。至于时间，只能挤一挤了。"小骏已将这个目标锁死。

"宇翔，我仔细观察过，你手下有个老沈可以承担内业资料和建材管理的活儿，虽然他不会电脑，但不要紧，我每周末来一天，把他做的资料汇总一下，估计也就一小时，然后我们一块儿复习功课。这两周我就同他交接，先花一周交底，然后再带着他熟悉一周，就差不多能接上，只要认真负责，监理的活儿其实不难。"小骏昨晚一直在想怎么给宇翔一个交代。

"好，那你就当作兼职，我让老茅继续给你发些津贴。"宇翔一听，放心许多。

"要不这样，你让老茅把目前发我的全额津贴中拿出三分之一给老沈，让他忙得开心点，只是关照他不要对其他监理员讲，另外拿出三分之一，我们哥儿俩一人一半，毕竟我走了，你也多了不少工作量，老茅补偿你点儿也正常，再说我们已经帮他省下三分之一了。"小骏自从当过包工头，已经习惯从责、权、利分配着眼考虑问题。

"这样也好，只是我拿不合适。"宇翔有些踌躇，他不拿，小骏也不会拿，他拿吧，老茅肯定有想法。

"那么我们都不拿，给老沈补点儿就成。"小骏立刻明白了宇翔的难处。

"那你不是白干了？"宇翔又觉得不妥。

"我不就是周末过来和你一起复习功课吗，只是顺带干了点活儿——这些都是小事，我们考研成功才最重要！"小骏明确表态。

"好吧！"宇翔不再坚持，毕竟这个家还是老茅在当，不是他周宇翔想大方就能够大方的。

小骏接着说："至于安全工作，虽然那个老秦有安全监理证书，但责任心不强，你自己得多看着点儿。"

"知道了！"宇翔见小骏把能想到的都帮自己梳理了一遍，打心眼儿里领情。

经过老茅同意，哥儿俩找老沈谈了一次话，老沈本来就喜欢管事儿，

163

现在又多了一份收入,自然愿意,大约一周后对小骏交代的活儿,他已基本能够顺利接手。

老沈的积极让老秦几个起了疑,那天吃晚饭,老秦特地买了瓶酒,喝到半拉,老秦问老沈:"陈工要走了,安全这块工作要我多担待些,所以每月补了我点钱,你也补了吧?"

老沈一愣,问道:"多少?"

"七百!"老秦装着醉酒。

"七百?我才五百……"老沈结结实实地上了当。

第二天,其余四人居然直接打电话给茅金富,集体要求加工资——盘算,不仅是王熙凤的专利,刘姥姥也有她的盘!

老茅电话里推说不知,他需要进一步核实情况,然后电话打给周宇翔,话里话外埋怨宇翔做事不周密,给自己引出了是非,让宇翔想办法解决。宇翔一挂上电话就同坐在对面的小骏商量起来。

哥儿俩把这件事从头至尾捋了一遍,觉得给老沈增加收入,本身无可厚非,而且哥儿俩都没谋过私利,这事办得上得了台面,再说这几个监理员素质不高,原本就是凑合着用,如果他们闹得过分,趁机换几个好的,对项目也没啥损失!

小骏和宇翔做了分工,小骏先唱黑脸:"老秦,你这么去套别人的收入就不对,你管好自己的工作和自己口袋里的钱就行啦。有些事情不该你管的,不要管。这个方案,我和周代表可没多拿一分钱,事儿还照样干着,但老沈的活儿的确加重许多,每月多补几个是应该的,你们工作量又没增加,闹着涨工资,就是心态问题,给你们涨工资,茅总那里不可能同意。如果你们实在想不通,只有换掉你们这批人了!"

宇翔接着唱白脸："好了，好了，本来就怕你们几个想不开，所以没有公布方案。你们现在知道也好，我和陈工同你们一样，没有增加半点收入，特别是陈工，都不在我们工地上了，周末还要义务加班。大伙儿看开点儿，别为了几个钱，真闹到不可收拾的地步，对大家都不好。"

老秦闹了个大红脸，其他几个人的话也都堵在了喉咙口——他们没想到，仅仅是老沈增加了工资，宇翔和小骏居然同他们一样。

只是老沈每月增加的 500 元实在让他们四个眼红，于是半开玩笑地敲起老沈竹杠，老沈也觉得自己不应该中了老秦的套儿，给宇翔和小骏惹下麻烦，所以痛快地拿出 300 元钱，请老秦四个喝了顿大的，这事终于平息下来。

又过两周，振纲给小骏打来电话，开口第一句话就让小骏吓了一跳："没想到，你是我未来岳丈的徒弟！"但"啊"了一声之后，小骏就不再开口，因为他怕说漏嘴。

"我去馨兰家，同她父亲聊天，我听他说是武陵城建学院监理公司的，就向他提到你，没想到，他居然是你师傅！"

小骏长出了口气，这是捅破这层纸最理想的方式，如果振纲晓得自己早就清楚赵馨兰和老赵间的关系，并且对他遮遮掩掩，以振纲的聪明，小骏的秘密就很难不露破绽。

"我俩真是有缘，绕了半天，赵馨兰是老赵的女儿。"小骏"恍然大悟"。

"是的，馨兰记得还跟你见过一面。如果早知道，上次我们碰头，就把她捎上了。"振纲是真的意外，同时很高兴这个巧合，"怎么样，我说她漂亮吧？"

"嗯，算个美女。"小骏保留地赞许。

"别眼馋,我让她帮你介绍一个,以后聚会,我们就四个人,你也别当灯泡!"振纲觉得自己找到了幸福,也不能让兄弟没着落。

小骏想,但愿介绍给自己的女孩也有"物以类聚"的美丽,不过小骏对于爱情观有了新的认识,自己好比"叶公",为了女神未必愿意赔上一生。

"你们打算什么时候领证,什么时候办喜酒?"小骏问。

"等到过年,我带她回趟沱州,见过我的父母再做定夺——应该很快。"振纲回答。

之后老赵遇到小骏,谈及振纲:"小戴这小伙儿不错,武陵大学毕业,人也厚道,虽然没有捧着铁饭碗,但把自己的事业经营得红红火火。他说和你是很好的朋友啊。"老赵对女儿的担心荡然无存。

"嗯,振纲是我姑妈邻居家的孩子,当年高考可是沱州市的榜眼呢!"小骏对振纲向来很钦佩。

"哦?他倒没说起这个,真是好孩子啊。但愿我家馨兰能够懂事一些,同小戴快快乐乐一辈子,我们家长也就放心了。"老赵缓缓说道。

小骏接着向老赵汇报了一些项目上的情况。

新项目在市区,是一幢十八层的商住楼,取名"华新大厦"。宇翔的担心总算多余,项目距离小骏的家不过十里地,开发商是老赵转了几道弯的朋友,当初冲着海德大学的牌子和老赵总工的衔头找上门,不过他们对监理的出价却很低。老赵知道这么低的价,活儿很难做好,按他原来的做派,早就不愿搭理对方了,但目前市场就是这样,你不干,愿意干的人多了去,就算这样,价格如果敞开来报,还会有更低的。

几年来监理的生存环境持续恶化,其价格和质量都在不断下滑,监理制度从国外引进了种子，却在国内绽放出奇葩。国外类似的从业人员威信高，收入高，素质要求也高，在国内却好多是刚放下了锄头的农民。国外称为"项目管理"的行当（project management），在中国被称作"监理"，刚开始翻译为"监督"（supervision），后来国外公司觉得即使按照"监督"进行考量，仍然不能达到要求。不知何时开始，外资的文件中出现了一个新的单词"Jian-li"，譬如日本为英语贡献的"sushi"和"massage"一样。

这回老赵只给小骏配了两名帮手，小骏在3.10标领教了行情，于是按自己的思路张罗起"华新大厦"的监理工作——项目上监理人员短缺，重点不能太多，否则根本管不过来，又不能太少，如果一个体系存在太多的风险漏洞，叠加起来将导致灾难性的后果。

小骏根据经验将风险源进行梳理，挑出重点进行控制，这样做也存在致命伤，对重大风险施工单位同样会重视，这样一来，监理的工作成绩常常凸显不出，譬如警察，如果不能随时贡献几个小偷，就像没有认真反扒，而其根本目的"天下无贼"却常被人忽视。

多年的工作经历将小骏调教成为一名现实主义者，他崇尚根据实际情况，从大处着眼，高效解决问题，厌恶好大喜功、做表面文章、瞎折腾。

小骏的这些理念，有时需要通过斗争才能实现。

"华新大厦"的甲方项目经理姓黄，大约50岁，个头不高，脑门有些谢顶，使他的大庭看上去特别饱满，一双鹰隼般锐利的眼睛躲在镜片后面，说话不紧不慢，很有一些知识分子派头。

老黄原本在一家厂子的基建科当科长，后来工厂破产，就开始帮房地产老板打工。小骏总结过，打工的人一般持两种工作态度："主人翁"态度，看重办事的结果；"帮工"态度，看重老板的意志。

那天老黄主动到小骏办公室,坐下后,小骏给他沏了杯茶,点了支烟,老黄没碰茶,只深深吸了口烟,随后说道:"陈代表,我向你请教件事。"在老黄眼里,小骏虽然年轻,手下也就俩老兵,但毕竟是一方代表,所以他对小骏总是保留着源于分寸的客气。

小骏感到客气背后是一段不近的距离,所以彼此的关系基本限于工作:"黄总,有事儿您说话。"小骏利落地回应。

"嗯,混凝土的养护周期是二十八天,我们目前是七天一层的进度,而施工单位只有两套模板在周转,下层底模拆除的时候,仅仅两周养护时间,你觉得这样合不合适?"这些话是老黄探路的尖兵。

"还算合适吧。目前我们这种施工进度的大楼,一般就是两套模板。"小骏实事求是地说。

"哦?那监理对施工方案复核过没有,你们监理有没有计算书?"老黄显然对小骏的回答有意见。

"没有。"小骏继续实事求是。

"那就是了,技术上监理要强过施工单位,当初我们选择你们海德大学做监理就是看重你们的技术实力嘛。在技术上,只有走到施工单位前面,才能管住他们。"显然老黄感到自己一下拿住了小骏,不免得意,顺手端起桌上的一次性杯子,吹了吹面上的茶叶末抿了一口,然后端起右手吸了口烟。

小骏听得头皮发麻———一套模板,好几十万成本投入,没有站得住脚的理由,施工单位如何会乖乖就范?小骏耐心解释:"黄总,我们考虑过这个问题,安排施工单位做了拆模试块,试压数据表明我们拆模时的混凝土强度都达到标准强度的百分之八十以上,应该没什么问题,您放心。"

"我怎么放心，什么叫'应该没问题'，就像一个人，即使表面上看着没事，承载过重可能导致内伤，你懂不懂！"老黄开始发飙。

"如果这样，这座楼还没等建造好，岂不就要倒掉了吗？"小骏开始反击。

"什么意思？"老黄每天一张报纸一杯茶在厂里混了多年，并且只管过一些修修补补的活儿，连简单的新建厂房都没搞过，更不要说十八层的高楼了，所以他的协调能力远强于技术能力，或者说他的技术能力比他不怎么高明的协调能力差得更远。

"黄总，这幢大楼十八层，对吧？每层的混凝土标号是相同的，对吧？如果像你说的那样，最底下一层的混凝土要多少标号才能没有内伤，没等建完，这座大楼不就要塌了吗？"小骏边说边觉得滑稽，所以笑容也不自觉地浮现到脸上。

虽然一下哑了火，但小骏的笑显然刺激了老黄："那也要有依据，你们的计算书得出来！"老黄采取强攻。

"拆模试块的强度报告就是依据啊，您说的计算书要我们算什么呢？"小骏看老黄死缠烂打，就顺势逼问老黄。

"排架你们算过没有？"老黄决心死磕。

"我们对施工的计算书复核过了。"小骏答道。

"你们到底有没有自己的计算书？"老黄见咬对了，坚决不松口。

"没有，我们也不需要有！"小骏真的愤怒了。

"谁说的？"见小骏提高调门，老黄技术没底气，他的调门反倒下降几度。

"政府规定的！"小骏接着说道，"技术也好，管理也罢，都是靠人做出来的，有人做事就得发工资，现在监理总费用不及施工单位利润的十分之一，监理对施工单位越俎代庖的做法是不现实的，正因为如此，政府才要求'谁施工，谁负责'！对施工计算书，我们监理的责任就是复核，国家《建设工程监理规范》写得很清楚，要不我现在翻出来给你看看？"

"这……你们是专家，你们心里有底就好。"老黄口气彻底软了下来。这件事过后老黄对小骏更客气了，但接下来两个月小骏交给他的监理费发票，却一直没有下文。

小骏也有预料，这事还没完，他催了老黄几次，老黄似乎总有说不完的理由，要么自己没空，要么公司老总去外地，要么会计这两天外出培训。

老赵听了小骏汇报，同"华新房产"的总经理在电话中进行了短促的交流。

"严总你好，我是沧陵海德监理的老赵啊。"

"赵总，有什么事吗？"

"这两期的监理费拖得时间久了，请你关心一下。"

"我回头问下黄经理。但是，你们驻场监理得负责呀，特别是屁股不能坐到施工方那里去。"

"是吗？我们现场监理也向我反映了一些情况，可能之间有什么误会吧，我们找个时间过来，和黄经理一起到你们公司碰个头，如果我们有问题，一定调整好，只是监理费还得请你多关心。"老赵经过这些年，对小骏的信任产生了质的变化。

"碰头就算了，你们在项目上一定要配合好我们黄经理的工作。我还有个会，要么先这样吧。"

严总其实是老黄的后台，并且还是老黄的姐夫，另外模板的事儿就是严总一手发起的，原因是总包答应他的回扣，拖拖拉拉只到位了一半，所以他一方面想给总包下个套，让总包央求自己协调，回扣自然水到渠成；另一方面也想借此让老黄在公司树立权威，没想到如意算盘一开始就被陈骏这小子给搅了。

这么拖着又过去俩月，其间老赵和小骏分别找老黄协调多次，老黄技术能力不咋样，打太极倒是高手。眼看对方始终没有解决问题的苗头，无奈之下小骏同老赵商量后打印了一张业务联系单交到老黄手里，老黄一看就坐不住了：

沧陵华新房产有限公司：

由于贵司长期拖欠项目监理费，已经严重影响我司在本项目正常开展工作，我司决定从下周一（××年××月××日）开始，"华新大厦"项目组暂时撤离现场。

为防止施工单位在安全、质量方面造成难以预见的后果，建议暂停施工。否则，对该项目的安全后果我司将无法保障，对工程的质量情况将无法认定。特此告知！

沧陵海德监理有限公司
××年××月××日

"你们这是要做什么？"老黄满脸愠色。

"我们公司在这个项目上已经垫下去不少钱，也跟你们协调了很多次，你们这么拖着，无论哪家监理公司都难以承受。"小骏冷冷地回答。

"造成工期延误，你们要负责！"老黄先用威胁试探小骏的反应。

"是你们违约在先，我们已经仁至义尽。合同和发票都是明确的证据，即使闹上法院也不怕。"这几句话，小骏早就备好了等着老黄呢。

"你们总监缺岗，我们可以告你们！"老黄还有理由。

"老黄，国家一直允许总监同时管几个工地，而且赵总每周例会不都参加了吗？这么个小项目，总监天天来，要设我这个总监代表做什么？再说你们的价格压得那么低，我们依然保证监理体系正常运转已经很不容易了。既然发出这张联系单，我们对所有问题自然都考虑得很清楚，任何事情无非一个'理'字，我们现场这几个，包括我，平时忙成啥样，你是能看见的，我们得靠着这点监理费维持生活哪，被无缘无故拖了这么长时间，无论到哪儿讲理，我们奉陪就是！"小骏第一次喊他"老黄"，后来干脆延续下去。

晚上刚过饭点，严总就给老赵打来电话。周五下班前，欠下的监理费终于一次性打到了监理公司账上。收到公司财务的信息，小骏顺手把案头那张联系单揉成一团，好像篮球投入废纸篓。

一周后小骏主动找老黄喝酒，老黄开始坚决推辞，但次数多了还是被架了出去，一顿酒、两条烟、几句心里话，一来二去小骏终于慢慢融化了老黄心里的坚冰，同时为自己和老赵开拓了一片生存的空间。

祸

福

那天小骏在家看电视，武陵省电视台综合频道播报了一则新闻：

今天上午，沧陵市合流污水治理工程发生了一起安全事故，现场基坑局部坍塌，造成作业人员2人当场死亡，5人受伤。伤者已被及时送往医院……

一共两个镜头出现了茅金富，他的脸凝重得像被灌了铅，后面站着周宇翔。

小骏马上拿起电话，呼了宇翔的BB机，宇翔没有回电。过了半天，小骏的BB机收到一条讯息：兄弟，我还好，感谢你的帮助！（周先生）

小骏终于放心，但对"感谢帮助"却一头雾水，猜想是BB机台搞错了，宇翔是在感谢自己对他的安慰。

事故发生后，周宇翔第一时间得到消息，整个人都蒙了，向茅金富做了简短的汇报，然后就向工地跑去。茅金富挂了电话，随口蹦出一句国骂，同时下楼开上他新买的"帕萨特"急速驶向工地。

现场一片狼藉，零乱的609型钢管支撑横七竖八、层层叠叠散落在基坑内部，就像宇翔小时候玩过的游戏棒，充满了灰黑泥浆的基坑底部靠着一段拦腰断裂的深搅桩。天还在下雨，施工单位用汽车吊移开其中的几根支撑，四五个工人小心地把第二具尸体从钢管缝隙处抬出来。周围拉起的警戒线吸引了更多的围观群众，不远处一台救护车正闪着灯向三公里外的医院呼啸而去。

宇翔看见站在基坑旁的施工方项目经理脸色铁青，一边指挥抢救，一边长时间地擎着手机，不知正在和谁通话。他没有凑上前，而是端着出门时抓起的相机，围着现场的不同角度拍照。

大约过去一小时，现场陆续又来了几拨人，除了电视台和报社的记者，还有几张沧陵市电视新闻中的熟面孔：市委副书记王建民，市委副秘书长白束畲，市建委党组书记、建设工程安质监总站站长罗世忠，市安全生产监督局局长……

现场大概待了十多分钟，相关人员鱼贯进入指挥部会议室。会议桌一边靠窗，王书记坐在当中，左右官员按照职位高低挨着C位落座，最边上挤着"合流污水治理工程"的总指挥。另一边靠门，坐着总包、监理和设计单位的代表，周宇翔本来已经坐在这一边的后排，却被茅金富拉到前边。会议桌成为"分水岭"，隔出了审判席和被告席。

等摄像机架好，王书记清了清喉咙，说了开场白："有关各方都到齐了，现在开会吧。事故已经出了，损失暂且放到一边，该事件所造成的影响极其恶劣。我们目前要从两方面入手，第一是做好善后，尽量减小次生灾害和负面影响；第二是查清责任，杜绝类似事故发生。当然，对相关的失职、渎职行为，要坚决追究到底。老罗，接下来你主持一下，让各家单位谈一谈。"

坐在靠窗一边的大多直视对面，仿佛要把目光化成射线，将面前的"鬼"统统透视出原形，坐在靠门一边的一律埋头记录，仿佛有写不完的字。只有宇翔把王书记的讲话要点写完之后停下笔，眼睛盯着正前方一尺的桌面。

罗世忠干咳了一声："那么就从施工开始，然后设计，最后监理。"这是他心目中对建设各方重要性的排序。

施工单位董事长派总经理赶来现场，总经理也不愿多说，瞟了一眼身旁的项目经理，项目经理知趣地接下了这支用眼神传来的令箭，主要谈了一下人员抢救情况，关于其他却没有半个字的叙述。

设计单位的项目负责人是建筑师,根本不懂地下工程,但公司只派他一个人参会,他没有选择只能讲几句,却不知讲什么,只说回头组织岩土专业工程师,把本项目的基坑维护计算书重新复核,再将复核结果向指挥部报告。

很快轮到监理,茅金富对3.10标段工地上的事除了什么时候开具发票领款,其余一概不关心,当设计代表讲话的时候,老茅在记录本上写了几个字,然后偷偷向周宇翔这边推了推:"准备一下,监理这边由你发言。"

"各位领导,有关这起事故,监理是充分作为的。"周宇翔的开篇就让老茅头上的汗冒了出来,心想小伙子真不知深浅,其他单位都先避开责任话题,不是不想为自家开脱,而是先要避开锋芒,你现在贸然这么一句,不是向各方挑衅吗?如果各方借此向监理发难,最后反将监理的问题扩大了,再说,哪起事故监理能脱掉干系?既然宇翔开了口,就已覆水难收,茅金富只有深吸一口气,心惊肉跳地听下去。

果然,对面闪出一排寒光,施工方却松了口气,等着周宇翔出洋相。

"本起事故虽然原因尚待做出结论,但据我个人观察,事故基坑集中在十米左右一段,在这个宽度范围内的基坑底部土体隆起量比较大,重力坝的折断基本也在这个部位,连带两边达到了宽度将近二十多米的支撑失稳,很可能在围护桩底部有暗浜或其他松软土质夹层,连日大雨引发了土体滑动。"

施工方项目经理当时只顾着同公司打电话,商量各种应对策略,还真没像宇翔那样仔细观察现场。对面的目光顿时收敛几分锐利,因为宇翔的叙述同其他单位代表的发言相比,显示出毋庸置疑的专业。

虽然不懂类似"重力坝""支撑失稳""土体滑动"……但是这些领导的思路却异常清晰，老白接着开口："即使事故原因是照你分析的那样，难道监理就没有责任啦？"老茅刚平复的心跳又骤然加速。

"我只能说关于这方面隐患，监理发过一份联系单提醒施工单位和指挥部，可能由于工期比较紧，而且发生这类事故的概率不大，所以没有引起各方重视。"

"联系单？什么内容？"罗世忠明着帮腔老白，暗地多给了宇翔一个陈述机会。

这张联系单是小骏到3.10段标不久，向宇翔提出来发给总包并抄送指挥部的，本来也没预料到出事，只是防患于未然的一个自我保护动作，没想到这下真成了护身符，为此宇翔对小骏表示感谢。宇翔有了底气，声音更加响亮："联系单提出,我们标段的东边有条河道,我们项目'详勘'的勘察孔间距二十五米，孔深是两倍开挖深度，虽然满足一般规范要求，但仍然需要进一步考虑地质的复杂性，尤其在开挖阶段……"

"这是勘察的事儿，我们施工可没法管！"施工单位总经理突兀地插话，为己方摆脱干系的同时，间接证明了这张监理联系单的权威和重要。

总指挥心里暗恨，这种狗屁联系单鬼才会当回事，看到王建民的眼光扫过来，脸像放到蒸锅的蟹，这类联系单根本不会流转到他总指挥的桌面，但在这个场合又绝对不能说不知道。

他转身看了看指挥部的技术负责人老季，老季急忙接话："监理的确发过这么一份联系单，但是指挥部没法采纳。工期逼得紧，如果地勘重新做一遍，哪怕局部重新做，算上合同流转等各项手续，再快也得一个多月。这类风险只有当很多不利因素叠加在一起才会出现问题，比如基坑开挖后正赶上连日降雨，并且雨量持续高位……"

"行了，监理也只是估计。"王建民很有风度地摆摆手，"这事由老罗负责，查清原因后，把《事故调查报告》交上来。如果哪方有严重的失责，政府绝不姑息。如果真是天灾，那就做好善后，由指挥部协调各方安排好死者家属的安抚和赔偿，另外伤员的安抚和赔偿也要重视。合流污水是我市排名前三的重点工程，出了这样的事故，市委、市政府都很被动。当前主要就是要把影响控制住，这个项目再也不能出事了！"

王建民的总结让现场很多人舒了口气，追究责任是他必须表明的态度，默许了天灾的可能却是最重要的细节。

经过对事故地点的重新勘察和各方面专家的分析研究，事故调查结论被总结为"七分天灾，三分疏漏"。疏漏和失职有本质差别，疏漏是难以避免的，属于天灾的衍生品，失职却是人祸的一种，前者最多加以警醒，可不予追究，但如果放过后者，对执法者来说，自身即失职。

罗世忠之后又到现场参加了一次事故报告会，散会后去厕所，正巧遇见周宇翔："小伙子，业务水平不赖呀。"老罗的表扬让宇翔诚惶诚恐，忙不迭回应："还不够，还不够。"

"市安质监总站要招考公务员，你想不想报名？"罗世忠问道。

"我一定参加！"宇翔毫不犹豫回答。

"给你一张我的名片，如果需要，你可以联系我。"宇翔接过，小心揣入衬衣口袋。

这次事故发生在 20 世纪 90 年代后期，当时沧陵的行政部门"懒政"多于"苛政"，所以参建各方都没受到处罚，不过最大的处罚却在事故处理之后——指挥部向茅金富提出,更换掉总监代表周宇翔!

茅金富一听就明白咋回事,随即附和:"我也觉得他太年轻,不懂事,我马上安排!"

周宇翔被茅金富雷厉风行地打发回公司,照例没有了现场补贴,还得天天上班,但凡同事遇见,未及他开口,宇翔就会领受到各种安慰,安慰除了揭下即将愈合的疮口,全无其他作用。宇翔总是报以微笑,并不解释,也不在乎,一头钻进会计的房间,被一堆破旧桌椅包围着复习功课,每周依旧能同小骏照面——他们都报了MBA的考前辅导班。

一年很快过去,周宇翔成为公司所有人羡慕嫉妒的对象:他不仅考上MBA,还考上了公务员,被调到市安质监总站,在二科当副科长,并且没过三个月,原来的科长就平调了岗位,宇翔顺利接班,成为代科长。

周宇翔平步青云,而且对口管着监理公司,所以耿龙根起劲地张罗为宇翔饯行,茅金富也单独同宇翔邀了饭局,畅叙了共事一场的情分。

宇翔是个明白人,分别找时间成全了对方,饭桌上宇翔没有忘记给小骏敲边鼓。耿龙根和茅金富都先后附和,认为"英雄所见略同",他们也正考虑让陈骏发挥更大作用。其实小骏在这两位的心中已经有了一个标签——小家伙一门心思地追随老赵,根本不是自己的菜。不过酒桌上的话原本就是用来烘托气氛,做不得数,认不得真的。

这回小骏MBA的考试成绩离录取线相差五分,不过他倒满意,觉得自己发挥了水平,除去数学,其余科目的成绩都还不错,明年只要在数学上有所突破,自信就能上榜,就算明年上不了,后年也一定要考上,甚至后后年。

小骏感悟到读书,抑或文凭的好处:文凭是对一个人智商学识的社会认证,是提高自己社会地位的一条捷径。虽然便宜没好货,但好货不便宜,富、贵可以最直接地彰显身价,但可遇不可求,不单需要努力,更需要凤毛麟角的天分和运气。小骏决心,目前自己已经有了一定的物质基础,接下来一定要在学历上取得突破。

宇翔的好运接踵而至,某天宇翔拨通了小骏手机:"这阶段忙什么呢?"

"老赵的活儿快结束了,忙着做收尾资料。"小骏回答。

"请你吃饭喝酒,不会没空吧?"宇翔语气轻松。

"就是,这么多好事落到你头上,早该请我大吃一顿,起码对我落榜安慰安慰嘛,这顿饭我可等了好久,无论如何要挤出时间的。"小骏顺着宇翔的话儿调侃。

"我这不在'整改'吗?"宇翔跟着幽默。

"嗯,态度不错,到时再'监理'你多喝几杯酒!"小骏搭着宇翔的俏皮话,继续寻他开心。

"哈哈……"听得出,宇翔的心情好极了。

宇翔说已经在荣欣广场的"小城故事"定了个小包间,约小骏晚上6点过去,小骏却坚决不同意,感到浪费了:"你留着'子弹'和你女朋友好好浪漫,我们两个大男人,就在大厅聊聊天得了。"

"没事儿,我有活动经费。"宇翔显得神神秘秘。

"这样不会惹麻烦吧?如果害了你的前程,我可过意不去。"话虽如此,小骏却隐约感到这已成了宇翔新生活的一部分。

"瞧你说的,一切尽在掌握!"宇翔意气风发。

晚上两人见了面,小骏重申宇翔安排得不妥,这里应该留给宇翔作为拍拖的场所，宇翔笑着说小骏没经验，问他何时见过青年男女在包房内谈恋爱的？

小骏想这确实少见，问及原因，宇翔给他分析："男女恋爱，一起吃饭本就是公之于众的活动，没有偷偷摸摸的必要，除非两人属于非正常的情人关系，羞于见人，才会躲进包间，正经女孩如果遇到男友将她往包间领，要么觉得对方存在不轨之心，要么觉得自己变成了对方的地下情人。"

"真复杂，亏你研究这么透彻，莫非找到女朋友啦？"小骏笑着问宇翔。

宇翔还真有一肚子八卦想找个知心朋友絮叨絮叨。考MBA时，宇翔和小骏都在全力备考，将所有杂念抛到一边，即使两人辅导班上经常照面，除非功课，旁的并不闲聊。之后宇翔调往新单位，又忙碌了好一阵，双方暂时没有更多联络，哥儿俩今天好不容易凑到一块儿，自然要聊个尽兴。

这回市安质监总站有两个公务员的招收名额，却有近三百人参加角逐，经过笔试环节，一下淘汰了百分之九十五，只剩十多人，宇翔是其中之一。

他及时给罗世忠拨通了电话之后，罗世忠听说宇翔通过笔试的消息也很高兴，对他说："你好好准备面试，我会关注的！"宇翔如愿进入了沧陵市安质监总站。

罗世忠当年在燕大学的是"应用化学"，与沧陵市委副书记王建民既是同班，更是上下铺。罗世忠毕业后分配在西北的一所985高校，一路升到正处就再也没能继续进步，多年来在各个学院和职能处室转圈。

燕大百年校庆，这对老兄弟又坐到了一起。

时过境迁，当年的莘莘学子，转眼都过了知天命的年纪，王建民虽然在群星璀璨的燕大毕业生中算不上地位骄人，但也是景况不错的一类，相比之下罗世忠就太过普通了。

王建民有心拉一把这位老兄弟，同时给自己在沧陵布下颗棋子，于是他到市委组织部做了些工作，把罗世忠调到了沧陵市建委做党组书记，同时兼任市安质监总站站长。目前的建委主任已经差不多到点儿，他多一事不如少一事、四平八稳的风格同市里如火如荼的建设大环境很不搭调，不用太久，老主任一退，罗世忠就有机会接上，如果干好了，自己再帮着使使劲，即使年龄没有优势，依然有机会成为主管城建的副市长。这些年市里的工作重点除了建设还是建设，下一步老罗甚至有机会进入常委班子。

另一方面王建民正在为自己下一届能够上位沧陵市市长暗暗努力，如果成功，自己就跻身副部级的干部序列。

罗世忠自然知道，这是自己这辈子能够晋升"高级干部"的唯一机会，而且这种机会可遇不可求，既然遇上，拼了命也要把握。

罗世忠已经颓废多年的精神头又被提起，决心首先在总站做出成绩，目前到岗已经有些时日，情况大致掌握：总站鱼龙混杂，人员素质参差不齐，很多人有着深不可测的背景，譬如王建民的老婆龚老师就在总站担任办公室副主任的闲职，靠这批老爷兵根本没法打硬仗，于是罗世忠的视野投向了建委外围。

事故当天，宇翔给他留下了深刻印象，以老罗的眼光，这小伙儿工作认真，思路清晰，虽然老罗也知道那张联系单对事故的预控没什么大用，但可以看到小伙儿办事成熟稳重，这么年轻就晓得为自己砌筑防火墙，实属难能可贵。之后两人单独照面更让老罗觉得宇翔同自己有缘，就鼓励他报考市安质监总站的公务员。

老罗知道公务员笔试不易通过，面试更难，笔试通不过是自身素质问题，面试能否通过却不是自己可以把控的，如果被淘汰，或许就是因为通过笔试的人当中有关系更硬的把名额给占了。当获悉宇翔通过笔试，并且考上了MBA，老罗很高兴自己没看走眼，这小伙儿还真是可造之材！

二科

机关里的小道消息就像山上滚下的雪球,不但速度快,而且越滚越大。宇翔还没进入新单位,就有传言宇翔是老罗的外甥,只不过讨论的重点聚焦在嫡亲或者表亲——幸亏宇翔不姓罗,否则一定已被坐实——他是老罗的侄子。

宇翔一切蒙在鼓里,只记得报到时一位老太太盯着他看了半天,说了句没头脑的话:"嗯,是有点像。"声音不响,但宇翔觉得入耳这话的人为数不少,因为这种无声的躁动看似隐蔽,却像敌占区发射来的电波——这组密电似乎为"嫡亲论"加重了筹码,即使在场的人们都没抬头,仍旧趴在桌上各忙各的。

宇翔存了疑,却不追问,他依然沿袭在监理公司复习功课时的做法,朝老太太笑了笑,只当这句话是空气,接着办理入职手续。

没有证实的传言,就像尚未开瓶的佳酿,总是勾着探秘者的酒虫,有时让酒鬼迷恋的不一定是酩酊大醉,反而是被勾引的过程,虽然本想豪饮一杯,最终只承接到丁点儿的眼药水,很不解渴,但谜底越是扑朔迷离,留下的想象空间越大,也就越过瘾,大家都在等待"未完待续"的故事。

忙完一切,宇翔敲开老罗办公室的大门,老罗见到宇翔兴致很高,和他东西南北地拉了好一会儿家常,宇翔找个机会,就把"嗯,是有点像"拿出来询问缘由。

老罗听后立刻就明白咋回事,因为已经有人向他打小报告,不过他没点破,感到自己和宇翔交往的时间太短,之间的情意和默契仍需要一段时间培育,只说自己也不知道,兴许宇翔听错了话。

接着老罗向宇翔介绍,市站总共三个科室,其中一科负责沧陵市重大办列属的绿色通道项目,另外两个科划江而治,二科管江北,三科管江南。市站的任务包括对各区站的日常工作进行督查，对全市工程项目的质量、安全进行抽查巡检，会同各区站对建设项目的事故和举报进行调查和处罚。

二科负责的江北集中在老城区，在老城区施工有几个老问题，其中之一就是居民上访频次高，要么粉尘污染让居民不能开窗，要么夜间施工让居民无法入睡，要么基础施工累及周围民宅受损。

小区里的居民和建设工地摩擦时有发生，双方最先想到的是打110，但警察没法判断是非，之后居民找过城管，找过路政，找过街道……问题久拖不决，居民于是频繁上访，后来上访居民渐渐把矛头对准了安质监站，质监不愿管，认为文明施工和安全施工应该打包在一起，安监也不愿管，理由照样很充分，认为自己的工作职权范围应该限定在项目的基地围墙以内。

市委、市政府门口甚至开始有居民拉横幅，什么"政府职能缺失，百姓盼青天""当官不为民做主，应该回家卖红薯"。

市委、市政府眼见开发建设的阵痛如此剧烈，事态不断发酵，就召开了专项会议，明确由市建委负责，一定要"妥善系统"地解决此类矛盾。

市建委将任务交给总站，老罗把皮球传到二科，二科救了几次火，但离市政府提出的"妥善系统"解决还有很大距离。

科长老梁给总站打报告，强调人手不够，强调政策不清，建议总站协调建委政策研究室介入指导。老梁盘算这么一件大事，市里不少部门沾过手，都没找到好办法，岂是一个小小的二科能够解决的，万一捅出篓子，自己反倒吃力不讨好，故而梁科坚持，二科只能落实一些具体工作，但如何实施，上级部门一定要给出明确意见。

市建委的政策研究室不归老罗直管，建委主任不下达任务，没人愿意蹚这浑水，所以目前居民同施工单位的矛盾仍旧突出，亟待解决。

宇翔仔细聆听，对老罗的想法大致摸清了底细——老罗正在网罗人才，充实力量，并以此为基础提升总站的工作状态和精神面貌，与此同时，通过一小时的耳提面命，宇翔把二科以及自己当前的工作重点领会得一清二楚。

宇翔下午在一间大办公室的最里端见到了自己的顶头上司——二科梁帆科长，梁科同罗世忠差不多年纪，是总站资深的正科干部，在几个科室都待过，是个能干人，不过兵老了，自然有点"油"。

梁科在居民与施工单位冲突的问题上认为老罗一定与自己产生了分歧，否则他报告交上去已近两周，老罗为什么置之不理——其实梁科误会了老罗，罗世忠也正在想办法，由于想法不够成熟，所以没有找他交换意见。

梁帆当二科科长的时间已经不短，半年内总站会有个副处岗产生空缺，按照惯例，这应该是他向前跨越一步的绝好时机，同站里的竞争者相比，梁帆的资历具备优势，但年龄存在劣势。梁帆必须抓住这次机会，否则下轮，这个劣势将不仅是劣势，而是无法弥补的缺陷，所以他越发小心谨慎，办事讲究稳扎稳打。

这回梁帆见到总站给自己派来一位副手，听说还是老罗外甥，便暗自盘算起来。人有时就是一念之差，老罗本想将周宇翔调入二科可以让科长老梁看到希望，因为干部队伍一旦形成梯队，梯队成员就像拴在一根绳上的蚂蚱，共同进退。这样既有利于人员更迭过程无缝衔接，又有利于队伍内部精诚团结。然而梁帆误会老罗对自己前阶段工作不满意，才在自己的地盘掺沙子，以此推动二科工作，眼下老梁一心只想证明，自己前阶段已经尽力,再掺沙子也一样干不好!

梁帆的逻辑存在着致命问题——在干系重大的任务面前,哪个领导会把过程看得重于结果?作为部下,遇事不跟随上级号令迎难而上,怕、躲、推注定不会有好结果,因为你这是在同浩浩荡荡的大形势对着干!

相由心生有若干解释,一种出自《四库全书》,其主体即对象本身,另一种归源"唯识宗",其主体却为观者。梁帆显然依从了"唯识宗"的教义,一见宇翔,就对这小伙子横竖看不顺眼,他的态度使二科分作两拨,一拨是跟老梁比较紧的,一齐对宇翔看不惯,另一拨则以"静观其变"的态度体察事态变化。

周宇翔同老罗有过深入沟通,知道对居民维权的处理是否得力意义重大,他经过十天左右的酝酿,形成了一套方案,并将方案拟成文件,打印了两份,一份交给梁帆,另一份悄悄递到罗世忠的案头。

交给梁帆的一份,被老梁拿在手里,鼻子哼了一声,说过后看看再说。交给罗世忠的一份,经老罗仔细琢磨,修改完善,渐渐形成了一套切实可行的工作计划。

计划基本定型,老罗让二科召开一次关于居民维权的内部专题会,他亲自参加。

全体落座之后,老罗率先说了开场白:"市里高度关注居民维权问题,目前都在讲'三个代表',我们政府就是要代表人民的根本利益,我知道这个问题不好搞,但困难再大也得上。二科是我们站里的王牌科室,把这个难题交给你们,我是放心的,今天特地开个会,跟大伙儿聊聊,看看有没有什么好办法?"

老罗对二科前阶段的工作状态秉持宽宏态度,眼下计划基本成形,使他心里有了底，现在就看执行力度。

老罗相信只要大伙儿同心协力，这个难题一定能够解决，这是他调入市建委后指挥的第一场战役，更是牵扯自己后半生命运走向的关键一仗。

计划抛出前，老罗还想听听大伙儿的意见，是否存在自己和宇翔考虑不周的地方，如果有，把计划调整得稳妥一些更好，可梁帆的发言，却给老罗泼了盆凉水：

"罗书记，我们科前阶段给站里打过一份报告，不是拉客观，实在是大伙儿为了这事已经付出了很多努力，现在不但这个问题没有彻底解决，而且我们原来的一些主要工作受到了影响。我想这事还得扩大总站的参与范围，甚至扩大到市建委各处室，群策群力才能把这件事情办好。"

感到老梁的畏难情绪，罗世忠环视四周："在座的同志还有哪些意见，不妨都提出来，大家一起研究研究。"

老梁以为老罗也束手无策，接着说："周科长做过一个方案给我，我认真看了，但是很多环节尚不成熟。"

"哦，那你针对这个方案说说看。"老罗顺着他的话问道。

"嗯，关键是这份计划中的执行主体不明确，或者周科长根本不知道哪些单位对应落实这些事比较好……"

梁帆话锋一转，坚持诉苦，"如果单是我们科，我还是强调，我们科没有调动相关资源的条件——某些必要的资源甚至总站都调不动，另外我们目前人手不够，现在江北区大大小小五六百个工地在运转，我们科目前就十几号人，保持正常的巡视都捉襟见肘，根本派不出多余的人手去处理居民维权，前阶段为此到处救火，全科上下几乎到了精疲力竭的状态，长期这样……"

"这份方案我也看了。"老罗终于按捺不住打断梁帆，抛出了自己的观点，"清楚责任界面，有效推行规则，这两条总的思路没错，我另外对这个方案进行了一些细化。这样吧，梁科说得也对，目前二科手头上的活儿也很重要，不能因此放下。

"我建议，让小周科长带上五个人，专门实施这套计划，其他人继续做好原来的日常工作，具体由梁科牵头负责，人手不够，其他科室先借调三个人给你们，如果还有问题，及时向我汇报。"

老罗很快从其他科室抽出三个精干力量转到二科。

老梁却依然不明白，这是自己摆脱危机、转危为安的最后机会，他仍旧动着小心思，在派给宇翔的五个人中，两个是他嫡系，根本不听宇翔招呼，另外三个人是连他自己平时都难以支使的主。

老罗终于对梁帆彻底失去耐心。

总站很快召开了一次有关人事调整的会议，会后形成决议，发出《公告》：

干部任免公告

经站党委会讨论决定，即日起免去梁帆同志二科科长职务，改任总站副总工程师，分管安全监督技术工作。二科日常工作由副科长周宇翔同志代理。

沧陵市建设委员会安质监总站
××年××月××日

梁帆这下彻底傻眼，二科正在打硬仗，自己却被平调出去，明眼人一看就懂，自己被边缘化了。依照这个思路，老梁对宇翔调入二科这件事似乎有了新的看法，可惜为时已晚。

为表示站里对周宇翔的支持和对二科的重视，老罗在宇翔接管二科工作不久，特别到科里进行了一次走访。

老罗在走访时，突然问了宇翔一个问题："周科长，听口音你好像不是本地人吧？"

"我是沧陵原住民，真正的本地人啊，但是我们土著的口音和目前的沧陵话还是有点区别，多了一点翘舌在里头。"宇翔不解罗世忠问话的深意。

"令尊、令堂都是？"老罗这辈人还零星地延用着传统的敬称。

"是啊。"宇翔有问必答。

"哦，其实我的老祖宗一直住在距离沧陵二百公里的地方，不过几十年前，被战乱赶到南方去了，现在的故乡离沧陵可就远了。后来我到北京读书，然后分在西北工作，现在回到沧陵，也算转了一圈又回到故土，只是口音已经南腔北调喽。"

老罗知道，在场的人都支棱着耳朵呢。眼下一场战役即将打响，扫除一些消极因素对鼓舞士气将起到非常重要的作用——是澄清一些谣言的时候了。

老罗走访后，一些还能干事和还想干事的人大致认清了形势，统一了思想，宇翔终于可以甩开膀子大干一场了。

经过老罗的指导以及多次修改之后，计划的各个环节考虑得非常具体，实施难点也都分别做了预案。

第一步，宇翔已经拟好《沧陵市施工现场环境污染及扰民管理实施办法》(草案)，针对各种污染源(噪音、光、粉尘等)和扰民问题规定了相应的防护措施，并且列出夜间禁止施工的时段和工序，同时明确，由各区站在其辖区负责落实，进行管理。

第二步，将《沧陵市施工现场环境污染及扰民管理实施办法》(草案)由总站提交市建委审核发布，同时抄送市政府备案。

第三步，依据《沧陵市施工现场环境污染及扰民管理实施办法》(草案)，提炼出《××项目环境保护及文明施工社会监督公告》，向市民公布明令禁止的野蛮施工行为、投诉程序、监管部门、监管人员和投诉电话，准备在《办法》发布后，统一制成展板，挂在各个建设基地大门或门外的醒目位置，接受周边群众监督。

第四步，请市政府牵头组织有关部门参加协调会，安排公安等相关部门介入，针对个别居民无事生非、"敲竹杠"的行为做出预案。

第五步，在各区站中挑选出《沧陵市施工现场环境污染及扰民管理实施办法》(草案)管理专员，报市安质监站备案，并统一组织执法培训。

第六步，……

整套计划有条不紊地向前推进，其间不乏大量的协调工作，协调工作一分为二，就像感冒药片"白加黑"，白天是各单位、各部门工作界面的协调，晚上是执行者之间私人交情的协调，前者的协调方式是开会，后者的协调平台是酒桌。

两者同样重要，前者自不必说，没有分工，合作就会乱套，除此之外，总有责权划分不清，总有歧义误解，总有局部和整体利益之间的平衡……

没一起吃过饭、干过杯，一切就都是公事，推动过程往往容易卡壳，彼此有了私交，很多公事就变回到私事，之间的结自然就会解开。于是许多公事为了提高效率，戴上了私事的帽子，许多私事借着由头，穿上了公事的外衣。

酒桌文化需要经费支持，少部分经费公家本来就有，多的就要找人赞助，于是商人乘机渗透进大大小小的饭局，把他们的生意也带了进来……

更有一些严厉的领导要求下属公而忘私，夜以继日，五加二、白加黑地工作。这样的生活如同"出家"，但衙门毕竟不是佛门，凡夫俗子的六根大多清静不了……自己身处其中，只有随波逐流，谈到这里，宇翔对小骏轻轻叹了口气，但转瞬又快乐起来："不管怎样，我相信要不了多久，居民维权的事儿，应该能够处置停当。"

"我还有件好事儿，你可别眼红哦。"宇翔诡秘地眨眨眼。

"你说吧，我一定会嫉妒。"小骏同宇翔碰了下杯。

"哈哈……那就让你嫉妒嫉妒。"宇翔显得很高兴。

"不会有女朋友了吧？"这的确是他们这个年龄阶段最普通和要紧的喜事了。

"还没有，但老罗要把王建民的闺女介绍给我，就是市委副书记王建民。"宇翔压低了声音，却压抑不住兴奋。

"不会是丑八怪吧？"小骏的确嫉妒了。

"呸，呸，呸，亏你还是兄弟，这么咒我。我还没见到对方呢，只听说女孩的妈妈，龚老师对我印象很好，老罗也很起劲，昨天向我提出这事儿——虽然姑娘大我两岁，只要人好，年纪稍微大点儿不是问题。"

"有了这座靠山，你也算官二代啦，祝你老兄前程无量。"嫉妒归嫉妒，小骏发自内心为好友奉上了祝福。

（之前被小骏弃之不顾杀入中腹的两手棋，由于周围的黑子已经在有意无意间走厚，竟然产生了意想不到的价值，顺势而为常常事半功倍，要达到这种效果，首当其冲就是要克服自己任性的心理。）

馨

兰

馨兰在沧陵由外公、外婆照看长大，虽然父母都是老派的国防科工人员，但她一贯同传统作风格格不入，仅在某个暑假去过一次基地，只维持了几天新鲜，便嚷着住不惯，闹着要回沧陵的家。从此，除每年春节探亲，一家三口总是处于聚少离多的状态。

渐渐郝老师觉得女儿同自己不亲，这对绝大多数母亲来讲，终是一桩残忍的痛事，在郝老师强烈要求下，老赵在年逾半百之时解甲归田，一家人终于团聚到一个屋檐下生活。

夫妇二人对自己艰苦奋斗的一生无怨无悔，能够将青春和热血献给国家，报效新中国的国防事业，让祖国在国际舞台上挺直腰杆，是机遇，是自豪，亦是福分。

老赵夫妇在忘我工作的同时，对于女儿的培养却无奈地呈现缺失状态。馨兰一天天长大，模样越来越标致，穿着打扮越来越入时，大脑发育却赶不上五官晕染得那般靓丽，所有科目除去英语，一概不感兴趣。老赵很遗憾，他和妻子强悍的理科基因居然丁点儿都没在自己的下一代获得传承。

馨兰初中开始就不断收到男生递来的条子，走在街上眼角常常瞥见男人们投来的目光，或欣赏或痴迷或贪婪……这些都在提示她，自己充满颜值魔力，久而久之，对外貌的自信和由此产生的优越感在馨兰的内心深处得到固化。

馨兰读书不开窍，世界观却定型挺早，打小就认定父母的思想同自己不一样，就像两条平行线，不会交会到一起。老赵夫妇回到沧陵后，本想鼓励和督促女儿好好上进，馨兰不以为然，她从来感受不到父母来源于奉献的自豪与幸福，"大漠孤烟直，长河落日圆"在她眼中，仅是荒凉和枯残。她决计按自己的想法活出样儿来，证明自己才是对的。

馨兰最看不惯家中书架下面垫着的砖，那算一种什么格调，平时在家，除了吃饭馨兰从不待在起居室，她多是猫进自己的闺房，纵然厅里放着几盆父亲呵护备至的兰花。

初中毕业馨兰考入卫校，实习时所见那些半死不活的生命，从他们嘴里吸出的瘀痰，屎尿弄脏的被褥……一切让她避之不及。她进一步感到生命短暂、青春宝贵，她要去国外生活——去地中海晒太阳，去阿尔卑斯山滑雪，去维也纳看歌剧，去多瑙河散步，去香榭丽舍大道购买各种化妆品以及漂亮的时装……

几个闺蜜凑一块儿，最热烈的话题就是怎样才能穿上灰姑娘的水晶鞋，找到城堡中的王子。馨兰天生丽质，暑假被怂恿着一块儿到沧陵老外最多的"孟菲斯"酒吧推销红酒，赚点儿零花钱，练练英语，抑或钓个金龟婿。从此她有了英文名字，Shirley。

到这家酒吧来的多是欧美客人，在欧美人眼中东亚人种的脸型相似，所以射灯底下 Shirley 的外表与其他几个姐妹差别不大，加上初来乍到的木讷，使得和她搭讪的客人并不多，馨兰因此总完不成业绩指标，受到了经理不少白眼，她觉得这活儿不好干，并第一次怀疑自己的长相优势。

那天她决定做完最后一班就不干了，碰巧张强来到"孟菲斯"。

Shirley 并没把亚洲男人当作自己的菜，以她的想象，王子应该是金发、碧眼、高鼻梁、肤色像牛乳一样白，现实却告诉她，欧版的水晶鞋并不适合自己的脚。

当张强上前同她搭讪，Shirley 起初只是出于工作需要应付一下，不过张强出现的档口挺凑巧，正是馨兰需要恢复信心的时候。

赵馨兰读卫校时先后选择两个外校的男生恋爱，结局都令她失望，两个人都算帅哥，意图一致，追求不断深入的身体接触——牵手、搂腰、揽肩、接吻……最后上床。

第一个是运动型的，馨兰有洁癖，受不了小伙子身上飘出的汗味和微微的狐臭，结果那个男生的恋爱进度只发展到牵手便戛然而止。

第二个是奶油型的，当进度到达揽肩，"奶油"就被那条街上眼馋好久的混混们揍了一顿，他竟然没有骨气，转而向馨兰提出分手。馨兰没有悲痛，她知道眼下自己哪怕啥都缺，唯独不缺想跟自己拍拖的男生。

不知什么时候她的恋爱变成了周旋，要么由于无聊，要么出于利用，馨兰利用了其中一个把那个"奶油"又揍了一顿，算是泄愤，或者作为一场仪式，埋葬了属于她少女时代的一些幻想。

张强的父亲是老干部，在"文化大革命"前的政治运动中受到刺激，据说他的脑子因此不灵，直到粉碎"四人帮"，老爷子的病才彻底好了。

张强排行老幺，老爷子的几个子女，除张强外，都在欧美留学，之后在各自的第二故乡落户。只有张强当年追随一个高中女同学去了日本，女同学最后嫁了一位日本大叔，按照张强的表述——他失去一棵小草，从而获得一片森林，张强之后经历了很多次的恋爱，或者直接称为"性爱"。

若干年后，张强回国举办婚礼，女方是张强那片林海中的一棵小树，一位同在日本留学，之后归国的学子。不晓得为什么，两人都不想要孩子，抱回两条边牧豢养在家——两条狗狗被夫妻二人权且当成衍生父爱和母爱的生命。

张强回国后生意做得风生水起，他父亲的老战友和老部下都给予过他不少帮助，加上日本留学时积累的人脉，使他顺利地进入买办阶层，但随着父亲离休后光环不断褪色，以及纨绔子弟的八旗作风让他开始走下坡路，渐渐沦为了一名商业掮客。

张强得意的时候，什么买卖都做，其中一样就是电子游戏，因为做得早，所以在业界很有知名度，只是当时这项买卖的赚钱效应一般。如今国外风投在中国到处寻找机会，只要你在某个领域具有一定知名度，同时能够编织出相对靠谱的发展神话，通过资本运作，你就有机会捞到一大桶金。

张强看到这一点，王小松看到这一点，振纲也看到这一点，于是三人捆在一起，张罗这桩买卖。他们做了分工，简而言之：张强在电游业内的牌子，王小松在武陵官场的圈子，振纲在资本市场的脑子。

这天张强约了日本桥下电子娱乐公司的渡边本部长吃饭，商谈买断桥下公司一款游戏在中国的代理权。日本男人商务用餐之后习惯另外找个地方喝点小酒，那天张强安排渡边一起去了"孟菲斯"。

这时坐在一边的渡边已经借着几杯威士忌下肚，开始对陪酒女伴动手动脚，张强却不急不忙地和Shirley一边喝酒，一边调情，他决心钓到Shirley。

平时张强在酒吧，对陪酒女郎是不会花太多工夫的，对他来说这里只是乐一乐的地方，或者说仅仅是自己工作的一部分。

但是今天不同，首先Shirley的确符合中国男人的审美取向，其次Shirley相比一般的陪酒女多了几分清纯，这点本质区别，作为风月老手，张强自信不会走眼。

在Shirley眼中，张强身上有两点与众不同，一是不俗的穿戴，二是张扬的气场。

Shirley 这些年对时尚品牌很钻研，她仔细一打量，张强这身行头没有两三万下不来，乘着伸手碰杯的瞬间，Shirley 又扫到了张强腕上的百达翡丽手表，还有张强身上散发出来的爱马仕香水味道，她对这些都很喜欢。

另外，张强虽然正哄着 Shirley，但气场依旧强势，Shirley 之前从来没有遇到自己 hold 不住的男人，恰恰这个男人就是有股自己 hold 不住的野性，这 feeling 让她感到很刺激。男人有钱和女人漂亮都容易催生任性，任性伴随挥霍。男人挥霍到手的财物，女人挥霍到手的情感，或许 Shirley 感觉她与张强之间的情感是自己无从挥霍的那种，两个月后 Shirley 让张强到手了自己的"第一次"。

Shirley 甚至一心想嫁给这个能让自己心甘情愿付出的男人，有段时间旁敲侧击催促张强离婚，张强却根本没那意思，馨兰的小性子终于忍不住爆发，一次与张强争吵之后离开了张强的公司，同振纲确立了恋爱关系。

每次张强找到她，馨兰虽然也摆摆谱，但最终觉得惩罚的还是自己，然后不自觉地乖乖就范，同时揣测，或许只有能让自己感觉"无奈"的男人，才是真爱。

对振纲、小骏或者馨兰来说，三则关于眼睛的警句有贴切的意义：英国人斯威夫特讲过"没有比根本不用眼睛看的人更瞎了"，古罗马诗人普罗佩提乌斯也提到过"男人如果会产生爱情的话，却是用眼睛来恋爱"，更有莎士比亚的点评"坠入情网人的眼睛都是瞎的"。

赵馨兰那段时间一直矛盾，一方面她清楚地晓得振纲对自己很好，经济条件也不错，又毕业于名牌大学，应该是自己能够托付的男人；另一方面她却认定振纲同自己情趣不合，不是自己真正喜爱的那款 Mr. Right。

张强与振纲不同，他同馨兰都崇尚西方的文化历史、西方的时代脉搏和西方的优雅格调，所以馨兰那次同张强的争吵非常认真，争吵又由于馨兰单方面认真升级至激烈，最终导致张强对馨兰动了粗！

馨兰一口气跑回家，老赵看到馨兰肿起的眼角，刚想追问馨兰怎么回事儿，馨兰"砰"的一声，将自己关进房间，就再没发出一点儿声响。老赵夫妇猜测女儿受了伤，需要躲进自己的巢穴慢慢调养，一齐无可奈何地安静下来。

馨兰走出房间后，老赵夫妇仔细照顾了好多天，却绝口不再逼问女儿，甚至赔着小心回避相关话题。馨兰第一次感受到父母对自己的爱，同时心疼起这些天苍老了不少的爹娘。馨兰对爸妈当下的愿望一清二楚，她决心同振纲走到一起，并在水到渠成后将振纲带回家中，她需要一段感情或者婚姻去抚慰自己受伤的心灵。

这阶段振纲虽然感觉别扭，却格外幸福。

馨兰恋爱的第一步就是改造，之前的改造对象是张强，眼下的改造对象是振纲，振纲被改造初期还有些不习惯，但慢慢体会到其中的好处。

振纲走出大学校园没多久就自己创业，他不用在意周围人对自己穿着的印象，穿衣戴帽主要就是看重舒适和便利，加上喜欢锻炼，运动装成了他常年的主打格调，就算有些商务场合，亦是如此。

馨兰给振纲定下规矩：上班一定要正装，陪她逛街更应该这样，可以不系领带，但白衬衫、皮鞋都是必须——夏天可以例外，上身用 T 恤替代；刷牙必须一天早晚两次，饭前一定要洗手；衬衣的领子不能脏，鞋袜更是不能有味儿，所以必须勤洗勤换；头发不能太长，不能太短，不能太干，更不能太油……

馨兰要求多，但不勤快，她只管自己里里外外的穿戴和化妆品。对振纲，馨兰就是两样工作，提出要求和跟踪监督。

振纲开始为生活琐事忙碌起来，却很乐意，笃信被管束原本就是爱情的赠品，与此同时他享受着馨兰为自己带来的变化。

不过振纲也有誓死不从的事，总共两件。

一件是馨兰要求他每天喷点儿古龙水，他觉得这也太娘了，那根本不是男人的味，即使为了馨兰也做不大来。另一件是出国，振纲上大学时想过出国谋发展，后来发现中国这个市场正在蓬勃兴起，加上国外反馈来的消息表明那边就业形势并不乐观，生意机会也不如想象中那么多，所以振纲决定将自己的未来与沧陵这座大都市绑在一起。

馨兰提出要他同自己一块出国闯荡，振纲觉得馨兰意气用事，他们已经熟悉了沧陵的生活和商务环境，如果到了国外哪怕经过很多年，根本达不到目前在沧陵如鱼得水的状态，况且中国和西方的差距已经缩小到不是非出国打拼不能成功的地步，毕竟"金窝、银窝，不如自家的草窝"嘛。

和振纲一起已有不短的时间，馨兰实实在在感受到振纲对自己的宠爱，但依旧嫌弃振纲骨子里头的土气。馨兰可以认同振纲喷不喷香水属于锦上添花，但对振纲不愿去国外发展的遗憾，确让她无法释怀，这股遗憾终会化为女人的"作"。

"你怎么又不高兴啦？"振纲哄馨兰越来越有心得。

"……"馨兰一般就是继续绷着脸。

"说嘛,要不先打我两下消消气再做指示?"振纲摇着馨兰的肩,这招一般比较管用。

"谁要打你?看你的领口,看你的皮鞋,就像一个民工,脏死了!"馨兰总算开了金口。

"哦,衬衫我昨天换的嘛,皮鞋昨天也才擦过。没办法,看来得天天换,我们这儿的空气质量越来越差了。"振纲对于自己的穿戴相比以前已经考究不少,但馨兰总能找到他的"脏"。

"那让你离开这个破地方,你还不愿意!"馨兰总在这儿等着他。

"……"振纲这时总觉得自己比不上馨兰聪明,之后快速做出保证,"我们这摊生意撑起来不容易,要么再赚几年钱,之后就找机会办移民?"

"你就知道拖,拖,拖,别碰我!"不知为什么,馨兰眼里的祖国就是一个她必须尽快飞离的樊笼——但比起振纲,张强又不是自己的丈夫人选。恋爱和婚姻在她赵馨兰身上就像以色列与阿拉伯世界,彼此临近,却没办法和谐到一起。

振纲年年回家过年,今年全家更多了一层期盼,因为同振纲一起回来的还有他的女朋友——赵馨兰。

沱州没有机场,从沧陵出发,只有先飞汉江,然后转乘长途车北上二百公里方可到达。这二百公里,让馨兰眉头皱了一路。

行李架塞满了大件小件包裹,每件都好像刚吃完一顿油腻的大餐,不说来不及擦嘴,还像在打饱嗝。一位大叔在这样的气味中如鱼得水,乘势将脚从潮热的胶鞋中释放出来,无须片刻一股热辣的气味便在车厢成为主角。好在高速道路修得平坦,否则馨兰估计自己已然休克。九死一生地到了振纲沱州的家,馨兰努力挤出笑容同老戴夫妇打招呼,同时望了一眼屋内陈设,不由得想到自家书架下垫着的板砖。

振纲埋怨老戴,年头寄了五万,让把家好好装修一下,回来一看,老戴就是安了一部热水器,装了两个空调,铺了木地板,其他一如既往。

老戴的回答与许多老人一模一样:这些家当是老两口儿一点一点攒起来的,不容易啊,随便哪件都有回忆,舍不得丢弃。

老戴夫妇为馨兰打扫出来一间屋子,崭新的被褥和洗漱用具各就各位,振纲被安排睡在厅里的沙发。

吃过晚饭,小骏的姑妈听说振纲带来个俊俏的媳妇儿,也来瞧热闹。看到馨兰标致的模样,就想着小骏啥时也带上一个漂亮的老婆来探望自己,不知不觉把这个愿望说了出来。

"陈姨,您别着急,回头让馨兰也给小骏张罗一位,他现在可好呢!赶巧,馨兰爸爸还是小骏的师傅。"振纲自小就同陈姨热络,知道小骏是陈姨的心头肉。

"如果那样就太好了!明年,你俩一起带着老婆回来过年!"陈姨将这话完全装进了脑袋,眼睛笑开了花。

送走陈姨,馨兰在那间安排给自己的屋子同振纲小声商量:"我们搬去宾馆住吧?"

"为啥?"振纲想到馨兰可能有这么一出。

"没啥,住不惯。"馨兰很简单地回答。

"爸妈为我们都安排好了,我们出去住他们会不高兴的。再说好不容易回来一次,总得多陪陪他们嘛。"振纲真不是舍不得花钱。

"我不管,我就是住不惯。"馨兰坚持,不知不觉提高了分贝。

振纲急忙把食指放到唇上，示意馨兰小声，想了一会儿，回到厅里对父母说，馨兰看到他睡在沙发不忍心，一定要搬出去，腾出屋子给自己睡。

老戴夫妇很宽慰，忙问馨兰准备搬去哪里？振纲只是含糊地说到外头转转再定。

第二天大早，振纲正准备动身同馨兰会合，被老戴夫妇叫住，问馨兰住宿的地方，振纲说，沱州电力招待所。

两人在沱州待了十天，其间振纲领着馨兰逛了两处名胜，澜湾水库和金鸡山，之后两人都开始心心念念沧陵的生意，很快安排了回程。等到振纲和赵馨兰离开沱州，老戴夫妇在整理振纲床头的时候，捡到两张沱州半岛大酒店的早餐券。

沱州半岛大酒店，那可是沱州最高级的酒店，住十晚那得多少钱哪！

"哎，现在的年轻人。"老戴夫妇相互对视一眼，摇了摇头。

嫁给我，好吗

在沱州的几天当中振纲安排时间同小勇、小宁大吃了一顿。

振纲小时候，就像陶家兄弟的尾巴，小勇则喜欢黏着振纲的爸爸——他三脚猫的一招半式即是戴叔传授。

戴兴盛回到沱州，想到陶家兄弟自小没有父亲，少了一重庇护，就想传些功夫给小哥俩，也算告慰老陶在天之灵。然而小宁当时年岁小，悟性不够，小勇虽然学得很快，但经常惹事，所以戴兴盛只传了小勇一些基本拳架和擒拿手段，用于普通锻炼以及防身，没有进一步往下教授。

沱州地理位置临近东周的政治、文化中心，大小墓葬多，渐渐催生出盗墓和倒腾古玩两样行当。小勇交了一些与古物沾边的朋友，跟随迷上了几百、几千年前的老玩意儿，等到振纲十五六岁，小勇向他灌输了不少这方面的知识，振纲也慢慢有了瘾头。这回哥俩遇见，免不了又扯到这类话题，小宁兴趣不浓，但能静下心倾听。

"勇哥，听说去年'上投村'有两伙盗墓的干了一仗？"振纲问。

"是的，那群兔崽子武器比警察好，警察冲上去等于送死，所以只能缩着，等武警赶到，就留下几具尸体了。后来考古队进驻，说是战国墓，除了损坏，单单盗走的东西估计得值几个亿！"小勇补充道，"现在盗墓猖獗，方法、技术、工具都很现代化，据说他们除了军用罗盘、探测仪、雷管、炸药、电锯，还用汽车运输，成员都配备了手机，有的团伙还装备几杆81，甚至95式自动步枪，真是一群亡命徒！"

振纲暗自咋舌，一部手机哪怕从几年前三万多跌到了如今七八千，哪怕在沧陵这样的大都市，也能顶上一般百姓半年多收入，而这些盗墓的居然人手一部，还真阔绰！

"81、95式步枪有啥区别？"振纲从小养成追根溯源的习惯。

"我当兵时用的就是81式,那是在仿制AK47的国产56式冲锋枪基础上改进的,射击精度和零配件质量比AK47提高不少。95式则是后来装备部队的,听我战友介绍,自重更轻,还可加挂榴弹发射器,配有3倍白光瞄准镜和微光瞄准镜。"小宁终于找到了熟悉的科目,见振纲听到"微光瞄准"时皱了皱眉,接着补充,"微光瞄准镜就是在夜间弱光条件下的精确瞄准。"

"勇哥,盗墓的活儿咱可千万不要沾,那是在做土匪呢。"振纲说道。

"那是,违法犯罪的事情咱不干!不过有些盗墓的还真有绝活,讲究'望、闻、问、切'。"小勇谈到这些的时候,总是兴味盎然。

"'望、闻、观、切'不是老中医的活儿吗?"振纲哑然失笑。

"是'问、切',不是'观、切'。一望风水,也就是以风水判断墓地大小;二闻气味,从一小撮土中就可推断出墓葬朝代;三问老人,去各地游访,专与老人谈古论今,探听掌故,用以获得墓葬信息;四切却有两种说法:一是根据土层来判断墓葬的年代和大小,二是在墓中棺材里摸死者身上的物品,据说高手只需一摸,就能判断物品的价值大小……还有各种大大小小的窍门,神着哪。"小勇肚子里此类货色琳琅满目。

小勇话锋一转,"你现在弄啥了没有?小骏呢,他又弄了些啥?"

"小骏喜欢收藏些老的书刊、杂志……估摸也积攒了几百本吧,多是民国的。我的收藏上不上台面,这几年淘了些'磨喝乐',勇哥你知道'磨喝乐'吗?"振纲也想考考小勇。

"知道,就是小泥人呗,至于为什么叫'磨喝乐'就不晓得了,你说说看。"小勇准备好了洗耳恭听。

"'磨喝乐'是梵音,是佛祖释迦牟尼的儿子,佛教天龙八部之一,传入中国后经过汉化,由蛇首人身演化为儿童形象。两宋时,每年七夕节,用来供奉牛郎、织女,借此表达'乞巧'和多子多福的愿望,唐朝时称作'供生'。"

振纲突然想起一事,拜托道,"勇哥,上次拜托的事,有消息没?你走南闯北的,人头熟,又身处古玩市场,可得多上心,我只要条件允许,一定将它们买回来,这可是我爷爷和我爸的一桩心事。我爸这些年,没少往南方跑,说是要寻找一个姓李的。"

"就是化石子、神头墩吧?上回我去北京,专门打听了一下,这两件宝贝少有人知道,碰巧在琉璃厂遇上一位老师傅,说他爷爷曾经跟他说起过那两件玩意儿。我问他根据目前的行情,大概值多少?他说还真不好说,照目前行情,估摸不会低于八百万。"

"八百万?!"振纲心凉大截,如果现在黄家人寻过来,自己还真没法子。

"你和戴叔对两样东西也别太放不下,这么多年,当中经历了屡次三番的战争和动乱,谁能保证不出错?当时因为这两件东西,你爷爷去世了,戴叔差点丢了性命,还不够吗?再说,经过这么多年,黄家说不准人都没了。你们怎么不去家乡的老宅打听打听?"小勇一边宽慰振纲,一边又出主意。

"听说我家老宅早就毁于战火。不过近年来,我爸每年都去老宅当地的日报登个'寻人启事',然后到档案馆,把当地一年日报中的'寻人启事'翻看一遍,三百多份哪,每次都要花两三天时间,却一直没有丁点消息,真想知道黄家人后来怎样了。"

一回沧陵,振纲和馨兰便进行布设新的销售点。

馨兰表现出振纲意料之外的能干和精细，店面租赁谈判、进货出货登记、质保维修、人员管理……一切有条不紊，虽然累，但每年近百万的毛利抵消掉不少馨兰对于祖国的负面看法，同时对振纲的感情也像冬天北方的白雪，在地上积起了厚厚一层。即使振纲的白衬衣仍然两天一换，皮鞋没有每天上油，馨兰对于这些慢慢变得熟视无睹。

振纲由此轻松下来，策划着新年最重大的计划——让馨兰成为自己的新娘。

那天小骏收到振纲的电话，要他无论如何在后天晚上5点半前赶到福斯特大酒店的泰山厅，小骏问他有啥事儿，振纲回答："我有件大事要你帮忙。"

小骏把工地的活儿匆匆做了安排，骑了一辆"新大洲"提前赶到那里。一进泰山厅居然撞见老赵夫妇，看来他们也是振纲请来的客人。小骏还没来得及同老赵搭话，迎面走来一位宾馆的服务生，礼貌地将他们引到一间休息室。

服务生边走边说明："今天戴先生要在这儿向赵小姐求婚，请各位见证这个重要的时刻。"

休息室已经有了一些人，一色是青年男女，小骏环视四周，都不认识，他觉得这个时刻对于在座的多数人未必重要，但对老赵夫妇，甚至自己都有划时代的意义。

今天公司正好收进一批内存条、硬盘和显卡，赵馨兰与伙计们一起忙着盘货、登记、入库，这时振纲打来电话：

"馨兰，别忙了，盘货的事让小侯干吧，你明天对对账就行了。今天是你生日，我在福斯特大酒店的餐厅订了座，快过来，我在酒店门口等你。"振纲语气温柔。

馨兰心里涌起一股暖流,同小侯交代几句后出门打了辆的士。

到了门口,却不见振纲的身影,拨振纲的手机,也没人接听,正在诧异时,一个五六岁的小朋友着装整齐,走到她的面前:"赵阿姨,叔叔在里面点菜,让我带你进去。"

看着可爱的男孩,馨兰不禁俯下身摸了摸他的头:"真乖,你怎么知道是我?"

"叔叔说阿姨就在门口,最漂亮的那个就是。"这几句抹了蜜的话是振纲安排的台词。

馨兰不知说什么好,被小朋友牵着穿过酒店中庭,一直来到福斯特酒店最大的一座宴会厅——泰山厅,这里可以容纳 50 席甚至更多。

这时泰山厅两扇厚重的木门朝里打开,里面没有亮灯,只有一束光照在一条红毯的前方,两边摆放了蜡烛,摇曳着星火般的光亮。

孩子手牵馨兰顺着移动的光束徐徐向前,馨兰一下明白了什么,并不多问,直到前进十多米才停下来。这时又一束光投在了馨兰正前方五米的地方,音乐跟随响起,振纲穿着燕尾服,打了领结,抱着一把吉他站在那里,款款唱起他为馨兰原创的情歌《嫁给我,好吗》。

这首歌振纲在认识 Shirley 后的某天夜晚一蹴而就地完成了词曲创作,之后修改过数稿,这次专门请一位以前一起玩乐队的哥们儿编了曲,这位仁兄很够意思,花了整整两周时间反复调整,直到振纲满意。

随着振纲悠扬的歌声飘荡在泰山厅的各个角落,馨兰的泪水像断线的珠子溢出眼眶,内心百感交集。

嫁给我,好吗?我真的没有什么给你。唯有一颗爱你的心,想带给你最多的甜蜜。

嫁给我,好吗?在我身边你不会哭泣。即使有什么伤心,我会在你的身边陪你。

永远的无怨的是我爱你。我要把你放进我每一个梦里。就算每天早起看见的只有你,也看不厌你的美丽。

嫁给我,好吗?如果我求你,你会同意。就听我为你写的最美的歌,再醉倒在我的怀里。

一曲情歌结束,泰山厅灯光大亮,振纲轻轻放下吉他,向前数步,单膝跪地托起了一枚钻戒,馨兰双肩微耸,左手掩面,同时缓缓地伸出右手。

四下掌声和着欢呼一涌而起,老赵神情严肃,郝老师不停地擦拭眼泪,小骏从内心到鼻子一齐泛起酸楚。这时振纲和馨兰紧紧相拥,馨兰忽然闻到振纲身上古龙水的味道,脸颊在振纲的肩头贴得更紧。

在新的一年当中,沧陵电脑销售行业的三位业界翘楚依次出事,了解到其中原委,振纲不由得冒出一身冷汗。

大刘和老婆小左经营着"蓝光公司",每年各种 PC 电脑配件和整机的销售额达到了三个多亿。小左是比馨兰更加能干的女人,只花了五年时间就帮助老公把生意越滚越大,直到成为了沧陵的业内第一。这对来自温州的夫妇已在市中心的港九广场租了半个楼面作为总部,正盘算推出自己的兼容机品牌。

小左心思缜密,有左右逢源、八面玲珑的本事,她很注意建立和维护公司的营商环境,大到市里的工商、税务,小到各销售点的商场保安,都被她小心打点到位。平日里不但应付各类工商、税务检查游刃有余,连客户的停车位都被安排得妥妥帖帖。

然而在武陵省内的一次工商税务联合大检查中,他们的事业忽然被终结了。

看见核查人员仔细核对一叠叠厚厚的单据,大刘和小左开始都没在意,这么多年经历了无数次核查,哪次最后不是平安无事。再说那些猫腻,本身就是行业潜规则,大家不都这么操作的吗,正规操作其实根本不可能做到,除非你脑子有病,准备亏着卖,大不了破财消灾,托托关系,也就摆平了。

但这次他们没有摆平,省里的核查人员就是咬着问题不放,好像眼里除了法律上的条条框框,啥都视而不见,市里自然再也没人敢为"蓝光"说情。一年三个亿,按照偷逃税款百分之五,也要达到1500万,算一算判三年都是轻的。这对夫妻没想到苦心经营的结果竟是这样。蓝光公司终于关门大吉,大刘和小左成功地逃往澳大利亚。

接着"瀚海公司"和"东方公司"也陆续被查出问题,问题都差不多,不同的是这两家公司的老板最后都没跑脱,分别被抓去吃了官司。

振纲慢慢品出了其中的味道,"振丰电子"目前没有纳入这些工商税务的法眼,只是事业做得还不够大,当你坐到沧陵电脑配件销售市场的前几把交椅,自然有人找上门,而且一找一个准——兼容机的机箱、屏幕、主板还能做到正规开票,芯片、内存条、硬盘却不可能,因为以上这些,市面上基本都是没有票据的水货,因此卖方也不可能给客户开票,否则根据目前市场价格,上缴了这税那税,一台机子起码得亏损百分之十。

眼看自己为之奋斗的事业终究是个死局，振纲不由得动了退出的念头。那天他跟馨兰商量到很晚。

"我想把振丰公司关了！"振纲突然说道。

"为什么？"馨兰觉得莫名其妙，"公司不是运转得很顺吗？"馨兰知道，即使在国外找到一份不错的工作，每年也不可能赚到这么多钱。

"蓝光、瀚海、东方都出事了，你不觉得我们也很危险吗？"

"可还有这么多公司不都好好的吗？"馨兰不大甘心。

"目前是好好的，不过只要我们被某个政府部门关注，或者某个顾客举报我们，那对我们都会是灭顶之灾。如果我们的营业额再往上达到每年一个亿，难保不被某个政府部门或者对手盯上，而且 PC 机的价格越来越低，生意越来越不好做了。"振纲拿出半瓶威士忌，给自己和馨兰分别倒了点儿，这是馨兰一向喜欢的小情调。

馨兰抿了一口："你说的也是，不过我们能干什么呢？"

"我已经关注港股好多年了，准备把大部分资金调过去好好炒一把。"振纲眼睛放着光，"一切顺利的话，够我们在这里折腾十多年的。"

"能赚这么多？真的能赚这么多？"馨兰眼睛也亮了。

"可以，我原本就是靠股票赚来第一桶金的，一晃六七年，时间过得真快啊！"振纲望着窗外，马路上的行人已经很少。

"那就听你的！"馨兰把剩下的酒一饮而尽，脸上泛出了两片红晕。

望着馨兰，振纲醉了："做完这轮我们就移民，到国外去找机会。"

"真的吗？太好了。"馨兰伸出手臂勾住振纲的脖子，重重朝着振纲的右侧脸颊亲了一口。

新年很快再次如约而至，然后悄然远逝，振纲这年一回到沧陵就找小骏聚餐，另外带着任务，说要把馨兰的一个姐妹介绍给小骏。

馨兰的好姐妹长什么样？随着约期临近，小骏脑子里这个问号就像钩子，勾引着他浮想联翩。他想"近朱者赤"，又转念出否定的理由：只有单个出现的美丽，才能享受百分之百的瞻仰，美丽与美丽同行，自然会降低各自的亮度，愿意与美丽同行的，常常只是愿意同老虎一起的狐狸，自己没有威风，只能去借，而美丽却一直愿意与不美丽同行，因为有了衬托，美丽才会更加灿烂辉煌。

终于在见面的一刻揭晓了谜底，小骏自小就听惯了《小马过河》的故事，结论是：河水既没有牛伯伯说的那么浅，也没有小松鼠说的那么深——那个女孩既没有馨兰那么漂亮，也没有自己唯恐的丑陋。

小骏没有恋爱经历，一直疑惑，和一个异性腻在一起几个小时，怎么会有那么多话好讲？请教过几个长于恋爱的兄弟，答案不一：有的说要幽默，让对方感到你能给她快乐；有的说要深沉，哀哀怨怨去博取对方的好奇和同情；有的说坚持用各种方式向对方表达爱慕，也是一种行之有效的笨办法。

对于第一条，小骏虽然也能油嘴，但情境一定要单纯，抱着厚重的心思，他的幽默会像清仓甩货的折扣，一折起，绝不会超过三折。对于后两条倒是偷懒的好办法，只是小骏生性达观，在他看来哀怨就像奔丧，实在不属于恋爱该有的态度，而没有新意的情话，又像新村、里弄满满信箱中新近塞入的广告。

小骏感到一定有什么自己还没掌握的秘籍，否则为什么自己人生中仅有的几次约会尝试，收获的尽是无措和无聊？

小骏联想到一则故事,说有一对纯洁的小年轻外出旅游,由于种种原因必须住宿,也由于种种原因旅店无正规客房了,只有间小小的空房,并且无床!女的在地上画了条线,两人赌咒发誓,谁过了这条线,谁就是畜生!男生在一缕阳光下醒来,发现女生正在哭泣,男生还没有反应过来就挨了重重一记耳光,男生顾不得痛,着急看地下,忙说:"我没过线,我没过线⋯⋯""你连畜生都不如!"女生狠狠地从牙缝中挤出了一句。如何把握其中的度,小骏一直搞不清楚,所以至今保持"畜生不如"的状态。

女孩姓林,大方同小骏打了招呼,随后被安排坐到小骏身边。这顿饭小骏吃得难受,振纲、馨兰还有林小姐都觉得乏味,当中对话不少,间或有捧场的笑,却一直没有内容,话头提起,仿佛就到了末端。切换许多题目,还是没有找到热点。四人都在努力,却像没有开窍的学生,成绩总是不能及格。

终于熬到相互告别的时刻,小骏当然需要负责送林姑娘回家。小骏领振纲和馨兰的情,打足精神圆满完成这趟"外事"任务,小林也在积极配合,一路到底,双方都在证明自己不愿冷场。到了姑娘楼下,告别的一刻,两人却像卸去已经担了很远路的挑子,手挥得格外卖力,仿佛在给酸胀的部位活血。

振纲第二天打电话给小骏:"觉得'林妹妹'怎样?"

"还好。"其实小骏也不知怎样回答,唯一肯定,找不到自己当初见到馨兰照片时的激情。

"我觉着你昨天不在状态。"振纲直言。

"是吗,我已经努力表现了。"小骏没说假话。

"呵呵，我们也都努力了。这就是没缘分，你一定不要勉强。"振纲体谅小骏，他也是第一次见到小林，觉得小骏的妻子应该更漂亮一些。

"林妹妹怎么看我？"小骏就像参加了考试，想晓得分数。

"还没问，馨兰说这事得先向你打听，怎么，你对林妹妹感兴趣？"振纲回答之后，忽然像看到枯树底下冒出了新芽。

"哦，不是，比如照过了一张相片，想看下自己的模样。"小骏连忙备注。

"今天口齿终于正常了，昨天表现真不咋样。"振纲却向小骏晒出了从自己角度拍摄的影像。

"真有这么糟？"小骏其实还在意馨兰对自己的感觉，却不好问。

"馨兰说，老赵提到过你挺干练，我也介绍过你很会说话，但她觉得昨天你的嘴实在笨极了。"小骏被结结实实地吓出了冷汗，振纲好像钻入自己的大脑。

"还是别问那个林妹妹了，我没向她要联系方式。"小骏终于亮出了答案。

伴郎

小骏同老黄关系理顺以后，也能见缝插针地利用工作间隙备考MBA，日子平淡无奇地过着。其间小骏同振纲喝过几顿酒，同宇翔喝过几顿酒，还同钱建华聚过一回，也找过王谢东——王兄却早已从公司辞职，还搬了家，好像一颗水滴落入湖中，不见踪迹。

　　振纲将 PC 电脑销售网点逐一关闭，铺位退租、库存清理、员工遣散、股权转让之后大致算了算，这些年赚的连同之前的积累，除去房子，居然还有 500 多万现金。他和馨兰甚至另有一笔分量更重的资产——就是同张强、王小松合作的网游公司的股份。

　　目前这家公司已成功引入三轮投资，公司估值达到了 3.2 亿，振纲占其中的 7.2%，这笔资产的价值差不多 2300 万，并且公司正在申请"深交所" A 板上市，一旦成功，以 20 亿总市值计算，即便那时振纲手中的股份被稀释到 3%，其股票市值也将达到 6000 万。

　　宇翔同王姑娘见了面，双方已经交往了一段时间，相互印象不错，很快确立了恋爱关系。小骏判断，王姑娘应该不是丑八怪，但也不会是美女，因为宇翔很感动地告诉小骏："没想到一个高干子女对自己会如此深情。"

　　振纲和馨兰的故事让小骏学了乖，能够让女人温顺，似乎一定要掌握着成全对方梦想的力量。女人的梦想有许多，大致归为情感和物质，美女不会缺少情感，王姑娘在意情感，小骏就认定她一定与美女不沾边。小骏在宇翔的婚礼上终于见到了新娘，结果失算，王姑娘浑然天成，由里而外的贤淑气质让任何男人见了都会感觉赏心悦目。

　　钱建华一直怀念当年在内环一期的时光，他如今日子不好过，唯一值得欣慰的是考上了全国注册监理工程师执业证——可以做项目总监了。

仲达仁领着这群员工到武房监理公司已经超过两年，如今除了老仲，不仅没有第二人调入武陵房开，甚至武陵房开监理公司本身的日常运营也到了举步维艰的地步。

卢鹏一年前罹患胰腺癌，并很快撒手人寰——卢鹏是武陵省的能人，是武陵房开生存壮大的关键，他掌握着武陵房地产行业大大小小的人脉资源。卢董事长忽然离世，必要的交接工作都没来得及做，武陵房开的发展势头顿时被踩下了急刹车。

原本武陵房开的监理任务一定都会交给武陵房开监理公司，即使公司的乙级资质达不到开发项目要求，大项目也会拆分成小项目，再把监理任务运作给武房监理。对此，武陵房开各项目部已经形成惯例——这可是老大卢鹏的"死命令"，但如今老大死了，死命令也就随着入了土。没有业绩支撑，武房监理至今还是乙级资质，恶性循环，武陵房开输送给武房监理的项目也越来越小，越来越少。

"如果卢总的健康状况没出现问题，在武陵房开支持下，武房监理的资质一定能很快升到甲级，之后招兵买马，沧陵将会多一家一流的监理企业。"小骏替大师兄勾画了一张越来越难以实现的大饼，算是送上安慰。

"可不是吗，可惜啦！"钱建华悉数收下，发出怅然的感叹。

"你现在还在那里的房建部当经理吗？其他几个人呢？"小骏感到气氛压抑，很想转移题目，但两人社交圈和话题的交集非常有限，难以突破。

好在钱建华并不在意，将追随仲达仁跳槽的一班老熟人近况依次做了介绍：

现在已经好久没见老仲来武房监理公司了；两校合并，仇明的人事关系落在海德大学土木学院，一周到公司半天，听说暑假之后就要回学院教课；尹观丛已在海德大学办理了退休手续，准备接仇明的班；有传言说尹观丛许诺，自己转正后就提周军做副总，让他稍安勿躁，但周军的大部分精力转移去了一家小作坊，那是他业余同一个朋友合伙搞的，专门制作建筑模型，地点就在靠近海德大学后门的德尚广场；李超在卢鹏去世不久就毅然跳槽到一家民营的工程公司当副总，现在神气得很，几回电话找他，李超总拿腔拿调地说忙……至于钱建华自己，也想离开，不过老公司回不去，新单位正在找——总之当年放弃了事业编，后悔药没处去买。

光阴倏忽，转眼又过去半年，小骏如愿考上了海德大学MBA，监理公司也迎来了新纪元——"沧陵海德监理有限公司"与"海德大学监理公司"合并成"武陵海德建设监理咨询有限公司"（简称"海德监理"）。公司管理班子随着合并事宜落地，也撩开了面纱：董事长汪鸿雁（海德大学校长助理）、总经理李雪武、总工程师赵颜复、副总经理秦昊、总经理助理颜旭东……

说是合并，实质是吞并——沧陵海德监理有限公司被海德大学监理公司吞并了——耿龙根退休，茅金富没被安排任何高管职位。原沧陵海德监理有限公司只有两人在新公司的总部上班，老赵任总工，杨隽任总经理办公室主任。

老赵有心拉小骏一把，他和总经理李雪武商量，成立总工办，帮助自己把公司的技术工作抓一抓，老李总说"好"，却一直没有下文。

公司成立不久，市安质监站组织了一次年度巡查，公司的一个项目被发现完全处于失控状态，被引为全市反面典型通报批评，并暂扣了资质证书——这是沧陵市乃至武陵省在监理行业有史以来最严厉的一次处罚，由此引起了汪鸿雁的关注。

汪鸿雁给李雪武下达任务，公司必须在一年内引入ISO质量管理体系，并获得ISO认证证书，通过贯标（贯彻ISO标准），切实把公司的质量管理抓上去，否则他这个董事长当得不踏实，只要一起事故就会让自己的政治前程遭受无妄之灾。

李雪武同秦昊、颜旭东一致认为，这事由老赵负责最为妥当，一方面老赵是总工，主管这件事名正言顺；另一方面他们做了一些侧面了解，贯标工作比较烦琐，而他们各自都要操心手头大大小小的项目，根本没有精力。

于是李雪武同老赵商量，让他揽下这桩活儿，并且承诺公司上下都会积极配合，老赵趁势又提出设立总工办，这次李雪武没有敷衍说"好"，仔细权衡了一阵对老赵说，还是设个"贯标办"吧，等公司获得ISO认证之后，再把贯标办转成总工办。

老赵虽然猜不透背后隐藏的情节，但已经感觉李雪武非常不情愿设立总工办，判断老李只想开张空头支票——现在都不肯给的东西，活儿干完了还会想得起来？于是坚持，没有总工办，自己一个光杆司令没法接下这活儿。

李雪武到底长时间从事行政工作，懂得找到行政的理由：贯标工作涉及公司各部门，一个总工办是协调不了的，还是贯标办推动工作名正言顺。没想老赵铆足劲，认为可以另设一个贯标领导小组嘛，一方面指挥总工办落实贯标工作，另一方面协调各部门。

　　李雪武对此还真是不大情愿，过去几年中他一共扶植了四个年轻人，在海德大学监理公司私底下称为"四大金刚"。目前秦昊和颜旭东已在经营和行政口站稳脚跟，其余两人准备安插在技术管理和咨询领域发展，这样布局就像鸡蛋分开放置，既能相互备份，又能相互制约，如此，自己退休之后依然可以影响公司一两年，甚至更长时间。

　　目前老赵管着公司技术和咨询两摊子事，李雪武原本提出设两个副总工，老赵却一直推说暂且缓缓。两家公司刚合并，李雪武和"四大金刚"私底下唤沧陵海德监理有限公司的人为"那边的"，称海德大学监理公司的人为"这边的"——两边不能一上来就闹得鸡飞狗跳，这样的话学校会觉得他这个做领导的格局小，摆不平。

　　李雪武准备先拖一年半载，等老赵退休后，再来整饬他主管条线的人事布局，所以目前特别要防止老赵抢先一步，一旦老赵完成了人事占位，李雪武再想推翻、调整，就会生出许多周折。

　　不过李雪武也知道，老赵即将退休，正是倚老卖老、少有顾忌的时候，把他惹急了，还真敢跟自己对着干，不如哄着他先把ISO工作接下来再说，于是答应设立总工办，同时问老赵，总工办的主任人选有没有意向，老赵忙把陈骏推了出来。

　　李雪武心想干脆好人做到底，同时验证一下老赵举荐的人到底什么成色。如果不行，以后正好顺势调整，如果不错，自己不妨也可以用，于是主动对老赵说，可以同时考虑把陈骏纳入公司的贯标领导小组。老赵觉得总算帮小骏打开了一条前程通道，就把事情经过对小骏交了底。小骏很感激，只是觉得过程太生硬，暗暗提醒自己，今后得多加小心！

一周后老赵高兴地递给了小骏一份公司决议，小骏看了，竟有点飘飘忽忽的感觉，公司设立的贯标领导小组一共只有四人：李雪武、赵颜复、颜旭东、陈骏！更令小骏激动的是，决议明确在未来一年贯标过程当中，公司上下都要围绕领导小组展开工作。

"小陈，李雪武把你的岗位津贴只定在每个月1500元，现在项目上可都是2000多，要不要我再去替你争取一下？"老赵觉得依然有遗憾。

"赵老师，您千万别为难，我不缺这几个钱。"小骏高兴地想，刚考上MBA就得到了参与公司管理的机会，莫非自己的好运已经意外拉开了序幕？

就在小骏准备大展拳脚的时候，一封挂号信让全家多了一个讨论的话题——老陈夫妇F4类移民申请经历了十年多的排队，终于摆上美国司法部移民局的案头。

老陈一家都不懂得美国的移民法，不过全家都清楚，一旦老陈夫妇放弃了这次机会，全家就完全割断了移民美国的希望，这种希望可不是家家都有，何况他们已经为此苦苦等待了十多年。全家最后决定，老陈夫妇的移民手续继续向前办理，不过在此一至两年中，小骏的婚姻问题要抓紧落实。老陈和范老师都年逾六旬，此去关山万里，如有意外，没能见一眼孙辈，甚至没见到小骏成家，终是心有不甘。

小骏一向没品尝过恋爱的快乐，更不敢奢望婚姻的甜蜜，并常常怀疑，自己能否像父母那样拥有厮守终身的伴侣。当年赵馨兰的美貌让他一度决心为此奉献一切，但很快产生了动摇和怀疑。

不过无论如何，小骏认准结婚是此生必修的功课，就像当年读书，即使总有挂科的危险，学终归是要上的。

范老师立即着手帮儿子张罗对象，小骏从自己谈婚论嫁的进程想到了工程招标，虽然形式不同，实质却没什么两样。

"投标"对象多是相熟人家的亲友甚至亲生骨肉，经过几次相亲，小骏在"谈"婚论嫁过程中找寻不到"谈"恋爱的幸福，却时常遭遇"谈"条件的俗套。

不知为什么，小骏常常会将自己的婚事同大作家余华的小说人物许三观成功求婚的经历联系到一起，每每念及于此，就憋不住想笑：

……油条西施，也就是许玉兰，有一次和一个名叫何小勇的年轻男子一起走过了两条街道……何小勇走进了许玉兰的家……此后，何小勇经常坐在许玉兰的家中，与她的父亲坐在一起，两个人一起喝着黄酒……

许三观走过去以后，又走了回来，站在街对面笑嘻嘻地看着许玉兰……许三观走到这个被灯笼照得红彤彤的女人面前，他说："我请你去吃一客小笼包子。"……

他请许玉兰吃了一客小笼包子，吃完小笼包子后，许玉兰说她还能吃一碗馄饨……许玉兰这天下午笑眯眯地还吃了话梅，吃了话梅以后说嘴咸，又吃了糖果，吃了糖果以后说口渴，许三观就给她买了半个西瓜……

许三观数着手指开始算一算这个下午花了多少钱。

"小笼包子两角四分……总共是八角三分钱……你什么时候嫁给我？"

"啊呀！"许玉兰惊叫起来，"你凭什么要我嫁给你？"

许三观说："你花掉了我八角三分钱。"……

"我不能嫁给你，我有男朋友了……我爹喜欢何小勇……"

于是，许三观就提着一瓶黄酒、一条大前门香烟，来到许玉兰家，

他在许玉兰父亲的对面坐了下来,将黄酒和香烟推了过去,然后滔滔不绝地说了起来:

"……我在许家排行老三,所以我叫许三观,我是丝厂的工人,我比何小勇大两岁,比他早三年参加工作,我的钱肯定比他多,他想娶许玉兰还得筹几年钱,我结婚的钱都准备好了……"

许三观又说:"你只有一个女儿,许玉兰要是嫁给了何小勇,你家就断后了,生出来的孩子不管是男是女,都得姓何。要是嫁给了我,我本来就姓许,生下来的孩子也不管是男是女,都姓许,你们许家的香火也就接上了……"

许玉兰的父亲听到最后几句话,嘿嘿笑了起来,他看着许三观,手指在桌上笃笃地敲着,他说:"这一瓶酒,这一条烟,我收下了……"

……许玉兰把何小勇约到了那座木桥上……

许玉兰说:"你替我去还给许三观八角三分钱,这样我就不欠他什么了。"

何小勇说:"我们还没有结婚,就要我去替你还债?"

许玉兰又说:"何小勇,你就到我家来做倒插门女婿吧,要不我爹就把我许给许三观了。"

何小勇说:"你胡说八道……"

……一个月以后,许玉兰嫁给了许三观……

"啊呀,小伙子条件不错,自己有一定积蓄,正在海德大学读硕士,全家又将移民到美国去……"

小骏感觉自己化身为一桩买卖的标的,但他渐渐默认,谈恋爱得学许三观,不要找一尊女神当老婆,就是眼中的西施,也要冠上"油条"

229

的俗号，这样就接了地气，因为自己不过一介俗人，自己的婚姻也不过一桩俗事罢了。

小骏按范老师的推介，依次见过几位姑娘——不是他没看上对方，就是对方没看上他。每当回绝别人，范老师总会带着些许得意，审判小骏的挑剔，每当被别人拒绝，范老师反过来会对女方进行一番酸溜溜的品头论足。

那天范老师又问小骏："詹老师，你记得吗？"

小骏想妈妈真是糊涂——自己自然记得，詹老师和范老师在同一间办公室共事的时间可不算短，自己打小就爱往老陈夫妇的单位跑，父母的同事小骏大多熟识。

小骏还知道，詹老师老早就同老公离了婚，一个人带着一个女儿过日子，他估计范老师又要为自己张罗了。

"记得啊，又要我去见面？"小骏问道。

"不是。詹老师以前可能有过这层意思，但我没接口，听说她女儿身体不大好。是詹老师在问，你们公司有个李超吧？"范老师的回答，让小骏意外。

"他老早到别的公司去了。前两天，与老同事一起还聊到他。这人现在到了一家私营的施工企业做副总，混得挺不错，几年前我们在内环线一起干过。"小骏答道。

"哦，詹老师打听他人好不好？"范老师继续深入地问。

"为什么问这个？她女儿在和李超谈恋爱？"小骏反问。

"不是，詹老师说，她的什么亲戚要和李超一起做生意，所以问问他的人品。"范老师回答。

"这人不好说，感觉不厚道。"小骏稍作沉吟，下了判断。

"那……怎么对詹老师说呢？"范老师有些踌躇。

"依我看，詹老师在选女婿吧？"老陈朝范老师插话，"如果真是这样，你可不要乱说话哦，'疏不间亲'嘛，免得无缘无故遭人暗恨，说不准还会连累小骏。"

"有可能，所以我在想呢，怎么回复人家。"范老师有些为难。

"你就说，我觉得不错，不过我和李超交往不深，他们得在过程中自己判断。这么讲既不得罪人，同时暗示我和他并不亲近，他们看着办吧。"小骏显然比父母滑头。

"那詹老师没听懂我们的暗示怎么办，人家相信我才问的，万一人家吃了亏，岂不是要怨恨咱们。"范老师是个中规中矩的好人。

"那还真不好说。我不把李超当朋友，或许李超可以成为她家亲戚的好伙伴，她女儿的好老公呢？毕竟李超景况不错，人也机灵得很。"

小骏反过来给范老师提出了新的课题，系铃后接着解铃，"要不这样，就别讲'还不错'，只说我没发现他有什么特别不好的地方，不过一切还要她们自己判断。"

老陈判断果然准确，没过半年还真吃到了李超和詹老师女儿的喜糖，照例老陈得意于自己的预见，范老师则不吝啬地表达了对丈夫的钦佩。

正当小骏一边琢磨如何推行 ISO 标准，一边攻读 MBA，一边寻觅恋爱对象的时候，振纲发出了婚宴请柬，同时让小骏肩负一项重要任务——当伴郎。

那天是周六，小骏早早收拾整齐，8 点刚过就赶到了振纲的新家。那是一套在中心城区的外销房，150 多平方米，三室两厅，装修得舒适大气,家具也漂亮,今天每扇门都贴上了大红"囍"字。

小骏一进门撞上了老戴夫妇,这对老夫妇今天打扮得像过年,小骏刚介绍完自己,戴兴盛忙道:"知道知道,振纲在沧陵,多亏你们的关照。"

小骏提到自己的姑妈,老戴这才真正地知道了:"原来你就是老陈的侄子啊!你爸身体还好啊?"

"好,他也让我向您问好!"小骏回道。

"疏忽了,今天应该把伯伯、婶婶一块儿请来,要么你现在打个电话过去,等下我安排车去接,只是会不会唐突?"振纲穿着便服,从主卧出来,听到父亲和小骏的对话,赶忙提了建议想要弥补。

"不用不用,他们今天和一拨老同事约好了外出郊游,要么过几天,我们再陪两家老人一起吃顿饭,好好聚聚,今天你就一心一意把自己的大事办好吧。"

见小骏这么说,振纲不再坚持,让小骏待会儿先陪自己去做个发型,小骏也一块把头发整整,今天哥俩必须要打扮得体面帅气。

"今天只有你是新郎哦。"小骏抓着机会就同振纲打趣。

"你也重要,晚上可以遇见许多姑娘,你也顺便挑一挑。"振纲一直没忘自己答应陈姨的任务。

"林妹妹来吧?"小骏问。

"想人家啦?"这回轮到振纲打趣了。

"是的。"小骏索性横倒。

"这也不错,"振纲却认真了,"我可打听过,这女孩的人品确信没有问题。"

"我开玩笑的。新郎官,今天你就别管其他闲事啦。"小骏赶忙打断,拖着振纲出了门。

（随着局面越来越细，小骏时而感到已经看到了胜利的曙光，时而觉得随时可能功亏一篑。对手同样顶着压力，双方落下每手棋的时间越来越长。无论什么事情都有关键时刻，这时候的失误往往无法弥补。双方棋力相当，对这盘棋也都兴味十足，所以各自打起了十二分的精神，经营着棋枰上的地盘。）

晚安,妹妹

本来天气预报是阴天,两人出门却发现天上开始飘起小雨,当振纲开车到了沧陵最有名的新新理发馆,雨居然从丝线变成了黄豆,"噼噼啪啪"地砸到地上。

看到振纲眉头锁紧,小骏应景说道:"按照沧陵的说法,水是财气呢。"

"如果晴天呢?"振纲笑了。

"那就是'佛光普照'。你别给自己添堵好不好,下雨无非就是不方便,其他也没什么。"小骏心里却也盼着天晴。

两人一头钻进店里,一听振纲说今天要结婚,师傅顿时来了劲,给他洗了头,焗了油,修剪之后,又把头型吹得服服帖帖。小骏拗不过振纲,也跟着捯饬一番,一算账,六百多!振纲却还在提要求,再找些什么项目,凑个八百吧。最后结账九百挂零,振纲打折付了八百八十八,三倍获得了他想要的好运气。

等到两人走出理发店,雨居然停了,一缕阳光坚强地透过厚厚的云层,映射到沧陵市邮电大楼的穹顶。振纲心情顿时大好,回家路上,一边开着车,一边哼着那首他求婚时的歌,《嫁给我,好吗》。

中午振纲同小骏出发去接馨兰,振纲换上米黄色西服和香槟色皮鞋,打上红领带,拿着一捧鲜花,钻入租来的已经扎好花束的黑色加长凯迪拉克。那年他的座驾已经换成"雷克萨斯",被当作摄影车跟在后头。

在馨兰娘家,老赵夫妇也是一袭新装,端坐在客厅的沙发,笑眯眯看着振纲和小骏踏入大门。馨兰坐在里屋的床上,振纲几步走到跟前,单膝下跪递上捧花,调皮地向馨兰眨眨眼,馨兰默契地微笑接过。小骏站立一旁,眼中的新娘一如既往地漂亮,却终于失去重击自己心脏的力量。

馨兰接过花束，同振纲走到老赵夫妇跟前，她依次端起两杯茶递给振纲，由振纲敬给两位老人。老赵做了发言："祝你俩白头偕老，同时为我们国家、为社会多做贡献。"馨兰站在一旁，迅速瞟了一眼书架底下的砖。振纲却表情严肃，一字一顿地说："爸爸、妈妈放心，我们会的，我一定永远待馨兰好！"

晚上的喜宴，小骏又遇到了林妹妹——林晓，她比馨兰小一岁，是馨兰外婆家十多年的老邻居，虽然林晓和馨兰像姐妹一般从小玩到大，但两人从来没有同过班，更没共过事，林晓高中毕业被保送武陵师范大学英语系，现在一所中学当老师。

今天林晓在酒宴上属于"单吊"，就被安排在主桌。整场婚宴，她除了新郎、新娘，只同小骏相识，自然而然挨着伴郎落座。小骏想到上午还在拿她打趣，不由得一阵脸红，心想不知林晓那时打喷嚏了没有。

今天小骏的任务就是帮振纲挡酒，所以在仪式结束和新娘第一次换装间歇，小骏有大把时间休整，林晓坐在一旁，两人有一搭没一搭地聊起了天。

"你抓紧时间多吃点菜。"林晓起了话头。

"嗯。"小骏把一块鸭肉送进嘴里，边嚼边应道，"等下挡酒，空腹可受不了，我中午随意跟振纲吃了几口点心，现在真的饿了。"

见林晓没有回应，小骏继续说道，"你也吃呀，我们主桌最浪费了，人最少，还有两个小孩也不怎么吃东西。"两个小朋友的兴趣好像早就远离桌上的菜肴，一旁忙着抢气球，蹿来蹿去地疯跑。主桌上除了小骏和林晓，就剩下一对他们不认识的青年男女，还有一位小伙子，新娘已经介绍，那是伴娘的男友。

"的确,伴娘也离开了,她现在最忙,要一直陪着新娘换衣服和补妆。"林晓边搭话,边朝那个落单的男子点点头,同时喝了口饮料。

"你女朋友今天可辛苦了。"小骏觉得应该和那个男的也搭搭话,自己好歹是男傧相,还兼着替新郎招呼客人的义务,"您贵姓?"

"免贵姓'章',立早章。"章先生终于不寂寞了。

"你女朋友是新娘的?"婚宴上的客人们很多从未谋面,总以互相打听根脉作为话头,就像电视剧里两股国军相遇,先开口的一方总是同样问题:"兄弟是哪部分的?"

"哦,是她的表妹。你呢?"章先生问道。

"我姓陈,耳东陈,是新郎振纲的朋友。"

"哦,这位是你女朋友吧?"章先生也没话找话,胡乱做了当然的推断。

"呃,对!"小骏今天内心坦荡,倒是大方利索,觉得振纲和馨兰结婚,对自己来说也是一桩喜事,场面上开开玩笑非常自然。

突然小骏觉得来自林晓一边的手臂一阵刺痛,"哎哟"了一声,随即"哈哈"笑了。

"哟,说错了,说错了。"章先生觉得初次见面失了口,有些冒昧。

"没说错,没说错,哇!"小骏跟着人来疯,林晓又尽兴地拧了小骏一把,却红着脸没有辩解。

振纲和馨兰一共办了十八桌,同事那桌还好,不敢过分为难自己的老板、老板娘,但有五桌闹得凶,三桌分别聚着振纲和馨兰的同学,另两桌则是郝老师的至亲。

那天小骏的肚子开了"四中全会"——啤酒、黄酒、葡萄酒、白酒。

小骏喝酒原本爽快，同时铆足劲协助振纲闯关，加上小骏不善于酒桌上虚虚实实的说辞，只管玩命喝，到最后振纲差点反过来替小骏挡酒。

不过那天小骏状态不错，居然扛住了没出洋相，到厕所吐了两回后，还摇摇晃晃地跟随大伙儿闹了洞房。等到一切结束，剩下的亲友寥寥无几，小骏忽然发现，林晓依然站在自己身后。

两人的家离酒店不远，而且一个方向，林晓扶着小骏，一路沉默，散步回家。小骏意识并不模糊，分手一刻，忽然开口对林晓说："啥时我请你吃一客小笼包吧。"

林晓被弄得一头雾水，知道小骏一定话里有话，又在小骏的胳膊上拧了一把，说："上次看你挺老实，这次再看，也是油嘴滑舌的坏人。"

"哇，那你也不辩解。"小骏享受这份甜蜜的刺痛。

"有的事越描越黑，我才不上你的当呢。"林晓看来已经准备好给小骏追求自己的机会，两人很快有了第一次真正的约会。

林晓问小骏，为什么要请自己吃小笼包？小骏微笑着说，因为自己喜欢吃。林晓说小骏小气，为什么不说喜欢吃鲍鱼和龙虾，小骏眨着眼说："你愿意最好，可别后悔哦。"

林晓觉到小骏的话里有典故，但又不知出处，她并不逼小骏说出来，认为谜底早晚能够揭晓，一对恋爱中的情侣互打哑谜，本身就很浪漫。

碰了几回面，林晓对小骏忽然冷淡下来。小骏却对林晓暗暗做了评估，姑娘本质单纯，性格温和，内心善良，外貌虽没让他惊艳，但很可爱，并且职业稳定，又是本科学历。小骏这次认准了，如果要他在近期做出婚姻选择，林晓是最合适的——小骏终究依据博弈理论计算出了自己的婚姻目标，科学、严谨，但缺乏情趣。

然而不晓得林晓生气的原因，就无从发力。不久，振纲给小骏传来情报："你跟林晓讲你高中时的英雄事迹，吓到人家了。"

小骏忽然想起最后一次同林晓喝咖啡，眉飞色舞地描述自己的高中经历：书读不进去，不但调皮捣蛋，还经常打架。这是小骏一种炫耀性质的注解——如果自己孜孜不倦苦读三年，末了只考个专科，那也太不开窍啦。

不过林晓根本就没从这方面理解，她读书的时候一向乖乖听话，现在作为教师，平日在学校对那些性格叛逆的"皮大王"最头疼，不敢想象今后白天在学校同那些调皮捣蛋的学生斗智斗勇，晚上回到家还要面对一个混世魔王，所以下决心趁早断了这份情感。

小骏在脑子里把许三观的故事转了一圈又一圈。最终拿定主意，抓起手机，拨通了林晓家的电话。

"阿姨，您好，我是林晓的朋友，叫陈骏。"

"哦……"林晓的妈妈顿时知道了女儿这阶段一会儿高兴，一下子又闷闷不乐的原因。

"林晓说过，她最听您的话，您以前是学校领导，看问题有深度，所以有的事情还是跟您沟通更好。"小骏使劲拍着未来丈母娘的马屁。

"你们之间的事，林晓还没跟我说起，不过我倒想了解一下。"这的确是一个母亲最感兴趣的话题。

"阿姨，我和林晓约会过几次，她是个好姑娘，所以我很珍惜同她的这段感情。高中时我很调皮，没认真读书，所以也就考了个大专，不过这些年我已经认识到知识重要，今年刚考上研究生，现在海德大学读在职的 MBA。我想既然喜欢林晓，就应该把自己好的、坏的都告诉她，就把高中调皮捣蛋的事儿一股脑儿跟她讲了，没想到这让林晓觉得我和她性格存在差异。但我确信，她正是我在寻找的姑娘，而且我和她本质相同，我们两个是合适的。我对婚姻也很慎重，如果我们真的不合适，我一定不会勉强，因为勉强的话，对自己也没好处。"林晓的母亲没有打断陈骏，直到他把话一股脑儿倒干净为止。

"小陈，你觉得你们有哪些方面合适？"林妈妈还是很有水平的。

"我们两个心地都很善良，遇事能够为别人考虑，都有一定的学习能力和学习兴趣。我们成长环境相似，我妈妈也是老师，我毕业后留在武陵城建学院，现在合并到海德大学的产业系统。"稍作沉吟之后，小骏断断续续地总结了几个要点。

"嗯，你这小伙子考虑得很周到。这样吧，我回头同林晓谈谈，这事还得她自己做主。"林妈妈口气虽然平静地像镜子，内心却翻江倒海，她忽然发现女儿长大了，一转眼已经到了谈婚论嫁的年龄。以她的眼光，电话那头的男孩子应该靠得住。人虽然调皮，但很真诚，而且不笨。

挂了电话，小骏觉得该做的都做了，接下来只有耐心等待林晓的消息，计划等满两天，第三天再追一个电话过去，如果林晓的态度还没松动，说明自己盘算得不准确，两人的缘分也就到头了。

第二天早上，小骏查到昨夜很晚的时候BB机上多了一条讯息："如果我们要继续，就告诉我小笼包的秘密。"

小骏赶忙到沧陵市的书城买了一本《许三观卖血记》到邮局寄给林晓，扉页上写："为了爱，我也愿意卖血！"

林晓一口气读完小说，看到许三观请许玉兰吃小笼包和提亲的桥段，她会心地笑了。看到最后，许三观为了拯救家人的性命，在很短的时间，屡次三番地卖血,后面每次卖血都冒着失去生命的危险,她开始流泪,一直流到小说结尾。许三观老了,医院再也不肯收他的血,许玉兰伴着他,点点滴滴数落着过去。林晓觉得自己这个时候读懂了小骏,也找到了自己想要的爱情。

小骏向林晓求婚,却没有振纲那般精心编排的仪式和浪漫,是个直面现实的过程:"我爸妈移民手续不能再拖了,一年内必须过去。"小骏引出了话题。

"你说过的。"林晓不知小骏的话由。

"他们想看到我们结婚,最好有了小孩再到那里去。"小骏亮出了父母的期望。

"可我这两年得做班主任,不做班主任就没资格评职称。"看得出林晓有些左右为难,如果不优先花费这几年时间在工作上,事业方面拉下的差距今后还真不容易找补回来。

"比起结婚生子,这些都是小事。再说,我们年纪都不小了。"小骏连忙止住林晓的话。

"也不算大呀,我们年级组和我一般大的老师,还没男朋友呢!"林晓觉得这个理由不太能站住脚。

"各家管各家,我不想爸爸、妈妈留遗憾。"小骏说出自己真正的缘由。

"那以后我下岗了,怎么办?"林晓口气松动了。

"怎么办,当然是我养你!"小骏觉得此事天经地义。

"那么我回家先跟爸爸、妈妈商量。"林晓暗自下了决心。

"他们不会不答应吧?"小骏却怕林晓刚刚松动的思想产生反复。

"我的事,他们一般很尊重我自己的意愿。"林晓给了小骏一颗定心丸。

"那你同意了？"小骏欣喜地确认。

"我还能怎么办呢？"

小骏从此深深迷恋上林晓这种柔软的性格，并愿意为此肝脑涂地。误打误撞，俗气的种子开出了浪漫的花。小骏相信，在柴米油盐当中，能够将"有情、有趣、有种"孕育成为彼此的爱情信仰。

结婚首先需要购置新房，小骏的存款还算充裕，工作不到六年，已有60多万：做包工头赚了40多万，两校合并时公司分发到手10万，其他就是工作五年多来工资津贴的节余。

当时在沧陵内环，房价一般也就3000元一平方米，小骏买个三室两厅绰绰有余，但自小捉襟见肘的环境让小骏的忧患意识根深蒂固，他觉得钱是种子，不能全当口粮吃了，得留下一部分应急，同时充当母鸡，做些"鸡生蛋、钱生钱"的投资。

小骏另外觉得父母30多年来领到的工资都是10元票面，攒下些钱不容易，所以同林晓商量，不用老人积蓄，就从自己存款中拿出30万买房、结婚，其余的除了MBA学费，就准备投资股票。

小骏刚上班的时候想法很多，一会儿想做这桩生意，一会儿想做那桩买卖，缺钱就向爸妈伸手。毕竟自己是独子，父母的钱早晚归自己支配，但老陈偏偏就是铁公鸡，对自己的存款严防死守。小骏碰了两回钉子，刚开始心里很不爽，久而久之，渐渐理解父亲：他和范老师都已退休，从此没有赚大钱的可能，守住积蓄就是守住了晚年的主动。

小骏进一步感悟透彻：父母的一切对自己来说，不是生意投资，不是生活改善，只能是自己落魄时碗中的一口饭和头上的一片瓦。

林晓是独生女,她告诉小骏,林爸、林妈拿出10万帮助他们小两口儿安置新家,自己工作四年,也有将近3万存款,准备一并交到小骏手上。

小骏理解父母之后一直追求自强自立,认为自己是个男人,既然有经济能力就应该单独肩负起安家责任,他让林晓把嫁妆存起来,权且当作小家庭的备用金。林晓觉得小骏有些"大男子主义",但很欣赏小骏自力更生的硬气。

最后小骏和林晓在老陈夫妇的楼上买了套70多平方米的小三房,装修时改成两室一厅,小骏、林晓成婚后,老两口在小两口的十二楼一块烹煮吃饭,然后老陈和范老师回到自家十楼睡觉。

小骏对岳父母说:"您二老如果愿意,也搬来附近吧,大家住到一起,方便相互照应。"老林夫妇商量后决定暂且保持现状,他们毕竟在目前的环境住了十多年,老邻居、老朋友相处惯了,一下离开不适应,而且女儿女婿的家离自己也仅仅三站公交的距离,女儿回娘家,或者自己去女儿家走动都很便利。

结婚过程还有许多细节,多由小骏拿主意,林晓即使想法不同,体谅小骏忙里忙外特别辛苦,大多本着"嫁鸡随鸡"的态度,不随便发表意见,最后"谨慎投资炒股"成为林晓提出的唯一忠告。

小骏虽然不喜欢打牌、搓麻将,但骨子里嗜赌,他决心全仓杀入股市,理由简单:眼下什么都在贬值,开家公司的成本自然也在上升,钱放在银行是稳妥,但利率不断下跌,要保住自己的资产成果,除了把钱投进股市,没有更多途径。

1990年12月19日,中国股市从100点起步,至1998年年底,经历了四次惊心动魄的大涨和大跌。有人说国外是"牛熊市",中国则是"猴市"——上蹿下跳;时间一长中国股市被总结为"政策市"——政府干预性太强;更有人输红了眼,愤愤地说,中国股市就是可以看你底牌的赌场,是一个庞大的有组织的金融诈骗集团!

林爸爸1993年入市,全程经历了之后的三波涨跌,股票市值上上下下"坐电梯",总账亏损了不少。当林晓把小骏的想法跟爸爸、妈妈说了之后,老林就让女儿一定要好好规劝小骏,股票风险大,中国股市对于散户而言水太深,中央政策又像变幻莫测的天气,散户投资股市很难做到不失算。

小骏觉得岳父是被蛇咬怕了,如今就算看见一条草绳也会胆战心惊。股市有暴跌,但也有暴涨,自己投资的钱不是借来的,只要长久捂住绩优股,应该不会有问题。

林晓觉得小骏说的同样在理,就提出自己的嫁妆和工资只作保本的稳健投资,不随小骏入市,小骏咧嘴一笑,高举双手表示全无异议。

小骏和林晓的婚礼在来年春天举行,宇翔和王姑娘来吃喜酒,一见小骏就捶着小骏的胸口说:"进度没你这么快的,你这不是抢进度,简直是在抢人啊!"说得小骏哈哈大笑,一旁的振纲和馨兰也跟着偷笑和打趣。

他们婚宴一切排场都很普通——不铺张,不寒酸。关于婚姻与面子,林晓认为,夫妇和睦就不至于丢面子,小骏另外强调,能够依靠自己,不靠老人,才最有面子。

婚礼上的最大亮点,是小骏写给新娘林晓的歌《晚安,妹妹》:

天注定,你和我,从此厮守相偎。一定心疼你,我的妹妹。举首今宵无明月,清影冷相随。让我来,哄你静静入睡。

为什么,眼角还有泪?是不是,梦里也怕黑?让我为你点燃一点光亮,让我入你的梦里,与你,依偎。

任凭屋外狂风吹,奈何用爱筑的堡垒?如豆烛光,照你我安然入睡。晚安,妹妹。

全聚德

小骏和林晓没有安排蜜月旅行，婚宴之后第二天小骏陪林晓回门，第三天两人就各自投身到工作当中——小骏负责的 ISO 贯标认证逐步进入攻坚阶段。

中国以全面开放的姿态迎接 21 世纪，从"复关"（恢复关贸总协定）到"入世"（加入世界贸易组织），WTO、ISO 等一大批时兴的"舶来"词汇和概念一下涌入中华大地。ISO 是国际标准化组织（International Organization for Stadardization）的英文缩写，该标准在美国军工领域率先推行，之后迅速应用到民用工业，首先是锅炉、压力容器、核电站等安全要求较高的产品,之后逐渐延伸至各行各业。从 20 世纪 60 年代开始，国际经贸高速发展，带动了 ISO 标准在世界范围普及开来。

到 20 世纪末，ISO 在中国日益盛行，并从建造业向服务业扩展。ISO 认证就像一个人考大学，拿文凭（文凭其实就是对一个人知识水平的认证），如果一个人没经过大学教育认证，就会被冠名"野路子"，很难在相关领域被周围环境认可，对一家企业来说 ISO 几乎有着同样效用。如今全国监理企业都在一窝蜂地搞 ISO，海德监理这样的地方业内大佬当然需要对此进行扫盲和脱贫。

不过小骏担忧，中国的招标程序如此严格，陪标、串标依然肆虐，ISO 标准在中国会演变成什么结果，会不会到头来像 Jian-li 一样？不久小骏对 ISO 的问号愈来愈大，理由是很多认证机构都衍生出了咨询业务，就像主持一场考试的机构，另外兼开补习班，那其颁发的文凭会不会迟早成为水货？

经过两周摸排，小骏确定了认证机构的遴选范围，一共三家，每家都有为沧陵市监理企业 ISO 认证的经验，"埃索九千"是其中之一，总部设在北京。

小骏打电话过去，电话直接转给了"埃索九千"的副总，一位姓单的女同志。感觉一般人开口说一句话的时间，她可以说三句，就像连发的机枪，语速极快，当问及咨询机构，她说不用，"海德监理"总要有人熟悉ISO标准，就像一个好学生，只要自己学得会，一样能够大学毕业。

小骏依据三家认证机构的调研结果编写了报告，由于"埃索九千"不需要咨询机构，所以这个方案的成本最低。

报告草拟之后，首先交到老赵手里，老赵仔细看了一遍，问小骏，如果这个报告递上去，选了"埃索九千"，没有咨询机构介入，公司后续的认证工作到底有没有问题？小骏回答不清楚，但调研的结果确实如此，自己总得据实上报。

老赵听了连连摇头，然后安排小骏去武陵建科院监理公司做一次深入的考察，这家公司的ISO认证机构正是"埃索九千"。

老赵事先同武陵建科院监理公司的常总电话约好，小骏一到那里，常总就很亲切地招呼小骏坐下，同他攀谈起来。

"小陈啊，你这么年轻，就到公司总部做这么有挑战性的工作，说明你们领导对你很信任啊。"老常接着热情地鼓励小骏好好干，小骏看得出他和老赵的交情不薄。

"谢谢常总。我们对ISO没有经验，还有不少问题没搞懂，赵总让我过来了解些情况，向您取经，学习学习。"小骏着急想知道建科院监理的贯标认证情况，所以客气几句后转了话题，"建科院监理公司是'埃索九千'认证的吗？这家公司的单总说，不需要配备咨询机构也一样能够贯标认证。"

"理论是这样,单总和我们初步接触的时候,也是这么说的,可最后还是找了家叫'艾华'的咨询公司,而且还是单总推荐的。"老常接着补充说明,"那个单总和我们签订了认证协议后不久便反转口气,认为虽然企业贯标不一定需要咨询机构提供辅助,但如果不找一家,很难一次性通过,反复折腾,既浪费时间,又不省钱,然后就向我们推荐了'艾华'。"

"后来怎样?"小骏想知道结果。

"一切还算顺利。不过 ISO 贯标认证不简单,我们公司上上下下为此干了一年多,公司各级管理文件搞了近半年,推行又花了九个月时间。"老常一点儿没保守,向小骏详细介绍了大致过程。

最后,小骏权衡许久提出一个要求:"常总,您公司的《质量手册》《程序文件》能不能让我带一套回去,我想作为参考。"

"行吧,谁叫你们赵总和我是老朋友呢?"老常犹豫了一下,居然答应了。回去路上,小骏想在老赵身上,自己还有很多需要学习的东西。

小骏经过一夜思考,首先在报告中完整交代了贯标过程,其中强调了咨询机构的作用,然后将认证机构和咨询机构的报价分开罗列,最后做了一份预算及贯标时间表。老赵看了之后点点头,随后交给李雪武。

李雪武最后决定选择"埃索九千"作为公司的认证机构,原因是武陵建科院监理公司是省里排名第一的监理企业,类似这种领导关注的事,一切应向业内的龙头看齐,这样万一出现问题,也不会被人诟病"不重视"。

定了"埃索九千"作为认证机构,李雪武、老赵带着小骏去北京签约,意外的是李雪武提出带杨隽同去,说贯标工作少不了总经理办公室支持,很多协调工作需要杨隽这个主任亲自关心。

小骏很开心,他原本预测陪同两位领导出门是份苦差,具体事务全部落在自己一人头上,还真怕照应不来,现在"阿姐"同去,自己当然会轻松许多,另外他也好久没跟阿姐套近乎了,路上正好叙旧。如今阿姐是"沧陵海德"唯一进入新公司管理层的年轻人,并且听说李雪武对她很赏识,也盼着杨隽今后能够多多关照自己。

但旅途一开始小骏就感到,阿姐心里没他这个弟弟,她和老赵更是保持距离。小骏虽然不解,但知趣地同杨隽疏远了一些。

坐飞机从沧陵到北京,无非候机这段时间四人聚在一起,刚坐下时四人也凑到一块聊了会儿天,基本就是老李和老赵在相互礼节地恭维客套,这种没话找话,气氛让在场每个人都感到无趣。

没聊太久,李雪武借口想要买本杂志,待会儿在飞机上打发时间,杨隽也说想买本什么书,跟了上去。老赵没动地方,小骏就陪着老赵继续坐着。

老赵也觉察到杨隽的"敬而远之",悄悄对小骏说:"或许人家现在就怕和咱们这批老同事沾上边,被李雪武打上'沧陵城建'的印记!"

小骏顿时觉得门派真是一扇厚重的"门",而自己又如何推开这扇门呢,要他像杨隽那样对曾经要好的同事刻意疏远,自己还真抹不开这张脸。

到达北京,小骏终于同语速飞快的单总见了面。那天晚上单总做东,请沧陵来的朋友们吃了顿大餐。这个50来岁的女人,席间很会调动气氛,先说自己是北京的资深美女,嚷着要和沧陵来的资深帅哥李雪武碰杯,接着跟杨隽打趣,说杨隽是沧陵的美女,要她跟沧陵的帅哥小骏碰杯。

杨隼却记得，小骏是她弟，不是哥。单总马上改口，"那杨主任还是觉得自己的老板是哥啦"，又撮合她跟李雪武碰了不少杯。杨隼原本红扑扑的脸颊被葡萄酒映衬得更红，小骏从杨隼灿烂的笑容中竟看到了一丝妩媚。李雪武的兴致也特别高，来者不拒，和着那些双关的巧话，把酒一杯杯地灌进了肚子。

酒至半酣，单总把艾华公司推了出来。小骏暗笑，李雪武却说，谢谢单总成全，如果她不推一家咨询机构出来，自己心里还真没底，直到现在才对公司的贯标有了十成的把握，说话间还瞟了小骏一眼。小骏席间来回陪着喝下不少酒，陡然听李雪武这么说，脸更是烫了一下，觉得老李不简单，虽然表面上对ISO工作没有过多介入，话锋却能直接触及贯标的要害，是个厉害角色。

晚上老赵和小骏被安排在一间标房，杨隼一间大床房，本来杨隼替李雪武安排的是一间套房，但李雪武坚决不肯"特殊化"，也要了一间大床房。

第二天四人一块儿到大堂享用自助早餐，到了门口老赵以为小骏拿了早餐券，小骏却以为老赵拿了。小骏同门口的服务生商量，她却只肯放一人进去，意思好像另外一个如果拿不来券，进去的那个就是人质，小骏懒得同她废口舌，就请老赵先进去，自己坐电梯返回了23层。

小骏径直到2313，在写字台上拿了餐券，回头路过2306，听到里面传来了一阵"嗡嗡"声，这显然是BB机调成震动的声音，而且BB机好像就放在了门口橱柜的玻璃搁板上，所以震动声被放得特别大。

小骏记得2306是杨隼的房间，反正是不是都无关紧要，因为一会儿早餐后大家还要回房间收拾行李，然后退房，跨过马路就到"埃索九千"坐落的大楼,双方已经约好10点签约,之后"埃索九千"会安排车辆,送他们一行四人去往机场。至于艾华公司,按李雪武的意思,谈好价格,让他们把合同带到沧陵来签。

小骏赶回大堂,交了餐券,老赵已经坐在靠窗的位子吃上了。李雪武正在排队等一个厨工翻煎荷包蛋,轮到自己,叮嘱不要煎太老。杨隽左手端着一个大盘子,里面已经装着不少切好的西瓜和脐橙,她还在往上面加圣女果。

"阿姐,我先帮你拿过去。"小骏看到杨隽在为大家服务,便抢着搭把手。

"好啊,你先拿过去,我再拿个盘,装点哈密瓜。"杨隽把盘子递给了小骏。

"你的BB机开了振动,落在房间了吧?"小骏趁机献殷勤。

"没有,就在我包里啊。"杨隽有点莫名其妙。

"那是我搞错了。"小骏回道,一扭头也感觉奇怪。

早餐的气氛比在候机厅的时候宽松了许多,李雪武问小骏来没来过北京,小骏说只来过一回,当时时间紧,只是匆匆玩了故宫、颐和园、人民大会堂和长城,至于恭王府、天坛、纪念堂都没去成,可惜这次没有多余时间,否则特别想去清华转转。

提到清华,老赵来了劲,跟着说一些读大学时的掌故,李雪武耐着性子听了几句就掉转话头问杨隽在北京最想干什么,杨隽说,自己特别想到"全聚德"吃烤鸭。

"好!"李雪武总结,"等认证成功,我们还要来北京拿证书,到时公司请在座各位去'全聚德'吃烤鸭。"

老赵赶忙让杨隽和小骏记住，仿佛当场就要李雪武立下字据，杨隽红扑扑的脸蛋像贴近了烤鸭的挂炉，显得更红，小骏赔着笑，却在心里面直鼓掌。

老赵忽然想起了什么对李雪武说："刚刚秦昊有事找你，说打你的BB机没有接。"

李雪武摆摆手："没事，BB机落在房间里了，待会儿我就回过去。"

杨隽一贯的红脸蛋，顿时转白，小骏看到杨隽脸色的变化和游移的目光，一下意识到了什么，他在心里直叫苦，脸上却很平静，生生插了句废话，把话题移向别处。

回程路上，小骏多赔了小心，杨隽却对他回到了原先的态度。小骏胡乱猜测，这种"冷"在表示一种警惕，或者警告？同时心里暗恨，自己到头来好像反倒成了贼，感觉里里外外的心虚，真他妈的窝囊！

回到公司，小骏立即忙着编写文件。ISO管理文件分三个层次：《质量手册》——纲领性文件；《质量程序》——操作性文件；《作业指导书》——各专业的技术文件汇编。

《作业指导书》涉及面广，不是一两个人能够完成的，于是小骏和老赵商量后，决定由贯标领导小组发起，在公司范围挑选各专业的技术骨干分头编写，总工办负责提供格式模板和内容纲要。

贯标领导小组的会上，李雪武说给每个编写人员发600元钱奖金，虽说数目不大，但以此表达对技术骨干的认可。颜旭东进而提议，在这个基础上，是否可以根据各专业《作业指导书》的编写质量，评选出前三名进行额外嘉奖，李雪武摊开右手，轻轻拍了拍桌面，说这个主意不错。

有了从武陵建科院监理拿来的《质量手册》和《程序文件》范本，

小骏一边依葫芦画瓢地搭建文件框架，一边细细琢磨其中的逻辑关系，琢磨到一定深度，小骏发现其关键在于公司财务以外各管理层的职责分配——是哦，管理不就是在分清责、权、利的基础上建立一套系统，并维护这套系统正常运行吗，可这些自己又哪里分配得了？

让小骏更为担忧和头痛的是老赵和李雪武之间的关系日益恶化，并且两人的关系指数就像当时的股票大盘，绵绵阴跌，唯一剩下的就是还没撕破脸，但两位对彼此的不屑，却可以从他们鼻孔中冒出的凉气当中明白地公之于众。

老赵和老李原来只是利益没有一致，这其实可以转圜。小骏记得"没有永远的朋友，只有永远的利益"是丘吉尔在二战时的名言，后来翻到一篇杂文，才知道这句话实质是19世纪英国首相帕麦斯顿说的，后来成了英国外交的立国之本。

老李和老赵都是从事"领导"职业，应该懂得既然"没有永恒的朋友"，那就没有永恒的敌人，因为利益总在不断转化，但两人的气场一旦不能相容，关系就难以调和了。

老赵看不起李雪武工农兵学员的背景，并觉得李雪武为人虚头巴脑不真诚，还经常摆摆老大的做派。李雪武反过来认为老赵自以为清华毕业，搞过原子弹、核电站，就自我感觉好得不得了，一股倚老卖老的劲儿——这个公司说到底自己才是老大！

老赵虽然对李雪武看不上眼，心里却明白，公司的人事问题还得由总经理拍板，所以关键问题都没让小骏草拟方案，直接让李雪武自己拿意见。李雪武经过反复权衡，对公司各部门进行了重新设置，同时明确了每个部门的权限和职责。

在机构设置和质量文件编写的过程中，李雪武对小骏的印象不错，认为小伙子做事比较踏实，思路也清晰，就是跟老赵贴得太紧，不过他也觉得，这同时说明小骏人品忠厚，虽然没杨隽那么识时务，但也不属于一块不可雕琢的朽木。

一想到杨隽，李雪武就会回忆起当年插队的岁月，为了回城或者考大学，多少女知青都把身体献给了他现在想到都恶心的村干部，所以对杨隽，自己仅干了件分内的事，没什么不妥当的。

新公司采用玻璃隔断，除总经理办公室，其余房间的玻璃都没有纱帘、百叶，或者贴膜，就像一个大鱼缸。小骏在鱼缸里游了几个月，感到自己和老赵很难融入其中，不禁暗暗叹气，或许自己的"八字"同机关、总部这些地方就是不合？

不过小骏非常喜欢目前的工作，觉得自己原来缺乏的一些知识和能力，通过 ISO 贯标得到了有益的补充。

人生历程就是不断成长的过程，人的身体需要吃饭，从而茁壮成长，人的精神需要不断学习，从而日臻成熟。学习不光是为了有个美好前程的投资活动，其本身更是一顿尊享的大餐，所以小骏虽然内心压抑，但工作干劲依然老高，同时发自内心地感激老赵给予自己这个难能可贵的机会。

赵严夏事件

小骏花了将近两个月时间完成了《质量手册》《程序文件》初稿，然后组织各部门、各项目进入试运行阶段。试运行包含两个目的：第一是培训人员，包括各部门、各项目的操作人员和ISO体系的内部审核人员；第二是在过程中检测质量体系设计上的漏洞和其他不合理的地方，以便及时修正。

其间小骏发觉现场的监理工作状况不容乐观，原来小骏听到老赵不少抱怨，觉得原"沧陵海德监理"项目中的问题很多，隐患很大，随意挑选了几个工地巡查，发现原"海大监理"存在的问题也不少。

原"沧陵海德监理"整体水平低，原"海大监理"则两级分化严重。海德大学一批兼职做监理的老教授把项目管得最好，从各种工作记录就可以清楚看到监理人员对建筑材料、技术专项方案和现场旁站等各个环节认真监督的痕迹，其余工地却是一团糟——项目负责人不要说对项目，对自己都极不负责，一旦项目发生一起大事故，仅凭这笔质量管理的糊涂账，相关监理人员不都得去蹲班房？！

于是小骏树立了样板项目，策划了经验交流会，组织了关键岗位培训班。公司上下都有直观感受，公司技术管理的投入和力度在不断增强。

眼看ISO的贯标工作全面快速向前推进，小骏每天都由衷感到幸福和满足。半年很快过去，ISO贯标进度比原计划提前了三个月，各级质量文件——《质量手册》《程序文件》《作业指导书》经过试运行和修改，在公司顺利发布，推行标准的工作也扎扎实实地一件件落实到位……如果顺利，再过两个月"埃索九千"就会派认证小组进行外审，一旦通过外审，公司的贯标认证就算获得了成功。

这个时候林晓又告诉小骏一个好消息——她怀孕了！

老陈和范老师高兴得连走路时的步子都轻快了不少,小骏同老陈夫妇一样,几乎有点范进中举的兴奋。中举不俗,大肆宣扬却显出中举人的俗气,生育乃人间俗事,敲锣打鼓,反倒不算媚俗。

那天早上小骏根据惯例要向老赵汇报工作,准备一见面,就把自己要当爸爸的消息告诉老赵,然后老赵一声道贺,小骏便又替未出生的孩子收集到了一份祝福,可一进门发现老赵绷着张脸,就把自己的喜事暂时按下不表。

"你看看这个。"老赵递给小骏一份期刊。

小骏一看,是当月的《建设监理》,最后几页印着全国新增监理理事会成员名单,整整几十家,其中一家"武陵宇杰建设监理有限公司"被打了圈,之后总经理标注了姓名——赵严夏。

"赵老师,这人是您吗?"小骏马上想到了老赵的名字,赵颜复。

"你也这么看?"老赵声音提高了一些。

"不是。不过这人名字乍一看同您的真还蛮像。"小骏照实说。

"可这家公司真的与我没有任何关系。"老赵在"真的"两字上特别做了语气加强。

"哦,那不就没问题了?"小骏问道。

"今天早上汪鸿雁一个电话把我叫到他办公室,问我到底是不是在外面偷偷开了自己的监理公司,还说如果是的话让我别再隐瞒,想瞒也瞒不住,学校认为这件事的性质很恶劣,毕竟我是事业编制,不是外聘人员。"小骏一下子明白了老赵愤愤的缘故。

"可确实是没有的事啊,您跟汪总怎么说的?"小骏一块儿感到不平,接着问道。

259

"还能怎么说,大喊冤枉呗。"老赵又一次把音量调低,同时扫了扫"鱼缸"四周,"ISO 贯标已近尾声,这时候我们尤其要小心,卸磨杀驴的事儿有些人看来是做惯的。"

小骏一听就晓得老赵说的"有些人"指谁,不过他觉得老赵把事情看得严重了,本来就没有的事,怕什么,这不就是场误会嘛。自己初看到那个名字也是这样的感觉,跟领导说清楚,让他们去核实呀,总好过领导把话憋在肚子里给你穿小鞋吧?

下午小骏去了趟李雪武的办公室。"艾华"公司约好两周后来沧陵,为海德监理做最后模拟外审。双方之前约定,车票和住宿由海德监理安排,这样便于海德监理控制成本,所以小骏将相关预算找李雪武签字。

李雪武一见小骏,就示意他坐到沙发上,自己也端起一杯茶,绕过老板台,挨着侧面坐下。小骏一见就知道今天李雪武摆开了阵势要找自己谈什么事,所以两手扶在膝盖上直了直身体,等待李雪武开场。

"小陈啊,前阶段你的工作表现很不错,把公司生产管理制度梳理出来不说,还实实在在地将公司培训和巡检工作推动起来了。说句实话,本来除了一张认证证书我还真对这次贯标没抱太大指望,目前来看公司半年多的投入很值得,公司的日常管理水平上了一个台阶,这些成绩当中,你有不少功劳在里头。"

小骏道了谢,继续等李雪武往后讲。

"当初我决定让你进入公司贯标领导小组还是正确的。"李雪武渐渐引入正题,"听说老赵在外面搞监理公司,你晓得吗?"

"没有的事,赵总早上还给我看了那份《建设监理》,那个总经理叫赵严夏,我一眼看去也当是赵总,但赵总讲根本不知道那家公司。汪董也跟他就这事谈了话，赵总觉得很冤枉呢！"小骏本来就猜到几分李雪武找他的原因，趁机替老赵澄清。

"他已经对你讲过这事了吗？那他还说了什么？"李雪武问道。

"他还说这事反正同自己没半点关系，学校自然会查清楚，他并不担心，也不在意。"这是小骏杜撰的话。

李雪武沉默了一会儿："有些事没有那么容易查的。小陈啊，你还年轻，事情有时要比你想象的复杂。"

小骏低头不语。

"再过两个月 ISO 就要外审了，等公司获得认证之后，你有什么打算呢？"李雪武转换了话题。

"还没想好，听公司安排。"小骏这是实话。

"我想安排你去市场部做经理，你看怎样？公司接下来要参加几个大项目的投标，我计划由你牵头把投标文件的质量抓一抓。"李雪武又抛出一个话题。

小骏点了下头，李雪武接着说道，"你自己先要有个态度，如果你自己不明确表达这个愿望，我把你从赵总这儿调开，可能会有阻力。"

"李总，恐怕赵总这里我得先打个招呼。"小骏鼓起勇气说道。

"他如果不答应呢？"李雪武的表情变得僵硬。

"赵总会同意的吧。"小骏一边这么说，心里却在狠狠抽自己的嘴巴。

果然李雪武习惯地摊开手在茶几上轻轻拍了两下，平静说道："你说得有理。"

小骏晓得，这两下就是把刚刚向自己开启的一丝门缝给合上了，看看没有其他更重要的事，小骏拿出《预算审核流转单》递给了李雪武。

李雪武瞟了一眼说:"你放在这里,我让总经办安排吧。"

小骏点点头,同李雪武道别,走出公司那扇唯一安了纱帘、加贴了膜的房门。

调去市场部做经理与小骏的预感相同——无疾而终,此后除了培训和巡查,李雪武安排颜旭东和杨隽逐步把小骏手中的活儿接替过去。

小骏大概明白了老赵所说"摘桃子"的意思,白天工作越来越提不起劲儿,但晚上回家看到林晓无忧无虑的脸庞和日益隆起的肚子,由外而内的疲惫便一扫而光,再次感觉到人生的美好。

两个月后的外审异常顺利,海德监理获得了质量认证。又过两周,"埃索九千"电话通知,质量体系认证的铜牌已经做好,问是过去拿还是邮寄过来?李雪武毫不犹豫回复,公司安排人把铜牌领回来,这回李雪武带着颜旭东和杨隽去了趟北京。

老赵和小骏终归没吃到"全聚德"的鸭子。

通过近一年 ISO 贯标认证,公司里最大的赢家是颜旭东和杨隽:颜旭东不久后获得升职,成为海德监理的副总;杨隽接替他的位置,做了总经理助理。最大的输家,却不是老赵和小骏——而是秦昊。

秦昊凭着一股机灵劲在李雪武的"四大金刚"中脱颖而出,合并后副总的头衔明确了他在公司中接班人的地位。然而自古以来,储君的座次向来尴尬,因为你已经成为其他人上位必定需要搬走的石头,因为你的周围将聚集起投机的人群撺掇你的野心,因为老大开始需要提防你。

所以历史长河中不乏存在背负了储君的运,却没有登基的命,甚至由此丢掉性命的悲剧人物,秦昊性命自然无虞,但政治生命却被李雪武终结了。

秦昊业务水平冒尖，经营业绩冒尖，讨李雪武欢喜也冒尖。刚开始三者统一，业务水平和市场业绩都是受到领导关注的敲门砖，不过后来业务水平和市场业绩都和秦昊的自身利益联系得越来越紧密，离李雪武对他的需要越来越远。

环境正在不断变化，由于市场景气，公司业绩稳定增长，李雪武当前不缺项目，他现在需要秦昊放下"自留地"，一门心思待在自己身边，替自己干活儿——别人可以打小算盘，唯独秦昊必须对自己绝对忠诚，因为这个"忠诚"意味着自己的未来。

秦昊偏偏放不下：根据公司经营管理模式，手中有项目，才有主动权，好不容易撑起的摊子，撂下容易，再置办起来可就难了。

秦昊的格局其实有限，在这个公司，对秦昊来讲，只有保持李雪武对自己的信任，坐上老大的宝座，才算真正掌握主动！

秦昊更没想到，颜旭东看准这点，乘着ISO贯标，调整了心态，开始整天泡在李雪武的办公室。由此，李雪武心里面的秤朝颜旭东发生了偏转：说是"四大金刚"，其实李雪武对接班人的选择，就是秦昊和颜旭东，"一用一备"。

有段日子，小骏时不时听到秦昊发牢骚，感到不解：这么年轻就成为公司副总，怎么还会对公司如此不满？直到有一天，秦昊离开海德监理，小骏这才豁然开朗。

不久前秦昊将自己和李雪武的矛盾公开到学校。学校权衡再三后，让他去西部，到兰州做办事处主任，配合国家"西部大开发"战略，为海德大学在西部扩大影响并开拓市场。

在秦昊离开公司前，和老赵有过几次推心置腹的长谈，话题很对老赵胃口，除了秦昊怂恿老赵也跟着向学校告李雪武的状。

其中两次让颜旭东撞到，一次让杨隽看见。

颜旭东和杨隽及时把情景向李雪武做了描述，一致将交谈渲染成密谋，从而提高了情报的价码，故此当李雪武看到那期《建设监理》，就想着找到了老赵的把柄，结果却摆了乌龙，但小骏在公司的前程莫名其妙做了陪葬。不过小骏很快释然，觉得这对于自己来说是早晚的事情。

ISO贯标认证完成，老赵差不多进入退休倒计时，小骏则置身于尴尬的境地：津贴少，没活儿干，但必须天天在办公室眯着，他感到自己每天踏着等死的节奏。

小骏内心变得焦躁，他第一次动了跳槽的念头，老赵也变得少言寡语。这样的状态大概持续了两个月，小骏偷偷到人才市场跑了几回，却一直没有找到合适自己的平台，小骏甚至感到自己被世界遗弃了。

老赵退休前一个月，接到一单水利工程的小活儿，在沧陵江南岸监理一段防汛墙，总共十多万。小骏借机从公司总部脱身，以此为基础谋划今后的发展——摆在面前无非两条路，要么自己做老板（开拓监理业务，或者做回包工头），要么出国寻找机会。

开拓市场需要静候天时，时机不到，努力不但会白白折腾去许多精力和财力，更会丢失宝贵的人脉资源。小骏暂时把精力投入自己的硕士论文，间或懒散地阅读，算对无聊的灵魂进行按摩。

当孩子在林晓肚子里五个月的时候，老陈和范老师踏上了"美联航"的班机，送机只有小骏一人，一阵萧瑟的寒冷向他袭来。

小骏回味同样的感受是十多年前和老陈一道送范老师第一次赴美，当远远看着巨大的飞机滑行，向上，插入云端。第一次在地上看到飞机的小骏涌上心头的不是惊叹，而是悲苦。老陈一旁喃喃自语："这一去，你妈妈不知道还能不能回来。"字里行间包含了对漫漫前路的诸多担心。

庆幸的是，范老师虽然在哥哥家里不开心，但终于平安归来，还带回了当年的稀罕物品，一台20寸彩电。

这回小骏买了款"文曲星"让老陈和范老师带在身边，反复教他们怎么用，不知是他们没上心，还是上了岁数，学习效果非常差。无奈之下，登机前小骏把一张纸递给了老陈夫妇，上面写满了中英文的句子。主要就是关于问路，回答归纳成为：左边、右边、向前、向后。小骏对着纸条反复向老陈夫妇解说用法，眼泪却怎么都止不住。

两位年过六旬的老人去这么远的地方，抑或还要打工挣钱，小骏的内心不停抽搐，却又无可奈何，多少中国人或中国家庭追逐世界先进文明的脚步是如此艰辛和沉重，背景又是如此辛酸和凄凉。

暂时林晓就是小骏身旁唯一的亲人，林晓和小骏几乎每天都到娘家搭伙，然后回家睡觉。她有天告诉小骏一个坏消息，由于学校生源不够，可能被并入附近的一所中学，加上自己一年半载内必须将重心放在哺育孩子，职称评聘的事就会变得遥遥无期。

小骏内心涌起了不安和自责，妻子正儿八经本科毕业，工作快七年，职称却依旧停留在初级，都是自己当初的任性耽搁了她，职称是知识分子的脸面，自己的老婆在外头受委屈，真比自己受了委屈还要难受。

除了林晓和自己在工作上遭遇挫折，小骏唯一的兴奋点也很快破灭。1999年5月19日开始，美国网络股引爆了全球的高科技板块，机构以人民日报社论为背景，展开了大幅单边逼空行情，上证指数从1059.87涨至1756.18，科技股井喷，即中国股市的"五一九行情"。

小骏虽然没有跟到科技股的脚步，但投入的 30 万，一下也增值了 10 多万。科技股的赚钱效应继续使股民的血液沸腾至顶点，小骏也蠢蠢欲动，迅速调整持仓结构，重仓了两支科技股，但不到一个月，上证指数就开始狂泻，小骏不但把刚刚到手的纸面富贵赔掉，另外贴入了十几万的损失。

小骏和林晓都为孩子的名字绞尽脑汁，小骏同林晓开玩笑，说自己这些日子心情被股票折磨得够呛，索性男孩叫"陈涨"，女孩叫"陈红"吧，希望孩子的降生带来股票的上涨和飘红，林晓照例拧了一把小骏，说他不正经。小骏又说，幸亏当时林晓没跟着自己在股市瞎折腾，如今才有了一笔家庭经济压舱石的资产，所以孩子叫"陈稳"也不错。

两人玩笑了一会儿，最后决定给孩子取三个字的大名，避免同小骏混辈，同时约定，男孩的名字小骏决定，女孩的名字林晓负责，公平合理。

最后小骏决定了儿子的姓名——陈于林，取自诗经《击鼓》"于林之下"，同时带着陈骏与林晓永远在一起的意思。林晓根据该年地支，为陈于林另外添加了小名"辰辰"。

辰辰出生不久，小骏的 MBA 论文顺利通过答辩，并很快拿到硕士研究生的学历、学位证书，小骏分别向远在美国西海岸的父母报喜，老陈和范老师高兴之余，总会被招惹出来阵阵乡愁。

（中腹，黑棋和白棋的两条大龙绞杀成为一团。双方都妄图冲断对手，趁机将自己中腹的子儿连回边角的大后方，几经来去之后，都已没有退缩的余地。有时退后一步是人生智慧，有时奋起一击才有生的希望。你一拳来，我一脚去，仿佛没有任何章法，但其本身就是一种章法。）

张

强

辰辰呱呱坠地，即使老林夫妇尽力帮扶，小骏和林晓还是忙得招架不住。

老陈夫妇每周都和小骏通电话，刚开始小骏感到父母在舅舅家的日子并不舒心，两个月后老陈和范老师各自在外边找了份工，小骏感觉他们的笑声反而爽朗了。

老赵数月前办理了退休手续，他把一条项目接洽信息交给小骏，自己则打算彻底罢手，先好好休养几年，等馨兰小两口儿有了孩子，就同郝老师一起帮忙带娃。

小骏照着信息上的电话号码拨打过去："喂，我是海德监理的，姓陈，您贵姓？"

"哦，我姓王，我们董事长姓张，他让我负责与你联系。不是说你们公司派赵总负责我们项目吗？"对方一个停顿，接着问道。

"赵总是我老板，这事由我负责接洽。"小骏脱口回答。

小骏如约在某个上午去了趟沧陵市中心的一座5A级写字楼"文沧大厦"，大楼的七层就是"沧陵梦时代网络发展有限公司"。

向前台小姐通报后，里面迎出来一位和小骏差不多年岁的小伙，个子不高，偏瘦，透了股机灵。小伙脸上堆笑，不相称的是烁烁发光的一对眼睛，他身着粉色衬衣，红黄相间的领带，头上的摩丝让头发光亮地贴着头皮朝后伸展，大致形成三七分。

小骏乍一瞥，觉得在哪里见过这位仁兄，哪里呢，一时间却想不起来。

小伙径直将小骏引到一间接待室，立定，转身，向小骏伸出手："我姓王，你是陈工？"小骏同他握了握手，报以微笑，并点了点头。

"张董现在有个会，我先介绍一下项目情况，等下他要亲自和你碰面。

哦，这是我的名片，请指教。"

小骏边接过名片边说："王总，不好意思，我名片还没印，下周印好后就给您补上。"随即眼睛扫了下名字：王小松！

小骏对这个名字印象很深，几个要素串联一起，他马上反应过来：王小松、张先生、网络发展有限公司、老赵（赵馨兰的父亲）……莫非"张董"就是张强，赵馨兰目前同张强还有来往？！

小骏胸口感到有股气透不出来，却若无其事地问："你们网络发展公司具体做哪方面的高科技产品？"

"我们经营网络游戏。"王小松随口回答。

小骏又一次成功抖了个小机灵，他用自己独特的方式印证了需要印证的事实，上次收获了伤心和愤怒，这次保留了疑虑和担心。

临近晌午，小骏终于见到了这个曾经一度让自己恨得咬牙切齿的男人——张强。

张强40多岁样子，穿着考究，贴着头皮的短寸，下巴平平地留着一簇胡子，修剪成为平躺的矩形。他一开腔，喉咙沙沙的，却中气十足。几年过去，对于这个声音，小骏仍然留有印象。

"这是我一个客户的项目，我帮他在沧陵市郊购了块地，350亩，要新建一座厂房，目前正在施工图设计阶段。你们公司的赵总是这方面专家，海德大学嘛，名声很响的，你想不想做这个项目的监理？"

"工程规模多大？"小骏反过来问道，同时好奇的还有 Shirley 推荐老赵的场景。

"建筑面积5万平，除了土地，一期准备投资1.3亿。"那在当时可算是一个大项目，监理费正常可以达到150万左右，自己只要管理得当，赚个三四十万不成问题。小骏心里不觉吐了吐舌头。

"外资？"小骏追问。

张强大大咧咧跷起了二郎腿，一副不屑的神态，接着说道："话先说在头里，我有两个条件。第一，我这里没人懂建筑，你们要派人提前介入，帮帮我。第二，你们先报个价，签合同的时候我会另外给你们一个价，差额得现金返还我。"说着从兜里摸出一盒"七星"，抽出一支点燃。

"那我先报个价？"小骏接着问道。

"嗯，报两个吧，一个是我报给客户的，一个是你们报给我的。"

"现在？"小骏问道。

"最好是现在。"张强没想到小骏这么爽快。

小骏当即给张强的报价是 150 万和 180 万。

张强问小骏，有没有政府的指导价格？小骏告诉张强，有指导价，估计按照国家标准是 250 万上下，而市场价基本在 150 万，180 万也可以说得过去，毕竟外资工程的管理要求比较高。

张强掮客的热情一下子高涨起来，稍作沉吟后说道："到时你就报 250 万！"

小骏瞪大了眼睛，心想：如果真理是赤裸的，张强对金钱的欲望倒是一丝不挂，他几乎在宣布，自己的贪婪就是一条无以颠覆的真理。

"有问题吗？你们到时得返我 100 万，我要 cash（现金）！"见小骏不语，张强逼问了一句。

"但多加的 70 万返还，我们公司的管理费加税金就要扣除近 30 万，这笔数目对我们来说太高了。"小骏的确犯了难，"之前在返还您的 30 万现金当中，实际发生了 10 多万的其他费用，我已经在 150 万的报价当中作为成本消化掉了，另外 30 万额外支出，我们真的消化不了。"

"那就一人一半，少给我 15 万——85 万。"张强见小骏还想说什么，连忙封住小骏的嘴，"不能再少了，否则我就另外找其他人合作！"

小骏看到张强如此斩钉截铁，就把嘴边的话吞回了肚子，想到无非自己辛苦一点，多费些心力，少用一两个人，把成本省下来，说道："好吧，deal（成交）。"

张强看着小骏说："没问题？"

"没问题，不过您这里也没问题吧？"小骏反问。

"关于什么？"张强不解。

"您的客户那里能接受这个价格吗？这比市场价可高出了百分之五十还多啊。"小骏提醒张强不要弄巧成拙。

"没问题，我搞得定他们！"张强志得意满地回答了小骏。

"另外我们说好，就按监理费付款进度和回扣比例，到款一周内我直接给您兑现。"小骏补充道。

"可以！"张强觉得这样挺公道。同小骏相处时间不长，张强两次感到小骏利索的个性，第一次是报价，第二次就是当前主动跟他商定返还细节，随即脱口而出地送出了表扬，"看来海德大学培养的学生挺不错，中国知识分子都应该像你这样，有点儿'犬儒主义'精神，除了知识和学问，还要对朋友忠诚。"

小骏刚喝了口茶，又差点喷出：看来这就是张强的水平了，他难道就是用这类"犬儒主义"的狗屁解释打动馨兰的心？！这个人绝不会对别人忠诚，灵魂的放荡不羁倒是真真切切！

这个项目合同签订过程非常顺利，远远超出小骏的意料，张强嚣张

271

的做派也常常令小骏瞠目。不过他敢于裸露本性的特点不但让振纲，也让小骏很欣赏，或许这点对于馨兰同样有着不可抗拒的魅力。

如果这个世界只有好或者坏，如果各种私欲都是坏的源头，那么张强就是一个坏得无以复加的人——他爱钱，爱女人，爱到贪婪的地步，爱到心里存不下半点信仰，甚至挤占了他意识当中原本应该属于亲情、友情、爱情的空间。

唯一能让张强在这个世界闪闪发光的东西，就是贪婪的直接，以及傲慢的露骨。张强的直接来源于性格，傲慢来源于不凡的家世。另外，当张强操着一口流利的东京腔，同日本客户游刃有余交流的时候，也会让小骏感到那时候的张强光芒四射。

小骏总结张强的待人接物，总共四种态度。

第一种是张强对待认为可以给自己带来利益，或者给自己带来灾难的人，这类人中有日本各大公司的高管，或者位高权重的政府官员。那些利益或者灾难有的能够立即兑现，有的只是预期，而预期的力量往往更大，就像张强品味花了大把银子追到手的姑娘，床笫之后的滋味不过尔尔，但当初自己大费周章，无非因为她们给予了自己美妙的预期。

第二种是张强认为可以称作"先生"和"小姐"的一类人，这些人要么有家世，要么有学历，要么比他更有钱。小骏硕士毕业，而且谈吐、举止还算稳重，达到了张强可以称呼"先生"的标准。王小松由于家世，也被张强归于此类。张强对这类人，一般会保持尊重，不会践踏对方人格，因为他懂得，要践踏别人，自己得有资本，自己不过这类人而已——张强是狂妄，却不是疯子，但不排除有时他会同有学历的比家世，同有家世的比有钱……总之那时他一定是在寻找一处高地，准备向对方发起进攻了。

第三种是对待"下人"的态度，对象有自己的员工、底层的官员和玩腻了的女人。他对这类人，称呼一般唤作"小×"，只有年纪上到他的父辈，才唤作"老×"，不过这个"老"字被他一个拖腔，就显出对方老而无用的实质。有一次张强带着小骏去镇里办事，镇书记叫来了对口的副镇长同张强对接，以便厂房项目的各项手续顺利推进，副镇长刚进屋，张强瞟了一眼后居然指着对方："你，把卷着的裤腿放下来。"副镇长涨红了脸，居然条件反射地乖乖就范，镇书记在一旁赔着媚笑。还有一次，小骏同张强喝酒，张强的N奶在旁陪着，酒到半酣，张强眯着眼说："陈先生，我看你人不错，教你一条男人必须懂得的道理。"小骏把身子向前倾了倾，张强开始传授："女人啊，都不算是人！"小骏脑门震了一下，作色道："张先生，你醉了吧，人家可就在旁边坐着哪！"张强还未作答，那个"人家"居然插话："没事，他一直这么说话的。"张强一旁木然地点头。

第四种就是对待那些把自己的欲望撩拨得异常旺盛的女人，张强会尽力讨好，只有这时张强才会显露出"嬉皮笑脸"的温顺。

小骏对张强的评价只有两个字——彻底！

张强自小在沧陵江北岸最典雅一条马路的宅子里长大，老爷子出身大户人家，家境殷实，年轻时毕业于上海的一所大学，抗战初期由于机缘巧合参加了新四军，被组织长期安插在白区战斗。直到解放战争，先后担任华东军区政治保卫部副部长，中共中央华东局社会部副部长，解放后先是某省副省长，之后调到武陵省担任第一副书记。

20世纪50年代中期，由于一位他敬重的老首长被扣上"××主义"

273

的帽子，他一起觉得委屈，说了些"不恰当"的话，连带受到冲击。不幸的是，由于当时被冲击的干部很少，他几乎是解放后较早被打倒的干部，所以精神上支撑不住，落下了病根。幸运的是，因为属于最早一批"死老虎"，所以一直没往死里打，而且之前的政治冲击使他提前"变乖"，加上"身体不好，脑子不灵"的盾牌，他和家人反倒躲过后来一波又一波的政治风浪，平静度过了很多人熬不过去的政治严冬。

由于没被彻底打倒，所以也没有后来的迫害，因为"脑子不好使"，更没人拉他加入各式各样的"集团"，故此直到粉碎"四人帮"，老爷子没留下任何政治瑕疵，可谓因祸得福。

张强生于50年代后期，母亲是老爷子续弦，一名漂亮的文艺兵。老爷子原配命不好，在苏北同老爷子成亲，却在解放战争后期，组织担架队救护的时候，被一发榴弹炸得粉碎。老爷子有情有义打了七八年光棍儿，独自养育他们的两个姑娘，直到后来部下撮合，遇上张强母亲，才终结了鳏夫的身份。

这对夫妇后来又生了三个娃，张强排行老末，虽然被娇惯出一身毛病，但老爷子对这个五旬开外才得到的小儿最为疼爱。

眼下张强踌躇满志，"梦时代"上市已到最后阶段，刨去先前几轮融资后的股份流失，上市之后自己估计还能剩下13.5%的股权。网络泡沫虽然在前阶段破碎了不少，但估值依然可观，基本保持在50—60倍市盈率，这样算来，"梦时代"的总市值将会突破30个亿——自己终于回到了"有钱人"的行列，况且有了"梦时代"这个壳，自己哪怕凭借圈钱也可以舒坦地度过下半生。

正当张强春风得意的时候，振纲除了手中"梦时代"的股权还在稳步增值，其他投资都遭遇到了滑铁卢。

大学毕业后，振纲虽已不再进行系统性学习，但多年寒窗养成的阅读能力和思维方式让他善于捕捉各种信息，并且融会贯通。这不单是一项仅仅通过训练就可以获取的技能，更是一种与生俱来的天赋。由此，一般情况下振纲在投资市场总可以领先常人很多步，显得游刃有余。

面对中国股市这些年的潮起潮落，振纲一直冷静地作壁上观，直到1998年年底才开始逐次布局B股，2000年又狠狠赚了一把，然后振纲带着3000多万，将目光转向"东方之珠"香港，准备最后大干一场就从投资市场收手，彻底享受财务自由的生活。

等到那时自己同馨兰多生几个孩子，一起将孩子们培养成才，把书架上的《二十四史》收集齐全，再进一步收藏些馨兰也很喜欢的"磨喝乐"，然后深入探访"化石子"和"神头墩"的下落。转眼又过去两三年，两件宝物的价格或许又涨了不少吧？

振纲觉得这是先辈交到自己手上的任务，亦是一种传承，一定要尽力完成。然后他和馨兰到北欧找个风景秀美的湖畔，买幢别墅，过几年安宁的生活，其间他会将自己的诗歌整理一下，合成一本集子。自己就算拥有了完满的人生。

一切的赌博总会伴随风险，就算振纲小心谨慎，人算总赢不过天算，就算振纲对证券投资精明，也躲不过香港市场"老千"们射来的暗箭。

根据振纲后来的讲法，别说中国大陆这问题、那问题，国外的问题一点不少，西方的诚信和政府管理更加一塌糊涂。振纲这么说，是因为他好不容易赚来的"盆满钵满"被香港的"老千股"差不多骗了个底朝天！

港股中有些称为"仙股"，这里的"仙"与英语cent（分）的粤语读音相似，因为这些股票的价格以"分"来计，而仙股中的大部分属于老千股，"老千"源于英文cheating（欺骗），"老千"就是作弊、欺骗，老千股就是能把你的筹码骗得干干净净的股票。

香港本地人早都学乖了，当振纲这波内地客带着内地炒股的思维定式踏上香港这个"码头"的时候，几百只老千股正张开了血盆大口等着一顿大餐呢！

香港特区政府股市监管缺失、发行制度漏洞百出就是老千股存在和泛滥的根本原因，在这个背景下，老千股的股价不断往下跑，诱骗小股民上当。

举个例子，一元钱的东西，八角卖给你，六角也卖给你，你一共买进了10%的股份，你觉得便宜了是吧？但是大股东可以另外开设家关联公司，成本一千万，却做成一个亿，搞一次定向增发，实际上大股东用一角多就把八角、六角卖给你的东西给补回来了——而这个过程，香港政府居然没有任何有所作为的管控。

你的股权比例就这么被稀释了，而且可以一再被稀释。换句话说，你再收购也永远不会成为控股人。就这样，股价不断往下做，股本被不断稀释，跌到一分钱，总能见底吧？不会见底，因为资本家的贪婪和寡廉鲜耻是没底线的！接着来个50股合1股，就成5角一股了，然后重新往下再来一轮，一轮一轮无穷无尽地将你的资产榨干净！

当振纲搞清其中奥妙，已被狠狠地咬了一口，资产缩水到原来两成，大概剩下500多万，还好振纲反应敏捷，斩仓果断，否则这点"种子"都剩不下来。

振纲同小骏谈到老千股，曾经举过一个典型的例子——"威廉国际"，它前身是"互通控股",再前身是"华中控股",再再前身是"初创"及"南风实业",该股经过十年反复合股,2合1、5合1、50合1、25合1、10合1、5合1……你十年前的62.5万股,今天仅仅1股,合股前的价格5分,现在的价格4角——当年如果有人以3.125万港元买入62.5万股威廉国际,那么今天这笔投资只有4角钱,损失高达99.99872%!

振纲总结:没有战乱的和平年代,朗朗乾坤的法治社会,还有比香港老千股更加凶残的掠夺吗?

沧陵江边

这些年宇翔景况最好，仕途一帆风顺，短短四年，从正科爬升到正处，并进入局级后备队伍的名单。

宇翔的岳父，原沧陵市委副书记王建民同志已晋升至"副部"，担任武陵省副省长。王副省长深深知道，按照当下干部的选拔套路，机会常常在于"年轻"二字，女婿是可造之材，又是自己老来依靠，所以对女婿的仕途发展，王副省长从方案策划到细节实施，可谓用心良苦，不遗余力。

在泰山大人运筹下，宇翔这几年不断轮转岗位，并螺旋向上攀升。宇翔先从市建委调到基层新春乡担任乡长，没过半年就上调县里，仅做了两年副县长，又到新湖区做区委副书记、代区长，几个月后顺利转正。

罗世忠在王建民的关照下，顺利接了建委主任的班，不过由于年龄劣势，没能成功当选副市长，但被安排在市委做副局级巡视员，也算进阶到了"局级"。

新湖区属于沧陵城镇化之后最新成立的行政区，原本是新湖县，振纲其中一个电脑销售点就设在新湖区的电子产业园，背靠武陵大学新校区，生意非常不错。当初振纲就是从母校老师那里得知武陵大学要建设新湖校区的消息，所以很早就在新湖县布点，如今尝到了收获的甜头。

振纲虽然不断收拢电脑销售业务，但对新湖区这片市场，却反过来想扩大规模。去年春天，政府在毗邻新校区的产业园开始规划一座大型工贸市场，专门为这几万名师生服务，其中的铺位振纲却怎么都租不到，他到处托人，和小骏聚会的时候也提到了这件事，小骏帮不上什么忙，只将这事装到了心里，距今已经一年多。

那天宇翔电话里告诉小骏，他转岗到了新湖区，小骏隔天晚上就安排振纲同宇翔吃了顿饭，不过出发前他对振纲一再关照，宇翔刚到新湖区，当官也有当官的难处，凡事一定不要勉强。振纲却很兴奋，说只要宇翔愿意伸把手，此事应该不难。

果然宇翔在饭桌上仅仅拨了一通电话，电话那头就很爽快地答应，这事儿没问题。振纲顿时心情大好，吃完饭拖着宇翔和小骏去了KTV。

小骏喜欢唱歌，KTV却第一回去，当小姐们穿着暴露站成一排让他们挑选的时候，小骏有些傻眼。宇翔却很适应地率先挑了一个，振纲催小骏挑，小骏推说自己不要，振纲知道小骏不习惯，替小骏选了，自己也随意地点了一个，然后三人吼开了。

小骏自顾自地唱歌，陪唱小姐看到小骏的架势，先赞小骏唱得好，后来索性找各种借口往外跑，并早早换了衣服等待下班。宇翔、振纲一边唱歌一边同身边的小姐们玩起了骰子，输的喝酒。

小骏觉得自己俨然变成了局外人，却明白地知道是自己没有赶上趟，今后跑市场、接项目，这点节目都安排不来，不是等着被淘汰吗？看来泡KTV和刚踏入工作岗位时喝白酒、抽香烟一样，都属于必要的应酬。

唱完歌振纲结算了各种费用，然后从包里掏出两个信封，宇翔、小骏一人一个，熟练塞进了两人的侧兜。小骏伸手摸到，只觉得挺厚，看到宇翔已经道了谢，自己就不好推辞，等到两人把宇翔送回家，小骏连忙将装着钱的信封掏出来还给振纲。

振纲说："给你就拿着，你帮了我一个大忙，一起分点红利天经地义。"

小骏说："我觉得如果这样的话，咱弟兄的关系就别扭了。"振纲一手掌着方向盘，另一只手接过小骏还来的钱，放在车的一边，重重吐出一口酒气。

"你和赵馨兰这阶段好不好？"小骏问得很含糊，没有具体指哪方面，身体、生意、感情，或者其他什么。

"不好！"振纲的回答却很明确，这让小骏感到担心，他同时一直在纠结，自己和张强一起做项目的事要不要告诉振纲，关键在于赵馨兰对老公说了没有。

如果馨兰没说，这事被自己捅破，无疑会让这对夫妻产生矛盾，如果馨兰已经告诉振纲，自己却绝口不提，振纲难免会对自己产生看法。小骏最后拿定主意，只要振纲不提这事，他就决计守口如瓶，于是转了话题："这种场合你和宇翔好像不陌生哪。"

"逢场作戏呗，看得出你是'初来乍到'，五年前我们之中谁来这种地方，一定觉得不好意思，现在哪个在外谋事的男人没去过KTV，反倒不正常——时代不同了。宇翔挺把你当哥们儿的，否则我和他第一次接触，他不可能这么放得开。"

自从"蓝光""瀚海""东方"公司先后出事，振纲越来越想早点退出江湖，和馨兰一起到国外找寻另外一种生活，因为他觉得，在中国无论成功还是失败，总是赚不来一份安安稳稳的快乐。

中国的改革开放在这片古老、广袤的土地上激发了人民群众的活力，也打开了"潘多拉魔盒"，催生了人们欲望的魔障，权力、金钱、名誉等可以变现的获得几乎涵盖了中国百姓心中"成功"的全部意义，亲情、友情、爱情贬值成冗余资产，情趣和爱好更被猥琐地丢弃在角落，道德和良心被不断拷问：值多少钱？

中国仿佛变身成为一座丛林，残酷的法则压得有些人甚至忘却了过去几十年的困顿和贫乏，另有一些人感到当时虽然穷，却没有现世的"穷凶极恶"。振纲觉得自己对此已然适应,却不忍心让自己的后代继续在这样内卷的环境中生存下去。

现实不遂人愿,当振纲集中资产转战香港,意图最后一搏,却一头撞上老千股,经济实力被一下打断了筋骨,他只有暂时撤离,从长计议。与此同时,振纲 PC 电脑的销售业务也处于收缩状态,只有原来的三分之一,所以他银行账户上的存款好像一件劣质材料做成的披肩,落水后缩成了一块抹布。

好在馨兰没有更多责怪,甚至她同振纲之间多了几分温情,少了几分口角,她感激这个男人,要在振纲的艰难时期用自己的理解和体贴去抚慰丈夫疲惫的心灵,但馨兰自己的内心却一天累过一天,无聊就像春天的叶芽,向周围肆意生长。

之前,馨兰作为一个能干的老板娘,里外忙碌,生活很充实,现在突然空闲下来,内心免不了平添许多无所适从的寂寞。馨兰虽然试图安慰振纲,自己却在呼唤张强的安慰,碰巧张强好像听见传呼,拨通了她的手机。

"Shirley,出来坐坐?"张强这段时间顺风顺水,正有一堆好消息想找个"红颜知己"吹吹牛,心中随机一搜,翻了赵馨兰的牌。

"不出来。"馨兰惯性地直接回绝向她发出的邀请,但随即后悔,因为那头是张强,一个让她心里记挂的男人,一个她心灵深处需要的男人。

所以馨兰仅仅停顿了半秒,眼看对方或许说"好吧,算了"之前,急忙改口:"现在吗?哪里碰面?"她在张强这里经常不能找到自己想要的面子。

在张强内心深处,Shirley 属于被小骏归纳的、用第二种态度对待的人。他不会践踏 Shirley 的尊严，但只是有保留地尊重。有所保留是因为 Shirley 当初只不过是一个推销洋酒的小姐，何况 Shirley 已经被他俘获，还没高端的学历、显赫的身世。尊重是因为 Shirley 漂亮，带出去让他很有脸面，而且不图他的钱。不过仅此而已，算一个可以安全交往的红颜，除了曾经逼过自己离婚。

如果要张强为了 Shirley 离婚，他是不会干的。张强的老婆小周虽没有 Shirley 那样楚楚动人的容貌，但家境殷实，社会地位高——东京大学 IT 硕士，毕业后在一家上市公司做高管。虽然不会生育，但张强不在乎这点，他不喜欢孩子，也不相信孩子会是自己老来的依靠。在他看来，为孩子操心劳神半辈子，还不如趁自己年轻时多赚些财富放边上，等到自己老了，这才是真正的保障！

小周身上还有一项张强很认可的优点，虽然自己常年在外头"彩旗招展"，她却见怪不怪，不闻不问，平时就是上班下班，闲暇时除了旅游，她会买来各种布料，在家给自己缝制各式各样的衣服。这么多年一贯如此，夫妻二人都已习惯以这么一种状态存在于彼此身边。

张强知道自己性格乖戾，可以找到一位同自己相安无事地相处十年以上的眷属，着实难能可贵——小周已和自己同居三年，结婚八年。对张强来说，女朋友好找，老婆还真的难以寻觅。

更有一层，在日本留学的时候，自己曾经沉迷赌博，输了高利贷没钱还，差点被黑社会剁掉一根手指，是小周救了他，使他没有沦为残疾。

当时张强被封箱带绑在一间仓库，几把刀子对着他，意思说抓到他不容易，这次先剁掉一根手指，然后放他回去，一个月内如果不把钱还了，抓到后再剁一根。张强恳求他们允许自己往外打三通电话。当时小周刚同他交往不久，所以浪费了前两次机会之后，张强考虑再三，拨通了最后一个号码。

小周接听之后，问清地址，说她一小时内赶到，大概四十分钟，小周就打车到了仓库。面对那些刀子，小周平静地说当前自己只能还上张强欠款的三分之一，但保证一个月内还清余下部分。小头目说不行，今天不了结，就必须剁手指。小周说这人是她想嫁作老公的，如果少了手指，她就不要了，也没义务替他还钱。小头目问，凭什么相信她？小周拿出学生证，说自己可以打欠条。那次之后，小周是张强除自己母亲之外，唯一以第一种态度对待的女人。

振纲感受到馨兰对自己的情意，但直觉告诉自己，那不是爱情。振纲想起那次喝酒时小骏让他同张强保持距离，看来是对的。有天下午，振纲看到馨兰刚在屋里拨了一个电话，他一推门馨兰就急急按断，馨兰躲闪的眼神，让振纲感到一阵心痛，但他勉强支撑着不露声色，看看手表，记下了时间。

等到晚上馨兰洗澡，振纲打开馨兰的手机，根据时间查到了那个号码，是张强！

振纲那夜没合眼，裹着被子，背对馨兰，两眼望着黑洞洞的窗外，月光在窗纱上印出了婆婆的树影，他的心也随着斑驳的影子晃来晃去。振纲认真拷问自己，爱不爱馨兰，爱馨兰什么？

这么多年和馨兰一块，振纲起初迷恋这个女人的美貌，现已连同了她的一切——馨兰本质单纯，不乏善良，对物质虽有追求，但不贪婪，只不过美貌给了她任性的资本。

如果馨兰在婚前就告诉自己，她爱张强，自己当时会怎么做呢，只要她愿意嫁给自己,自己一定也愿意娶她吧,谁教自己对爱的选择同样任性呢?任性与代价往往是一对孪生兄弟,如今自己委屈,不就是顺理成章的代价吗?

振纲继续拷问自己,难道对馨兰的感情世界丝毫没有觉察?只是馨兰不说,自己顺势掩耳盗铃罢了。感情的事常常身不由己,从这点上讲,振纲认为馨兰更命苦,馨兰每天面对的不是最爱,而自己还能同心爱的人待在一起,上天阴差阳错的安排还是厚待自己的。

那么他戴振纲还有什么权力责怪馨兰呢,就凭婚姻一纸契约吗,婚姻本来就不该是一份买卖合同,但愿自己和馨兰有了孩子,一切就会改变,馨兰才会把爱倾注在自己身上吧?想到这里,振纲突然意识到自己和馨兰快三年了,老婆的肚子怎么还是没有动静?

第二天,振纲做了两件事。

第一件就是把王小松约出来,他们碰面的地点就在"梦时代"公司楼下的咖啡厅。王小松奇怪,振纲有什么事不能到公司去谈?

"这是我辞去'梦时代'总经理的申请,以后我不会参与任何'梦时代'的经营管理事务,你替我把这份辞呈递交董事会。"振纲开门见山。

"这是为什么?如果这样,按照约定,上市前我们三个创始人中的任何人以任何原因退出'梦时代'的日常经营管理,那么这人必须交出他当时所持有的百分之四十股权,平均分给另外两个创始人。"王小松嘴巴圈成了"O"形,表示不敢相信,熬了这么多年,如今"梦时代"眼看就快上市,振纲这么做,对张强和自己来说,无疑是天上掉落了馅饼,平白无故捡了一个便宜。

"我另外有事要忙,顾不过来。你别问了,替我交上去就好。"振纲心情抑郁，没有心思拐弯抹角。

"好吧，兄弟。下午我就报上去。不过之后有一些股份变更决议，要你签字的。"王小松也觉得"为什么"对自己不重要，"梦时代"的股份才是最重要的。

"你准备好，随时给我打电话，我就在这里和你碰头、签字。"

振纲随后办了第二件事情，走进一家医院。几天后，医生将检查结果告诉振纲，他'那方面'有问题，需要治疗。振纲问医生，治愈的可能。医生回答，可以试一试，不过像他这种病例，不会太容易。

从医院出来，振纲径直去了沧陵最大的寺庙"兴隆古刹"，他虔诚地手心向上，额头磕到指尖，然后双手合十，恭敬地自言自语："大慈大悲观世音菩萨，赐给我戴振纲和馨兰一个孩子吧。还有，让我得到馨兰的心吧，我是那么爱她。"噙着的眼泪顺着脸颊滚落下来。

两个月后的一天，馨兰突然告诉振纲，她怀孕了！振纲浑身被震得僵住，难道菩萨显灵了？理智还是指引他去了医院，而且一下走了三家。几天后，振纲陆续拿到的结论都是一样，他目前依然不能生儿育女！

振纲破灭了最后的侥幸，他觉得自己的爱情，甚至人生都已输得干干净净！

痛苦的是，这种绝望振纲不能歇斯底里地发泄，他不舍得让馨兰感到惊恐和不安，但面对把自己折磨得快要死去的悲痛，又如何能够克制？

振纲坐在当年他父亲落魄时摆"七星棋"的地方，望着沧陵江滚滚向东，听着大船呜咽的汽笛，拨通了馨兰的手机："馨兰，我要去南方一两周时间，那里没有手机讯号。你还是住到你爸妈家里吧，这样对宝宝好。"等挂上电话，振纲沙哑的语音化作号啕大哭，惹得行人频频注目：

这个男人到底经历了什么？

振纲一周后回到馨兰的身边，从此一如既往，作为馨兰的丈夫、孩子的父亲，悉心照料馨兰母女。

"陈于林！好好带着妹妹玩，别推妹妹！"小骏急忙喝到。

远远地，辰辰正在"翻斗乐"滑梯的顶头伸手去推戴晓枫，不让她轻易爬上自己的"领地"，滑梯两头馨兰和林晓一边一个，仔细看护。

"别吓到孩子，没事的，有她们两个管着呢！"振纲急忙阻止小骏。看到两个孩子在滑梯顶头会合，又争着滑回地面，振纲和小骏放心地背过身，聊了起来。

"有段时间没去探望赵老师了，他们老两口儿好不好？"小骏近来手头事儿多，见到振纲顺便打听起了师傅的近况。

"他们老两口儿现在同我们住一块儿，帮着照看晓枫。两位老人虽然忙，身体和精神状况倒是不错！"振纲的回答让小骏放了心，想着忙过这阵自己也该去瞧瞧师傅、师母。

"你近期投资战果怎样，听说港股之前还在飙升，美国次贷危机之后，港股跟着下滑得厉害。"自从振纲在老千股上栽了跟头，小骏也开始关心香港股市。

"我早就说过，别以为国外的月亮总比国内圆，西方的市场经济不是万能的，就说这次次贷危机，你分析过原因没有？"振纲问道。

小骏说："你知道的，我这方面一向不太懂，就是一个长线投资的小股民，但现在有钱不投资怎么办呢，不都在说'人不理财，财不理你'吗？"

"这话是对的。不过我们国家发行股票的主要功能还是融资，在保护中小股民利益方面还存在许多漏洞，中小投资者得非常小心。"振纲提醒小骏。

"需要怎么小心呢？"小骏连忙问道，随着利率不断向下调整，如何投资理财成为很多家庭必须关注的事情。

"我记得你跟我说过当初炒邮票小型张亏钱的事。"振纲好像转了话题，其实是采用类比的方式说出了自己的结论。

"是啊，自从81年'红楼梦'小型张发行量超过80万，邮政部门尝到甜头，此后小型张的发行量不断走高，到93年'竹子'的发行量居然突破4000多万，直接造成小型张投资价值一落千丈，邮票市场一蹶不振。"振纲的话勾起了小骏痛心的回忆。当时父母一年的工资加起来不到一万，自己短短半年就把一万元折腾掉了大半，幸好当年有小勇暗中相助，此事才瞒过老陈，否则真不晓得老爷子会心疼成啥样。

小骏忽然想到，振纲的点拨同多年前岳父老林的提醒如出一辙。

我们要飞喽

振纲言归正传:"本轮'次贷危机'的一个源头是美国房价直线上涨,另一个是金融杠杆的放大效应。房价上涨造成了银行只要有钱投资就可以获得稳定收益的局面,为了赚取超额利润,一些银行开始采用20—30倍杠杆进行操作。

"假设自身资产30亿的银行A,30倍杠杆就是900亿,假如投资盈利5%,A就能获得45亿的盈利,反之假如亏损5%,那A赔光了自己的全部资产还会欠15亿。

"由于杠杆操作风险高,有人把杠杆投资拿去做'保险',这种保险叫'信用违约互换'(Credit Default Swap,简称CDS)。比如银行A找到了机构B,B可能是另一家银行,也可能是保险公司,A从45亿利润中拿出5亿做保险,就可以稳赚不赔地净赚40亿。

"B回去做了一番统计,发现违约的情况不到1%。如果做100家这样的生意,总计可以拿到500亿的保险金,如果其中一家违约,赔偿额最多50亿,即使两家违约,还能赚400亿。

"B还能将这桩买卖的合约转手卖给C,C又效法B挂牌出售给了D……最后,CDS被划分成一块一块,像股票一样流通到金融市场,可以交易和买卖,成为债务抵押债券(CDO——Collateralized Debt Obligation)。

"A、B、C、D都在赚钱,根本的盈利点在于美国的次级贷款,次贷主要给了普通的美国房产投资人,其中很大一部分人的经济实力原本只够买一套房,但看到房价快速上涨,于是动了投机的念头,他们抵押自己的房子,获得贷款后又另外投资买房。这类贷款的利息在8%—9%,然后这些投机客进一步把新购入的房子抵押银行,借钱付利息,其实质就是'空手套白狼'。而银行也认为房屋价格暂时不会下跌,这个业务好赚钱,私下放松了首付等贷款条件,有一天房价涨不上去,房子卖不出去,还要不停地付高额利息,投机客就会走投无路,只有破产。

"假如这时CDO已经传到了G手里,G花了300亿,买了到时可以回收500亿的CDO。原先计划赔付掉100亿,算上投入的300亿,还能净赚100亿,CDO却突然被降级,其中有20个违约,每个违约需支付50亿保险理赔,总共1000亿,加上前期投入的300亿,减去可回收500亿,G最终将亏损800亿!

"即使全美排行前十的大机构,也承担不起如此巨额的亏损,于是G倒闭。G一倒闭,A花费5亿美元买的保险就泡了汤,更糟糕的是,由于A采用了杠杆进行投资,根据我们前面分析,A赔光全部资产也不够还债,因此A同样面临破产。

"100个CDO的市场价是300亿,而CDO市场总值大约60万亿,假设其中有10%的违约,那么就有6万亿违约的CDS,这个数字是300亿的200多倍!

"美国人口大约3亿,这意味着平均每个人,无论老人和婴儿,要损失2万美元!并且世界各地许多银行都将因此倒闭!"

小骏对宏观经济不开窍,听振纲说多少多少亿的时候,其实已经迷糊,但听说美国人均需要承担2万美元的损失,便跟着咋舌,他知道老陈在美国打工的时薪是7美元,2万美元大概等于老陈白白打工3000小时,假如老陈每天工作8小时,每月21天,差不多需要义务劳动一年半时间。于是茫然地问:"美国的次贷危机,波及面真这么广?"

"是的,本来风险可控的房贷业务,由于赚钱效应,导致金融衍生产品被反复打包销售,原本的风险也因此被几何倍放大,放大到产生类似雪崩的金融灾难。香港汇丰控股、德国工业银行、法国巴黎银行、日本九大银行、韩国五家银行等都受重挫,花旗集团股价已由高位时的23美元一股跌到3美元一股,这是一场名副其实的全球金融海啸!"振纲感叹。

"那你的情况怎样,损失大不大?"小骏听得恐怖,急忙问振纲。

"还好!"振纲才说出两字,小骏一下踏实了不少,没料到振纲之后的叙说更令小骏欣喜,"遇到老千股后,我对香港股市做了比较充分的调研,这几年又逢香港股市年景不赖,我大胆加了'涡轮',差不多5—10倍的杠杆,到次贷危机发生前我的500多万'资金种子'已经茁壮成长到一个亿。"

"一亿?!"小骏瞪大了眼睛。

"后来发生次贷危机,还好有上次的教训,我斩仓坚决,保住了七成战果。"振纲继续说道。

"呀,损失了3000万啊。"小骏觉得实在可惜。

"去年我又炒了一波石油期货,动用4000万,40多块买进,90多陆续出货,放大杠杆10倍,结果赚了5亿多,而且已经变现了。"

"啊,你发大财啦!"小骏愣了一下,反应过来后使劲拍了拍振纲的肩膀,由于高兴,声音都提高了八度,接着问振纲,"那你有没有新的打算?"

"新的打算,正要同你商量哪。"振纲就着小骏的话说道。

"同我商量?"小骏一下猜不透振纲的意思。

"是这样,我想预留5000万足够生活了,我们这类人对物质生活的要求也一般，5000万还不够一家人过一辈子吗？其余五个亿，我想投资做房地产，另外成立一家建筑工程公司，你如果愿意，就来当这个总经理。年薪税后50万，再给你15%的股权，怎么样？"振纲发财的同时，让小骏也沾了好运。

"我回家同林晓商量一下，这不是我一个人做得了主的，另外你可想好，我没有管理这么大公司的经验，恐怕力不从心，到头来连累你的事业错失发展机遇。"小骏心存感激，做决定时就更加小心翼翼。

"只要你舍得目前的事业编，我对你是有信心的。"这时戴晓枫跌跌撞撞地跑过来，振纲转过身，双手一下托在了女儿腋下，将她高高举起，上上下下地转了一圈又一圈，高声喊道：

"我们要飞喽，我们要飞喽。"戴晓枫张开了胖乎乎的手臂，学着鸟儿的翅膀上下挥舞，"嘎嘎"地发出笑声。

回到家，小骏将振纲的提议告诉林晓，林晓保持着一贯的平静：

"你自己考虑仔细就好，振纲和你这么多年交情，我是放心的。不过如今的事业编越来越难得，你自己看着办吧。主要工作要开心，我觉得你在公司总部有段日子很苦闷，虽然你在家没有提起，这对你来说的确是一次机会。"

两人生活在一起，要向对方隐瞒自己的情绪其实很难，林晓张嘴就把小骏的心里话倒出了大半，唯一没被提及，小骏其实对自己目前的工作单位充满了感情，这是自己梦想开始的地方，也是自己成长的地方，自己曾经为它奉献了激情、智慧和汗水。海德大学浓浓的书卷气熏陶了自己，教会自己学习，教会自己思考，教会自己做事，教会自己做人，这是小骏的另一个家。

不过自从老赵退休,"海德监理"对小骏来说,家的感觉越来越淡。由张强牵线的项目竣工后,小骏又陆续完成了若干个小活儿,在此期间他越来越感受不到自己是海德监理的一分子,而仅仅是一名挂靠在公司的外人,虽然手上有项目的时候收入不错,但小骏日益找不到归属感。

公司内部,每个项目经理都埋头于自留地,由此公司力量被分散,总体实力被大幅度打了折扣,公司的标志性项目越来越少。武陵省的业界巨头"海德监理"已经退化成为一家个体户的俱乐部。

杨隽从大山深处考学到了大城市,最后能够留在沧陵,留在学校,对她来说是个不错的结果,但被分配到内环工地,她又感到自己投错了胎。

"男人就怕入错行,女人就怕嫁错郎",杨隽是女人,虽然感觉入错行,好歹没有嫁错郎,老公在证券业一步步做到"金领",年收入达到50来万。家里却有一桩事情让杨隽不称心,结婚近两年,婆婆与自己的关系愈来愈僵。

杨隽老公孝顺,母亲守寡多年,他向杨隽提出婚后与老娘同住,杨隽坚决反对,可反对非但不管用,还让这对母子与自己产生了嫌隙,缝隙逐渐扩大为鸿沟,以致杨隽一回家就感觉疲惫,于是她将生命的重心放到相对轻松的工作当中。

此时杨隽已经跟随耿龙根在公司行了好运。杨隽工作能力强、办事细致,即使耿龙根吃她点小豆腐,杨隽也装傻充愣并不深究,好在耿龙根不大胆,更主要地把这个女人当作男人使唤,为自己贡献时间、精力和忠诚。

杨隽在公司上班,不仅开阔眼界,并且开始品尝权力的滋味,虽然滋味不算浓郁，但让杨隽很上瘾，她决心不再回到工地，否则宁愿跳槽——她今后的办公环境坚决不与"工棚"为伍。然而老耿即将退休，只能是自己一时半会的依靠。

想要留在总部机关并获得长足发展，自己首先得把活儿干好，更重要的，需要另外找到靠山。"海德监理"成立，杨隽在两个公司的干部见面会第一次遇见李雪武就意识到这个男人对自己未来很重要。杨隽虽然涉世不深，但行事果断，这次目标明确，之前是没找到理想的买家，所谓"待价而沽"，现在认准了，自然得尽力把握。

李雪武一见到杨隽红扑扑的脸蛋，就找回了青春的记忆，人是敏感动物，李雪武觉察到杨隽对自己的热络，既不烫手，又仿佛冬天的暖阳。杨隽渐渐成为李雪武身边的"第五大金刚"。

秦昊离开公司后，在李雪武的支持下，杨隽接替颜旭东成为总助，她暗自庆幸，自己终于拥有一座坚实的靠山。

杨隽的事业达到新高度，婚姻却走到了尽头，既然和前夫撕破脸，杨隽就不惜撕得干净，何况他们尚未生育。最后学院分配的住房归她，老公购买的大户型被置换成两套小户型，其中一套也归她，家具是老公的，那电器就是她的，家庭被拆分的一刻，婆婆领教了杨隽的厉害，催促儿子赶快签字。

杨隽内心阴郁，做出的事就缺少阳光。她知道公司的项目经理们一年到头没少挣钱，所以自己对他们不必太客气，该卡脖子就卡着点儿，存在感都靠自己刷出来的。公司的合同章还有结项审批权都在手里攥着呢，更主要的还有分配经营任务。

到公司流转的合同，不是因为条款漏洞，就是因为价格太低，统统卡在杨隽这里；结项资料由于这个、那个原因，公司一直拒收，从而拿不回保证金。于是项目经理们都去找杨隽，逢年过节，单单购物卡，杨隽就能收到手软！

杨隽收礼并非来者不拒——人心险恶，有些人得罪过自己，或者自己得罪过的都得小心提防。小骏没有得罪自己，可他和老赵，自己早就得罪得干干净净，所以不能同小骏深入接触，但也不能因此网开一面。

小骏在公司的生存环境日益恶劣。项目来源常常盘根错节，比如一个项目你在跟踪，公司另有其他人也在运作，这种情况下小骏总被裁定出局，即使有些项目小骏已经花费了很大精力，可谓"志在必得"。几次之后，小骏走进了阿姐的办公室。

"阿姐，已经好多次，其中两个项目我一再向公司保证，自己跟得很扎实，为什么都要我退出，最后那两个项目都丢了。这次又是这样，你看是不是把这个机会留给我？"小骏企图在公司里面找到一线光明。

"难啊。"杨隽听到小骏叫她"阿姐"就烦，"好好杨总不叫，叫什么阿姐，我认过你这弟弟了吗"，而她脸上却堆起了笑：

"你也知道，在我们公司项目就是钱，看到钱谁不眼红？你也有跟丢项目的时候嘛，谁能保证项目换你负责，就一定能够拿下？"见到小骏要插话，她赶紧接着说，"你也别老是'阿姐、阿姐'，越是这样，我越不方便帮你讲话。"

"阿……杨总，照这么说，这个项目我还是得退出？"小骏鼻孔喷出冷气，连同带出了质问。

"恐怕是的，除非你让李总摆句话。"见小骏改了称呼，杨隽指给他一条出路，而小骏没再多说什么，挺了挺身子，转身离开。

小骏唤杨隽"阿姐",实质是敬重她认真工作的态度,敬重她"优秀毕业生"的素养,敬重她内环一期时的淡定心态,以及共事一场的情谊,所以小骏一直以来将杨隽的钻营归咎于直面现实时候的弱小和无奈。

如今在小骏心底,那个"阿姐"死了,已经成为名副其实的"婊子"!

第二天,小骏将辞职报告放到李雪武的案头。

(渐渐,中腹的白棋与其边上的一块条形根据地取得联络,黑棋也趁机在中腹摆出两个眼来,两条龙都活了。按照小骏理解:抢占中腹的意义不是围空,而是扎下自己的钉子,抑制对方过多围猎地盘。竞争,常常是不能相互成全、两败俱伤的撕扯。)

「藏珍阁」

小勇倒腾老玩意儿多年终于成了气候，北京、上海、沧陵都有他"陶古轩"的门店，唯一让小勇牵肠挂肚的是儿子陶涛真的很淘，横竖不爱念书。没办法，夫妻商量后决定送他到美国读高中，其他科目再不济，只要英文学扎实就好。

小勇盘算，太平盛世收藏市场总归不差，等到陶涛大学毕业，自己把几十年的经验倾囊相授，陶涛如果另外具备英语优势，将来一定活得滋润，吃喝不愁。

通过留学中介，他们申请了几所学校，其中的一所坐落在西雅图。小勇的老婆一定要过去陪读，一方面照料陶涛生活起居，另一方面孩子还小，没有大人看管，万一交了坏朋友，走上邪路，那就麻烦了。

小勇觉得去到人生地不熟的国外，总有诸多不便，如果老婆、孩子与舅舅、舅妈住在同一座城市，相互之间就多少有了照应，闲暇之余还有亲戚可以走动，陶涛母子也不至于太过无聊，于是小勇决定把陶涛送到西雅图的"艾弗尔特高中"读书。

陶涛英文底子不好，虽然努力了半年，仍远远达不到托福550分以上的要求，好在美国高中对中国学生的语言录取条件相对宽松，变通考过了一个相对简单的SLEP（母语为非英语国家高中学生的英语能力测验），陶涛终于被"艾弗尔特高中"录取。

不过陶涛"入学英语水平考试"的成绩不理想，必须从最低级别的ESL（英语作为第二语言的语言培训课程）开始补习，通过相关考试之后才能晋级到高中课业，这阶段大概另外需要花费一年时间。

老陈帮小勇事先在西雅图找了位大陆留学生当翻译，接着陪同小勇忙活了一周，终于将母子俩的入学和食宿安顿妥当。小勇回国前找了个时间，只身拐到舅妈做保姆的那户人家，也是目前舅舅、舅妈的栖身之所做客。

老陈和范老师刚到西雅图的时候，范德轩还算客气，但没过一周，他刻薄、急躁的个性再次暴露无遗，老陈终于领教了范老师多年前提及的"惶恐"。

范德轩的性情着实古怪，难以相处，可能长期的待业经历修成他类似老姑娘长期待字闺中的幽怨，抑或"老姑娘"尤其处于更年期。反正，老陈和范老师决心再苦也得走出兄长的家门，在这种环境下生活，几乎突破了他们精神忍耐的极限。

虽然怨恨，范德轩作为老陈全家通向彼岸的虹桥，这份恩情却是不薄，所以两位老人一边打工熬日子，一边继续尽心尽力帮助范德轩打理家务。

那天老陈看到花园的冬麦草长得可以梳理出"发型"，就开动了割草机。隔壁花园传来打招呼的声音："陈先生，您在忙啊！"

老陈抬头一瞧，原来是隔壁的台湾人刘太，连忙应道："刘太太，你好！"

"陈先生，你太太可以帮个忙吗？"刘太问道。

"当然可以。"老陈欣然答应。

"我和先生明晚要出去参加一个Party，您太太能不能帮忙我们看护一下孩子，一共四小时，30美元。"刘太向老陈表达了自己的需求。

"当然可以。"老陈依然那句话。

台湾的小刘夫妇成为老陈和范老师在西雅图的第一批朋友，不久，他们帮老陈和范老师各自找了一份零工，老陈在旅馆帮忙，范老师照顾一位老太。

老太姓廖，夫家姓吴，先生过世后跟儿子、儿媳同住，是大户人家。吴先生的生意从石油做到房地产，是西雅图华人社团的领袖人物。一家人很快认可了范老师和老陈，觉得他们同之前请的帮佣不一样，不仅有一定的文化素养，还吃苦耐劳、诚实可靠。

小勇这次到西雅图，听舅舅说起主人家古玩收藏颇丰，而且好客，心里就痒痒的想去看看，临行前特意从行李箱内翻出一样小东西作礼物，进到吴家，刚一落座就顺手取出，递了过去。老陈一旁陪着二人谈话。

礼物很小，一块象牙牌牌，大概五厘米长，四厘米宽，嵌在一毫米厚的银制底座上面，顶头一个环，穿着红色丝带。牌牌置于一只小号锦盒当中，盒盖内侧卡着一支小巧的放大镜，便于人们观赏牌牌上面细若蚊足的小字。吴先生定睛一瞧，是一首岳飞的《满江红》，总共一百来字，隶书体，左下三字更小——"柏兰刻"。

吴先生看了许久，然后把牌牌和放大镜小心放回盒内，说道："非常感谢陶先生，礼重了！微雕牙刻乃神州一绝，虽然我不识'柏兰'者何人，但凭此物来论，作者手艺已经非常精湛。听说您在大陆古玩生意做得很大，想必这方面的见识一定非凡，所以今天吴某请您来舍下坐坐，一定多加指教，也是希望能够交个朋友，我闲暇之余常去大陆淘些老货，到时不免叨扰。"

"吴先生好眼力。"小勇先喝了彩，然后说，"'柏兰'先生姓'丁'。"

"丁？"吴先生眼睛一亮，随即问道，"此人莫非是'拂尘'先生的公子？"

小勇一拍案几，竖起拇指："吴先生果然见多识广！"

"怪不得！"吴先生又拱了拱手，重新表示了感谢。

他知道，丁默苏字拂尘，是现代中华微雕第一巧匠。自幼受家训，能诗文，懂医道，喜欢在葫芦上雕雕刻刻，后刻竹、刻石、刻玉、刻水晶，青年时雕刻的扇骨作品获得无锡国货展会特等奖。

孙中山的秘书长王蕴章对他特别赏识，他与吴湖帆、丰子恺交好，还同史孟云（史良的姐姐）等一起合力办了"风清文院"，其成名作水晶插屏刻《梁简文帝梅花赋襄阳米南宫先生书帖》、牙刻《平复帖》《岳阳楼记》均为国宝藏品，黄宾虹称拂尘先生的作品"后无来者过分了些，前无古人却可以定论"。

吴先生随即起身，说到三楼取两件东西。老陈见外甥出息，也非常高兴，朝他竖起了大拇指。

等到吴先生下楼的时候，手上拿着一样东西，腋下拢着一样东西，走回客厅，对小勇说："陶先生，来而不往非礼也，这个笔筒不成敬意，您如果瞧得上，就拿去玩。至于这幅画，颇具宋元古风，吴某想借陶先生的慧眼卓识，帮着好好品鉴品鉴。"

小勇接过吴先生的笔筒，打目细看，心想：吴先生果然大户出身，为人也豪气，就这竹制笔筒，看上去不大起眼，回礼却是丰厚了，随即脱口而出："吴先生出手大方，嘉定竹雕手艺在乾隆朝已经红极一时，我经手过几件，都没比这件更好！"

"怎么好法？不妨说来听听。"吴先生与人谈及老玩意儿，也是浑身来劲儿。

"嘉定竹刻将金石书画引入其中，从此耳目一新。最早是明代中后期祖孙三代，被称为'三朱'的朱鹤、朱小松、朱三松创始，清代前期达到巅峰，代表人物就是这个乾隆爷赏识有加的'槎溪刘齐庸'。'槎溪'就是今天上海嘉定南翔，刘齐庸别名刘一璠。这尊笔筒色泽古雅，浮雕名曰《弥勒图》，一璠先生擅长画理和构图，这个笔筒就充分体现了他极高的造诣。整个画面取舍合理，弥勒的脸、肚子、右手、佛珠和部分衣服褶皱被精心雕琢，除此以外仅仅略加勾勒，甚至用刀刮至竹理，任其光素，与画面配合的禅诗采用阳文隶书，落款阴文行书，书法秀美遒劲，刻工更是一流。总之，绝对的上品。"

吴先生顿时觉得这个衣着并不考究的中年男子对古玩的见识好生了得，是个不折不扣的行家，心说大陆果然人才济济，一边从腋下取出画卷，在客厅一角的长案徐徐展开。

案面近3米长，1.5米宽，六七厘米厚度，并非四方规整，系整块黄花梨的"大板料"制成，打开四对射灯，射灯做过角度以及柔光等技术处理，既避免光线直射案子，又保证案上具备了足够亮度，同时形成"无影"效果，这是吴先生专门赏玩书画的地方。

面对展开的画卷，小勇顿时感到一股宋元古风扑面而来，他带上一副白手套，弯腰仔细看了各处细节，对个别地方拿起案上的放大镜来回瞧了许久，最后挺了挺身子，徐徐吐出一口气：" 真是一件好东西！"

吴先生站在一旁，从头至尾不敢发出一丝声响，老陈也屏住呼吸。等小勇看完，老陈抢先问道："小勇，快说来听听。"虽然老陈对于古玩一窍不通，但小勇刚才讲解得精彩，他因此来了兴致。

"这是明末清初大画家王珍祥的精品。"小勇开门见山。

"王珍祥，我也知道，但这分明是宋元的画风啊？"这是吴先生一直弄不明白的地方。

"这个和他的经历有关系。"小勇慢条斯理地说开了,"他的祖父叫王天梁,是明朝著名的书画藏家,藏品中有不少宋元真迹。王珍祥自小临摹古画,使得他长大后的作品直追宋元各大家。"

"哦,原来这样!"吴先生一下明白了,显得十分高兴,请小勇往下说。

"这幅画叫《百鸟山林岁寒图》,它的时代背景很有意思,并且和整幅画息息相关。您知道'苕社'吗?"小勇问道。

"嗯,这幅画上作者自跋:'天寒百鸟守山林,句自苕社征诗……'我知道清朝初期有很多明朝的遗老遗少聚在一起,结成诗社,'苕社'就是其中之一吧?"吴先生猜测。

"我猜也是这样。此画时间为辛卯,您这里能查查具体年份吗?"小勇不懂绝不装懂。

吴先生翻出万年历,一推算是1651年。

"这就对了。应该是'顺治八年',当时有南明的两个王,具体称号我记不清了,仍旧各自称帝,且有年号。"小勇推算着说道。

"我这里可以查到。"吴先生神清气爽,翻出一本小册子,熟练找到答案,"这里,当时应该是南明韩王朱本铉'定武六年',还有南明桂王朱由榔'永历五年',此处不写顺治年号,莫不是明朝遗老遗少一份'反清复明'的情结?"

"很可能是这层意思!"小勇继续补充,"根据自跋,'苕社'当时由王珍祥应征作了古诗十二韵。同社有个叫'鲁岩'的给王珍祥出了题目,让他把自己想要在诗里面表达的意境画出来,于是这幅画就诞生了。

"王珍祥画工的确精湛,整个画面层次深远,几乎到了深不可测的地步。墨分五色,有染有写,萧索之外,还隐藏着绚丽。当时天寒地冻,山林枯木，百鸟或翔于天，或栖于林，或盘于地，虽然细小，但是各有头、翅膀和身体，而且姿势均不相同，栩栩如生。用放大镜仔细看，真是叹为观止！

"枯树无叶，枝杈纷繁，几乎每一笔、每一画都那么紧凑和传神。我想整幅画的背景代表了大好河山，冬天代表了当年的时局，枯木和百鸟代表了这群遗老遗少。最妙的，就是枯树根处的两只锦鸡，略施丹青，为画面增添了一抹亮色。吴先生，王珍祥会不会暗暗将这两只锦鸡比作'南明二王'呢？"

要是没有吴先生在场，老陈真想拥抱一下这个外甥——没想到，这个调皮捣蛋的孩子这些年自学了一肚子学问！吴先生则在一旁频频颔首。

"另外，这两枚收藏章特别可贵！"小勇继续说道，"大的一枚是阴文篆体'邵氏江村草堂珍藏书画之印'，小的一枚方章是阳文篆体'邵氏清吟堂藏书画'，均属于清初鉴赏和收藏第一人，邵九山。只要这两封印盖在上面，绝对是邵九山所认定的精品。吴先生真好福气，能收藏到这么好的东西，所谓好东西，往往可遇不可求，不是有钱就可以买到的。"

吴先生脸上荡漾着幸福，别过脸对老陈说："您的外甥真是大专家，这次让我增长了不少见识，实在幸会，实在幸会！"

转身对小勇说，"陶老弟，今天就在这里用晚餐吧，饭后品品我的好茶，然后再到三楼，我给你介绍介绍我的其他东西。以后我到大陆，你手上的宝贝也一定要让我开开眼哦！晚上我可以让司机送你回宾馆，也欢迎你在这里过夜，我家客房都空着哪。"吴先生好久没有这么高的雅兴了！

小勇自然求之不得，一听有老物件可以看，他的眼睛就会立刻放光。

晚饭后老陈同范老师一起收拾碗筷，清理灶具，小勇陪吴先生冲了一泡"单枞"，只喝三道，二人就按捺不住，一起上到三楼。

顺着楼梯转至顶层，迎面两扇朱漆大门，门上另有铜制的门钉，以及兽首门环，吴先生输入了密码，大门"咔嚓"开启，二人先后跨过门槛，小勇的视线一下变得开阔——这是一间没有隔墙的大厅，中间高悬一块横匾——"藏珍阁"。

小勇放眼一扫，整座大厅被隔成三个部分，左边是书画、玉石、陶瓷、杂项小件，右边是根雕、明清家具、石雕、石像等大件，中间装修最雅，宛若一座佛堂。

吴先生首先领着小勇走到左边。左边放了三排金属架，每排上中下三层，上层多是字画卷轴，中间是一些陶瓷器皿、玉石和收藏杂项，下层是各式陶瓷大器，地上两口大画缸零星搁着几幅卷轴。小勇看了吴先生的书画珍藏，有几幅比王珍祥的百鸟图更好，只是品相不同程度受损，令人扼腕，于是他同吴先生聊了一些古画修复、装裱、收藏的闲话。二人切磋有无，不亦乐乎。

踱到中间，吴先生开口说道："老母一贯敬佛礼佛，因此影响到我，我对佛像收藏情有独钟，其中特别喜欢明永宣（永乐、宣德）的金铜造像，那时虽比清朝晚期早了几百年，但仍然代表着明清两代的最高工艺水平。"

吴先生收藏研究金铜佛像多年，自然心得深厚，引着小勇一边看，一边详细介绍："这段时期的金铜造像，面部丰满端庄，宽颐、脸形方圆，五官匀称，眼略俯视，金色充足，胎体厚重，衣服条纹写实，大致分为五种风格：藏西、藏中、藏南、藏东和北京。

"这种藏西风格最为独特，以今天阿里地区为中心，造像比例均匀，身躯舒展，手和脚写实性强，宝冠、缯带、耳环玲珑剔透，一般都是黄铜，鎏金比较少，细部采用嵌白银或绿松石等工艺。

"这个属于藏中风格，包括今天的拉萨并江孜一带，造像吸收了多种文化，有汉地、东印度帕拉以及克什米尔等样式，感觉特别优美典雅。

"这个是藏东的，以昌都为中心，与汉地的北京风格最相似。北京风格就是以皇家官造为主的造像，而藏南风格在日喀则地区，受尼泊尔影响比较多，佛像眉眼上挑，面开尖削，姿态生动，可惜我这里缺少北京和藏南的真品，只有这两件仿品还算过得去。"

"吴先生，佛像和菩萨的手势听说颇有讲究，您能讲一讲吗？"小勇之前没有遇到好的学习机缘，今天抓住机会赶忙请教。

"我这里有些资料，你根据需要可以复印带走。"吴先生接着向小勇大概做了介绍，"你说的手势，佛教称为手印，即是手指所结的'印契'，印是梵文意译，记号的意思，又称印相、密印等等，分为有相、无相两种。

"有相印即以色彩、形状、姿态来表示意义，无相印在于体会真意，一举手、一投足等举动皆是，常见有'说法印''无畏印''与愿印''降魔印''禅定印'五种，称作释迦五印。

"说法印以拇指与中指、食指或无名指相捻，其余各指自然舒散。说法印象征佛陀讲经说法，即'转法轮'时的状态，也称转法轮印。

"无畏印屈臂上举于胸前，手指自然舒展，手掌向外。这一手印表示佛为救济众生的大慈心愿，据说能使众生心安，无所畏怖，所以称无畏印。

"与愿印以手自然下伸,指端下垂,手掌向外,表示佛、菩萨能给予众生愿望满足,使众生所祈求之愿都能实现。

"降魔印以右手覆于右膝,指尖触地,以示降伏魔众。相传释迦在修行成道时,有魔王前来骚扰,以阻止释迦清修,后来释迦以右手指触地,令大地为证,于是地神出来证明释迦已经修成佛道,终使魔王惧伏,因此称为降魔印,又称触地印。

"禅定印以双手仰放于下腹,右手置于左手上,两拇指的指端相接,表示禅思,使内心安定,感悟人生之意。据说释迦佛在菩提树下禅思入定修习成道时就是采用这种姿势。在密教中,这种手印为大日如来所用,称为法界定印。

"另外,比如智拳印以两手分别作金刚拳,再以右拳握左手食指于胸前,据说此印相表示消灭无明烦恼,能得佛智慧,还有期克印……手印形式可有许多变化,尤其密宗,手印多达几百种,智拳印、期克印只是其中比较常见的两种。"

吴先生说得起劲,一会儿举例神龛上摆放的铜像,一会儿伸手示范,同时仔细诠释。小勇听得如痴如醉,跟着比比画画,不知不觉同吴先生一起走到了右边。

本章藏传佛教与印契内容的参考书目：

1.《佛教造像手印》 作者：白化文

   北京燕山出版社 2000年1月出版 ISBN 9787540212230

2.《明清金铜佛像》 作者：李柏华

   上海书店出版社 2004年9月出版

梦时代

右边除了零星的根雕、石雕、石像，摆放最多的是明清家具。从外到里，分门别类放置了床榻、柜架、屏风、几架、桌案和椅凳。小勇眼尖，一看就懂，吴先生是按照家具的类别和形制进行成套展示，其中大多是仿货。一大堆家私，主人只想体现文化的热闹。

床榻有架子床、拔步床、罗汉床、大烟床，柜架有面条柜、顶箱柜、躺柜、万历柜、二连橱，屏风有地屏和折屏，几架有圆香几、方香几、衣架、灯架，桌有画桌、棋桌、酒桌、琴桌，案子有平头案、翘头案、卷书案、架几案，椅子有太师椅、圈椅、官帽椅、禅椅、交椅，凳子有条凳、鼓凳、方凳、春凳、脚凳。

小勇忽然瞥见，最里面的棋桌上放置着一块一尺厚的棋墩，小勇念着振纲的托付走到跟前，居然真的看到棋墩上阴刻着"镇神头"三字以及"康熙御笔之宝"的玺印！

小勇虽然内心翻江倒海，但表面强作镇定，从罐中摸出了几枚棋子放在手上摩挲片刻，淡然问道："吴先生喜欢下围棋？"

"我不擅下棋，这是一个大陆客在二十多年前抵给我的。"吴先生坦白作答。

"这东西看来挺老啊。"小勇边说话，边仔细鉴赏。振纲托付之后，小勇对化石子和神头墩做过深入研究。他虽没见过实物，但戴兴盛给他看过宝物的黑白照片，另外还专门仔细地向他交代过实物大小和其他特征。就这会儿工夫，小勇心里已经有了八九成把握，就是这两件东西，应该没错！

"陶老弟对此有研究？"吴先生问道。

"没有研究，只是之前没见过类似的玩意儿，所以感兴趣。"小勇一边说，一边继续将棋墩和棋子的各处细节与自己掌握的知识、信息进行比对——这是大事，他不敢疏忽，同时向吴先生打探，"之前的主人对这两件东西有交代吗？"

"说是宫里流出来的宝贝，上面这个章还是康熙的，这两件东西一眼看去却是日本的玩意儿，所以觉得奇怪。很多朋友鉴赏过，都说不出根源。"吴先生据实告诉小勇。

"当初您拿到这两件玩意儿，破费了多少？"小勇有意无意地问。

"二十多年前，花了十万美金——当时算个大数了。"虽然小勇尽力掩饰，吴先生依然察觉到了小勇的异样，"陶老弟好像对这两件东西感兴趣，是不是入你法眼啦？"

"多年前有位老板托我帮他留意与围棋棋具相关的古董，今天碰到，不妨替他问问，如果价格合适，您这两件东西是不是愿意出手？"小勇心里五味杂陈，在戴家祖孙三代眼中，这两件东西就是家族的百年信誉！

"我暂时不考虑出让，一方面这两件东西陪了我二十多年，也算同我有缘，另一方面嘛……还有一个理由看来已经不存在了。"吴先生的回答让小勇有些失望。

不过终于找到了化石子、神头墩，小勇暗自叮嘱自己，一定要稳住。

欲擒故纵是收藏界的老把戏，过于急切会让对方拿住自己的软肋，将十分被动，把藏品收入囊中的可能也会大打折扣，所以小勇淡然一笑："吴先生说得对，收藏讲缘分，您好好收着，这两样东西看起来不错。"

小勇之后再也无心留宿吴宅，坚持回到自己刚为陶涛母子安顿好的居所，一进客厅，就给振纲挂去了越洋电话，当时是北京时间下午。

"振纲，化石子和神头墩找到了！"小勇省略寒暄，直奔主题。

"真的吗，你找到李国胜啦？"振纲几乎不敢相信自己的耳朵。

"不是，两件东西在我舅妈，就是小骏妈妈西雅图打工的东家手里。"小勇简练回答。

"啊，那么凑巧！那对方多少钱肯卖？多少都行！勇哥，谢谢你，麻烦帮我张罗一切。"振纲也觉得不可思议，同时发自内心地感激小勇。

"不是钱的事，一时半会儿这两样东西还到不了手，不过你放心，我一定在一年时间内帮你搞定这事，争取让你尽少破费。"小勇心里有了主意。

"行，钱的事儿咱好说，只是你千万别错过了。"振纲心想，凭自己目前的财力，这两样东西就是出价三千万、五千万，自己都认。

"嗯，放心吧。"小勇一口答应。

之后小勇开始关心各大拍卖会上的永宣金铜佛像，特别是北京和藏南风格的造像。他知道，只要获得吴先生真正喜爱的藏品，化石子和神头墩也就到手了！

"武陵振丰房地产开发有限公司"和"武陵振丰建筑工程有限公司"相继成立，小骏担任总经理，振纲是老板。

公司在沧陵刚落成不久的神州国际大厦二十三层租下了整个楼面，振纲很超脱，只对装修方案过了过目，提出几条改动意见，就把一切交给小骏具体落实。

装修同时振纲和小骏商量，暂时根据"两块牌子，一套班子"的原则进行人员招聘，等业务开展起来，再逐步分离，最终形成两套人马。

振纲仅仅决定了董秘和会计人选，其余的人事安排都让小骏拿主意，馨兰本想进入公司参与管理，振纲却反对将企业搞成"家族化"，说这几年她就全力把戴晓枫照顾好,日后可以开办一家公司专营家电销售,任由馨兰打理。

小骏将组织架构设计得很完整,但一些岗位仍处于有岗无人状态,很多工作他只有安排一人多岗,甚至自己暂时顶着。小骏宁愿一时半会儿缺兵少将,也尽可能避免公司鱼龙混杂,到头来解决各种人事纠纷更麻烦。虽然他整日忙得四脚朝天,但是心情舒畅,似乎有使不完的劲儿。

这时小宁给小骏打电话:姑妈心梗,由于发病时单独在家,没有得到及时抢救,去世了。小骏猛地一惊,然后一阵心痛,奶奶去世后又一个疼他的亲人离开了。小骏匆匆定了机票,赶去沱州。大洋彼案,老陈听闻噩耗一个劲呜咽,好久说不出话。

小骏在沱州期间了解到,小宁工厂基本处于破产边缘,他目前领着八折工资,在家待岗。小骏建议小宁干脆到沧陵的公司上班,小宁原先在厂里做电工,专业也对路。

小宁这次没有犹豫,立马应承下来,说等母亲"断七"之后,就来上班。小骏问他,嫂子和小侄子咋办?小宁说当初如果老婆把婆媳关系处理好,姑妈就不会出事,他心里过不去这道坎,甚至想和老婆离婚。

小骏让他好好考虑,这事不能全怨嫂子,况且还有孩子。小宁说这事他会慎重,但一切等自己在沧陵站稳脚跟再说。

回到沧陵,小骏接到钱建华的电话,说他目前同"王兄"一块儿共事,哥俩听说小骏跳槽到一家新公司做总经理,约他出来聚一聚。

小骏好久没遇到这两位仁兄,特别是王谢东,这些年不知躲哪去了,如今忽然冒出来,还真令小骏感到惊喜。

王谢东认为当年被老赵耍了,心里气不顺,就在家中炒股,不久赶上一波牛市，干脆辞了职。他家原本两套房，一套大的父母住着，另一套小的预备给他结婚，牛市疯狂的时候他把婚房卖了，结果血本无归，直到现在依然孑然一身。

王兄可以不结婚，可以和父母挤在一起居住，但嘴巴总归要吃饭，啃老毕竟不能啃一辈子，他应聘到了武陵建科院监理公司。钱建华一年前决心从武房监理公司出来，也跳槽到了建科监理，在某个项目担任总监。

两人在同一家公司相遇，曾经的共事经历好像黏合剂，将他们绑定成为"老铁"，于是王谢东向公司打申请，调到钱建华的项目担任总监代表。转眼两人已经搭档大半年，彼此相处融洽，王兄依旧爱管事儿，钱建华乐得轻松，没事就摆弄他的印章。

三人端起酒杯，咸咸淡淡聊着过往，王兄感慨周围的同学和同事们成家的成家，立业的立业，只有自己一事无成，一副怅然若失的神态让小骏也颇为伤感，"内环一期"心高气傲的王兄似乎变了个人。

"你现在还恨老赵不？"小骏毫无避讳地问王谢东。

"都过去这么多年了，老赵估计早退了，恨他顶个球用？"听得出，王兄依然对老赵难以释怀。

"首先老赵这辈子一直受到正统思想的影响，对工地上的潜规则难以理解，其次对他来讲，你受到了伤害，他也因此平添了不少麻烦，虽然事情最终摆平，但心里不免对你产生怨恨，最后他又不能批评你，甚至面上还得违心地表扬你、奖励你，所以事后他就更不愿搭理你了。"小骏替老赵辩解，也为开导王兄。

"实话实说，那事同我关系不大，当年是李超怂恿周军向尹观丛告了你们的状。"这也一直是钱建华的心病,被小骏提起,索性把秘密倒了出来。

"什么,原来是周军这小子。我还当是……怪不得姓刘的那天火气那么大,这架掐的。"王兄后悔当初鲁莽了。

"大家当时刚踏入社会,对很多事情想不透,社会其实大着哪,几个人挤在这么一个小圈圈,斗来斗去多不值,不如相互支持,一边提高技术水平,一边抽空多读点书——还是小骏有出息,硕士毕业,还做了总经理,多好。"钱建华羡慕说道。

"十五年了,真快!"小骏不禁感慨,然后举杯,"我们都是老同事、老朋友,今后彼此多照应,干杯!"

"小骏说得好,'苟富贵莫相忘',干杯!"钱建华带头附和,王谢东跟着举杯。

又过半年,钱建华和王兄一块儿加入"振丰",钱建华担任质保部经理,王谢东到项目上做负责人。小骏知道两位老兄都有缺点,但知根知底,用着放心。

"振丰地产"暂时没有项目,小骏正带领几个精干的员工,从开发流程到融资方式,一项项地熟悉业务,"振丰建筑"收购了一家房建一级资质的施工企业,干点小活儿的同时陆续参与一些大项目的施工投标。

宇翔这时已从新湖区调整到沧陵市建委当主任,虽然仍旧正处,但官场上多历练一个平级岗位,履历就会更丰满,这对今后升迁往往具有重要意义。

振纲和小骏考虑宇翔正处在仕途上升的关键几年,决心避免将宇翔牵扯进振丰拿项目的过程当中。宇翔却挺放得开,岳父教导他,当今中国为官之道，需要四面出击，而不是四平八稳，故步自封。很多事想要办好，官商必须相互依靠——政治经济学嘛，政治当然要和经济绑定一起。

这么多年，馨兰一直悄悄地同张强保持接触。

自从振纲忽然退出"梦时代"管理层，他们曾经一度揣测振纲觉察到了什么，但一直缺乏有力佐证，因为振纲对馨兰的关心和爱护一如既往。

女儿晓枫出生，两人曾经一年多没有接触，随着晓枫从襁褓过渡到童年，女孩的脸型和眉眼越来越像张强。馨兰不敢想象，因为张强曾告诉馨兰，他是没有生育能力的，但时光流转，晓枫的外貌不断坐实自己的猜测。终于有一天，她对张强提出了自己的想法。张强看了晓枫的照片，让馨兰悄悄带孩子同自己做了亲子鉴定，结果馨兰的猜测变成了事实。

张强心里多少泛起波澜，把一只妻子小周在生儿育女后才能佩戴的老镯子交给馨兰，算是留给骨肉一枚印记，馨兰一直没敢戴到手上，悄悄地收藏起来。

张强这两天心里七上八下，"梦时代"离上市只有一步之遥，但经过之前几轮融资，自己的股权已经不能对"梦时代"享有绝对控制。

最近一轮的金主是一家美国公司，老板却是华人，叫做杰克·李，昨天他忽然以书面形式要求在一个月内召开股东大会，同时抛出提议：重新选举董事长，更换"梦时代"的经营管理团队，理由是"梦时代"的运营绩效长期不佳。

张强清楚，什么"运营绩效长期不佳"纯粹借口，实质是，杰克的提议一旦被股东大会通过，那么自己将失去对"梦时代"的控制——那时杰克可以运用各种手段让自己沦为没有话语权的小股东。张强静下心分析形势，并且反复琢磨，杰克敢于向自己叫板，到底凭借什么？

杰克当初是自己找上门同张强商洽合作的，说是从一家同 A 企有往来的财务咨询公司了解到"梦时代"正在寻求资金支持，恰巧杰克也看好"梦时代"的前景。

A 企应该是自己可靠的同盟，因为自己目前仍然是 A 企重要的生意伙伴，杰克如果和 A 企联合，必然为此付出非常大的代价，这几乎没有可能；B 企虽然同自己没有生意交往，但常年受到王小松老子的关照，似乎也没有可能；王小松、戴振纲同自己一起创立"梦时代"，并逐步发展到当前规模，他们应该也会支持自己。

张强拿出一张 A4 纸和一支笔，若有所思地整理着股权变化：初创的时候，张强 70%，王小松 15%，振纲 15%。

经过了第一轮估值、融资，A 企用 1000 万获得 20% 股权，之后张强 56%，王小松和振纲各 12%，A 企 20%。

经过第二轮估值、融资，B 企用 3000 万获得 20% 股权，之后张强 44.8%，王小松和振纲各 9.6%，A 企 16%，B 企 20%。

等到第三轮，杰克拿出 8000 万获得 25% 股权，如此，张强股份调整为 33.6%，王小松和振纲各 7.2%，A 企 12%，B 企 15%，杰克 25%。

后来振纲退出"梦时代"管理，拿出 2.88% 分给张强和王小松，这样张强增加到 35.04%，王小松增加到 8.64%，振纲剩下了 4.32%。

张强对每轮融资都非常审慎，引入杰克的资金更是早有盘算：A 企和王小松都是"自己人"，B 企有王小松的关系，杰克的 25% 是翻不了天的。

即使"梦时代"上市之后杰克在 A 股市场偷偷吸筹，只要自己密切关注大股东持股变化，有效应对就不是件难事。这个盘子在他张强有生之年都能牢牢控制在自己手里！

那么杰克究竟有什么底牌？张强将手中的铅笔反转，轻轻敲击桌上的稿纸，脑子同时把所有股份组合了一下，自己 35.04%，杰克 25%，A 企 12%，王小松加上 B 企 23.64%，振纲 4.32%。

唯一可能就是王小松反水了！！！如果王小松同自己一心一意，杰克不可能掀起风浪，因此也不可能提出那样的提议！

想到这里冷汗从张强脑门上沁了出来，内心祈求但愿是自己胡思乱想，然而直面现实，张强找不到其他答案。

王小松出卖自己，张强做梦都想不到：如果是真的，王小松这小子太不仗义了吧，在王小松身处低谷的几年当中一直是自己在关照他，他才有了目前的事业，这家伙不至于如此忘恩负义吧？何况，自家老爷子可是王小松的老子——王建民的老领导呐。

张强更没想到，归根结底是王建民在觊觎自己的"梦时代"，是他要拿下"梦时代"这个"盘"！

王建民借助儿子王小松，联合了杰克和 B 企布下这个局，这个局他们耐心等待多年，如今必须收网，否则等到"梦时代"上市，操作难度和各方面的变数势必陡然增加。

一根致命的稻草

"四人帮"刚被打倒的时候王建民只是三十出头的小年轻,在武陵省红星化工厂做厂办副主任,老婆小龚在厂部档案室,膝下一对儿女,姐姐王小燕和弟弟王小松。

张强的父亲在新中国"第二个五年计划"实施不久,替自己昔日的老上级在大庭广众之下放了几炮,由此受到冲击。老上级如今重新上台,他一直惦记这个昔日的部下,拨通电话后开口就问:

"有人说你脑子不好使了,真的假的?"

"报告首长,这是战术策略。"张老爷子和这位首长对话,无论什么场合,向来毕恭毕敬,实事求是。

"好,我知道了。"老首长之后向中央提名,由张老爷子担任武陵省委书记。

张书记上任不久,原来配给他的秘书被组织部调到省工业局当副局长,于是张书记同工业局长打趣:"你们局拐掉了我一个秘书,必须尽快还我一个哟。"

局长一听就明白,老爷子要在全省大型工矿企业为自己挑一名秘书,于是问张书记:"您老要挑个什么样的呀?"

张书记于是罗列了一下要求:共产党员,名牌大学毕业,科级以上,三十至三十五岁之间,男性……挑来挑去,挑到王建民的头上。

张书记知识分子出身,具有书生的耿直和敏锐,当年由于耿直,差点被政治旋涡卷入海底,但随后的敏锐,让他嘴巴早早贴上了封条,凭借自己"精神不稳定"的挡箭牌,安然度过了动荡的岁月。如今打倒了"四人帮",但整个国家,包括自己已经浪费了大量的宝贵时光,他决心无论如何都要利用好自己为数不多的政治生命,为国家和一方百姓做些实实在在的工作。

在那段百废待兴的岁月，张书记领着省委、省政府一班干部宏观大胆布局，微观谨慎落实，在武陵省的电气、化工、五金领域打造出一大批明星企业和特色产品，使武陵省的产业复苏和发展走到全国前列，电气、化工、五金更是成为本省的"经济发动机"。

在这个过程中王建民兢兢业业，付出苦劳，甚至疲劳，充分获得锻炼，并施展了个人才华，一步步升迁到副局级岗位，但他本人并不满意，认为张老爷子顾全这、顾全那，为自己说话不够，使劲不足——譬如那个张书记后任，甘书记的秘书，就眼睁睁地走到了自己的前头。

比起工作，更让王建民失意的是儿子王小松。小松从小体格弱，同身体呼应，智力开发也相对迟缓。一般人轻松背诵的篇目，王小松的脑子却像漏斗，使劲装，总存留下来不多；数学一类的逻辑思维更难，同学一小时完成的作业，小松可以磨磨蹭蹭三小时！王建民决定给儿子更换赛道，小松初中还没毕业就被安排去美国留学。

王小松明显觉察父亲对自己的疏远，甚至厌弃，他当然知道自己读书笨，也因此苦闷得很，长时间的积郁和孤独使他大学后沾上恶习，常去赌场鬼混。在国外，王建民将小松托付给自己工业局长任上结识的美国华人朋友杰克·李，当杰克发现小松赌瘾越来越大，不敢隐瞒，及时通知王建民，然后将孩子送回国内。于是，王小松在家无所事事地待了两年。

有一次，张强因为生意上的事找王建民帮忙，王建民趁机试探地提起当前儿子还没找到工作。张强感到离休后张老爷子的影响力在快速衰减，王建民的暗示对自己是一个机会，于是欣然提出带上王小松一起干……直到现在。

张强虽然选择了以自己的第二种态度同王小松打交道,但并不认可这个能力平平的公子哥,常常有事没事拿自己同王小松比较——比财富、比家世、比辈分……当然张强总可以得意扬扬地收场——钱是张强多,官是张强的爸爸大,王建民后来一直称呼老领导"叔叔",称呼张强"小弟",所以辈分也比王小松高……反正每当张强看王小松不爽的时候,就会立刻让王小松感到不爽。

王小松读书不行,工作能力一般,忍耐力却超强,张强再怎么可恶,自己就拿一张笑脸与之周旋。为了获得"梦时代"的经济收益,王小松硬生生将自己对张强的"恨"吞回到肚子,"恨"一层层地累积起来,渐渐固化成为了"仇",眼下王小松报仇的时机成熟了。

"梦时代"《董事会章程》中有一条,"只要有四分之一及以上的股东提出重大事项变更申请,董事会必须在四至六周内召开股东大会,对相关事项进行表决……"这是杰克在融资谈判阶段,坚持在《董事会章程》中增加的内容,看来这个杰克早有预谋啊!

当时张强没太在意,只是增加了一条"相关事项或者议题必须同期以申请书形式向董事会提交……"没想到,后面自己增加的半句多少有了用处,否则他现在还在胡乱猜测杰克将要提出什么"重大变更"呢!

张强试探着向王小松提出自己天价收购他 3% 股权的要求,王小松果然支支吾吾地拒绝了,所以当前形势已经明朗:张强及 A 企 47.04%、杰克、王小松及 B 企 48.64%,唯一不确定的是振纲的 4.32%——振纲成为可以压垮任意一方的一根致命的稻草!

已经很晚,杰克同王小松仍在自己的办公室反复盘算,盘来盘去,话题终归落到了戴振纲的头上。"杰克，您放心，振纲同张强有仇，我去说服他，干脆让他把手上的4.32%卖给我们，我们多出点钱好了。"王小松很有把握。

"如果这样最好，不过无论如何，戴振纲不能站到张强一边。姓戴的究竟和张强有什么过节？"杰克还是不放心。

"具体还不清楚，不过那次他突然提出退出'梦时代'管理层，虽说另外有事在忙，但我总觉得整件事情里面另有蹊跷。振纲的老婆当初在我们公司时，同张强关系很不一般，我是指暧昧，会不会其中有什么故事？"这又是一起"旁观者清"的典型案例！

"现在已经来不及估计和猜测了，你一定尽快摸清楚这个姓戴的社会关系，看看还有什么线索我们可以利用，这回我们输不起，否则不单白白搭上几年工夫，还可能搭上近亿元的经济损失。如果这样，你杰克伯伯破财事小，你在'梦时代'的这些年也白熬啦。"杰克知道如果这仗打不赢，张强同样会对自己和王小松下手。

次日一早，宇翔来到振纲的办公室，振纲一见宇翔立刻起身，伸出自己的右手："啊呀，主任大人大驾光临怎不事先知会一声。小骏就在隔壁，要让他过来一起坐坐吗？"

宇翔迎着振纲握了下手，然后又摆了摆说："等下吧，今天过来，有要紧事同你商量，或者说请你帮个大忙。"

"哦？难道老兄光临寒舍，不是关于'龙江街道A地块'的事情？"振纲觉得奇怪，除了这个项目，难道宇翔和自己之间还有更大的事？

"王小松是我小舅子，小燕的亲弟。"宇翔开门见山。

振纲一听，恍然大悟："怎么之前我在'梦时代'这么久，一直没

327

听小松提过？"

宇翔告诉振纲："我岳父关照小松不要暴露自己的家庭背景，以免喧宾夺主，让张强感到不快，毕竟在人家的一亩三分地嘛。"

一天前馨兰拿来一份协议要振纲签字，振纲一看是关于张强意图购买自己"梦时代"3%股份的合约，购买价格不低，等"梦时代"上市，自己这些股份拿到市场变现，基本也就这么多——五千万。

"张强为什么找你？"振纲仿佛很不经意。

"因为当初你忽然退出'梦时代'的管理层，张强感觉你对他有意见，所以找到我。"这个问题馨兰在拿出合约之前已经斟酌清楚，就这么应付吧。

"哦，张强遇到什么事儿了吧，无缘无故怎么会用高价收购我的股份？"振纲一看就明白，张强一定和某些股东掐起来了，并且处于非常危险的境地，否则他不可能这么大方。

"好像是吧，他的确需要你帮忙，否则麻烦不小。"馨兰替张强坦白说了。

"你了解其中的细节吗？"振纲进一步问道。

馨兰这时也顾不得许多，把王小松勾结杰克和B企业，准备从张强手里抢夺"梦时代"的前后经过对振纲详细叙述了一遍。

见馨兰替张强操心，振纲就感到一阵酸楚，他知道这是自己从追求馨兰开始便会屡屡发作的旧疾，不过虽然仇恨张强，振纲却更加不齿王小松的行径："我同意成全张强。你把协议给我，我签好直接交给他。"振纲平淡地对馨兰做出承诺。

振纲原计划下午就安排人把合同送到"文沧大厦"，交给张强——

他只是不愿因为几页纸,张强和馨兰又多一次机会接触。现在从宇翔口中,振纲却意外发现事情远非之前想的那么简单,公文包里的一纸合约很可能为自己日后竖起一堵墙,而这原本应该是一条路!

振纲瞬间凭本能做出抉择,他对宇翔说:"我可以猜到主任大人的此行目的,但你晚了一步,昨天张强已经买走了我的股权。"

宇翔顿时露出错愕的表情,问道:"怎么回事?"

"我们已经签了股权转让合同。"振纲不大会说谎,不自觉瞟了眼一旁的公文包。

宇翔向振纲悻悻告辞,甚至没跟小骏打照面,直接赶去向岳父复命。本以为手到擒来的小事,如今的结果不但事与愿违,更是木已成舟,他一路感到头涨得厉害,想着如何向自己的泰山大人回话。

王建民坐在办公室,正等着女婿带来好消息,他也认定这是一桩探囊取物的事,虽然他让宇翔提出的价格并不高(一千万购买振纲手上1.5%的股份),但按正常情况,也没让振纲吃什么大亏,再说这个小戴同自己的女婿还有一份交情——那更没什么理由拒绝啦,武陵削尖脑袋想同自己结交的生意人多着呐,再说即便价格上那姓戴的想顺势捡些便宜,也不是不可以商量嘛。

不料宇翔告诉自己,他们还是被张强抢先一步!

这下尴尬了。不过再尴尬也得拿下这点股份,堂堂王副省长在自家地盘,连这样的事都搞不定,岂不让人笑掉大牙?

"你去对那个小戴说,让他撕毁合同,反正还没到工商局履行变更手续嘛。如果有什么损失,让他放心,杰克和小松一定会补偿的,另外价格的事好商量,目前小松能够拿出的资金有限,等公司上市后,马上会把差价补给他！"

当时做方案的时候，他虽然也考虑过振纲的那点股份，但在没有摊牌之前，不想惊动局外人，却因此慢了半拍。如今只有硬着头皮上了，否则不单功亏一篑，如果让杰克蒙受巨额亏损，自己的前途也会平添一层隐患。

宇翔一走，振纲就把小骏招呼到自己的办公室。

"啊，怪不得当时见到王小松觉得眼熟，原来在宇翔的婚宴上同他照过面。"小骏脱口而出。

"你还在什么场合见过王小松？"振纲感到奇怪。

小骏的脸一下就红了，心想要对振纲隐瞒一件事，还真不容易，一不小心就说漏了嘴，不过事到如今，还是和盘托出，这应该是振纲决策的依据之一。

"我几年前做过一个日资项目，就是张强介绍的，当时在他'文沧大厦'的办公室我和王小松照过面——那个项目是老赵转给我经办的。"

小骏说得很大略，但振纲已经完全品出了个中深意，小骏既然头脑里存着自己应该远离张强的想法，那他原先守口如瓶就是出于避免搬弄是非的好意，这会儿小骏道出实情，无非让自己掂量清楚，为了这个姓张的，得罪宇翔和背后的王建民到底值不值？

振纲接上的话头跳跃了好几层转折："我不是为张强，第一是为一个'理'字，王小松这么做同抢夺和偷盗有什么区别。"

"第二条呢？"小骏冷静问道。

"既然馨兰为张强说情，我自然要尽力成全。"振纲脸色瞬间凝固，眼中闪动着痛苦和无奈。

"你知道的,王建民在武陵省各个政府部门都有盘根错节的关系网,况且之前宇翔也帮过咱们,他们同张强斗法,我们没有必要掺合其中,最多咱谁都不要帮。"小骏提出的折中建议其实就是帮了王小松,或者周宇翔,或者振纲和小骏自己。

振纲没再吭声,他当然晓得其中厉害,仅仅眼前的龙江街道 A 地块,只要王建民使坏,那么这个项目的开发权一定与振丰地产无缘,甚至之后的损失还远远不止于此,麻烦可能源源不断。

"民不与官斗",置身商界的振纲非常明白这个道理,"蓝光""瀚海""东方"的遭遇在他脑海深处留下了难以磨灭的痕迹。

宇翔晚上回到家,一屁股重重坐到沙发上,仰头看着五彩斑斓的吸顶灯,好像回到了童年,父亲带着儿时的自己去看夜空的星星,那时的夜色总是那么清朗,而今窗外的空气总是罩着一层灰色的阴霾。

王小燕看到丈夫一脸疲惫,到厨房抓了一撮"碧螺春",用沸水泡上,然后端到宇翔跟前。宇翔吹开尚未沉下去的叶芽,把嘴贴到杯沿轻轻嘬了一口茶汤,然后问她:"王小松的事情,你知不知道?"

"你又不是不知道,我和妈妈从来不稀罕管你们男人外边的事。他怎么啦,不会又去赌钱了吧?"对弟弟,王小燕只担心这一点。

"不是,他在和张强斗,想吞掉'梦时代',不过目前这事不顺利,杰克难免因此受到损失!"

"张强不是张爷爷的儿子吗?他怎么啦,欺负小松了?"王小燕显然一点儿都不知道事情的来龙去脉。

"确切地说是杰克和你弟弟想欺负人家。"宇翔也是这么认为。

"那又为什么?"王小燕很不理解。

"想赚更多的钱呗。"宇翔叹了口气,"自家人总得相互照应吧,所以我去找了小骏的老板戴振纲,他手上的丁点股份如今成为双方争夺的焦点啦。"

"那戴总怎么说?"王小燕问。

"他说已经将手中的股权转给张强了,如果这样,小松就输定了。"宇翔回答。

"小松就不应该去欺负人家,自作自受,那就算了呗!"王小燕说得很轻松。

"你说得轻松,爸爸可不答应,杰克投资的钱可是爸爸通过关系帮他从银行贷来的,如果'梦时代'的命脉掌握在张强手中,那杰克的投资就会有打水漂的风险,届时杰克一旦不肯乖乖就范,爸爸就会很被动。如果老爷子因为此事受到牵连,咱家风光的日子也就到头了。"宇翔担心地说道。

"那爸爸想怎么办?股份已经不在人家戴老板手里了呀。"王小燕不解。

"爸爸让我逼着振纲违约,把手里的股份让给小松,然后直接到工商局备案,我却觉得说不出口。"宇翔身心疲倦的原因,终于对老婆说清楚了。

"唉,爸爸真是的。"王小燕欲言又止地叹了口气,又想起父亲的不是。

当年王建民尽力撮合王小燕同一位大首长的孙子谈恋爱,王小燕自然顺从父亲的安排,但处了一段时间,王小燕发现对方不但懒散,而且生活糜烂,就把情况告诉王建民,并提出跟对方分手。

王建民坚决不同意,说什么对方正是胡闹的年纪,过几年自然就老实了,家庭门第这么高的可不好找,让女儿一定要珍惜。

  王小燕当时既没有足够的阅历,又没有坚定的主张,加上崇拜自己的父亲,所以单纯地将对方视作自己的终身伴侣,让对方轻易得到了一切。没过多久,王小燕身体内部居然检查出梅毒,她忍无可忍找那个花花公子理论,理论的结果却是失去了理论的对象,那个人渣彻底"蒸发",再也没有出现在王小燕的视线范围。

  王建民倒是很快讨回了公道,行政职务上了一个台阶。王小燕欲哭无泪,决心一辈子单身。龚老师为了这事,没少跟丈夫争吵:好端端的姑娘,亲生骨肉,怎么舍得当作自己往上爬的梯子,心也太狠了吧!

  好在后来遇到周宇翔。

  "什么风不风光的,爸爸的事你少管,你不是有专业吗?最多咱不当官了,凭技术吃口安稳饭挺好!"一向没有主意的王小燕这回好像很有自己的主张。

  宇翔苦笑着拍了拍妻子的脸颊,用力揽了揽她的右肩。

  振纲晚上回到家,把宇翔拜访自己的意图告诉馨兰,馨兰对这忽然冒出的新情况措手不及,内心纠结得厉害,一向很有主张的赵馨兰一时间反倒没有了主意。

  (伸入中腹为了开拓疆域,守好边角为了稳固政权。既然双方在中腹的目的都已达到,就各自把注意力移回边角。好像寻找生活重心,即在寻求生命意义的平衡。)

领教

这些年馨兰伴随振纲起起落落，见证了丈夫赚钱的风险和不易，经过几次刀口舔血的豪赌，振纲终于为这个家赚得了稳定、体面的生活，自己和晓枫在这个男人的呵护下过着无忧无虑的日子。尤其知道了晓枫的基因传承，每当同张强接触，馨兰总会愧疚自责：振纲给自己一个温暖的家，自己给振纲的又是什么？

振纲见馨兰不吭气儿，赶忙说道："明天我就把合同签好后交给张强，免得夜长梦多，最终我顶不住压力，被王小松争取过去。"

"这样对你……的事业杀伤太大了，再等等看有什么变化吧。"馨兰本来想说这样对振纲太不公平，但没办法解释哪里不公平，所以改了口。

振纲很高兴，这是他第一次感到，馨兰发自内心深处对自己的爱护！

"纠正一下，是'我们的事业'。"振纲得寸进尺，转而又说，"不过王小松这样没底线，我也看不惯，倒是非常乐意帮张强一把。"

"那你当初为什么突然离开'梦时代'的管理层？"馨兰忽然发问，逼得振纲沉吟了好一会儿。

"因为嫉妒，因为有的地盘只能容下一个人！"振纲说得双关，馨兰却似乎已经明白："你小心眼儿。"她笑着跟振纲打趣，振纲内心深处朝馨兰扮了一个大大的鬼脸。

振纲第二天上午接了两通电话，一通来自张强，一通来自宇翔，张强的只是简短几句，宇翔的却持续了一个多小时。

"振纲，我是张强。"

"知道。"

"王小松这王八蛋居然摆了我一道，你得帮我，否则我就完了。"张强俨然在用自己的"第一种态度"同对方通话。

"知道。"振纲重复地说。

"那馨兰把合同给你了吗？"张强试探地问。

"给了，过两天我再找你，这两天我抽不开身。"振纲口气依然冷淡。

"实在不行，我再多给你五百万，我一下只能拿出这么多了。"振纲的口气让张强觉得心里没底。

"其实减掉五百万也没关系，根本不是钱的事儿。"振纲欲言又止，他的确因此背负着很大的压力。

"那我等你消息。"张强不敢再逼振纲了，但似乎还有话没表达充分，"有的事情你老弟多担待，是我对不起你。"

"知道。"振纲又重复了一遍，随即没对张强做礼节性道别，就挂了电话。

张强拿着手机，愣了会儿，才若有所思地按下挂机键。

当宇翔打来电话，把意图说明之后，振纲一边客气地寒暄，一边大脑飞快地转动，他必须找一个恰当的理由拖延，否则就是同宇翔撕破脸了。

"兄弟，目前'龙江街道A地块'我们还指着您和老爷子帮忙呐，张强的五千万能和这个项目的利润比吗？再说这五千万，等股份上市流通之后，对我而言，收益还不是一样？更何况，今后我们'振丰地产'和'振丰建筑'有什么事能绕得过你们建委？所以，您主任大人一声招呼，我振纲敢不肝脑涂地？

"再说，我和张强原本没什么深厚的交情，小松和我们共事多年，他对于这点是了解的呀，只是合同既然已经签了，要撕毁，我不得好好掂量掂量。钱能摆平的事情都是小事，但如果张强到时告我这个那个的，我也麻烦呀。不管怎么讲,容我把这事暂且搁一搁,再仔细想想?

"相信我,周主任,你一定要相信我。哪怕要同张强到工商部门变更股份,我一定提前向您汇报。"振纲一通忽悠,口干舌燥,他只能暂时拖一拖,然后再想其他办法,好歹还有一个月的周旋时间——振纲忽然想到了什么。

一回到家,振纲告诉馨兰:"我们就算想将股份转给张强,看来都不大容易做到。"

"为什么?"馨兰问。

"我想起来了,我们董事会章程中有一条,'重大股份转让必须经过与转让活动无关的,三分之一以上股权股东的书面确认'本来是张强设定的防火墙,这下倒让他自己不方便了,王小松一定会以此为借口在工商局受理窗口设卡,我们根本过不了这一关,即使签了转让合同也没用。"振纲也是静下心才想到这个问题。

"那我们帮不了张强啦?"馨兰有些失落,同时感到轻松。

"不,我们一定要帮他跨过这道坎!到时你带上我签名的授权委托书,代表我参加股东大会,你就根据自己的意思投票——这样做,比我自己投票要好,起码为公司留下哪怕丁点的回旋余地。"振纲接着说,"然后我再找机会在宇翔和王小松身上多破费点儿,再赔上些笑脸,慢慢将事情淡化。"

"嗯,我们到时见机行事吧。"馨兰口气平静,心底却泛起了苦涩,想到振纲为了张强到王小松跟前装孙子,真是委屈了这个深爱自己的男人!

"中午碰个面吧。"馨兰想把具体情况对张强做个交代,她同时也舍不得这个自己心爱的男人像热锅上的蚂蚁，抑或到时可以劝他同王小松好好沟通，两人之间是否有什么误会，如果双方能够停战最好，免得自己和振纲夹在当中，怎么做都不合适。

"振纲不是说，过两天会来找我吗？"馨兰感到张强今天同自己说话的口气比起平时有所不同，没等馨兰回答，张强接着问，"振纲什么时候可以把合同签好给我？"

"振纲说这样做恐怕不行。"馨兰急忙想解释清楚。

"我就知道，振纲对于我们的事耿耿于怀。"张强却已经下了判断。

"你别瞎猜，我们的事他不知道的！即使签署了股权转让合同，工商变更也办不了，王小松的爸爸在政府机关到处有他的耳目，你们的董事会章程又有规……"可张强这时对馨兰的任何话都没有兴趣。

他的脑子完全充斥了振纲的股份，而且得出肯定结论，振纲单单因为自己同馨兰的私情就不会帮助自己，他急急打断馨兰的话，说道：

"算了，我们暂时还是别见面，最好连电话都别打。过几天，等振纲稍稍消了气，我再去求他，或许事情还有转机。"

"那我呢？"馨兰内心一哆嗦，万万没想到，这通电话的结果会是这样。

"你……我们本来不过是朋友——好朋友。即使要在一块儿玩，也要等我赢了王小松啊。"

"玩？"馨兰由里而外地涌起了一阵悲凉。

"是啊，我们在一块儿不就是玩玩的吗？振纲一定知道我们的事了，你明白吗？这时候去打翻他的醋坛子，我们不是找死吗？"张强情急之下翻出了藏在箱底的实话，实话就像药丸，去掉糖衣，总是很苦。

"找不找死是你自己，不是'我们'！"馨兰愤愤地蹦出一句。

"什么……"张强没反应过来，馨兰已经挂上电话。

这是馨兰第二回被男人提出分手，虽然场景各异，两者的性质却是相同！

上回是十多年前，高中时代遭遇的"奶油小生"，这回是她认为还算非常有种的张强，晓枫的亲生父亲——张强！

自己这么多年豆蔻般的美好岁月，竟然交到这么个男人的手中，这个男人和"奶油小生"一路货色：当他们的利益受到损害或者威胁的时候，自己付出的情感马上被对方视为累赘，更像一双穿破的袜子，说扔就扔！

当年纵使张强对自己动手，馨兰仍旧觉得张强未必无情无义，可是这回让她实实在在地看透了这个男人。馨兰的伤感没有凝成泪水，只在心底埋下了怨恨——为了张强，完全没必要牺牲自己，更不用说将老公振纲也牵扯进来！

做出决定的一刻，馨兰非常冷静：就算王小松过分，就算张强遭受打劫，这些和自己有什么关系，天下不平的事多了，她和振纲管得过来吗？原本内心的纠结都源于一份情感，情感一旦不在，内心的纠结自然烟消云散。馨兰瞬间感到轻松，这份沉重的负担，她和振纲终于可以放下了！

几天后张强又打电话给振纲，口气是他从来没有的小心翼翼："振纲，你看能不能帮帮我，我真的被逼到了绝路。"

"馨兰没跟你联系吗？"振纲奇怪。

"……"到底说联系还是没联系呢，张强不敢随意回答这个问题。

见张强半晌没接话，振纲继续说道："我已经决定了，帮你闯过这一关。你辛辛苦苦把'梦时代'像小鸡一样地孵化养大，王小松这么做太不道德，我到时会安排馨兰代表我去投票，你就放心吧。"

这通电话给张强带来的幸福太突然，他知道振纲的秉性，振纲能够这么说，就是板上钉钉了！这会儿松弛下来，张强才有情绪回味馨兰被他打断的半截子话：自己的确过不了工商变更这一关。不过这回妥当了，在馨兰这里他终归是游刃有余的！

当张强欢呼的时候，杰克和王小松对本方形势同样做出了乐观的估计。

他们跟踪"梦时代"所对应的工商局股权变更窗口已经好多天，每天传来的消息都是"正常"——看来振纲不想管这事，只要他弃权，杰克和王小松最终还是可以压过张强的！

第二天一早，张强打电话给馨兰，馨兰却一直没接，张强想馨兰又要小性子了——也难怪，那天情急之下，自己脱口而出了几句"实话"，不过每次不用搭理，过不了半天，馨兰就会回过头来找自己——十多年啦，张强早就摸熟了馨兰的脾气，所以他并不在意，转身就去忙别的事儿了。

吃过午饭，张强忽然想到馨兰的电话并未如期而至，他犹豫是不是要再拨一个过去，毕竟多年建立起来的心理优势，能保持还是尽可能保持下去，否则往后跟她就不好玩了！

等到第二天下午，张强开始叽里咕噜地咒骂馨兰：这个婊子如今算是捏着老子的命脉，感觉飘了，是不是？算了，还是打个电话过去吧，这次受煎熬的是自己，没必要同女人一般见识！

电话接通，被摁断，张强再次拨打过去，连通后对方没有接听，直

到自动挂断,看来馨兰将手机调成了静音。张强于是继续放低姿态,发了一条短信给馨兰:

"好妹妹,接下电话吧,哥哥要疯了!!!"

三个感叹号在半小时后起了作用,馨兰回复:

"我正带着孩子看病,到家后再回你!"

又熬了三小时,馨兰的电话终于来了,张强这回不敢造次,温柔地道歉:"Shirley,是我不好,那天心烦意乱,说了些糊涂话,千万别往心里去。"

馨兰冷冷地问:"你就晓得向我道歉,怎么不问下晓枫情况?"

张强一时语塞,馨兰纵使对张强心灰意冷,但他毕竟是晓枫的亲生父亲,所以张强的道歉还是起到作用,她继续说,"这么多年我已经习惯了,也无所谓往不往心里去,但是这次如果帮你,振纲就得在王小松那儿装孙子,还少不得要失去一些机会,王建民父子是这么容易得罪的吗?你说,振纲照顾了我们娘俩这么多年,我多少得为他考虑考虑吧?"

张强听到馨兰又揭开一层利害关系,急忙回应:"Shirley,你放心,等到这事儿过去,我一定多补贴几百万给振纲,一定让你心里过得去。"

"你就不能同王小松达成和解吗,你跟他沟通过没有,是不是一定要和他拼个鱼死网破呢?"馨兰终于把自己想说的话向张强倾倒过去。

"没可能呀,好妹妹,反正这次你一定要帮我,否则我死定了!"张强耍赖说道。

"这次我真的不想帮你,你自己想办法吧。'梦时代'不就一个公司吗,大不了让王小松当家好了,你当小股东又怎么啦,你也不缺钱呀!"

馨兰觉得争来争去,无非就是两方人马的贪婪在作祟,只有振纲和自己端着"情义"的平衡杆在高空走钢丝。

张强说不下去了——的确，这件事说来说去无非就是为了钱，Shirley劝自己对钱要抱以无所谓的态度，那自己还怎么往下说？

张强更是听不下去——这个Shirley，关键时刻向自己叫板，真是"红颜祸水"，自己这么低声下气的够意思了，还蹬鼻子上脸啦，自己对振纲没辙，对你Shirley，有的是杀手锏！

"Shirley，你也不要感到对不起振纲，你毕竟是他老婆嘛，他对你好也是应该的。"张强开始无耻了。

"我的老公对我好不好，与你做不做'梦时代'董事长有何相干？"馨兰火气腾地蹿了上来。

这个女人疯了，没法继续沟通，张强暗想，看来不给她点厉害，还真以为自己拿她没办法："Shirley，你如果想对得起振纲，那干脆告诉他呀，把我们所有的事情都跟他讲呀，还有晓枫的事情也说给他听，看他会不会觉得你很对得起他！"

张强的话让馨兰愣在那里，过了会儿，她颤颤的声音问张强："你在威胁我？"

"不是威胁，但如果你不帮我渡过这关，我成了穷光蛋，你也别想做阔太，大家都没好日子过！"张强否认了威胁，却诠释了如何威胁，馨兰颤抖的声音，让张强感到自己的方法奏效了。

电话那头，馨兰两天前刚刚领教了张强的怯懦和薄情，这回又领教了他的厚颜和卑鄙。张强已经亮出王牌，之后便硬着头皮不再吭声——电话两头长久的沉默，最后终于被馨兰慵懒的声音打破：

"有数了，不过请你在此期间不要再来烦我。"之后没等张强开口，就用拇指终结了通话。

张强虽然不爽,但终究没有勇气在决定自己命运的股东大会前,再去骚扰馨兰。

夜色又一次彻底笼罩了沧陵,望着窗外宁静的灯光,馨兰内心挣扎,她不甘心被张强这么欺负,但又没勇气面对振纲知晓一切后不可预知的场景。

馨兰一直不清楚自己为什么愿意同张强亲近,或许是张强卓尔不群的穿戴,或许是张强桀骜不驯的气质,或许是自己不能驯服张强反而催生的执拗……馨兰对此没有细细品味,只是让感觉任性地操控自己的情感。

然而感觉正在悄悄地转变,她越来越笃情振纲收藏的那些"磨喝乐",越来越喜欢振纲写的那些诗和歌曲,越来越醉心于振纲逗着晓枫叽叽喳喳玩耍的情景……与此同时,馨兰越来越怕遭遇到振纲失去光彩的眼神。

同振纲生活多年,馨兰已经能够辨识,振纲眼睛失去光彩的部分,分明是他内心深处积郁的一泓绛紫的淤血。

几周过去,工商那里依旧没有动静,王建民逐渐放心,看来振纲到底不会因为一个外人或者小几千万,搭上自己赖以生存的社会环境。

股东大会前两天,王建民让宇翔当着自己面打了一个电话给振纲,手机那头传来令他彻底放心的消息:振纲目前正在香港做商务考察,股东大会结束之后他才回到沧陵——这进一步证明,自己之前的判断都是对的。

然而股东大会召开,馨兰竟然拿着振纲的《授权委托书》走进"文沧大厦"七层会议室,王建民第一时间获悉这条消息,惊得满脸通红,血压随即升高！

杰克和王小松坐在那里，内心一齐七上八下，只有张强的心情特别好，带着沙沙的声音说道："依据董事会章程，我们召集了本次股东大会，现在开始吧！"

……

振纲这时躲在香港，顺便考察了香港的理财产品，考察成果让他坚定了逐步走出国门的决心。中国大陆金融市场发展的这些年成果固然显著，但同香港金融市场相比，眼界仍然不够开阔。

在香港一个"合格投资人"可以通过委托，对几乎全世界的股票、期货、石油、金属、粮食……进行投资，你投资的地域除了美国、澳大利亚、日本、俄罗斯、印度、韩国，甚至还可以达到东南亚、南美洲、北欧……你可以做多，也可以做空，只要你判断准确，就可以攫取财富。

每个地区、每项投资领域都会催生大量信息，关于政治背景、经济指标、法律规定、气候民俗……这些投资理财机构如何建立和驾驭如此庞杂的情报体系呢？

夜色降临，振纲坐在宾馆的书桌旁兴致盎然地整理考察成果。此行收获颇丰，振纲在不知不觉中工作了两个小时，他伸了伸懒腰，起身徘徊到户外阳台，吸了口新鲜空气。

宾馆坐落在"太古广场"，此地从前是驻港英军的维多利亚兵房，兵房迁出之后，该地块由"太古地产"中标购入。看着璀璨的夜色，振纲感到自豪，如今沧陵市中心的夜景与香港比较，已经毫不逊色。

振纲这次到香港还有一桩要紧事，去一趟"香港佳得拍卖公司"。两周前小勇打来电话，说这次"佳得秋拍会"中将有一件永乐时期北京风格的金铜佛像，振纲已经预约，明天同"佳得"业务部总监见面，对拍品的详细情况进行了解。

第三会议室

这时，振纲的手机响起，一看是宇翔的号码，忽然想到，今天下午是"梦时代"的股东大会。

振纲硬着头皮按下"接听键"，周宇翔的声音随即从听筒中传来："振纲，我岳父让我代表小松向你致谢！"

振纲的思维一下变得僵硬，木讷地说了几句客套话，直到结束心里还在嘀咕，这是正话还是反话？不过宇翔的语气，却充满了如释重负的诚挚。

过了会儿，张强的电话也跟着进来，一开腔，就和着沙哑的疲惫，尽力喷射出歇斯底里的愤怒："戴振纲，你这顶着绿帽子的王八竟敢这样算计我，我睡了你老婆又怎么样，我还要告诉你，晓枫是我的种，哈哈哈哈，没想到吧。Shirley这个婊子，真是红颜祸水，害死我了。"

振纲不知沧陵那边发生了什么，但"梦时代"的表决结果已经明确无误。振纲忽然担心张强这个疯子会对馨兰甚至晓枫做出什么出格的事，拨打馨兰电话，居然已经关机！

他匆匆更改行程，取消了"佳得"预约，改签最近的航班，飞回沧陵。

到家打开房门，振纲却找不到馨兰和晓枫的人影，桌上留了一封信和一只小锦盒。透过字里行间，振纲仿佛看见赵馨兰写信时复杂痛苦的心情：

振纲：

我没有勇气面对你，也实在没有脸来面对你！

我不是一个忠贞的妻子，我同张强之间发生了任何丈夫都不能容忍的事情。十多年来我一直以为只有在张强身上才能寄托自己的感情，一次又一次地对不起你，现在每次想到这些都会愧疚和煎熬。

晓枫是我和张强孽缘的结果。想到这么多年，你比任何父亲都要疼爱女儿，这个事实对你将是多么残酷呵！

张强威胁我，如果不在股东大会帮他，就把他和我之间的事情全部告诉你。

我很纠结，我不敢想象这个事实对于你的伤害，但我更没有勇气继续骗你，并让你在毫不知情的情况下为了张强去无谓地承担巨大压力。

这只镯子是张强留给晓枫的信物，我一并交给你处理。

我把晓枫暂时寄养在她外公外婆那里，自己另外找个安静的地方，好好想想自己的过去和未来，但愿能够寻求到一个惩罚自己和赎回自己罪孽的办法。你不要担心，我会好好的，或许我已经不值得你再为我担心了。

对不起，辜负了你这么多年对我的感情。

馨兰
××年××月××日

振纲一边读信，一边泪流满面，心里掺杂着感动和不安，他感动于馨兰对自己真诚的忏悔，不安于不知所踪的妻子。

振纲和小骏雇佣侦探公司跑遍沧陵所有三星以上的宾馆，没有！根据馨兰留下的通信录问遍了馨兰所有的朋友，也没有！

……

一周很快过去,振纲胡子拉碴,一脸疲惫地继续到处寻找,这是他目前唯一重要的事情。又过去两天,振纲已经想不出馨兰在沧陵还有其他可能落脚的地方。

振纲今天依然老早出门,上午他还能罗列几个馨兰平日爱逛的商场、精品店、咖啡吧、茶馆,集中精力四下搜寻——其实这些地方,数日当中振纲已经往来多次,但他总觉得或许还能撞到运气。

到了下午,几天的疲惫已将振纲折磨得精疲力竭,只是木然地开着车在沧陵的大街小巷转悠。太阳西晒,虽然车里打着冷气,但振纲疲惫的心如同车外艳阳下面一般焦灼,很快这份焦灼化成了生理上的口舌干燥,振纲不由得舔了舔嘴唇,碰到嘴角冒出的肿泡,骤然间泛起一阵刺痛,唤回了他的些许神志。

振纲将奔驰停靠路边,神情恍惚地走了几条街才撞见一家小卖部,进去买了瓶矿泉水,但从小卖部出来,他却魂不守舍朝着停车的相反方向走去。

这时天色阴暗下来,远处传来"隆隆"的雷声,好像家乡的石碾,厚重低沉。

"馨兰,你现在怎样,刚才日头毒,你会不会晒着,眼看又要下雨,你可别淋着。"振纲内心一阵绞痛,觉得此时此刻,自己比几年前在沧陵江边失声痛哭的时候更加糟糕,那时是悲伤,生活还能继续,眼下是绝望,仿佛漫漫刑期!

耳旁接着传来几下"隆隆"声响,那不是闷雷,而是庙宇的钟声。

振纲稍稍定神,发现眼前不远处即是"兴隆古刹",他拖着沉重的步子朝向钟声挪去，他想去祈求菩萨，保佑他的馨兰能够平平安安，早日回到自己身边。

走进大雄宝殿，振纲双膝刚刚触到蒲团，便两眼一黑，失去了意识……

"振纲！"

不知多久，振纲在灵魂深处听到了馨兰的声音，眼却不能睁开，他在心底呼唤，自己是多么爱这个女人啊！

"振纲——振纲——"

振纲浑身一震，却不舍得睁开眼睛，让这个梦一直做下去吧。

"振纲——振纲——振纲——"

振纲感到自己的身体同时被人使劲摇晃，他犹豫地睁开眼睛——居然真是馨兰！

振纲翻身坐起，一把将馨兰揽入怀中，馨兰任由振纲抱紧，眼里的泪水像断线的珍珠，一串一串滑落。"阿弥陀佛！"一位老师父看到振纲醒来，双手合十，长长舒了口气，然后示意大伙散开。

菩萨显灵啊，这对伉俪都是这么认为，他们双双跪下，恭敬地给菩萨磕头，更像拜天地，要菩萨为他们证婚。

等到他们走出古刹，钻入轿车，振纲终于又一次望见结婚当日的那缕阳光。

为了彻底消除馨兰的顾虑，振纲把多年前自己不育的检验报告递给了妻子。馨兰仔细看了诊断结果和时间，大约自己怀上晓枫不久——原来振纲早就知道，那他还……

馨兰不安地抬头看向振纲，振纲的眼神正充满光彩地凝视自己，宽厚的浅笑被嘴角的肿泡限制得很浅，但整张脸往外洋溢的却是限制不住的幸福。

"振纲！"馨兰侧身跨越主副驾驶的空间，扑进振纲怀里，她庆幸自己好命，误打误撞，菩萨把自己的一生交到一个有情、有趣、有种的男人身上！

"振纲，上次对你说的香港'佳得拍卖公司'那件金铜佛像拍品，你去了解过吗，情况怎样？"又过几天，小勇拨通了振纲的手机，他一心一意帮助戴兴盛父子重新获得化石子、神头墩。

"勇哥，当时家中有事，我必须尽早赶回沧陵，所以取消了'佳得'预约。"振纲觉得不好意思，小勇帮自己尽心尽力张罗，自己"掉链子"不说，还没有将情况及时跟他通气。

"哦，这样啊，那我下周去香港办事，顺带了解一下吧。"小勇爽快地回答。

一周后，小勇果然打来长途："振纲，那个吴先生好像也在关注那尊佛像，他为了这件拍品，近期已经去过两次香港，感觉志在必得啊。"

"那怎么办？"振纲等着小勇拿主意。

"我一下也想不出什么更好的办法。反正我们不方便同吴先生抢吧，这样就算抢到手，也没有更多意义。我打听了，这种档次的佛像市场上非常罕见，20多年间类似拍品在'佳得'一共只出现两次，看来我们要另打主意了。"小勇一时半会儿也翻不出多余的花样。

王建民这时正哼着京剧《空城计》的唱段，好像自己正"站在城楼"之上。

张强小子到底太嫩，怎么能玩过自己，如今"梦时代"这盘棋还需再走两步,就可以被儿子王小松收入囊中。

除此之外,手上还有一张牌必须要打好——"龙江街道Ａ地块"的土地转让,这同"梦时代"环环相扣——"梦时代"目前在杰克手中,上市前如果再引入几家小松的关联公司入股,这些关联公司能够从杰克手中低价获得足够的筹码,那么小松就可以坐稳董事长宝座,"梦时代"便也姓"王"啦!

作为交换,"龙江街道Ａ地块"就要想法成全杰克,为此王建民做了不少铺垫。

近年来大量资金涌入房产市场,建设土地的价格被不断推高。众目睽睽之下,通过拿地直接获益无疑"简单粗暴"了,拐个弯,将利益交换到与自己职权范围不搭边的领域,那就没有问题!

这件事王建民还是有把握的,目前主管国土资源、规划、城市建设条线的副市长是自己一手提携上来的老同学,罗世忠。

如今罗世忠的仕途前景枯木逢春,他认准了,只要抱住王建民这棵大树,自己甚至还有希望继续"进步"——如果进而成为常务副市长,入常委班子,那自己就是正局级的干部,如果运气再好些,甚至能够更进一步,当上沧陵的市长。这在初到沧陵那会儿,真是想都不敢想啊。

当然啰,牛吃几口草还得挤出奶哩,何况自己得了这么大的便宜。

罗世忠继续思忖,目前国家出让土地无非四种形式,招、拍、挂和协议,采用哪种方式却有讲究。

拍卖和挂牌两种方式均以"价高者得"为胜出标准,各方竞争的核心在于出价能力和价格水平,即使采用招标方式,竞争的关键仍是价格,不过可以参考一些其他因素罢了,操作空间仍然有限。

让王建民交到他手上的"武陵华美达房地产开发有限公司"去直面以上三种形式的残酷竞争，就算最终拿到地，除非地价暴涨，利润空间一定被压缩得很小。

如果通过"协议"方式，就大不相同——今后的运作余地会相当可观，虽然有规定"出让金不能低于国家所规定的最低价"，但同目前的市场行情相比，最低价只有行情的三分之一，这就是自己的价值。

沧陵市政府第三会议室一大早就坐满了国土资源局、规划局、市建委和相关区县的党政把手，罗世忠主持会议。

今天有几个议题需要过会，其中之一就是《关于龙江街道A地块协议转让的申请报告》（以下简称《申请报告》），申请方是国土资源局，今天到会的是国土资源局局长余自强，建委主任周宇翔被市里安排了其他公干，由建委刘书记顶替周宇翔参加会议。

余自强是王建民在当沧陵副书记时候提拔的干部，当时他还只是国土资源局地籍与测绘管理科的副科长，如今俨然成为了沧陵市的"土地爷"。

今天会议，很多话需要他打头炮，为此余局做了充分准备，但这个《申请报告》毕竟存在一些"不上台面"的成分，所以对王建民的托付，自己只能尽力而为。

《申请报告》放在最后过会，不出老余所料，《申请报告》一抛出来，规划局的杜局长就提出了异议：

"作为土地规划的职能单位，我局所提的意见可能不算成熟，仅供大家讨论。'龙江街道A地块'地处沧陵的核心地区，按照《招标拍卖挂牌国有建设土地使用权规定》，一般地理位置优越、投资环境好、预计投资回报高的地块，应当采用招标和拍卖方式嘛。"

余自强赶紧反击："杜局，我们国土资源部门也不愿采取这种复杂的形式，如果选择招拍挂多简单，我这里承担的责任也小很多，但如果不采用'协议'，有些事就落实不下去，我们市，乃至我省都会错过一些发展机遇。"

整个会议室安静得唯有空调风机在"嗡嗡"作响，大家在等余自强接下来的解释。

"这是我省、我市优化产业布局的需要。武陵省以我市为龙头，20世纪80年代起步，逐步形成了以电气、化工、五金三驾马车引领的产业格局，但目前国际上这些领域的技术日新月异，我们的工艺技术水平需要尽快更新换代，况且其他个别省市正在加快这些产业的发展，我们的传统优势已不再是优势，市场遭到蚕食，我们在国内外的产品销量不断萎缩。

"为此沧陵市委、市政府连书记和邝市长要求我们动脑筋、想办法，保持我市以上产业在全国的优势地位。我个人认为提升产业技术、建设好市场平台是关键。对江北区谌书记提出利用核心区位优势，抓住房建和装修市场蓬勃发展的机遇，在中心城区'龙江街道A地块'打造一座全国规模最大，电气、五金产品门类齐全的工贸城，我局觉得应该大力支持。工贸城建成后，将在龙江路一线形成带状辐射效应。从平台入手，盘整力量，形成大宗产品采购市场，那么我省三驾马车中的电气和五金重新回到全国的领先地位就指日可待了。"余自强越说越兴奋，带着慷慨激昂的声调，右手也跟着讲话节奏在空中有力挥舞。

"那我们有关部门加强市场引导不就可以了吗？"杜局听了半天，

依然一头雾水，这么一件大事，又同自己的职责沾边，总得把情况分析清楚。

"杜局，'引导'还是太被动，太慢啦。现在其他省市都在抢商机，人家在'抢'，我们还在'引导'，只怕到头来连口稀粥都喝不上哟！"余自强看到老杜抓着不放，就带了点揶揄的口吻。

"那余局准备怎么个'抢'法，并且和'土地协议出让'有什么联系。对不起啊，余局，我是因为职责所在，按理说你们才是国家土地出让的'守门员'，但是土地的事儿我们局多少沾点儿边，只能跟着一起琢磨琢磨。"老杜唇枪舌剑也不是白给的。

"熟悉并有能力引入国外先进电气和五金机械设备、技术的公司并不多，对我们来说是财神呐，我们把他们放到招拍挂的平台能行吗？别看那些房产商造出来的房子净漏水，把房价炒高的本事倒不小，拿地的时候啥都敢承诺，一旦土地交到他们手里，弄不好慢慢拖个十年八年，来个变相囤地，我们要损失多少产业发展机遇和地方税收？"余自强心里想，先上这几板斧，看老杜还有什么新的说法。

"话是没错，但是2002年发布的国土资源部第11号令，第四条规定：'商业、旅游、娱乐和商品住宅等各类经营性用地，必须以招标、拍卖或者挂牌方式出让。'况且第二十四条规定：'应当以招标拍卖挂牌方式出让国有土地使用权而擅自采用协议方式出让的，将对直接负责的主管人员和其他责任人员给予行政处分。'所以我也是好意，国资局对此可得小心翼翼啊。"老杜中肯地祭出了尚方宝剑。

余自强默不作声，他等待罗世忠发出援军。

罗世忠先征询了一下其他与会者的意见，见其余各方噤若寒蝉，然后清了清嗓子，开始口吐莲花："老杜说得不错，但那是多年前的法令了，如今的土地出让可是我们政府手中的一张王牌啊，这张牌如果打得好，可以让我们在工作中创造出奇迹，可以对人民的生产、生活更多地起到推动作用，所以呢，我还是认真地学习了相关的法律文件。

"2007年8月30日通过的《中华人民共和国城市房地产管理法》中第十三条规定：'土地使用权出让，可以采取拍卖、招标或者双方协议的方式。商业、旅游、娱乐和豪华住宅用地，有条件的，必须采取拍卖、招标方式；没有条件，不能采取拍卖、招标方式的，可以采取双方协议的方式。'老杜，你再仔细体会一下，国家对于'如何进行土地转让''是否可以采取协议的方式'相对于先前的刚性'红线'已经有了很大松动，为什么松动？就是为我们各级政府松绑，更好地为国民经济服务嘛。

"余局长思考问题的面比较宽，属于主动出击，能够自觉主动地把自己的这么一个'局部'放到全局进行通盘算大账，实属难能可贵。工贸城上下游产业贯通之后，将在龙江路一线形成辐射效应，这个机会尤其对于江北区，亦是百年一遇！"

罗世忠接着说道，"谌书记，你也发表一下意见嘛！"

江北区谌书记的嘴好像金鱼，张了一下，却好像卡壳，随即清了清嗓门，红着脸站在江北区的立场表明了态度：

"因为我们的局部利益比较集中，所以不方便随意发表意见。这对我区当然是件好事，但要将这好事办好并不容易，所以我们需要上级行政职能部门的支持——对余局长的支持，我代表江北区委区政府表示衷心感谢！"

"在统筹考虑大利益的前提下，能够兼顾小利益，更是一件好事嘛。"

通过对谌书记表态进行点评，罗世忠亮明了自己的观点，同时引出议题结论：

"科学发展观中的'统筹区域发展''统筹经济社会发展''统筹国内发展和对外开放'这几条作为标杆衡量这个《申请报告》的可行性和必要性还是比较适合的，我个人持肯定意见，现在大家举手表决吧。"罗世忠首先举起了手，他的视线随即化成一根根木偶的细绳，牵动所有与会人员的右臂向上抬起，其中包括了规划局的杜局长。

罗世忠满意地点点头："那么一致通过，将结果上报常委会。"

沙骆洲

夜幕再一次笼罩整座城市。

下班的人们有的急急忙忙接孩子放学，有的赶到菜市场买把蔬菜，有的直接赶回家拥抱各自的幸福。年轻男女三三两两走进了饭馆和影院，另有公务应酬的奔向各自的聚会场所——或许只是一场饭局，或许还有余兴的第二场，甚至第三场。

沧陵最繁华江北地区的一处院落，今天迎来了一拨尊贵的客人。

院落原本十进，抗日战争遭到日本飞机轰炸，一场大火烧掉了后面七进，如今的三进在王建民的安排下由杰克买下来，修葺一新之后成为别有洞天的场所。

第一进喝茶聊天，第二进吃饭，第三进打理成带小花园的卧房，两边的厢房改造后成为厨房以及工作人员办公、值守的屋子。

第一进的影壁上镶嵌了几幅砖雕，除了"福在眼前""和合二仙""刘海金蟾"等民俗图案，另有醒目的三个字——逍遥馆。整座逍遥馆修旧如旧，落地长窗、雕花梁枋、三脊式牌坊砖雕门楼风格古朴，气势虽不算雄浑，却充满了优雅、静谧。大门前的一对石狮布满了岁月伤痕，雄镇两侧，尽现清代建筑风貌的原汁原味。

院内石窗别有情致，选用浙江地区特产的青石，上下边沿以线条凿出对称的二根线饰，一气呵成，显得简约、明朗，左右两旁的边缘采用中国画装帧手法，特别是浅浮雕的荷花叶茎，寥寥几笔，荷叶顿时鲜活起来。这种昔日的建筑构件、石雕艺术，连带着白墙灰瓦、金砖铺地，让看惯了钢筋水泥建筑的现代人赏心悦目。

今天圆桌上仅仅六人用餐，围绕首席，王建民左边陪着，右边是罗世忠，王建民的左边坐着王小松，罗世忠的右边是周宇翔，杰克相对靠门最近,被宴请的"大人物"比三个老头年轻,却比宇翔、小松大了十几、二十岁,端坐中间,四平八稳。

"沙教授,今天是家宴,这个是犬子,那个是女婿,罗副市长是我同窗,杰克·李是这里的主人,也是我多年的朋友。

"他今天安排了一桌私房菜,虽然名气不大,寻常却不易吃到。今天的主勺大厨,可是武陵的一位大师傅,全国比赛获过奖,各大菜系都有涉猎,混合之后,慢慢创新出来不少自家独门的特色菜。今天您大驾光临,李先生特地到沧陵最有名的'随园斋'将他请过来,并关照一定要挑几样最得意的,您见多识广,到时帮着点评点评。"王建民通过寒暄,充分表达了主人的盛情。

沙教授,本名沙骆洲,据说在欧美留学多年,后在华尔街做金融,目前在北京某个大学兼着课,自己另外还有份不小的产业,同时沙先生是中央某位大首长的女婿,颇得老丈人青睐,帮朋友摆平了几桩棘手的事情,所以在圈内声名鹊起,各地、各系统想要巴结的要员纷至沓来,由此他的神通更加广大。

今天是沙骆洲和王建民的第二次握手。

第一次是王建民一位要好的同僚做东,也是五六个人,在北京的一家会所喝过一顿酒,两人就此结识。当时王建民将自己的名片恭敬地递到对方手上,一再关照,今后有机会到武陵办事,一定要知会自己,大家好好聚聚。难得这位沙教授没有忘记他这个朋友,此次途经沧陵,真的找上门来。

王建民觉得,中国大多数人的命运就像马克思、列宁、柏拉图认为的真理,掌握在少数人手里。这辈子只要和这些"少数人"搭上关系,形成利益集团,就算找到了一条"天梯"。这个沙教授说不好就是这类"少数人"。

为了表示隆重,王建民将儿子、女婿带在身边,因为对方没有携带女眷,宾主又仅仅"第二次握手",所以这回王建民安排了一队男士作陪。

沙骆洲上口了几道菜,不知是捧场,还是真的认可,啧啧称道:这个沾着粤菜的边,那道带着"本帮"的韵味。他兴致颇高,侃侃而谈:"春秋战国时期,中国的饮食文化、南北菜肴就表现出差异,直至唐宋,南食、北食各自形成体系,其间宋代真正固化了'北咸南甜'的格局。到清朝初期,川菜、鲁菜、粤菜、苏菜,成为当时最有影响的地方菜,被称作'四大菜系',直到清末,加入了浙菜、闽菜、湘菜、徽菜,进一步构成'八大菜系',八大菜系之外,另有一些较有影响的特色地方菜,诸如:潮州菜、本帮菜、鄂菜、客家菜、清真菜……中国人对口舌的享受实在是全世界最有福分的。

"我当时在德国读书,就是吃不惯,饮食太单一,人也因此瘦掉一大圈。"沙骆洲关于饮食做了最后总结。

"沙教授……"王建民接口想继续聊点什么,被沙骆洲客气地打断:"建民兄,当今教授这个词,贬义成分越来越高,不如你们一齐唤我'骆洲',我听着亲切。"沙骆洲分别朝罗世忠和杰克合十双手,顿了顿又说,"两位小朋友就称我'骆叔'吧。"

"骆洲,不错,恭敬不如从命,你们也要跟着改口。"王建民及时响应号召,"骆洲兄,你何时去国外留的学,读什么科目?"

"我祖上跟随曾国藩立过军功,官至提督,后来的几辈人经商,积累下一些财富。爷爷是民国早期的外交官,父亲兄弟四人都到欧洲念大学。我家老爷子当年在德国哥廷根大学念的是法学,后来全家定居南洋,我70年代到德国图宾根大学念经济学,后来在美国华尔街工作了好多年,华尔街有段时间市面不稳,我索性回到中国,算是叶落归根。如今主要做些资产包的生意,建民兄今后可要多多提携小弟啊。"

"骆洲千万别见外,以后武陵有事找我,沧陵有事找他!"王建民拍了胸脯,又指指罗世忠。

沙骆洲健谈,同王建民谈政治与经济,同罗世忠谈国外高校的管理,同杰克谈机械工业的发展前景……王小松和宇翔算是旁听,找到恰如其分的机会就起身敬酒。

说来说去,谈到了沙骆洲的此行目的:"我太太家中的老爷子明年九十大寿,我们想为老人家采办一件像样的礼物,让他高兴高兴。"

"骆洲兄要采办怎样的东西才算像样?"王建民一下寻找到机会,"不如让我代劳,给我一个对老爷子表达心意的机会。"

"老爷子虽然戎马半生,却一向不失雅兴,我这次想寻一件可以随手把玩的老玩意儿,子女们平日各忙各的,多不在老人家身边,这件东西也算代替我们陪陪他。老爷子家中五个子女,我们一家经济条件最好,所以不能寒酸了。"看来,沙骆洲对老丈人的心思蛮细腻。

"那就帮着找件古玉,平日身上带着,闲时也可摘下赏玩。"王建民觉得他这个主意还是挺靠谱的。

"我们提过,不过老爷子嫌俗气。"沙骆洲不认可。

"书画呢?"王建民继续不死心。

"老爷子喜欢临几笔'珂罗版',不过如此,至于古书古画,并不精通,如果把名士古画交到他的手中,却是白白糟蹋了。"沙骆洲想了想,仍旧觉得不妥。

"珂罗版?"王建民追问。

"哦,好像源于英文'collotype',是一种专门于书画作品的复制印刷方法,譬如大陆画家唐云,早年多是参考'珂罗版'的画册,因此常常自嘲为'科(珂)班出身'。"沙骆洲又显了一回能耐,让王建民几个连连称是。

"老爷子喝茶吧,紫砂呢?"王建民觉得这个应该合适。

"老爷子常年一把顾景舟的'柱础壶'不离手,里面厚厚的茶垢表明他对此物情有独钟,所以我们就不要考虑茶具了。"

居然还是不行,王建民没招了,罗世忠更是轻轻摇了摇头,表示无奈。接下来就是一段尴尬的时间。

"我当初手中倒有宝贝,可惜啊,现在却不知还能不能够找回来。"杰克叹了口气。

"哦?那先生说说看。"沙骆洲被杰克勾引出了兴趣。

"我当年带了两件宝贝闯荡美国,只可惜自己对收藏没有兴趣,困境中将它们抵了些资本,事业终于起步,宝贝却归了人家。"

杰克叹了口气接着说道,"刚到美国的时候,我语言不通,除了一把力气啥都没有,打了几年工,后来慢慢找准了一个机会,却没本钱,胡乱出了个价让一位朋友买下它们,我就用这笔钱将事业做到今天的规模。我把宝贝交给对方时留下一句话,他也答应了:'哪天等我发达,如果宝贝还在那个朋友手里,请他允许我用市面价格赎回。'不过20多年过去,不知自己同这两样东西还有没有缘分?

"对不起,人老了,一想到过去,就啰唆。这两件宝贝是康熙御用之物,一副围棋，棋子是化石做的，连同一张像小炕桌的棋盘，说是日本当年敬献康熙的贡礼，上面刻有康熙御笔'镇神头'几个字。"杰克终于将故事煞了尾。

"这倒挺巧，老爷子一直喜欢下围棋，杰克先生，你是怎么得到这两件宝贝的啊？"沙骆洲继续问道。

"祖传的。"杰克稍加格愣，敷衍地回答。

"这两件东西如果就您所说，我倒觉得不错，要么辛苦杰克先生到美国走一趟吧？"沙骆洲终于动了心。

"哈哈，以前被你骗了，一直唤你'杰克'，还以为你是从小长在美国的华人呢，那你的中文名字叫李什么呀？"王建民想到，结识杰克不久自己曾经问过对方背景，杰克没有正面回答，只说他的父辈就在美国。这些真相不重要，当初对方是否真的有实力，眼下能否搞到沙骆洲中意的东西才是关键！

"李国胜，国家的国，胜利的胜。王副省长，今后您还是依然叫我杰克吧。"

"振纲，关于'龙江街道 A 地块'，我这里还有些事儿要同你商量。"小骏推门进来，坐下后把自己的不安告诉对方。

"嗯？"振纲等着小骏后面的话。

"如果我们这次能够拿到龙江街道这块地，那么'振丰地产'，甚至'振丰建筑'就算真正启动了，事关重大，看来还得让王建民帮帮忙。"小骏说。

"你听到什么风声了吗？"振纲继续等小骏说出关键的内容。

"我通过宇翔同国资局的余局长、规划局的杜局长分别喝过好几顿酒，他们原本跟我们接触得很融洽，不过近来我每次请他们出来，他们都这个忙、那个忙的找借口推托，上周规划局老杜被我缠得不好意思，终于出来吃了顿饭。我跟他提及 A 地块，他却将话题转到了其他方面，所以我觉得情况不好，这里面准有事儿。"小骏觉得信号太强烈了。

"那我们怎么办？"振纲寻求小骏的主意。

"我找宇翔，你找王小松，让他们到王建民跟前说说我们的困难。"小骏觉得这或许是目前最有效的路径。

"还是我们一块儿找宇翔吧，我不愿同王小松打交道。"振纲由于梦时代的事，一提起王小松就不自觉地皱了皱眉。

"也好，你对他有看法，这顿酒喝下去效果也不会好。"小骏应道。

"找王建民帮忙真管用？"振纲问。

"我认为一定管用，如今沧陵的副市长，主管国土资源、规划条线的就是当初沧陵安质监总站站长罗世忠，宇翔当初就是他提拔的，同王小燕也是他拉的媒。听宇翔说过，罗世忠是王建民的大学同学，之前仕途一直不顺，投靠王建民后才一步步飞黄腾达。"小骏大概介绍了情况。

振纲点点头："要么我同宇翔打个电话，如果他方便，今晚我们就聚一聚。"

三人虽然好久没碰头，开场白却早已不见当初的客套和拘谨，相互逗着趣，一张口就彼此恭维对方冠在头上的帽子：周主任、戴董、陈总。

振纲："今天我们请周主任帮我们排忧解难，没有主任援手，凭我们两个小老百姓，什么生意都玩不转。"

小骏："今天我只负责服务好两位领导，另外向周主任和戴董汇报一下前阶段的工作，同时等候领导们作进一步指示。"

宇翔："戴董、陈总一声招呼，我必须拍马赶到，两位老总有什么吩咐，我这个小主任一定照办。"

很快言归正传，小骏将他在余局、杜局那里的遭遇告诉了宇翔，宇翔也觉得情况不大对头，表示第二天就去同岳父王建民商量，看看怎样才能帮上"振丰地产"——不久前梦时代的事儿还欠着振纲一个人情呢。

宇翔果然第二天就回电话给振纲，却不是什么好消息，据说有更上头的领导盯上了龙江街道A地块，让振纲、小骏做好最坏的思想准备。

生意场上经常会不期而遇各路神仙，特别在充满了巨大利润诱惑的房地产行业，对于这点振纲和小骏都没什么想不开，两人很快将"A地块"抛到脑后，各自忙碌起了别的事情。

振纲准备再去一趟香港，一方面，对香港的金融产品加强了解，寻找新的投资机会；另一方面，想跟吴先生接触一下，看他有没有可能松口将两件宝贝让给自己。

小骏着手布置其他投标工作，眼下他正带领"振丰建筑"十多号人，全力以赴参与隆基大厦施工总承包的竞争，建成后的隆基大厦将是沧陵市江南经济开发区的第一高楼。

振丰建筑尚处初创阶段，资源并不充裕，小骏除了必须将本公司的现有力量用足，还要想方设法借助外力：深基坑的专项施工方案交给了海德大学的老熟人，之前的"江博士"，现在的"江教授"；施工场地布置、高空垂直运输、工艺搭接和工期计划交给了钱建华推荐的刚从中铁建某局工程部退休的技术负责人老牟；幕墙深化交给了王谢东推荐的华都幕墙公司，双方说好，一旦振丰中标，幕墙分包就由"华都幕墙"负责。

其余章节，小骏把老牟提供的《××项目技术投标文件》作为蓝本，安排大伙儿分工修改：钱建华和王谢东负责土建技术部分；小宁负责电气部分；新招入的栾工负责给排水和暖通部分；小骏同前台刚毕业的大学生小袁负责组织管理部分，并且包揽了最后校对、审定、统稿、排版、美工等工作。

小骏最后将商务标交给了一位编制预算的老法师李工，他是由宇翔推荐的。至于公司资质和人员证书，所收购的那家施工企业底子还算不错，基本能够满足隆基大厦的招标要求。

"神州国际大厦"二十三层顿时忙碌起来，每天半夜两三点仍然灯火通明，甚至通宵达旦，里面忙碌的人为了各自的梦想恪尽职守，拼尽全力，如同小骏动员会上说的：我们就是一群狮子，隆基大厦就是一头大野牛，打猎时诸位多卖力气，等到拿下来，大家一齐吃肉。

中国的招投标活动，背后的工作总是多过明面，通过周宇翔，小骏基本摸清了隆基大厦的业主团队和竞争对手的一些情况。

隆基大厦的投资结构相对简单，有三家投资方，一家国资背景，两家外资背景。国资背景的公司简称"武陵城投"；两家外资一大一小，"小的"基本就是跟随"大的"投了一小部分资金，所以话语权也小的几乎没有，"大的"简称"奇安特投资"。

这么大的工程可被拆分成一百多个"采购包"（施工总包、各类分包、设计、监理、消防、幕墙等）——小的标的几十万，中等的几百万，大的几个亿。

这个投资结构，就像朝关着一对老虎的兽笼里投下了一堆肉食，双方不可避免会发生抢夺和撕扯，毫无疑问，两只老虎现在都瞪大眼睛，紧盯着眼前一块最诱人的肥肉——施工总承包。

争夺原因各式各样，有些为了捞取钱物，有些为了捞取人情，然后去交换其他需要，还有些为了方便今后开展工作……不管怎样，撕扯是难以避免的。

两只老虎之间角力，必须在笼里进行，笼子就是中国的法律框架，就是业主根据相关法律编写、发布的《招标文件》，就是其他一系列的游戏规则。

竞争各方一定要充分变通利用规则，比如采用"围标""陪标"等手段，想中标又不违法，相当于老虎争斗过程中不被准许祭出尖牙利齿一般的不切实际。

这次有30多家单位投标报名，实质分为两拨，一拨是由"奇安特投资"罩着的"振丰建筑"，由小骏带队；另一拨是由"武陵城投"罩着的"武陵建工"，带队的是小骏的老熟人，李超。

"李超？"当小骏从宇翔嘴里听到这个名字的时候，觉得哪里搞错了，"不会是从我们监理公司跳槽出去的李超吧，他不是在一家民营建筑公司当副总吗，什么时候调到国有企业'武陵建工'啦？"

"没错，就是那个李超，他不知从哪条线攀上了武陵省的一位大领导，这次挂靠在'武陵建工'——也许只有挂靠一家同是国资背景的施工大型企业，领导才方便赤裸裸地帮他说话。"

"你估计奇安特、武陵城投，评标时会是哪一方出代表？"小骏追问重点问题。

"说不准，因为双方股权差不多，一旦撕得凶了，两家公司各派一名代表也不是没有可能。"宇翔回答。

"那就拼了，拼价格，拼技术！"对于这场角逐，小骏充满了斗志！

翻

盘

到了规定的时间节点,各专业技术文件陆续汇总到小骏手里。

小骏一个专业一个专业地校对定稿。江教授的深基坑部分写得最好;老牟的施工总平面布置、工期计划也不错;幕墙一般般,尚且过得去。

按理说,其余部分都有现成模板可以参照,以改动为主,难度不高。不过只有栾工编写的给排水和暖通部分令小骏满意,内容完整,且针对性强;小宁编写的电气部分还算过得去,在照搬原样的基础上,根据隆基大厦的具体情况添加一些细节措施;而钱建华和王谢东的土建章节编写潦草,就是纯粹的复制粘贴,也许他们觉得土建无非就是打桩、钢筋、模板、混凝土、砌体……所有项目都一样,哪里需要兴师动众进行修改?

"建华、谢东,你们到底咋回事,交上来所有的技术标部分,只有你们的没法用。"小骏直截了当,自从两位老伙计跳槽到"振丰",小骏对他们的称呼改了口。

"小骏,我们都参照了你给的模板,土建不都一样吗,有什么不能用的?"钱建华急着申辩,另一头王谢东倒是没有做声。

"建华,隆基大厦这个标对大伙儿意味着什么你是知道的,我说你俩'不负责'也不会无缘无故,你看这些错别字,另外还张冠李戴:隆基大厦哪有什么钢结构屋面,哪有什么锤击桩?别人都是一个人写一个专业,你俩可都是土建科班,又在工地上摸爬滚打了这么多年,照着模板,两人改写一个专业,为什么出来的活儿最粗糙?"小骏安排小袁把这部分稿子打印出来,自己将发现问题的部分都打了圈,折了页,翻给他们看。

钱建华终于理屈词穷,小骏说:"你们加个晚班,再改一稿,明天给我。"

俩人点头,刚走到办公室门口,小骏又叫住他们:"我们有过约定今后要相互照应，两位老哥不要偷懒，搞施工的工作深度可比不得做监理。"

投标中报价是关键一环，小骏为此召开了专题会。根据当前市场行情，以及对"武陵建工"以往的一些报价分析之后，负责编制预算的李工提出一个报价方案，牟工觉得可行，其他人跟着表示同意。

小骏虽然对造价工作不陌生，却是第一次接触高层办公楼宇的预算书，好在组价原理大致相同，他听下来觉得李工对各方面的考虑已经比较全面，于是下决心就这么报，同时交代李工，一定不要忘了适当采用"不均匀"报价——将今后索赔签证可能性比较大的工程量单价往上抬，预计今后变动小的往下降，在总价维持原有水平的前提下，为今后变更追加费用埋下伏笔。

在标书定稿的前一天，小骏最后翻阅了一遍整个团队辛苦一个多月的成果，感到非常满意：整部标书结构规范，内容充实，甚至排版、美工都显得大气。他随即把电子版发给小袁，让她尽快传到图文公司进行打印装订。

过了一小时，小骏忽然想起什么，给李工打去电话，挂上之后，又叫来小袁："快通知图文公司，先打印《技术标》，我们对于《商务标》的报价还要调整。"

投标当日，在武陵省建设厅大楼招标室，各投标单位代表依次打开了自家密封的《商务标》，然后由招标代理公司的人员根据报价、人员证书、企业资质和业绩进行计分。

最终"振丰建筑"商务标领先了第二名"武陵建工"1分，然而小骏却有不好的预感，因为根据宇翔传过来的消息，第二天业主专家代表只有"武陵城投"派员参加。

"武陵城投"的老总直接找了"奇安特投资"的大老板,提出"武陵城投"熟悉国内建筑市场,一定能为股东利益把好关,希望得到奇安特的支持。

对奇安特大老板来说,在选择谁作为总承包单位的问题上既没有利益纠葛,又没有人情牵绊,而且合作伙伴带有官方背景,既然对方明确提出了这个意愿,就自然而然地做了顺水人情。

又过两天,《技术标》的评审结果终于出炉——"武陵建工"总分反超"振丰建筑"1分,成为第一候选人,"振丰建筑"第二。

小骏苦笑,投标是一场"只有第一,没有第二"的竞赛。

詹老师的女儿小静虽然这些年过得挺风光,嫁了一个能挣钱的老公,在同事亲友跟前攒足了颜面,不过离快乐越来越远。

刚开始的不快是李超经常三更半夜醉醺醺地回家,自己三番五次规劝毫无作用,少不得黑下脸"管一管",然而李超根本不接招,更开始嫌弃老婆啰唆,心情好的时候说一句"你不懂",然后倒头睡觉,心情不好的时候,就用更加响亮的嗓门,甚至推搡回敬老婆的碎嘴。

两人婚后三年,生下一个大胖小子,詹老师由此住进女儿家中照顾小静月子,不久见到了女婿狰狞的一幕,老太太护女心切,本能加入了战局。

当年李超30刚出头,先是有了钱,然后有了魅力,加上整天出入声色场所,少不得交几个女朋友,但李超都没怎么当真,直到遇到田小雨。

田小雨长得不算出挑,但对李超来说就是具有致命的杀伤力,因为她一开始就惦记上了这个男人,并且一步一步实践自己的计划。

可怕的女人不在于盲目骄傲，而在于理智地看清自我，不在于贪图眼前利益，而在于长远布局。

田小雨在农村长大，从来算是好学生，班上年年考第一，不过学得再好也不管用，家里的给养根本供不起，也不想供一个女娃上高中，更不要说今后上大学。她初中一毕业就到工厂上班，又苦又赚不到钱，还要整天受气，这种生活状态实在不堪回首。

看到陆陆续续有姐妹去KTV夜总会陪酒陪唱，被男人摸摸亲亲的不会少一块肉，收入却因此多出来一大块，过年可以穿金戴银回家，可以拿出几万元给家里翻修房子。田小雨将一切看在眼里，清白放到残酷的现实面前，终究被她当成了"屁"。

于是她也去夜总会上班，出卖自己脸蛋、四肢和胸部的触觉，兑换成银子，终于可以买几身衣服武装自己，终于见识了自打出生没有见识的"世面"，终于过年回家也可以给父母捎上几万元钱，见到他们由此舒展开皱纹，呈现出笑脸，田小雨内心深处就会发出感叹：农村贫穷家庭的女孩要融入城市，这些确是必不可少的税费！

田小雨另有自己的规划，她要留在城市，坐到某一幢高楼大厦里面工作，自己不能永远吃这口青春饭，这是她与其他姐妹不同的头脑。

她确定了人生的目标和方向——自己只有过上长久体面的白领生活，才算完成了自己连同后代"穷苦命"的逆袭。

为了这个目标照例需要上缴税费，上一次是有限地出卖肉体，这一次是无限地承担情感风险：她必须为自己的雄心壮志赌上自己的青春年华，去赢得某一个自己可以当作依靠，或者梯子的男人的情感——一定只能一个，否则她在别人甚至自己眼中就成了"妓"——她决心仍旧做个"好女人"!

田小雨没有更多的路径,只能在每晚来来去去的顾客中遴选可以帮助自己实现人生目标的"目标"——这个女孩变得可怕起来,其他小姐仅仅惦记客人的荷包,而她却惦记客人的灵魂。前者是交易,后者是钓鱼。

男人不傻,而且常常"厌旧","厌旧"之后立刻变得精明,在这种声色场所尤其警觉。田小雨成功的难度其实不小,但她必须为此拼一拼,如果赌输,她将失去一切,那时只有认命了,谁教上天安排自己堕入一个困顿的凡尘呢?

好比烧一桌美味的菜肴需要鲜美的食材,田小雨好像筛子的网眼无情地过滤掉以下几类人:太老的、太小的、没文化的、没事业的、假正经的、老油条的……最后只剩下几个目标,李超即其中之一。

她一个个地试探,对每个对象都逐步贴近,对每一步都用尽心机。李超很快感觉到田小雨的不同,认定她是淤泥中不可多得的一朵白莲,随之萌发出"英雄救美"的欲望,将田小雨从夜色中捞了出来。

田小雨终于进入另一个环境,在李超掌管的工地上做文员,做资料员,进而学习做出纳,每个岗位都很快适应,因为她原本就是一名好学生。

事到如今,李超完全可以好事做到底,田小雨完全可以好人做到底。但是意料之中的"意外"还是在两个人之间发生了。

田小雨虽然慢慢步入理想的正道,但人间正道总要经历沧桑,沧桑包括了感情的空虚和钱囊的羞涩。

田小雨毕竟是从斑斓夜色中走出来的女人,不但容易嫌弃沧桑,更有摆脱的手段。不过她有底线——身边只要没有第二个男人,自己就不算"坏女人"。

李超做了好事,却没有想过一定要做个好人,所以田小雨一个小小的暗示,就让他下了"帮人帮到底"以及"我不入地狱谁入地狱"的决心。

在此期间,恰好小静通过詹老师的助攻,逐步在夫妻的争吵中占得上风——李超毕竟不敢碰老太太,进而也不敢对老婆放肆了。吵架不会有结果,所以懒得吵,一来二去李超干脆借口工作忙,在外头筑了一个巢。

刚开始李超每周回家一次,可回来一次吵一次,接着两周回家一次,每次回来老婆闹得更凶,再后来一月回家一次,看看孩子,再给老婆上缴些生活费,小静终于不再吵了。

小静开始埋怨母亲多管闲事,并哭着央求李超回家,李超已经习惯享用田小雨带给自己的那份安详与平静——那种感觉更像一个家,同时李超权衡小静之前的"闹"和现在的"哭"具有同样效果,都给自己带来了令人烦躁的压力。

转瞬半年过去,小孩开始每月都有一两次高烧,而且都在半夜,小静每次都第一时间打电话给李超。一开始李超每次都会很快就位,可成为常态之后,他渐渐疲了,最后干脆在睡前关了手机。隆冬时节,老母亲和自己夜半三更带着孩子上医院,挂点滴,几个小时后再赶回家。孩子的父亲从头至尾处于失联状态,小静嗅到了婚姻死亡的气息。

小静开始为自己和孩子盘算将来,一定要拿到李超出轨,甚至重婚的证据,还要摸清他的财产,否则即使李超把目前这套两居室留给自己,将来小孩上学、补习……加上其他各种费用多着呢,自己如何能够应付？

往后两年多时间，小静终于静下心来，悄悄做了三件事情。

第一件，跟踪李超，找到了他的住处——这套房是买的，还是租的，需要进一步搞清楚，但可以确定，有个女人和自己的老公长期住在一起，准确说是姘居在一起。

第二件，趁李超照例又一次回到家中，小静在他的茶水里放了些安眠药，之后将李超包里的钥匙拿到外面配了一套。

第三件，小静找了一个时机悄悄闯进李超和田小雨的屋子，仔细搜查之后虽然没有发现自己想要找的存折、银行卡或者房产证，但发现了李超的一本日记，小静随后退出了屋子。

女人复仇欲望往往可怕，但妻子的角色让小静保留了一丝幻想、理智，甚至柔情，她给了老公和自己最后一次机会。

当李超知道日记本落到了小静手里，一下就瘫坐到沙发上——日记中清楚记录了自己的每一笔行贿，包括时间、地点、对象、金额、事由……这原本是武器，不料最终成为顶住自己脑门的凶器！

李超没有选择，并且觉得他同小静分居这么多年还没离婚，实际已经做出了选择，眼下应该是回家的时候了。他毅然向田小雨提出分手。

田小雨一直没向李超提出结婚，原本想着多熬几年，李超看重自己的就是乖巧懂事，别心急了弄巧成拙——等到李超和他老婆情分尽了，水到渠成才最完满。转眼自己已经过了女人25岁的坎儿，又为李超怀过孕、打过胎，居然瞬间沦为弃妇！

既然"苦熬"不管用，田小雨也不是没有后手，她早就关注到李超的日记，独自在家的时候，用相机将日记的每一页拍了下来。

李超这下蒙了，同时被两个女人捏到了致命的短处，看来两者不死一个，自己就没有活路！李超权衡再三，如果真要做掉一个，无疑田小雨是优先选择——小静有家人陪伴，况且还有自己同小静的骨肉，而田小雨在沧陵独自一人。

李超记得一位大哥曾经跟他叙过闲话：世上没有无缘无故的爱，也没有无缘无故的恨，每一份感性的情仇背后，实际是极为理性的权衡！

李超从没想过自己这辈子会起意杀人，不过眼下随着时间每分每秒流逝，风险都在急剧上升，留给李超腾挪的时间太短，容不得冷静思考，于是他手忙脚乱地作案，先后两次，最终都沦为了笑话。

第一次到网上购买了毒鼠强，结果田小雨喝下"有毒"的饮料后，啥事没有。李超没有想到这个结果，包装袋都没及时清理，结果被田小雨发现，她虽然没有追问，但是内心起了戒备。

第二次李超又到网上找了一名"职业杀手"，构想了一个"图财害命"的剧本。然而那个自称"凶悍、冷血、专业"的家伙，却选择了一个不恰当的时间和地点，在田小雨大喊"救命"后，拔腿就跑。

田小雨立刻意识到，自己正处于危险境地，她不愿为自己曾经的"投资"再冒任何风险了，于是匆匆忙忙赶到一个要好的姐妹住处，取出相机，找了一家图文打印的小店。

她将材料一份寄到武陵省纪委，一份寄到武陵省经侦总队，一份寄回老家。这天正是隆基大厦招标报名的日子。

田小雨的举报材料，引起了武陵省政坛的一场风暴，其中被"双规"的官员，包括一个省部级、三个厅局级和六个县处级，除此之外另有一些人遭到了刑事拘留或者问讯,其中居然有王谢东!

小骏后来了解到,王谢东把"振丰建筑"第一次拍定的底价泄露给李超,为此得到五万元钱——怪不得,如果不是小骏考虑市场的竞争因素而改动了标底,那"武陵建工"的报价就几乎贴着"振丰建筑"下浮了大致百分之一!

无论如何,"振丰建筑"的第二名忽然有了价值,根据2004年9月发布的《政府采购货物和服务招标投标管理办法》("财政部第18号部长令")第74条规定,宣布"武陵建工"为无效标,另根据第82条"中标无效的,应当依照本办法规定从其他中标人或者中标候选人中重新确定"——确定结果,"振丰建筑"中标!

为此"神州国际大厦"二十三层举行了一场庆祝会,大家兴高采烈地祝贺"振丰建筑"踏上一个新台阶,高潮之后小骏和钱建华坐在一角,却没其他人那般喜悦。

"啥时你也去看看王兄吧。"小骏说。

"听说你去探望过他,这家伙居然敢捞这种钱?!"钱建华说道。

"我上次去看他,根据王兄说的,钱是一回事,另外他还恨着老赵,他觉得这是他女儿女婿的公司。"小骏疑惑,王兄怎么老在一个地方跌倒,将"性格决定命运"诠释得如此鲜活?

一周后"振丰建筑"进场做准备工作,当年跟着小骏的桩基班长老宋负责场地平整,杂工班长老周负责搭建临时设施。小骏去项目巡视,意外获悉负责隆基大厦项目的居然是"海德监理",总监是周军。

小骏跳槽离开"海德监理",周军不久对"武房监理"同样死了心,跳槽回到老单位"海德监理"。周军目前按照百分之四十比例,承包颜旭东发给他的监理项目,不过他只花一半精力做总监,另一半仍旧在打理自己的模型作坊。

说到"海德监理"近况,周军告诉小骏,自己回公司不久,李雪武就退了,公司交到颜旭东手上,颜旭东上任不久便重新洗牌,连一贯同他关系不错的杨隽也重新被安排到项目上当总监——原因是很多人反映杨隽有"吃、拿、卡、要"问题,颜旭东这样做既是平息众怒,也是祭旗立威!

杨隽发觉李雪武的"鸡蛋战略"非但不管用,还让自己处境尴尬,同时做出评估,她的年龄已不再适合跳槽,自己目前最好的选择就是重新回到"工棚"的环境。

田小雨黯然离开沧陵,去到一个陌生的城市,在一座办公楼找到了自己的位置。两年后结了婚,生下一个女孩。再过五年,她离开眼中平庸俗气的丈夫,决心独自带大孩子。

李超被警察带走后,小静哭了两天,詹老师在旁催促女儿尽早离婚,开始新生活。

"都是你!我不要像你这样过下半辈子。我的事你再也不要瞎操心!"

小静决心守着孩子,等待李超回家,她梨花带雨地对詹老师说:"妈妈,李超有今天,我也有责任呐。我应该体谅他,他在外边打拼其实也不容易。我想有个完整的家!"

母女俩抱头痛哭!

(对方抢先启动,点了黑棋星位下的"三三",只要做活,小骏就基本大势已去,否则小骏将领先15目左右进入关子,基本也就赢定了。双方一来一去各摆了几手棋,小骏"点",山北老余"立",小骏紧接着"断"……"老鼠偷油",白棋的点角最终没有做活。)

李国胜

在香港铜锣湾皇悦酒店大厅的咖啡吧，振纲同吴先生终于碰面，小勇坐在当中。

"吴先生，这位是戴老板，上次提到您这里有副围棋、棋墩，戴老板特别感兴趣，说是一定要约您见上一面。"小勇落座之后开门见山，却隐去了预谋的情节。

"哦？真有意思，这两样东西在我这儿存了那么多年，一直无人问津，这个月怎么会有两位老板忽然想起它们了呢，不会你们约好的吧？哈哈。"吴先生和小勇一见如故，虽然同振纲第一次照面，倒也放开了说笑。

"是吗？"小勇紧张地脱口询问。

"当然，而且陶先生，那位老板应该排在你们前面哟。"吴先生觉得没必要躲躲闪闪，就直接把实情讲了出来。

"那位不知愿意出多少钱？我们愿意出高一些的价格给您。"振纲有些急眼，话一出口，随即感到小勇在桌下踢了自己一脚——忽然想起，陪自己来的一路，小勇一再嘱咐，价钱的事儿，看他眼色行事，千万不能急。

"钱当然是一回事，但这里面有些复杂，又不全是钱的事情。"吴先生厚道，见到振纲有些上火，赶忙解释。

"那是为什么？难道对方是吴先生的故交？"小勇探问虚实。

"两层关系。第一层，这位老板不但是我的故交，当年于我还有救命之恩。"吴先生大概交代了原委。

"第二层呢？"小勇内心虽然气馁到极点，但仍不甘心。

"第二层，这两样东西原本就是那位先生的，由他赎回去，也算是物归原主。"吴先生道出了成人之美的心意。

"啊？！"小勇惊呼，"难道那位老板姓李？"

"你怎么知道？"吴先生顿时感到奇怪。

"李国胜吗？"振纲也立刻回过神来。

"你也知道！他是什么人，到底同你们有什么关系？"吴先生着实吃了一惊。

小勇觉得一切已经无从隐瞒，也无须隐瞒，随即说出了化石子、神头墩的来历。吴先生根本没想到，在"藏珍阁"中放了20多年的两样东西的背后居然隐藏了那么多离奇的故事，同时心里暗暗埋怨起小勇狡诈，明明他第一次就对这两件东西的来龙去脉清清楚楚，却装作不识。不过振纲一家却让吴先生感到敬佩，都说大陆世风日下，普遍缺乏信义，从这事看起来却不尽然。

李国胜难道真是他们说的这样吗？此事太复杂，还是从长计议罢，随即说道："戴先生全家至信至义，吴某人十分佩服，不过此事还得容我回去考虑考虑，实在抱歉。"

事已至此，振纲和小勇都不敢逼着吴先生表态，小勇说："望吴先生多多体谅海涵，成全这个与我从小一起玩大的兄弟。"

吴先生微微点头，忽然想起了什么，问道："对于这两件宝贝，不知戴先生愿意破费多少？"

振纲来不及与小勇交流，脱口而出："这两样东西在十年前大概八百万人民币，如今恐怕价格翻了一倍，但如果吴先生愿意出让，我愿意出价三百万美金！"

"哦，谢谢戴先生，您大方了。"吴先生随即同二人握手道别，心想：

李国胜说自己了解过行情，目前这两件东西，一百万美金就顶破天了。

回到下榻酒店，吴先生打开电视，心神却怎么都不能凝聚进入节目当中，往事将他拉回到了20多年前的某个夜晚……

中国跨越北回归线的以南地区，沿海城市的冬季差不多就是北方的春季，夜里寒气不刺骨，但凉意依然能够轻易钻透"戗驳领"西服和没有系领带的衬衣。吴先生打了个寒战，随之将手中的皮箱抓得更紧。

这箱子里面都是钱，全是当时人民币的最高十元面额，装得满满当当。

一小时前他找到那座白天耳朵顺到名字的村庄，想收一对据说是明成化的"斗彩荔枝纹杯盏"。这类淘宝的方式，吴先生之前也经历过几回，每次都由他的司机兼保镖陪在身边，不久前通过这种方式还捡了一回漏。

这次获悉信息的场合非常偶然，司机正好带了吴太太和吴先生的孩子们去毗邻的古镇游玩，吴先生素来谨慎，但这回心痒痒得终究没抑制住捡漏的冲动，到银行取了钱，招了一辆"的士"寻了过去。

车子行驶到村口，有条河阻挡了去路，河上一座小桥，桥面狭窄，"的士"只能停在桥边等，吴先生鬼使神差地壮着胆子，一个人走了进去。

有关斗彩的记载最早见于康、雍年间《南窑散记》："成、正、嘉、万俱有斗彩、彩色、填彩三种。先于坯上用青料画花鸟半体，复入彩料，凑其全体，名曰'斗彩'。"斗彩器在宣德青花彩色器的基础上发展形成，成化斗彩瓷器遗留下来的很少，早在明代嘉靖、万历时期就已经很贵重，莫说后朝后代了。由于价值可观，从嘉靖开始，仿制品层出不穷，而清代康、雍、乾时期的仿制品最为传神。

吴先生自信对于斗彩器颇有鉴赏水准，端起白天几个朋友说的"高足盏",品鉴半晌,初看似乎真品,细细把玩,吴先生就发现了疑问,虽然手上的杯盏在釉色、画工、胎质等方面基本对路,但款识的书法风格却存在差别,这种差别可以意会,不可言传。

存世的成化斗彩除了"天字罐",都是"大明成化年制"六字款,这种书法风格说野不野,说正统又不十分正统,反正有点怪怪的感觉,却蛮有味道,常年学书法的人也很难临摹到位。康雍乾三朝,仿成化的釉色水平最高,但在款识这项上一下就会露馅,不是他们不想写成原样,实在太难学了——如果说成化斗彩的釉色、画工、胎质是鉴定成化斗彩九成依据的话,成化款识就是剩下的一成,而这一成偏偏非常关键。

写款艺人几乎不可能达到成化真款水平,要写"成化"那种野不野正不正的风格,没个十年二十年功夫根本没戏,所以从理性出发,不会有人选择花一二十年专门练"成化"款识,有这功夫,还不如干点别的呢。

经过进一步仔细鉴查,吴先生另外发现,手上的物件整体外形稍逊俊美,颜色也不够柔丽,应该仅仅算作民国时期的高仿,如果这样,对他来说收藏的意义就不大了。

买卖不成交,最重要的就是全身而退,所以吴先生同卖家寒暄几句之后就提着皮箱,快步走到村口。出租车却不知何时没了踪影,吴先生的心一下子揪紧,转身瞥见两条黑影向自己逼近。

吴先生只能硬着头皮加紧脚步,指望就近走到公路,然后顺利拦下一部车子,多给司机一些酬劳,让司机送自己一程。

黑影却更快地赶上来,拦在他的面前,同时亮出匕首。

吴先生顿时慌了手脚,把皮箱往前一扔,接着往后退几步,就等对方捡起皮箱转身离开,自己再想办法报警。

但对方仍然一步步逼近，借助微弱的光线，吴先生看清两个家伙凶恶的眼神，那分明提示自己，对方今天不仅要"谋财"，更要"害命"！

吴先生无奈之下，从地上猛然操起一块石头，看到吴先生预备拼命的架势，两个家伙一下子僵在原地！

在千钧一发的时候，李国胜开着"普桑"路过，他远远看到了前方的三个人影，闯荡江湖多年，李国胜立刻明白了大致的情势，仗着自己练过武，他打开远光灯，在离三人十米处下车，操起一根车里常备的棍子，朗声说道："同志，需要帮忙吗？"

对吴先生来说，这简直等于抓到一根救命稻草，他三步并作两步向李国胜靠拢，同时高声答应："先生，请捎我一程，我一定重谢！"

两条黑影无奈后退，然后遁形夜色，甚至没弯腰去捡地上的皮箱。

吴先生原以为两个家伙做贼心虚，匆忙滑脚，连钱都顾不得拿，在车上同李国胜聊天后才知道，当时适逢全国"严打"，做这么一桩抢劫大案，抓到准是死刑。当时的刑侦手段有限，把事主干掉，尸体处理干净，倒也神不知鬼不觉，如今只能中止犯罪了。

李国胜离开沱州，拖家带口来到南方，昔日的一名战友，如今在当地一家五金厂当厂长。在战友的帮助下，李国胜终于安顿下来，以推销五金为业。

那些年五金市场需求大于供给，李国胜的销售生意红红火火，很快积累下来一笔财富。这次偶然遇到吴先生，了解到吴先生的身份背景，忽然萌生一个想法，他要到美国去闯荡一番事业。

吴先生顾念救命之恩，很快为李国胜办妥了赴美手续。

美国可以是天堂，也可以是地狱，李国胜最初在美国的生活处于地狱般的窘境当中。成功其实少有捷径，李国胜只能从餐厅打工做起，直到语言慢慢过关，才在当地的五金贸易公司找到一份工作。李国胜干了一段时间，慢慢熟悉了市场，就同南方五金厂的战友厂长商量合伙开拓海外业务——由美国工厂提供技术，由中国工厂负责生产，贴牌美国商标后两头销售，一部分销往海外、一部分内销中国大陆。

李国胜知道，没有初始资金投入，自己终究是个打工的，所以把手中的两样宝贝抵给吴先生，换了十万美元作本钱。

当年为了强调两件宝物自己是贱卖给了对方，李国胜额外做出声明：只要吴先生愿意，等自己有了钱，会将两样东西按市场价格赎回——然而哪怕后来自己做成套设备赚了大钱，他都没再回头找过吴先生。

李国胜知道那是两样宝贝，但也是自己不愿回首的过去。天晓得，都过去了20多年，自己竟然真会用一百万美元去赎回它们。

吴先生虽然没有立刻答应，但内心已经同意将两样东西交还给李国胜，毕竟自己当初不过出了十万元美元嘛，但吴先生还想进一步寻访价格——就算人情也要给在明处，成全对方和被对方糊弄毕竟两码事。

不料中间冒出戴振纲。如果小勇说的一切属实，那李国胜还真不是善类。想到这里，吴先生拿起了电话：

"李先生，您好！"拨通之后，吴先生照例礼貌地招呼。

"吴先生好，您看什么时候我可以拿到那两样东西？"李国胜急切地询问。

"李先生，现在有位戴先生也找到我，要我把两样东西让给他。"吴先生不急不忙地说出要点。

"戴先生，哪个戴先生？"李国胜一下方寸大乱。

389

"戴振纲先生,还有他的父亲戴兴盛先生!"吴先生进一步说道。

"啊,他们怎么说的?"李国胜条件反射地问。

李国胜看过王小松调查戴振纲的资料,并惊讶地发现,戴振纲是戴兴盛的儿子——即便如此,他仍然坚信自己可以装聋作哑地继续周旋,避免与戴兴盛面对面遭遇,想不到依然"不是冤家不聚头"。

"他们说了一段'文化大革命'的往事,好像跟您也有关系。"吴先生还是不紧不慢。

"别听他们瞎说,他们与我有仇!"李国胜咬紧牙关。

"哦,是这样。不过他们可愿意出价三百万美元哦。"吴先生同样怨恨李国胜类似陶小勇的狡诈,但李国胜却比陶小勇更能狡辩:"三百万美元?我说了,他们与我有仇,只要我想要的东西,他们都想得到。"

"下周我回西雅图,到时李先生愿不愿意同他们一起到舍下坐坐,大家把事情摊开了聊一聊?"吴先生决心将事实搞清楚再做决定。

"也好。不过还有件事,这次想得到这两件东西的是一位大陆手眼通天的重要人物,如果吴先生愿意成全,我将携手吴先生一起开拓大陆石油设备市场,请您好好考虑一下,毕竟我同您之间还有一段老交情嘛。"李国胜一口气抛出了两张牌,一张是已经翻篇了多年的旧账,另一张是有相当分量的邀约。

"李先生,我会充分考虑您的建议。"邀约的分量使得吴先生怦然心动。

阔别多年,老陈和戴兴盛终于在吴先生大别墅前的草坪上相遇,别墅后面是华盛顿湖,对面是比尔·盖茨的豪宅。两个当年的小伙子如今都已年过花甲,自从振纲婚后他们聚过一次,这一晃又过去了好多年。

想到光阴荏苒,时代变迁,如今终于盼来太平盛世,老陈的姐姐却已驾鹤西去,两位老者为此唏嘘不已。他们相互问候这、问候那,对各自的境况都感到心满意足。

廖老太正值午觉,范老师因此得空招呼从祖国远道而来的客人,范老师眼窝浅,受到老陈和戴兴盛的感染,抑制不住红了眼眶,振纲和小勇陪坐一旁。

过了一个多小时,算着李国胜也快到了,吴先生走出屋子,到草坪的长椅坐下,让范老师到厨房拿些饮料和水果招待大家,同时让老陈关照戴兴盛父子,见到李国胜不要冲动,有话千万好好说。

李国胜从一开始就纠结到底赴不赴约,但一想到沙骆洲要的东西,还是硬着头皮开车到了吴先生的大宅门口。

车子停稳,李国胜一下车,就看到草坪上聚着一群人。那群人显然同时发现了李国胜,一排目光扫过来,照得他几乎睁不开眼。不过李国胜看到吴先生也在其中,多少放了心,一步步地蹭了过去。

"杰克!"所有人中唯一震到的是振纲。

草地上有好几组各式材料的户外桌椅,一组花岗岩的尺寸最大,这组石桌、石凳上面顶着一座宽大的亭子。

吴先生陪李国胜坐在石桌一边,戴兴盛父子坐在另一边,不远处另有一套铸铁桌椅,老陈夫妇和小勇在那里一边聊天,一边关注亭子方向的动静。

"各位,鄙人知道,你们几十年前有段恩怨,但是今天对事不对人,我吴某人只想把事情做在明处,问一问你们都还想要那两样宝贝吗?"吴先生打破沉默,并扫视了其余三人,看没人搭腔,追问了一句,"戴

391

老先生,你们什么想法?"

"当然要!"戴兴盛从鼻子里哼出了三个字。

"我也要!"没等吴先生问,李国胜也作了答。

"你是想买来还给我吗?"戴兴盛冷冷问道。

"为什么要还给你,我又没欠你什么。"李国胜早就做好刺刀见红的准备。

"无耻!"戴兴盛陡然长起身形,一探手臂锁住了李国胜的咽喉!李国胜一惊,没想这么多年过去,戴兴盛的功夫竟没打多少折扣,他当年也下过苦功,奋力一闪,却依旧慢了半拍。

吴先生大惊失色,一眼看去,戴兴盛只是平常的老头,想不到一出手竟然如此凌厉,忙打圆场说道:"戴老先生,莫冲动,请莫冲动!"

李国胜已经不敢动弹,知道自己现在同被人用枪顶着脑门是一样的,对方只要一搂火,捏碎自己的喉骨,自己就完蛋啦!

不过李国胜果敢迎向戴兴盛喷着火焰的眼光,两人没有一句话,静静四目相对。吴先生劝了一句之后,看到这个态势,索性不多啰唆,坐下来静观其变。

振纲自小没跟戴兴盛练武,第一次见到父亲出手,先是一愣,然后跟着吴先生坐下任由父亲与对方对峙。

老陈和范老师看到这个情况,本想起身过去,被小勇拦住,低声说道:"舅舅、舅妈,你们放心,戴叔自有分寸。"

戴兴盛的眼睛一直照着对方,刚开始李国胜硬挺着,十多秒后他的眼神暗淡下来,最后闭上双眼,流下了两行浊泪。

"五十三!"随着戴兴盛一声低吼,他松开了李国胜的咽喉。

"你知道，五十三是什么意思吗？"戴兴盛怒斥问道。

李国胜睁开了双眼，却不能回答。

"当年，你逼我下跪，然后把我踩在脚下，我记着数，五十三，你一直到我数到五十三才移开你的脚！"戴兴盛随即告诉对方，然后又伸出两个手指，问：

"你晓得这是什么吗？"

"……"李国胜继续沉默。

"我们身边有两个亲人的死与你有关！"戴兴盛亮出谜底，"我的爸爸戴万麟、小勇的爸爸老陶！当年你为了往上爬，还有多少人被你整到活不下去。你难道真的一点愧疚都没有？"戴兴盛说着说着，眼圈红了。

"我为什么要愧疚？每个时代都有每个时代的悲剧，悲剧也需要人去适应，适应不了就只有去死……那个时代我也是响应号召、执行命令，有什么错？当年开会的除了你和我，剩下八个人，哪个站在你这边？就是你，不也为了活命给我跪下了吗？"李国胜提高了声音，显得歇斯底里。

"我是因为当时老父亲在世，所以自己不能死，宁愿像狗一样活着。你呢，只是为了满足自己不安分的欲望！"戴兴盛有力反驳。

"……"李国胜顿时哑火，他后悔接戴兴盛的话茬。

"你告诉吴先生，这化石子、神头墩是不是你当年从我家抢走的？"戴兴盛抛给了他一个难堪的问题。

这回李国胜宁死都不愿再同戴兴盛对话，反正该给吴先生的面子也给了，他抢先起身，退后几步说道："吴先生，我说过，我同戴家有仇，虽然也估计会有不愉快，但我还是按照您的要求来了，一切全凭您自己拿主意，别听其他人胡说八道！话不投机半句多，我不想跟这姓戴的继

393

续纠缠，我们电话联系吧！"说完又退两步，看到吴先生已经替自己挡着戴兴盛，转身快步离开。

"你把话说清楚！"戴兴盛却没有再追，他感到自己和李国胜已经做了了结。

吴先生洞察一切，李国胜的回应已经默认并印证了小勇、振纲跟自己所讲的故事，不过李国胜的生意邀约同样在吸引自己，这是可能高达十多亿美元的商机，只要李国胜能够帮助自己同大陆的有关部门取得联络，吴先生认为自己没有理由放弃这个机会。

吴先生想了想对戴兴盛父子说："感谢你们到我家做客。关于围棋的事，容我再考虑一下，然后回复你们。"

意
外

第二天一早，吴先生简单用餐之后就准备去公司上班，被廖老太太叫住："阿大（吴先生兄弟姐妹间排行第大），陈太昨晚跟我讲了那副围棋的事，你为什么不早点把东西还给戴家？"

吴先生一贯孝顺，不敢隐瞒老母，就将自己的想法和盘托出。

廖老太太问："阿大，你缺钱吗？"

"不缺，但这可能关系到几亿美元的利润啊！"吴先生用"否定之否定"的哲学方法强调了更为"高阶"的结论。

"钱可以另外找机会赚，就算没这笔钱，你的日子不是一样过？如果违背了自己的良心，花多少钱能够赎回来？有的钱，就算少，也要努力去赚，有的钱，就算再多也别眼馋。"廖老太太掌握了亘古不变的定律，"我信佛，相信'善因善果'，希望儿孙们都能心安理得，大主意你自己拿。"

这天下午，小勇急急敲开振纲酒店的房门："吴先生刚给我打电话，你赶快准备一百万美元，他说就按照这个价格把化石子、神头墩让给你！"

接到吴先生电话的时候，李国胜正沿着520国道从西雅图市中心向东跨过华盛顿湖前往雷德蒙德，那里有著名的"微软总部园区"，还有他儿子的家。昨天的经历让他一夜未眠，他目前需要回到家人身边，寻求精神庇护。

讲到精神庇护，在美国生活20多年，李国胜早就受了洗礼，不过上帝对于他来说只是周末的礼拜和社交的需要，至今不是他信仰的符号，或者说在李国胜心中至今还没有真正的神，他只信他自己。

吴先生打来的这通电话使李国胜疲惫的内心更加萎靡和焦躁，他强打精神同远在大洋彼岸的王建民简短说明了情况，挂断电话后居然默默念了一遍只在教堂跟着众人一齐喃喃自语过千百次的祈祷词：

"Our Father which art in heaven,Hallowed be thy name.Thy kingdom come. Thy will be done in earth, as it is in heaven. Give us this day our daily bread. And forgive us our debts, as we forgive our debtors. And lead us not into temptation, but deliver us from evil: For thine is the kingdom, and the power, and the glory, for ever. Amen."（我们在天上的父，愿人都尊你的名为圣。愿你的国降临，愿你的旨意行在地上，如同行在天上。我们日用的饮食，今日赐给我们。免我们的债，如同我们免了人的债。不叫我们遇见试探，救我们脱离凶恶。因为国度，权柄，荣耀，全是你的，直到永远，阿门！）

随后李国胜真的感到一丝轻松，不过马上觉得可笑，念这些有啥用，化石子、神头墩最终还不是落到了戴家父子手里，因为这两样东西，自己反被戴兴盛寻到了踪迹，今后会不会一直被这个姓戴的纠缠下去？

"我们身边有两个亲人的死与你有关……当年你为了往上爬，还有多少人被你整到活不下去……你难道真的一点愧疚都没有……"

李国胜感到戴兴盛的诘问像幽灵一样在耳边盘旋，他用尽全力高声呼喊："我没愧疚，你别缠着我！"同时右脚狠狠加大油门，奔驰的速度完全被提起。

李国胜要甩开所有过去，以及同戴兴盛有关的一切记忆。刚刚转入一个弯，忽然看见前方不远处自己车道上一辆抛锚的客车，李国胜的车速太快,注意力更是散乱了一地,条件反射下猛地打了一把方向,重重踩了一脚刹车。奔驰顿时原地打起转来,当旋转到差不多900度时,李国胜瞥见一辆重型卡车直直向自己碾压过来,他平生第一次真诚地呼喊了一声:"上帝!"

次日的《西华报》(Seattle Chinese Post)刊登了这起车毁人亡的事故。老陈夫妇看到现场照片,一致觉得场面太惨,但他们怎么都想不到,卡车底下揉成一团的奔驰跑车里面竟然裹着李国胜,前天还见过面的李国胜!

王建民对杰克意外死亡沉痛至极,因为杰克死的实在不是时候,自己两步连环妙招看来都要因此落空:一、杰克的"华美达地产"获得龙江街道A地块的开发权;二、王小松接替杰克控股"梦时代"。

如今杰克不在了,就像可以轻松做出两眼的活棋,其中一眼忽然出现问题,之前的腾挪跟着成为无用功,就连三进小院"逍遥馆"也乱成一团。

"老罗,你好啊!"王建民拨通电话后谨慎地寒暄,两人似乎好久不见。

"王副省长,您好。找我有事吗?"罗世忠难度更大,既要谨慎,又要恭敬。

"没啥大事,转眼又到燕大110周年校庆,准不准备回母校看看?要么晚上到我家坐坐吧。"

"世忠,来啦,我们到书房坐会儿。小李,帮罗副市长和我泡两杯大佛龙井。"王建民招呼阿姨。

不一会儿,阿姨端来两杯热茶,然后退了出去,随手带上房门,书房有电加热饮水机,除非王建民招呼,不会再有人进来打搅他们谈话。

"杰克死了!"王建民一开口就告诉罗世忠一个爆炸性的消息。

"啊,怎么回事,对我们有没有影响?"罗世忠一下没了方向,猛然间他的思路延伸到更加可怕的后果。

"那倒没有,在美国西雅图,因为车祸,车都被压扁了,杰克在里头,据说当场就挂了。"王建民立刻稳了稳罗世忠的情绪。

"那A地块怎么处理,总不能仍然交给华美达吧?"罗世忠松了口气。这段时间武陵官场人心惶惶,他总是莫名其妙地感到心悸。

"那是一定的。目前很多事情都乱了套,这次李超案牵涉到不少人,其中还有我们的几个朋友。看来沙骆洲这条线一定要尽快打通理顺,否则有些后果难以预料!不过你也不要过分担心,只要上头有人,我们身上又没什么杀人放火的大事,无非打打擦边球,帮帮朋友的忙而已,还是容易过关的。"王建民向罗世忠大致阐述了自己的战略部署。

"那么领导,接下来我们该怎么办才好?"罗世忠公开场合称呼王建民"王副省长",私底下称呼自己的昔日同窗"领导",大学时挂在嘴边的"贱民"早已翻身,成为了自己的主人。

"我还是那句老话,经济离不开政治,政治离不开经济。我们还是要打好手中的牌。"王建民习惯于先务虚。

罗世忠沉默,等待"务实"的计划。

"找一家公司替代华美达接手A地块,连带杰克的股份,还有江北区的逍遥馆,否则我们今后连个喝茶的据点都没有。"王建民盘算着。

"具体找哪家比较好?杰克可是跟了咱们好多年,彼此有着高度默契。"的确,这可不能随随便便,否则不但成不了事,还会惹出麻烦,另外合作方还需要有相当的实力基础和对路的经营范围,硬要扶一堆烂泥上墙,即便具备可操作性,风险和难度也会超出限度。

"振丰地产吧。"王建民对整盘计划已经成竹在胸,"振丰的老板同宇翔是朋友,而且那副围棋目前也在戴振纲手上,引进这家公司,一方面同我们有一定的情感基础,另一方面振丰地产当初也是Ａ地块的竞争者之一,将地块操作到他们手上顺理成章,同时可以满足沙骆洲的需求,方便我们后续发展。至于杰克的那些资产,没有我们穿针引线,根本难以为继,大陆的钱其实不好赚,杰克的家人很快就会明白这一点,到时他们除了拜托我们找个买家接手,恐怕没有更好出路。"

"好,领导想得周全!"罗世忠打心眼觉得这个方案最佳,同时顺带了一句由衷的马屁,但转念一想,觉得可惜,"当初利用了杰克'华美达集团'对国外技术和设备引进方面的优势,好不容易才通过了协议转让的方案,看来是白忙活了。振丰不具备协议转让的优势条件,只有通过公开招标了。"

"没有绝对的事情,形势会不断转化的。"王建民眯着眼睛继续编写剧本,"假如振丰与华美达形成了战略合作,或者振丰收购了华美达,那么不是又有文章好做了吗?"

"啊,我怎么没想到!"罗世忠惊叹。

王建民仔细想了想又说:"让宇翔同戴振纲接触一下,看看对方怎么想的,先把那副什么宝贝围棋搞到手再说。"

"对方还能有什么想法,领导能看上振丰地产,是戴振纲上辈子修来的福分。不过那个小戴还挺懂事的,上次他不是主动帮了小松吗?"

罗世忠虽然同振纲没有直接打过交道,但是根据他的想象,戴振纲同杰克不会有什么两样——商人嘛，总归免不了趋炎附势，唯利是图！

王建民愿意把龙江街道A地块运作到他手上，这筹码可不是想要就能得到的，虽说后续收购杰克的股份会出点血，但比起这块土地的盈利能力，还是一笔上算的买卖。至于那副棋子再精贵，与这一揽子交易相比，更应该属于赠品。再说王建民是什么人，是这个戴老板得罪得起的？

王建民听后没有接话，只是点点头，不知是认可罗世忠这番话，还是认可戴振纲这个人，还是两者兼而有之。

王建民让宇翔找振纲之前，事先对宇翔交了底，以免到时自摆乌龙——宇翔终于知道，所谓大领导觊觎龙江街道A地块都是编撰的故事，是岳父一个推托的借口，是他布设的又一个局。

然而，杰克意外身亡毕竟把机会留给了自己的朋友，怎么说都是宇翔乐见其成的好事，他欣然领命，第二天就约振纲和小骏晚上碰头，说有重要的事情一起商量。

"那个'华美达'的杰克死了。"三个人坐下后刚刚一齐喝干了第一杯酒，宇翔就对两个好朋友公布了这则消息。

"啊？"振纲有些迷糊，"杰克不是'梦时代'的大股东吗？"

"嗯，也是'华美达'的老板。"关于A地块涉及华美达，宇翔也是知道不久。

"搞错了吧，我一周前才同他照过面。"振纲反应飞快，立刻将许多逻辑关系串联到一起，但这则消息对于振纲仍旧不可思议。

"啊？他是在美国送的命，你怎么会见到他的？！"宇翔同样觉得不可思议。

"杰克其实叫李国胜！"振纲没有直接回答宇翔。

"你怎么会知道？我岳父和他一起做了这么多年的朋友，半个月前才知道他原来是 20 多年前从大陆去到美国的，过去的中国名字叫李国胜。"宇翔感到越来越诧异，小骏却丈二和尚摸不着头脑——他是第一次听见李国胜的名字，看见振纲、宇翔相互间吃惊的表情，心想其中一定有复杂的故事。

"他可是我们戴家 30 年的仇人！"振纲补了一句。

"你之前不是早就认识他吗？"宇翔依然不解。

"从前我只知道一个叫'杰克'的人，十天前才知道，杰克原来就是李国胜。"振纲把宇翔也绕糊涂了。

于是，振纲把"文化大革命"中大致的掌故告诉了两个最亲近的朋友，宇翔和小骏听后不约而同地直呼"离奇"，天下竟有这样巧合的事情。

"原来那副围棋是你家的啊。怪不得人家问到杰克，从哪里得到这两件宝贝时，我明明看见他有些尴尬，但仍旧咬定是'祖传'的。"宇翔回忆起当时的细节。

"那他是怎么死的？"对于振纲，李国胜充满了神秘色彩，包括他对"梦时代"的控盘、意外揭晓的真实身份，还有忽然间的死讯。

"在美国西雅图的高速路上发生了车祸，推算时间，好像之前刚和我岳父通过电话，说两件东西都落到了你的手里，但没说事情的前因后果。"宇翔不想对振纲隐瞒什么。

"那你知不知道，为什么李国胜突然想到那两样东西呢？"振纲听出，这事好像又同王建民关系密切。

宇翔简单介绍了那天和沙骆洲聚会的经过，然后说："振纲，你别不高兴，我也是后来才知道，A 地块原来不是我当初对你所讲的那样——

某个大领导介入其中，而是我岳父承诺设法操作给杰克的华美达地产。不过一切都过去了，我岳父现在决定尽力促成振丰收购华美达，然后以协议方式拿下Ａ地块，不过他希望……"

"什么？"振纲知道，宇翔同自己交流的目的马上就要摆出来了。

宇翔把面前的一杯酒一饮而尽，说道："希望你能盘下杰克目前在'梦时代'的股份，然后交给小松，另外……把那副围棋给我岳父，他要送给那个姓沙的。"

"宇翔，那副棋不是我家的，我可没有处置权，希望你能替我说说好话，让王副省长不要见怪！"这次振纲连搪塞的话都没有，直接回绝。

"哦，那是怎么回事？"宇翔又糊涂了，他原以为振纲千方百计得到那副棋子是因为家传的缘故，不料他却说自己不是物主。

振纲简单地讲述了前后经过，最后总结："这是我祖辈的事，说来话长，有些细节我也不是完全清楚，但从小爸爸就告诉我，他丢失了两样别人寄存在我们家的宝贝，一定想办法找回来还给人家，这关系到戴家几代人的信誉！"

"……"宇翔一下子无语了。

"喝酒喝酒，这事咱们过两天再商量。"小骏和着稀泥。

"不，宇翔，咱们是好朋友，我不想骗你，这事真的没商量！"振纲自顾自地仰脖喝干了杯中老酒。

宇翔可惜地问振纲："那块地，你也不要啦？"

"不要了！"振纲这次没为自己留下任何回旋余地。

宇翔心悦诚服地拍了拍振纲肩膀，跟着将杯中酒一饮而尽，同时唤了声："痛快！"

送宇翔回家后,振纲告诉一旁开车的小骏,振丰地产正式退出龙江街道 A 地块的竞争。从今天获悉的情况,振纲真正看清了王副省长:"原来以为占有梦时代是王小松的主意,现在看来都是王建民在背后操纵,这人贪婪得无情无义,同时位高权重,我们惹不起,也玩不起,还是不要靠他太近。"

桃源路37号

"什么，戴振纲说那副棋不属于他家？那他为啥这么费劲到美国去把这两件东西搞到手？就是为了归还给几十年前的主人？"王建民在家中的书房朝女婿连续发问，又像在盘问自己。

"的确是这个情况，据说振纲他们祖上是开镖局的，极其看重信誉。"宇翔恭敬地回答，同时尽力为振纲解释开脱。

"信誉？这个奸商，我们给了他这么大一个好处都不懂投桃报李，在玩'不见兔子不撒鹰'吧？亏你还把他当作朋友。你再跟他接触一下，务必让他知道，如果他死抱着这点眼前利益不松手，不但得不到龙江街道Ａ地块，还有更大的麻烦等着他。哼，这些商人都一个德行，蜡烛不点不亮，敬酒不吃吃罚酒！"

王建民在换位思考，但换位思考的某一种情形却是"以小人之心，度君子之腹"！

王副省长这些日子越来越惶恐，似乎有无数双看不见的眼睛开始审视自己，所以他更加小心翼翼，除了在这间书房，绝口不提隐秘话题，同时感觉，如果不能迅速与沙骆洲接上关系，登上自己心中的"诺亚方舟"，那么自己这艘小船不知何时就会被一场暴风骤雨倾没进入海底！

"……"宇翔沉默不语。

"你想想，几十年前的托付，现在围棋的主人连个影子都没有，他们能还给谁，不是找个借口忽悠你，还能是啥？"王建民继续推断。

江北区桃源路37号是一座具有新古典主义特征，英国乔治时期风格的建筑，同时还透着西班牙"巴洛克"的神韵。

振纲今天开车与父亲来到这里，目的就是了却祖孙三代七十年的夙愿，将化石子、神头墩物归原主。

这座房子的主人就是张强的父亲,七十年前的黄贵权先生,前武陵省委书记张兴华。

自从馨兰离家出走,振纲见到馨兰留给自己的信和带有"茂春"镂饰的翡翠镯子,就意识到,自己意外找到了两件宝物主人的下落。

张老年逾耄耋,他的"老太婆"离世多年,虽然自己腿脚有点不方便,白天大多坐在轮椅上,由一个小保姆推进推出,但身体依然硬朗,脑子特别好使。

张老每天一早起来,洗漱完毕,先就着牛奶吃一片面包,然后到室外调匀一会儿呼吸,接着活动一下上身,拍拍肩,拍拍手臂,脖子左右转转,最后坐在靠近花园的书房,手持一张《武陵晨报》,用放大镜一行一行慢慢阅读。通过报纸,他高兴地看到如今的老百姓生活富足,国家整体实力变得越来越强大,同时又对社会风气日益败坏忧心忡忡。

午睡之后,秘书小晏一般会陪他下一两盘围棋。

晚餐6点半开始,7点前结束,老人家看完《新闻联播》,就会反复听他收藏的一些京剧老唱片,尤其喜爱前后四大"须生"的唱段。多年的生活规律几乎一成不变,变化的只是春秋寒暑,阴晴雨雪。

不过近些日子,张老取消了午睡后下棋的作息,他要去医院。每次回来,总会增添一层疲倦和苍老。

老爷子一辈子起起落落,饱尝人间悲欢离合,对人生百态以及各种各样的社会关系参悟透了,所以看得淡泊。离休之后,便远离红尘——各种托请、各类活动、各式饭局一概被他拒绝,门庭也渐渐如他所愿冷清下来。

王建民刚一开始每周都会到家中坐坐,后来一个月一次,再后来一年一次来看望一下老领导。

这时小晏走进来,轻声说道:"张老,有一对姓戴的父子来看您,自称是您七十年前的故交。"

"七十年前?那不是鬼子刚打进中国的时候吗,姓戴?啊呀,莫非是万麟师傅来看我啦?晏秘书,快把他们请到书房,泡两杯好茶。小玲,你先把我推到卧室换身正式的衣服。"这座宅子好久没这么热闹了。

老爷子没有见到他的万麟师傅,甚至找不到童年戴兴盛的痕迹,不过还能透过眉眼,从遗传角度印证自己的猜测,接着他招呼戴兴盛走近一些,戴兴盛赶紧凑过去,一边伸手想去扶一下老人,一边说:"权叔,您老身体还挺硬朗啊?"

话音未落,老爷子忽然一下将戴兴盛送过来的手顶住,随即翻掌抵住了戴兴盛的食指、中指关节,身体猛然往下一沉。戴兴盛识得,那是自家擒拿中的第三式,不过老爷子毕竟腕力衰弱,他只需手形一转即可摆脱,戴兴盛却顺着对方的力,被老者擒个正着。

"哈哈,这是师傅教我的哦。不过劲都散了,再也合不住啦。"晏秘书口中的"张老"开心得像个孩子。

托付了化石子、神头墩,黄贵权一下轻松了不少。他静下心考虑之后,做了三件事:

第一件,遣散家中仆从。

第二件,那些年兵荒马乱,黄家私下囤了一些武器弹药,以防不测之需。虽然这些火器已经起不了看家护院的作用,但总归派上了用场。黄贵权将弹药中所有可以引发爆炸的捣鼓出来,制成一个威力巨大的炸药包藏在木箱里面,然后利用箱盖做了触发器,最后故意散乱地在上面铺了一层新土。

第三件，收拾了一些值钱的细软，到父母坟上磕头后只身潜出沱州，赶往江南水城，他试图先找到弟弟一家尸首的下落，偷偷祭拜，然后赶往重庆。

镇江西南十多公里的地方雄居着两座青山，赣船山和高骊山，镇江至句容一条狭长的公路从两山之间穿过，公路上日军车队来往频繁。日军当时正忙着调兵遣将向武汉进攻，为此每天都有几十辆军车通过，往返时间非常有规律。

与此同时，新四军一支队在陈毅、粟裕的带领下进抵苏南。如何才能取得群众的信任？胜仗，只有打更多的胜仗，才能鼓舞民众抗日的信心。粟裕决定在山多林密的韦岗一带伏击日本军车，挫一挫日军的锐气。

这是新四军挺进江南的第一仗，意义十分重要，只能胜利，不能失败。粟裕作为副司令员，在指挥射出一阵排枪和甩出一串手榴弹后身先士卒，同战士们一起冲了下去。两股力量顿时撞击到一块，纠缠在一起！

警卫员小关从部队发起冲锋开始，就跟随四周护卫首长。一个端着刺刀的日本兵却绕到侧面向粟裕扑去，小关这时正挡在粟裕前面，觉得身后人影一闪，他立刻转身，却眼睁睁看着这个日本大兵的刺刀离粟裕的肋部只有尺余的距离。

千钧一发之际，日本兵的背后闪出一个乞丐模样的"野人"，手里抓了一顶钢盔，朝那个日本兵奋力劈下，对方颅骨被一下击碎，瘫倒地上。

粟裕一惊，小关喊道："好身手！"

"野人"未加理会，抓起那杆日本兵的三八大盖，挺着刺刀冲向下一个目标，宣泄着复仇的快意。

战斗仅半小时就胜利结束，共击毙日军少佐土井以下十余名，伤数十名，捣毁敌人军车四辆，缴获长短枪、军刀、军服等大批物资……陈毅司令员听取战斗汇报后，当即口占一首七绝《韦岗处女战》：

故国旌旗到江南，终夜惊呼敌胆寒。镇江城下初遭遇，脱手斩得小楼兰。

"野人"正是黄贵权。

黄贵权身上虽有形意拳功夫，但从未涉足江湖，在离水城还有七十里地，黄昏投宿的时候，细软财物不小心"走光"，被一伙盗贼盯上。他被偷得身无分文，一路风餐露宿，直至在山里迷失方向。

加入新四军不久，"黄贵权"在这个世界消失了。自从参加地下工作，黄贵权多次改名换姓，延用至今的是1949年解放前夕时的化名"张兴华"："张"是其母家姓，"振兴中华"从此成为老爷子的毕生愿望。

张兴华经常想起戴万麟，在"白区"工作时，由于纪律和保密需要，他不能去找。解放两年后，他才按照戴万麟给的地址寻到戴家老宅，以期会一会自己的老友，不过那个村庄在解放战争期间，曾被战火夷为平地。后来工作一忙，时间一长，这事就被他搁到了一边。

想到整个国家经历多年战乱，多少人流离失所，多少人远走他乡，不能找到老友一家，张兴华固然感到遗憾，但人生总归少不了遗憾和无奈，至于家传的两样东西，张兴华在内心深处早就同它们挥手作别，虽然它们代表了黄氏祖上的一段荣耀，但也给黄家招来了灭顶之灾，正如那个寂空法师的偈子。

"这是你父亲教我的哟,就是好久没练啰。"老爷子又重复了一遍,之后怀揣侥幸,试着问戴兴盛,"令尊还健在吗?"

"故去了。"戴兴盛简略作答。

"哦……"虽然意料之中,但老爷子依然满心凄凉,身边一个个他最亲最爱的人相继离开这个世界,留下自己品味孤独。

这时振纲从锦盒中取出了化石子、神头墩,七十年前老爷子的家传珍宝重新展现在主人面前。

老爷子长久默默无语,用手抚摸着神头墩,两行老泪夺眶而出。他回忆起七十年前自己背井离乡的深夜,回忆起弟弟一家遭受横祸,回忆起同戴万麟之间的情谊……如今的一切,物是人非!

过了好久,老爷子缓缓说了一句:"难为你们了!"

瞬间戴兴盛和振纲也一齐泪流满面,的确是"难为"啊,戴家经历了三代人,用了七十年时间,终于将"信义"二字书写圆满!

老爷子对戴兴盛说:"这两样东西,我想捐给国家,你们没意见吧,它们见证了一段中国人引以为傲的历史呢!"说着老爷子拿出了那本他一直珍藏的《中华风云》,交到戴兴盛手中,"这本期刊上面记载了那个故事,这是我送给你们的礼物!"

戴家一老一少先后读完了《胜利》一文,意识到戴家几十年守护的不仅是自家的信用,更是一份民族自豪。

"这是您老的东西,您想怎么处置都可以。"戴兴盛如今一身轻松。

"不,这已经不单是我们家的东西了,这个主意得我们两家一起拿!"老爷子摆摆手,固执地坚持。

"行,我们同意!"戴兴盛响亮地回答,遂了老爷子的愿望。

"张爷爷，我还有件事。"振纲忽然开口。

"你的儿子？"老爷子抬首看见戴兴盛笑着点头，于是慈爱地说道，"好，说给爷爷听。"

"还有这个……"振纲从皮包中拿出了一对手镯，"物归原主。"

"怎么会是一对？"老爷子有些惊奇，"另一只不是在小强手里吗？"

"那是他不小心掉在我这里了——就是因为这对镯子，我们才找到您的。"振纲轻描淡写地予以解释和补充。

"既然正好掉在你这里，这对镯子就是与你家有缘，这对镯子是我七十年前给万麟大哥的礼物，你们留着吧，做个纪念好不好？"老爷子望着戴兴盛，真心诚意。

戴兴盛看看儿子，振纲想到戴晓枫，欣然收下。

振纲转念想到张强，心说这家伙一定不会同意将家里的两件宝贝捐献国家的，悄悄问秘书小晏："张强常回家看老爷子吗？"

"他在医院，说不准这辈子都得躺在那里，老爷子每天都去瞧他。"张强一贯介于第二至第三种态度同小晏打交道，所以提到张强，小晏的语气冷漠。

秘书小晏说得不错，张强目前状况糟糕，不过不是"说不准"，医生已经说死，张强今后再也站不起来，而造成这一切的，是张强认准了自己可以尽管用第三种态度去交往的那类人群。

张强朝话筒另一端的振纲歇斯底里发泄了一通，挂上电话一下瘫坐在董事长宽大的座椅上，这个座椅不久就要让位给杰克了，张强恨得咬牙切齿——他还曾打电话给王建民，王建民却没有应答——说不好一切都是王建民使坏，王小松是没有胆量同自己叫板的！

张强紧接着怨恨起自家老爷子：老头子从来不肯替自己出面，陪自己的客人吃顿饭，更不要说让他打个招呼，写张条子。真不晓得他整天在想些什么？！

对照王建民——从处事态度来说，张强完全认同自己的对手："人不为己，天诛地灭。"家里的老头儿总归脑子是出过问题的——不好使！

姑娘小婷从农村出来，和其他千千万万小姑娘一样，到一家郊区的电子厂做工，拿着每月不到1000元的工资，吃着每顿清汤寡水的饭菜，穿着土气的衣裳，但这些掩饰不住小婷天生丽质。

周围总有人对她表达赞美。赞美常会化作动力，鼓励孩子对自己的优势学科更感兴趣，从而更加优秀。如此同理，小婷开始追逐时尚。但时尚尤其费钱，不是一月几百元能搞定的，所以小婷辞了工，到"孟菲斯"销售洋酒，这里客人很大方，她的业绩一向不赖，而且越来越好。今天晚上张强一进门，她就照例迎了上去。

张强今天到孟菲斯不是公干，也不是消遣，他想找个类似Shirley的姑娘发泄心中的愤懑：女人啊，都不算人！

小婷到孟菲斯工作已近两年，鲜亮的穿戴下面由里及外地散发出夜店女郎的气味，那是一种功利现实的作派和曲意逢迎的态度。

"大哥，今天就你一个人来的？"小婷通常就是这个套路开局。

"……"张强斜了小婷一眼，心里骂了声"婊子"。

"哟大哥，你怎么不睬人家呢？"小婷发嗲地问。

"想坐就坐下，不想就滚蛋！"张强很不耐烦，甚至后悔今天晚上来这里，因为小婷毕竟不是Shirley，当时Shirley的身上根本没有这股味道。

413

"大哥老大的火气哦，是不是受老婆的气啦？"这也是套路。

"是啊，所以来这里消消火。"张强总算跟随小婷回到了套路当中。

"好啊，要么大哥先点瓶 17 年的百龄坛吧，我今天陪大哥好好喝一杯。"小婷顺势把聊天转化成为买卖。

"开！"张强爽气地回应。

"好嘞，谢谢大哥哈。"小婷一下就做了 1388 元的生意，她熟练地开了酒，帮张强倒上一杯，自己也倒了一杯，碰过之后，小婷仰脖一口灌了下去，同时认为自己与张强已经彼此两清，再坐下去就是浪费时间了，说了声："大哥，慢慢喝，我去那里招呼一下。"转身就想离开。

"你这就把我打发了？"张强拉住了小婷的手。

"那里有个熟客，我去打声招呼就来！"小婷愣了一下，马上找到借口。

过了五分钟、十分钟，见小婷还没有回来的意思，张强放声大喊："打个招呼要这么长时间？"

张强的声音一贯沙哑，但很洪亮，虽然酒吧吵闹，但小婷还是听到了，她皱皱眉，生怕张强闹过头，自己由此招致经理责骂，急忙赶回张强身边，连声道歉。

只坐了五分钟，小婷又想滑脚，这下张强不干了："你不是说陪我吗？今晚哪里都别去，就坐在这儿陪我好好喝。"

"好啊，要么大哥再开瓶 21 年的？"小婷想，只要张强知难而退，自己也就金蝉脱壳，她不愿再和这个"神经病"纠缠下去。

"再给我开两瓶，你统统给我喝下去！"张强不愿在这个"婊子"面前吃瘪。

"哟大哥,我可喝不下去这么多。"小婷心想这两瓶下去,自己不得废了吗?算了,这钱看来不好挣。

"喝不下还让我点!你这个臭婊子,睡你一晚又能值多少钱?今天不把两瓶酒给老子灌下去,老子今天不买单!"张强一肚子的怨毒终于找到了发泄的地方,心说这个婊子胃口不小,近3000元一瓶。老子今天就多破费点,整死你。

小婷转身就走——不买单?自有保安跟这个疯子交涉,自己没必要同他多废话。张强一把将她拽到身边,大半瓶17年的百龄坛,从小婷的头顶淋了下去。

调酒师小胖是小婷的追求者之一,从张强高声吵闹,他就在一旁冷眼关注,听见小婷一声尖叫,他浑身的血液立刻涌上头顶,操起一把切水果的长刀,从工作台里跳出来,憋住一口气,朝张强的背后捅了下去,张强一下瘫倒,刀刃伤到了张强的脊椎神经!

小周毫不犹豫提出离婚——十多年前,她就不愿同"残疾人"一起生活,即使对方仅仅少掉一根手指,何况不折不扣的残障人士!

张兴华了解事件因果之后老泪纵横,后悔自己对张强这个老幺太过溺爱,疏忽了道德管教,以致张强嚣张跋扈,乖张任性,最终给自己招来了一场横祸……

(小骏眼看赢定了这盘棋,等了许久,却没见对方落子,又过了会儿,小骏忽然发现,居然是自己这头死机了!小骏深深吸了口气,然后退出游戏。马其顿有个伟大的亚历山大,只用了十多年时间就打下了一个横跨欧亚非的帝国,但仍旧恭敬地为戴奥真尼斯让出了一米阳光。即使如此骁勇和伟大，上帝在亚历山大33岁的时候，只是派出了一只小小的蚊虫，就将他的灵魂带到天国。不过假如时光倒转，他依然会跨下战马，挥舞宝刀，并对戴奥真尼斯保持礼让的谦恭……就像林语堂先生提到孤崖上的花朵，只要有一点元气，就会本质地开放。)

尾声

听说振纲将化石子、神头墩还到张老爷子手中，王建民气得直翻白眼，在他看来，这是赤裸裸的挑衅！

更让他生气的是女儿、女婿似乎也不赞同自己的做法，特别是女儿，居然让老婆龚老师带话，意思是不要再为难女婿，让周宇翔掺和到自己那些乱七八糟的事情当中。对，原话就是"乱七八糟"！女儿终究是泼出去的水，女婿更是外人，关键时候不能跟自己一条心！

"王副省长，这次我想还是跟您回燕大看看，不过想同您确定一下行程，看看怎么统一行动。"王建民一听就知道，罗世忠意图找自己商量的绝不是什么校庆行程。

"那晚上来我家吧，我这里有好茶。"王建民觉得目前遇到事情，身边可以一起商量的人真不多，不禁庆幸自己在十年前把罗世忠收入麾下。

"领导，武陵省有家房地产企业找过我好多回，想竞争龙江街道A地块，并提出约您吃顿饭。"走进书房刚一落座，罗世忠就说明来意。

"哪家？"王建民直截了当。

"就是'华新房产'的老板陆中华。"罗世忠回答。

"我不方便同他直接接触。"王建民犹豫地回答。

"那我回绝对方？"罗世忠试探领导的意图。

"不是，你看报纸了吗？"王建民忽然转了话题。

"您是指……"罗世忠有点儿摸不着头脑。

"关于那副围棋的事情。"王建民提了个醒。

"哦，真没想到，那副围棋居然是老领导家的祖传之物，还真是国宝。那怎么会落到杰克手里的呢？"罗世忠怎么都搞不明白。

"管他呢，目前我们必须尽快打通沙骆洲这条线，跟'大领导'接上关系，这个世界总是百分之二十的人决定了百分之八十的事，所谓'二八定律'嘛。"王建民将意大利经济学者帕累托的理论研究活学活用。

"现在两样宝贝没了，我们还能送什么呢？"罗世忠问。

"钱！"王建民简短地回答。

"钱？沙骆洲不是不缺钱吗？"罗世忠心里依然有疑问。

"沙骆洲不缺钱是因为……"王建民故作神秘地顿了顿，见罗世应景地伸长脖子，接着往下说道，"有人送钱给他，或者变相送钱给他。这个江湖，就是权力和金钱交织起来的江湖。只要人在江湖，不可能离得开这两样'法器'，这就是我常说的，经济依靠政治，政治也得依靠经济。"王建民读书时就善于总结，这两条法则在改革开放不久即被他视为定律，并一直指导自己和周边的人。

"您预备送多少？"罗世忠还是不踏实。

"先送个一千万吧，只当投石问路。"这是王建民深思熟虑后决定的手笔。

"那……我同陆中华再接触接触？"罗世忠问。

王建民微微点了下头说道："你就看着办吧。"一边思忖，看来罗世忠跟那个姓陆的关系很不一般，"还有，你啥时对工商税务的张局、侯局吹吹风，让他们关心一下振丰地产，那个戴振纲，我想到就来气！"王建民终于答复了罗世忠的所有问题。

三个月后的某天，王建民居然死了！死亡方式与他这个燕大化学系毕业生的专业背景紧密关联——氰化氢中毒。

王建民书房的一角，有张不大的化学实验台，台面上放着五颜六色的化学试剂和各式各样的实验仪器——动手完成一些化学实验，是王副省长的一项独特爱好。王建民拿出一个烧瓶,烧瓶内加入了尿素和氢氧化钠,加热后将得到的气体通入水中,让制备出来的浓氨水与碳进行反应,便产生了剧毒气体氰化氢,王建民慢慢打开分液漏斗的旋塞,点燃试管底下的酒精灯,开始出来的是臭气,不久便闻到了杏仁的苦味。

他好像回到了未名湖畔,好像看见小燕和小松儿时的样子。当时是多么单纯、幸福啊,却都被自己忽略了。

"沙骆洲事件"惊动中央。

沙骆洲的发迹很偶然,他的确在欧美留学多年,的确原本在华尔街从事金融行业,的确有着北京某大学兼职教授的身份,的确经营着不小的产业——但不是中央首长的女婿。

中央首长有位千金,先到美国留学,之后在华尔街同沙骆洲成为了同事。两人要好是真的,但沙骆洲有老婆,这位千金有老公,两人只是要好而已。

沙骆洲后来回国闯荡,自然要借助首长千金的"东风",两人出双入对在北京参加了几档高级别的宴会,也不表明彼此身份。好事者明着不敢打听,私下认定了两人的关系,以讹传讹,沙骆洲终于传说成为首长的女婿,成了某些圈子的重量级人物。

通过这些社交圈,沙骆洲结识了几位叔叔,其中的两位还真的帮周围朋友们解决了几档子"小事情",沙骆洲用收下的馈赠进一步润滑各种关节——这样,周围关系不断激活,人脉不断扩大,沙骆洲很快编织了一张权力的大网。

也有胆大的试探他尊贵的身份,沙骆洲总是不置可否,也不屑可否——最终能够摆平别人摆不平的事,才是硬道理!

有了大首长"背书",沙骆洲在大陆的生意顺风顺水,在很多人眼中,沙骆洲几乎成了一尊"活佛",能量通天,所以想巴结他的人更多了。

时间一长,沙骆洲竟然习惯于享受这种尊贵的感觉,起先只是默认,后来俨然自居起来,有对他眼红,又知他根底的"朋友",偷偷将是非搬弄回他美国的家中。

沙骆洲的老婆可不是一盏省油灯,一听就炸了,这还了得——她以最快的速度飞到北京,当众扒下了沙骆洲的"画皮"。传言随即像空中的电波,四下扩散。

沙骆洲这些年帮了多少人,反过来就害了其他更多的人。那些吃了亏的家伙原本只是被沙骆洲披着的虎皮镇住,由此自认倒霉——这下"打倒土豪劣绅"的时候到了,"臭鸡蛋"雨点一般向沙骆洲投了过去。

皇城根下,居然有人狐假虎威,为非作歹!工商、税务、经侦、反贪纷纷介入进来,沙骆洲随即被控制,居所被搜查。

王建民获悉消息,一下呆若木鸡,之前的一天夜里,王建民刚安排人开了一辆"桑塔纳3000"停到沙骆洲府上,车内有两百多斤的百元大钞,最要命的是,里面还有一封王建民写给沙骆洲的亲笔信,意思表达非常赤裸:

"此次来京,本意一叙,不料骆洲老弟赶巧不在,特让友人转交薄礼,算作今后莅临武陵的资费,望尽早同先生再次相聚,共谋大业。"

之后的某天早晨,当武陵省公安厅刑侦大队接到报警赶到现场的时候,王副省长已经宣告不治。

两年后的一天,小骏开着自己的"别克君威",同林晓、辰辰一起去"沧陵溇樟"机场接老陈夫妇回家。三周前,一个天色爽朗的清晨,廖老太平静地离开了这个世界，范老师终于完成了一桩她认为必须完成的任务。

小骏如今在中国大陆的收入水平，远远高过一般的美国中产，所以对老陈和范老师来说，继续苦熬美国"移民监"的意义已然不大。

而振纲和馨兰却办妥了投资移民，准备随时去加拿大生活。王建民的死拯救了罗世忠，甚至进一步成全了罗世忠，空出一个副省长岗位，造成了随后的一连串调动，罗世忠由此进入沧陵市的常委班子，当上了常务副市长，跃升成为沧陵排行第四的权力人物。

王建民死了，罗世忠继续知恩图报。这些年，罗世忠给"振丰"暗地使了不少绊。

如今华新房产的老板陆中华俨然成为沧陵商界一颗新星，总经理老严和他姐夫老黄——当年华新大厦业主方项目经理，一齐鸡犬升天，春风得意。

振丰的发展已经步入正轨，当初参与隆基大厦投标，如今仍在公司的员工都或多或少拿到了公司股份。小宁在沧陵买了房，正考虑把老婆、女儿接过来，他听从了"大学生舅舅"的规劝"一切还得朝前看"。

再过一年，宇翔转到市府的精神文明办公室当主任，却干得越来越没精神，最终向组织递上辞呈，他接受振纲和小骏的邀请，接受妻子王小燕的建议，出任振丰地产总经理。宇翔上任一年后，罗世忠慢慢成为了振丰的座上宾。

父亲死后，王小松沉沦了一段时间，最终找了份普通的工作，并同一个普通的女孩过上了平凡的生活。

一年多前张书记离开了这个世界，振纲带着馨兰和晓枫到老爷子的墓前献上了一束菊花："给爷爷磕个头吧。"振纲对戴晓枫说道。

这时馨兰已经怀上了振纲的骨肉,十个月后戴晓桦降生,三个月后,振纲筹划了一场盛大的"百日宴"。

只有馨兰晓得,这其实是振纲同自己一场迟到的婚礼!

(全文完)

后记

后记一

《中华民族的人格》是戊戌老人张元济编著的一本小册子，商务印书馆1937年5月初版，七八十年前的该书各版，目前大约只有在图书馆和私家藏书中方得一睹风采，市场上如果出现，必定价格不菲，如有张元济的题词，更加珍罕。

"九一八"之后，汉奸名单上时不时出现张元济熟悉的故交：郑孝胥、罗振玉、宝熙、王克敏、董康等，张元济越来越想说些什么。

在校勘《百衲本二十四史》的时候，张元济希望借助古代英雄高尚的人格，激扬民族精神，遂从《史记》《左传》《战国策》中选取了十余位舍生取义、复仇雪耻的古人故事，译成了白话文，编入《中华民族的人格》，包括赵氏孤儿中牺牲的公孙杵臼和程婴；以死激励兄弟复仇的伍尚；见义勇为、结缨而死的子路；"士为知己者死"的聂政；还有荆轲、田横、高贯等著名的侠士……以推崇"尽职""知耻""报恩""复仇"的先民榜样，强调只要"保全着我们固有的精神，我中华民族不怕没有复兴的一日"！

然而胡适先生一直嫌弃张元济说的故事时代久远，建议另选汉朝以后的事迹，且"不限于舍身报仇，要注意一些有风骨，有肩膀，挑得起天下国家重担的人物"，譬如：岳飞、文天祥、诸葛亮、汉光武帝、唐太宗、顾炎武，甚至还有曾国藩……

其实胡适的主意并不高明，他没有读懂这位老翰林的真实用意，有些精神虽然似乎上不了大雅之堂，但更适合广大普通民众去借鉴和仿效，这是处于艰难时局的中国，获得抗日战争最终胜利的基础。

在本书当中，我始终歌颂两种精神——善良和信义。以上可能同样不能进入"胡适"先生们的法眼，甚至还有"愚鲁"的嫌疑，但这两种精神无论在中华民族处于任何时代，都是不可或缺的，是我们这些"龙的子孙"最朴素和珍贵的力量！

鲁力

2016年5月

记于"芦荟堂"书屋

后记二

今年按照阳历，找不见2月29日，那是儿子的生日。这本书今后留给他看，是我写作的主要初衷。

我希望他理解，人能够站直腰杆或者不能，常常受到各种因素的左右，譬如黄贵禄的奋然一击，振纲投资的起伏，王谢东的伤，张强的瘫，王建民的死……轮盘赌一般的偶然常常很不经意就改变了事件发展的轨迹和落点，所以遇到困难虽然一定要积极地纾解，但对于结果，无论好坏，都要超脱一些，看淡一些。

我希望他懂得，现实就是一个巨大的磨盘，把生活添进去，不可避免地榨出浓缩的原味，却留下了幻想的渣。譬如20世纪80年代中国大陆的人们很难想象在美国这般天堂的国度会有那么多的无奈和艰难；小骏不断努力却遭遇职场的屡屡挫败；振纲追逐馨兰的一波三折……天下似乎没有肯定的预期收获：到美国就一定能够过上好日子，努力就一定有回报，播种爱情就一定可以收获幸福……但总是会有必然的恶毒报应，所以《盘肠战》的迷信我们不能不信，心中只要存在一丝对于公理的敬畏，就会有一片天在护佑自己。

愿他的烦恼好像书中描写，身处沧陵江边，江水滚滚向东，如同光阴流逝，一去不回，最终能够在兴隆古刹遭遇保佑他的佛陀！

愿他和他未来的另一半一起践行"有情、有趣、有种"的操守，他们的婚姻能够遍地盛开浪漫的花朵！

愿他今后的一切就像振纲婚礼当日的天气，不管一开始"飘起小雨"，甚至"雨从丝线变成了黄豆"，结果总有"一缕阳光坚强地透过厚厚的云层"！

愿他从此往后，无论学习、工作、生活，都能经营好自己的地盘！

鲁力
2017年2月27日
记于"芦荟堂"书屋